Christus in Umarmung mit seiner Mutter

WLADIMIR LINDENBERG

MYSTERIUM DER BEGEGNUNG

9. Auflage

ERNST REINHARDT VERLAG MÜNCHEN BASEL

Die Deutsche Bibliothek – CIP-Einheitsaufnahme

Lindenberg, Wladimir:
Mysterium der Begegnung /
Wladimir Lindenberg. – 9. Aufl. –
München; Basel: E. Reinhardt, 1999.

ISBN 3-497-01490-7

Printed in Germany

Sieh eine Welt in einem Körnchen Sand,
und einen Himmel in der wilden Blume.
Greif das Unendliche mit deiner Hand
und fühle Ewigkeit in einer Stunde.

William Blake

Es ist nicht wenig Zeit,
die wir zur Verfügung haben,
sondern es ist viel Zeit,
die wir nicht nützen.
Seneca

Daß Du Zeit hast dich
den Begegnungen mit
Menschen zu widmen und
diese für Dich zum Erlebnis
werden. Das wünschen Dir
zu deinem Geburtstag
Putz Annemarie u.
die Kinder

INHALT

VERZEICHNIS DER ABBILDUNGEN

Auf dem Umschlag ist eine Plastik „Begegnung"
von Dolina Gräfin von Roedern-Lindenberg wiedergegeben.

VOM GEHEIMNIS DER BEGEGNUNG

Der Mensch von heute weiß kaum noch, was eigentlich Begegnung ist, obwohl er täglich und stündlich Begegnungen unterworfen ist. In seiner Schnellebigkeit und Ichbezogenheit ist sein Organ für die feinen und groben Dinge, die ihn umgeben, die auf ihn zukommen, die ihn berühren, ihn manchmal umstoßen oder von ihm wegstreben, verkümmert. Er registriert sie vielleicht noch im Unterbewußtsein, sie werden ihm aber nicht mehr zum Erlebnis.

Wir sind begegnungsunfähig geworden, weil wir achtlos geworden sind. Wir deuten die Begegnungen und Erlebnisse nicht mehr, und so wird ein großer und vielleicht der wichtigste Anteil unseres Daseins bedeutungslos für uns. Baalscham Tow sagt einmal: „Wehe! Die Welt ist voller gewaltiger Lichter und Geheimnisse, und der Mensch verstellt sie sich mit seiner kleinen Hand."

Der Jedermann lebt sein kleines, für ihn so wichtiges Leben, ein Leben voller Bedürfnisse, Sehnsüchte, Forderungen, Drang nach Geltung und Genuß. Was weiß er eigentlich wirklich von sich selbst, und was weiß er von denen, die näher oder ferner um ihn herum sind, von seiner Familie, seinen Arbeitskameraden, seinen Untergebenen, seinen Vorgesetzten, seinen Freunden und Bekannten? Er sieht sie nur unter dem Aspekt seiner Person, mit den Brillengläsern seines Charakters, mit dem Kolorit und dem Wärmegrad seines gefühlsmäßigen Urgrundes. Vielleicht beklagt er sich, daß man ihn nicht verstehe, nicht recht achte und beachte, doch wird er sich selbst nie bewußt, wie fremd er eigentlich den anderen gegenübersteht.

Der Arzt, der Psychologe, der Seelsorger, deren Lebenssinn es ist, dem Menschen helfend, dienend und heilend zugewandt zu sein, erlebt ihn aus einer anderen, einer tieferen Sicht. Hilfesuchend offenbart er sich ihm mit seinen Nöten, Leiden, Ängsten, Verworrenheiten, Ausweglosigkeiten, Hemmungen, Selbstbezogenheiten und Fremdheiten.

So ersteht vor dem inneren Auge des Arztes ein Bild des Menschen, der trotz der reichsten inneren Anlage, trotz der ihm zur Verfügung stehenden Lebensgüter und Genüsse, weil er in dem hektischen Rennen nach Genuß, Besitz und Geltung kurzatmig, bedrängt und erlebnisunfähig geworden ist, die Augen seiner Seele vor dem Reichtum und Wunder dieser Welt verschließt. Durch die Technik werden wir immer reicher; diese selbe Technik aber, weil sie von uns falsch angewandt wird, ertötet in unserem Leben jede Stille, jede Muße und Gelassenheit. Wir machen uns zu ihren Gefangenen.

Wir haben im Abendlande innerhalb eines Jahrhunderts mit unserem Gehirn Wunder an technischen Erfindungen vollbracht, die alle Märchen und geheimen Wünsche unserer Vorfahren in den Schatten stellen. Die Zukunftsromane von Jules Verne, von Hans Dominik, von C. G. Wells erscheinen uns als klägliche Produkte einer eingeschränkten Phantasie gegenüber den gigantischen und sich überstürzenden Erfindungen der Gegenwart. Die technischen Errungenschaften einiger Genies sind Allgemeingut geworden, und wir nehmen diese Gaben mit offenen Händen, aber mit einer erstaunlichen Selbstverständlichkeit hin. Wir haben alle etwas von den Kindern reicher Leute an uns, die jedes Geschenk mit Blasiertheit entgegennehmen, ohne Naivität und rechte Freude, da sie wissen, daß die Eltern ihnen alles Vorhandene beschaffen können.

Es ist ein Symptom unserer Zeit, daß wir uns über nichts mehr verwundern und auch nicht mehr dafür danken, da alles, was uns entgegengebracht und geschenkt wird, selbstverständlich geworden ist. Zwar gehörte ich in meiner Jugend zu den reichen Leuten, doch hatten wir an dem Beispiel unserer freudebegabten Mutter es gelernt, uns an allem und jedem zu freuen und für alles von Herzen zu danken. Und wir sprachen voll Mitleid von den „armen reichen Leuten", weil sie der Fähigkeit der unmittelbaren Freude beraubt waren und ihnen letztlich jeder Genuß und jeder Besitz zum Fluch, zur Belastung und zur Krankheit wurde.

Um so bitterer ist es zu erleben, daß heute die gesamte abendländische Menschheit in der seelischen Situation der „armen reichen Leute" ist. Der Mensch ist nicht mehr heil, nicht mehr ganz, weil er sein Streben einseitig nach außen hin ausgerichtet hat; das Innere sieht aber bei näherer Betrachtung aus wie eine ausgeräumte und verlassene Wohnung. Überall sind noch Spuren und Abfälle der früheren Bewohner zu sehen, und es herrscht Durchzug. Frederic Andrew Gibbs, der amerikanische Hirnspezialist, sagt: „So stark der Mensch mit seinem Gehirn in der Erfindungsgabe ist, so schwach ist er in der Sittlichkeit." Das liegt aber wohl daran, daß wir in Familie, Schule und Betrieb recht viel für die Entwicklung des Intellekts und viel zu wenig für die Entwicklung der endothymen, der seelischen Belange tun. Das Ergebnis ist, daß wir an reich gedeckten Tischen schließlich verhungern.

Wir alle leben und handeln so, als ob es das Irrationale, das Schicksalhafte, in diesem Leben gar nicht mehr gäbe, als ob es eine Erfindung von Pastoren und Philosophen wäre. Als ob alles vorauszuberechnen und gedanklich lenkbar wäre. Und doch erlebt der tiefer Blickende, wie stark das Irrationale in unserem privaten, geschäftlichen, wissenschaftlichen und besonders politischen Leben wirksam ist.

Am eindrucksvollsten erlebt man die übermächtige Wirkung des Irrationalen an einem Ort, an dem man den Menschen nur aus dem Aspekt der Ratio und des Willens zu betrachten gewöhnt ist: im Gerichtssaal. Dort wird nicht nur die Tat und alle ihre minutiösesten Umstände und Motive, sondern auch die Persönlichkeit des Täters und seine Lebensgeschichte unter die Lupe genommen. Für den, der zu hören vermag, entsteht aber neben dem „Tatbestand" machtvoll ein anderes Bild — das Bild, wie ein Mensch von seinen unbeherrschten Trieben, Affekten, Wünschen, Süchten, Phantasien getrieben wird, wie zufällige Begegnungen mit Mensch oder Gegenstand ihm, weil sie gerade jetzt und hier sich ereigneten, zum Verhängnis werden. Der Mensch wird für sein falsches Tun und Wollen bestraft, aber im Hintergrunde steht als riesiger Schatten unbestraft und unfaßbar das Irrationale, der Geist der Zeit, die Weltanschauung, die Gewohnheit, die Sucht, die Mitschuld der Familie, der Erziehung, des Milieus, der Gesellschaft, und in der Vorstellung des Betrachtenden formt sich ein Bild von der Mächtigkeit dieser unfaßbaren Kräfte, deren Anteil am Geschehen unermeßlich viel größer ist als der des Verstandes und des Willens.

Die Menschheit ist zweifellos krank und leidend, weil sie sich aus alten Bindungen und Traditionen herausmanövriert hat. Nicht unähnlich den Geisteskranken sind auch wir „verrückt", weil wir unsere Standpunkte von den alten Orten abgerückt haben. Es ist nicht immer gut, jahrtausendealte Traditionen der Vorfahren mit einem Handstreich zu vernichten. Sie sind mit dem Menschen, mit seiner Seele, mit dem Reifungs- und Entfaltungsprozeß, mit seinem sich entwickelnden Bewußtsein gewachsen; sie bilden unseren endothymen Aufbau. Zerstören wir dessen uralte Bilder und Symbole in uns, so stören wir gleichzeitig die Anlage unserer Antennen hin zum Kosmos.

An die erste und zweite Generation des Menschen stellte Gott zwei grundlegende Fragen. An Adam: „Adam wo bist du?" — und an Kain: „Kain, wo ist dein Bruder Abel?" — Es ist die Frage an den Menschen nach seinem Standpunkt, nach der Besinnung auf sich selbst und nach seiner Beziehung und der Verantwortung für seinen Nächsten. So lange es Menschen gibt, wird diese Frage nie verstummen. Aber wo steht der Mensch heute wirklich? Der Religionsphilosoph Mircea Eliade kennzeichnet den kosmisch gebundenen Menschen, wenn er sagt: „Der religiöse Mensch nimmt ein Menschsein auf sich, das ein übermenschliches, transzendentes Vorbild hat."

Dieses Vorbild war die Wellenlänge, auf die jeder religiös gebundene Mensch, gleich welcher Religion er angehören mochte, vom ersten denkenden Menschen an ausgerichtet war. Welches gleichwertige Leitbild hat aber der säkularisierte Mensch? In seinem Unterbewußtsein ahnt er, daß er aus geheiligten Ordnungen herausgefallen ist, und dies beunruhigt ihn sehr. Er begegnet dieser Beunruhigung mit den Mitteln der Technik. Er nimmt Tranquillisatoren, entspannende Medikamente, die uns die chemische Industrie für diese Zwecke zur Verfügung stellt. Das ist aber eine Betäubung und keine Heilung!

Die Heilung kommt allein durch die „Metanoia", durch das Umdenken, die Umstellung, die Verrückung auf andere Bewußtseinsstufen.

Die Psychoanalyse, das moderne Kind der Psychologie, bemüht sich, dem seelisch gestörten Menschen durch das Gespräch, durch Deutung der Träume ihm unbewußte Erlebnisse in das Oberbewußtsein heraufzuholen, wo sie am Tageslicht des Bewußtseins an ihren richtigen, ihnen zugehörigen Ort gestellt werden und so die seelische Fehlhaltung wieder ausgeglichen wird.

Das ist ein Weg, ein intimer Weg von Mensch zu Mensch. Doch suchen die Philosophen, die Psychologen und die Ärzte einen anderen, einen breiteren Weg für den Menschen, für die Suchenden: den Weg über das Wort, über das Bewußtsein. Aus dem Bewußtwerden und der Besinnung kann der Suchende die verschütteten Pforten und die verrosteten Antennen wieder für das Licht, für die Wärme und die Musik dieser schönen Welt durchgängig machen. Er wird durch die wiedergewonnene Fähigkeit zur Begegnung fähig zum Erleben und zum Glück. Viele „arme reiche Leute" sind, nachdem sie alles verloren hatten, wieder glücklich geworden, weil sie den Wert der Dinge neu kennengelernt haben.

Einer unserer reifsten, verantwortungsvollsten und menschlichsten Philosophen, Graf Karlfried von Dürckheim, dem es in allen seinen Schriften um die Erweckung der „Mitte" und die Wiederbelebung der Begegnungsfähigkeit geht, schrieb einmal an mich das Wort: „Es macht so dankbar und glücklich zu spüren, wie irgendwo in der Welt das, was »nicht aus uns« ist, durch einen Eindruck in einem anderen das anrührt, was wiederum nicht aus ihm ist. Ist es nicht so, daß diese geheimnisvolle Berührung im Raum des Unfaßbaren der Sinn aller faßbaren Begegnung ist?"

Vergegenwärtigen wir uns, was für ein komplexer Begriff die „Begegnung" ist. Wir sagen: „wir begegneten jemandem", oder wir sagen: „es begegnete uns ..." In beiden Fällen wird dem Zufall bei diesem Akt der größte Anteil eingeräumt. Wir gehen auf etwas zu, das gegen uns steht (daher „Gegenstand") oder sich auf uns zu bewegt. Es ist immer etwas Schicksalhaftes, Zu-fallendes, Unentrinnbares in dem Akt der Begegnung. Es wird uns gesandt, und wir tun gut, es mit unseren wachen Sinnen und mit unserem Herzen wahrzunehmen, das heißt, es zu erleben und uns damit auseinanderzusetzen.

Dieses Begegnen ist wie ein ins Wasser fallender Stein, der konzentrische Kreise sichtbar an der Oberfläche des Wassers, unsichtbar aber auch in die Tiefe und in die Höhe der Luft zieht. Es ist voller Geheimnisse, die sich aus der Vergangenheit zur Gegenwart und in die Zukunft ziehen, die von Mensch zu Mensch und Ding über Räume hinweg Verbindungen schaffen. Sinnt man diesen Begegnungen nach, so werden wunderbare Verbindungskanäle von Wesen zu Wesen, zu uralten Zeiten, in die Zukunft hin, in ferne Länder, durchgängig und lebendig; der so Erlebende wird wieder an seinen ihm im Kosmos gebührenden Ort gestellt und wird durchlässig für die heilsamen Kräfte des Weltalls. Er steht wieder in seiner eigenen Mitte — in der Mitte der Welt!

Martin Buber sagt darüber: „Nur die unterschiedslose Heiligung allen Handelns, nur das Gottzutragen des gewohnten Lebens, wie es sich fügt und schickt, nur die Weihe der natürlichen Weltverbundenheit hat die erlösende Kraft. Nur aus der Erlösung des Alltags wächst der All-Tag der Erlösung."

Wunderbare Worte findet Hugo von Hofmannsthal in seinem Aufsatz »Die Wege und die Begegnungen«: „Die Begegnung verspricht mehr, als die Umarmung halten kann. Sie scheint ... einer höheren Ordnung der Dinge anzugehören, jener, nach der die Sterne sich bewegen und die Gedanken einander befruchten."

BEGEGNUNG MIT DEM EIGENEN ICH

Eine Begegnung, die in der heutigen Zeit nur noch selten und bei wenigen Individuen stattfindet, ist die Begegnung mit dem eigenen Ich. Wegen Zeitmangel, der Lebenshast und anderer dringlicher Geschäfte findet der Mensch nur selten Gelegenheit, sich selbst näher kennenzulernen.

Was wissen wir eigentlich von uns selbst? Wir lernen im Leben, in der Familie, in der Schule, der Hochschule eine Menge von wissenswerten Dingen; wann und wo lernen wir es, kritisch in unser Inneres zu blicken und uns an einem Vorbild zu vergleichen? Ohne Vorbild gibt es keinen Vergleich, gibt es keine Entwicklung, kein inneres Wachstum zu einem Ideal hin, zu bestimmten zu erreichenden Verhaltensweisen.

Nicht nur das Leben, das Milieu, die Konstitution, die Begegnungen formen den Menschen, vielmehr sind es die Leitbilder, denen er bewußt oder unbewußt nachstrebt. Jedes Volk, jede religiöse oder politische Gemeinschaft, jede Zeit hat ihre Vorbilder, ihren „Geist", — wir sprechen vom „Zeitgeist"; er wird von den Menschen geprägt und prägt seinerseits die Menschen. Ausdruck, Gebärde, Bewegung, Geschmack, Haartracht, Mode, Formen der Begegnung und des Verhaltens werden von ihm beeinflußt; nicht zuletzt die innere Struktur und die Reifung des Menschen.

Im ersten Kapitel der Bibel, der „Schöpfung", steht ein bedeutsamer und nicht zu übersehender Satz, der Millionen von Juden und Christen und nicht zuletzt Moslems zum Leitbild wurde: „Und Gott sprach: »Lasset uns Menschen machen, ein Bild, das uns gleich sei, die da herrschen über die Fische im Meer, und über die Vögel unter dem Himmel, und über das Vieh, und über die ganze Erde, und über alles Gewürm, das auf Erden kreucht!«

Und Gott schuf den Menschen ihm zum Bilde, zum Bilde Gottes schuf er ihn, und er schuf sie, ein Mann und ein Weib." (1. Moses, Kap. 1, 26. 27.)

Weiter heißt es: „Und Gott der Herr machte den Menschen aus einem Erdenkloß, und er blies ihm ein den lebendigen Odem in seine Nase. Und also ward der Mensch eine lebendige Seele." (1. Moses, Kap. 2, 7.)

Doch ist der Mensch nicht nur ein Seiender, sondern ein Werdender, und das Bild Gottes kein immanentes, sondern ein langsam und mühselig sich entwickelndes. Denn keinem von uns dürfte es einfallen, daß wir Gott gleich seien. Aber in dem Odem, in der lebendigen Seele, die uns eingehaucht wurde, ist ein Korn von Gottes Wesen, das in uns aufgehen, keimen, wachsen, erblühen, Frucht tragen und schließlich Samen bilden soll; dieser ganze Vorgang, mit seinem Geheimnis des Sprießens und Reifens, in seiner höchsten Vollendung und Entfaltung, wird zum Gleichnis der Schöpferkraft Gottes.

Dieses Ebenbild Gottes, das wir entwickeln sollen, läßt sich mit dem Vorgang des Photographierens vergleichen. Es bedarf des Objekts, der Kamera, des Films und des Photographen. Die beste Kamera nützt uns nichts, wenn wir keinen Film eingelegt haben. Und die beste Kamera nützt nichts, wenn der Photograph ein Stümper ist. Ein guter Photograph kann sogar mit einer billigen Kamera herrliche Bilder erzeugen. Aber auch der Vorgang des Photographierens ist noch unvollendet. Denn nun erst muß der Film, der eine Reihe zeitlich und örtlich auseinanderliegender Objekte aufgenommen hat, in der Dunkelkammer entwickelt werden. Je nach der Einwirkungsdauer und Konzentration des Entwicklers kann das Bild weich oder hart gemacht werden. So viele Arbeitsgänge liegen zwischen der Belichtung und der endgültigen Entwicklung eines Bildes. Wieviele Aufnahmen werden während dieser Vorgänge zerstört oder verdorben!

Hundert Photographen mögen das gleiche Objekt aufnehmen, und es werden, je nach Charakter, Temperament, Können und seelischer Einstellung des Photographierenden doch hundert verschiedene Bilder entstehen.

Nicht anders ist es mit dem Ebenbild Gottes, das der Mensch zu entwickeln hat. Dem einen gelingt ein schönes, künstlerisches Bild, dem anderen nicht; es ist unter- oder überbelichtet, in den Proportionen verzogen, oder es ist unscharf. Und doch ist es ein Bild!

Ein Sachverständiger der Photographie wird nur die besten Bilder gelten lassen und die technisch unvollkommenen ausscheiden. Für ein altes Mütterchen aber, deren Kind gestorben oder im Kriege gefallen ist, wird auch ein verblichenes und verwackeltes Photo eine kostbare Erinnerung sein. So wird das Bild zu einem Sinn-bild, zu einem Hindurch, einer Brücke zum Menschen.

Ob nicht Gott uns so sieht wie das Mütterchen ein derartiges Bild?

Bereits in der Schöpfungsgeschichte werden die beiden Elemente erwähnt, aus denen der Mensch geschaffen wurde: der Erdenkloß, das Grobstoffliche, und der Atem Gottes, das Immaterielle. Zwei

Elemente, die eng verbunden ein Lebendiges bilden, sich aber nach verschiedenen Kraftfeldern ausrichten; das eine ist erdwärts, das andere himmelwärts gerichtet. Goethe sagt darüber: „Unsere Zustände schreiben wir bald Gott, bald dem Teufel zu, und fehlen ein wie das andere Mal: in uns selbst liegt das Rätsel, die wir Ausgeburten zweier Welten sind."

In einer sehr frühen Entwicklungsstufe des Menschen, in seiner zweiten Generation tritt Gott dem Menschen, der seine natürlichen und vitalen Triebe nicht zu zügeln vermag, warnend und ratend gegenüber. „Und der Herr sah gnädig an Abel und sein Opfer. Aber Kain und sein Opfer sah er nicht gnädig an. Da ergrimmte Kain sehr und seine Gebärde verstellte sich. Und der Herr sprach zu Kain: »Warum ergrimmst du? Und warum verstellt sich deine Gebärde? Ist's nicht also? Wenn du fromm bist, so ruhet die Sünde vor der Tür. Aber laß ihr nicht ihren Willen, sondern herrsche über sie!«"

Adam und Kain und all die Milliarden, die ihnen folgten, haben ein ungeschriebenes, ewiges Sittengesetz in sich, und sie haben ein unsichtbares, aber scharfes Instrument, das die Verletzungen gegen die Sittengebote registriert — das Gewissen. Dieses mag bei dem einen feiner, bei dem anderen gröber sein; niemand, der eine normale Entwicklung durchmacht, kann es entbehren, nur dem Geistesschwachen und dem Geisteskranken fehlt diese Richtschnur. Der Angelsachse nennt diesen Zustand „Moral Insanity" (sittliches Irresein).

Durch unser Abendland geht ein seltsamer Bruch in der Auffassung vom Menschen und von der Freiheit des Willens und der Selbstbestimmung. Im Mittelalter und bis zur Epoche der Aufklärung sah sich der Mensch als Objekt zwischen zwei sich streitenden metaphysischen Mächten, Gott und dem Teufel. Die Neuzeit, besonders in der psychologischen, juristischen und tiefenpsychologischen Ausrichtung, projiziert alles seelisch-geistige Geschehen in das Individuum hinein und unterscheidet nur zwischen den sehr starken, autochthonen Funktionen des Stammhirns und der innersekretorischen Drüsen, in deren Gebiet sich das Wirken der Triebe, der Affekte, der Lust und Unlust, des Jähzorns, der Ungeduld, der Sexualität, des Besitztriebes, der Selbsterhaltung und der Selbstgeltung abspielt, — und denjenigen des Neuhirns, das in seinem Reifungszustand die beherrschte Person, den sozialen, rücksichtsvollen, liebenden, dienenden, denkenden, urteilenden, sich einordnenden Menschen formt.

Es gibt ein sehr bezeichnendes finnisches Märchen aus uralter, archaischer Zeit, das die Dualität des Menschen drastischer aufzeigt als die biblische Schöpfungsgeschichte. Ich habe dieses Märchen von einem blinden karelischen Bettler, der es im Revolutionsjahr 1917 auf dem Sucharewkamarkt in Moskau singend rezitierte, gehört. Ich gab ihm einige Kopeken und fragte ihn, was er denn von dieser Zeit hielte.

„Schwer ist sie", sagte der Blinde, „eine teuflische Zeit ist es! Eine menschliche Zeit ist es, Herrchen!"

„Warum sagst du »menschliche Zeit«?", fragte ich.

„Na, darum, wer hat denn den Menschen erschaffen?"

„Ja, Gott natürlich!"

„Ach nein, Gott nicht, der Teufel hat ihn erschaffen. Du weißt es nicht, aber unsere ältesten Bauern erzählen es anders, als es in der Bibel steht, und das wird auch stimmen. Gott lebte im Paradies, und der Teufel hatte auch seinen Bereich; keine Hölle, wie die Kirche es lehrt, aber ein Reich der Begierden, des Neides, des Hasses, der Lüste, der Unersättlichkeit und der Habsucht. Und da wollte er einen Diener für sein Reich haben, und er wollte ihn gern so haben, wie der liebe Gott aussah. Also formte er ein Wesen aus Lehm: Beine, Bauch, Rumpf, Arme und auch Kopf. Aber das Antlitz wollte und wollte ihm nicht gelingen. Wie er sich auch mühte, es wurde nichts.

Da begegnete er der Fliegenden Maus (alle Mäuse flogen damals), sie sah sich das ungeschickte Gebilde an und höhnte: »Soll das Gott sein!?« »Ja«, sagte der Teufel verlegen, »aber das Antlitz kommt und kommt nicht richtig heraus!« — Die Maus bedachte sich und sagte: »Ich kann dir helfen!«

Schnurstracks flog sie ins Paradies, nistete sich in Gottes Handtuch ein, und als Gott sich mit dem Morgentau das Antlitz benetzte und es dann mit dem Handtuch abtrocknete und dabei seinen Odem durch die Nase ausstieß, da flog das Tuch durch die Schwere der darin nistenden Maus hinab und in den Bereich des Teufels. Der freute sich, als er das Antlitz Gottes auf dem Tuch als Abdruck fand, legte es schnell an den Kopf des Erdklumpens und schon hatte sich das Antlitz abgeprägt, und durch den lebendigen Odem, den Gott hineingeblasen hatte, wurde die Erdgestalt zu Leben erweckt.

Da freute sich der Teufel ganz gewaltig über das gelungene Werk und ließ den Menschen Diener in seinem Reiche werden. Aber Gott sah es und erkannte den Betrug; er zürnte dem Teufel und forderte Rechenschaft von ihm.

Der Teufel sagte: »Ich habe ihn aus Lehm geformt, er ist ganz mein!« Gott aber sagte: »Du vermochtest ihn nicht zum Leben zu wecken. Durch meinen Odem ist er erst zum lebendigen Menschen geworden! Er ist mein, denn er trägt mein Antlitz!« — »Gut«, sagte der Teufel, »dann wollen wir uns redlich darein teilen! Ich bekomme was ich gemacht habe, den Körper, seine Triebe und Begierden, und du bekommst eben was von dir ist, den Odem!«

Und der Teufel freute sich sehr, denn er glaubte, daß er den bei weitem gewaltigeren Teil des Menschen bekomme. — »Gut«, sagte Gott, »dann wird sich der Teil, der von mir stammt, immer nach mir sehnen und gegen das, was du da geschaffen hast, kämpfen und sich auflehnen!«

So wurden sie einig. Nun zieht jeder an seinem Strang — der Teufel zieht den Körper mit den Begierden, und Gott zieht die Seele. Und von der ersten bis zur letzten Minute seines Lebens steht der Mensch in diesem Zweikampf, mal siegt der eine, mal der andere in ihm."

„Was geschah aber mit der fliegenden Maus?", fragte ich der Vollständigkeit halber.

„Ach, ja ... der wurden die Flügel abgenommen, damit sie nicht wieder ins Paradies fliegen könne. Aus alter Erinnerung und Sehnsucht sucht sie gerne die Behausungen des Menschen auf, aber sie hat Angst vor ihm, und er, der Mensch, hat Angst vor ihr, weil sie ihm das einmal angetan hat", sagte schmunzelnd der Alte. —

So hat ein uraltes Bauern-, Jäger- und Nomadenvolk die Dualität des Menschen und seine immerwährenden Spannungen in ein mythisches Gewand gekleidet. Und ähnlich hat der mittelalterliche Mensch und manch ein Mensch unserer Tage das Unerklärliche, das in ihm vorgeht, zu erklären versucht.

Die Aufklärung hatte Gott, den Teufel, die Engel, die Heiligen und alles, was mit den schwachen Mitteln der physikalischen und technischen Erkenntnis nicht zu erklären war, hinweggefegt. Jetzt steht der Mensch als psychobiologisches Subjekt allein in der weiten Welt, und alles, was man früher extraprojizierte, als von Gott oder vom Teufel oder den Schicksalsmächten gesandt ansah, spielt sich, so glaubt man, im Inneren des Menschen ab. Alles wird in ihm selbst biologisch erzeugt: die Psyche ist die Resonanz auf die mehr oder minder guten und harmonischen oder disharmonischen Funktionen des Gehirns, des Stammhirns und des Neuhirns, der innersekretorischen Drüsen, der Verdauung, der Sexualität und des Kreislaufs. Damit aber ist so wenig heute wie gestern das große, wunderbare, schöpferische und tragische Rätsel „Mensch" enträtselt.

Das großartige und dunkle Geheimnis des Menschen ist, daß jeder einzelne aus den Milliarden einen besonderen Wurf, eine individuelle Schöpfung Gottes darstellt. Aus den verschiedenen Bausteinen der körperlichen, der Triebelemente, der seelischen und geistigen Funktionen kommt eine einmalige Mischung zustande. Von allen Lebewesen ist das Menschenkind das hilfloseste und es ist ganz auf sich allein gestellt. Die ersten Jahre seines Daseins ist es vollständig auf die Pflege der Eltern angewiesen; wenn es aber auch sich zu bewegen und anzukleiden, zu sprechen und zu denken vermag, lernt es in den zivilisierten Gesellschaften erst an der Schwelle des dritten Jahrzehnts selbständig zu werden und im sozialen Leben voll verantwortlich zu handeln. Ergreift es kompliziertere, intellektuelle Berufe, so wird es erst jenseits des fünfundzwanzigsten Lebensjahrs selbständig. In dieser Zeitspanne sind die meisten Tiere unserer Erde bereits tot.

Trotz aller Verbundenheit des Menschengeschlechts bleibt jedes Individuum in geheimnisvoller und in tragischer Weise auf sich selbst gestellt. Nur die kurzen neun Monate seines Werdens in der Mutter ist es umhüllt von Wärme und Dunkelheit, aber auch dort schon allein. Bei der Geburt wird es in eine fremde, kalte, zugige, laute, helle, bewegte und beängstigende Atmosphäre ausgestoßen. Aus dem Einssein mit der Mutter in ihrem Innern wird eine Begegnung mit der Mutter von außen. Die Welt der betreuenden Erwachsenen und der ungleichaltrigen Geschwister bietet keine Möglichkeit eines Vergleichs mit sich selbst. Man erlebt sich mehr als ein Innen, wogegen man die anderen als ein Außen erlebt. Sie sind anders, sie sind angezogen, sie sind maskiert, sie erscheinen sicher und überlegen, bewußt und kraftvoll. Das eigene Ich erlebt aber in jedem Augenblick seine Schwäche, Angst, Preisgegebenheit, Ausgesetztheit, der es keinen Widerstand entgegenzusetzen vermag.

Aus Abwehr gegen die eindringende Welt lernt das Ich bald, sich vor den anderen zu maskieren, Theater im eigenen Haus zu spielen, um nicht wehrlos zu erscheinen. So kommt es zu einem reizvollen und doch beängstigenden Versteckspiel des Menschen mit seinem eigenen Ich. Man fühlt sich im Innern schwach, schutzlos und geängstigt, und man markiert den starken Mann nach außen: man ist laut, robust, ausfallend, aggressiv. Man lernt sehr früh, seine schwachen Stellen zu verbergen, weil man die Erfahrung macht, daß diese Stellen von den anderen sehr schnell herausgefunden und verwundet werden.

Da ein Kind und ein junger Mensch kaum je Gelegenheit erhält, in die intimen Urgründe einer anderen menschlichen Seele zu schauen, sieht er meist den anderen als stärker und sich selbst als schwächer an. Naturgemäß resultieren daraus sehr früh Minderwertigkeitsgefühle, die auch im späteren Leben schwer abzubauen sind.

Die meisten Menschen werden gelegentlich einen seltsamen und quälenden Traum geträumt haben. Man findet sich plötzlich nackt oder im Nachthemd, ohne Hose oder in unpassender Kleidung in einer Gesellschaft von elegant angezogenen Leuten. Man erwacht mit einem Peinlichkeitsgefühl, das lange nachklingt. — Dieser Traum steigt aus dem Unterbewußtsein auf und zeigt uns deutlich unsere seelische Situation, nämlich, daß wir uns trotz der Maske, die wir uns anziehen, vor den anderen maskentragenden Menschen als nackt, als durchschaut und somit als ihnen unterlegen vorkommen.

Es gibt eine stillschweigende Übereinkunft in der gesamten menschlichen Gesellschaft, daß man über die eigenen Triebe, Affekte, sexuellen Impulse, Insuffizienzgefühle, Gelüste und antisozialen Regungen und Handlungen, sowie über Feigheit, Neid, Mißgunst, Geiz, Habgier anderen gegenüber nicht spricht, um sich nicht eine „Blöße“ zu geben, um sich nicht zu entblößen, zu demaskieren. Am meisten trifft das zu in einer patriarchalischen, autoritären oder diktatorischen Familien- oder Gesellschaftsordnung, in der man dem Familienoberhaupt, dem Lehrer, dem Priester oder dem Staatschef, und natürlich nach unten hin den kleinen „Chefchen“ bis zu den Hauswarten hinab eine staatlich konzessionierte Unfehlbarkeit zugesteht.

Sie rauschen daher mit ihren Titeln, Uniformen, Orden und Auszeichnungen, und jeder verhüllt seine erbärmliche, angstvolle Menschlichkeit unter dem Glanz und Flitter, der ihm als Panzer dient. Ein jeder ist ängstlich darauf bedacht, daß sein „Ansehen“, also seine Verkleidung und Maskierung, entsprechend geachtet wird. Ich habe oft die Beobachtung gemacht, daß jene aggressiven Individuen, die gerne und mit sadistischer Lust Schwächere durch Zynismus oder anzügliche Bemerkungen und Witzeleien verwunden, selbst von einer krankhaften Empfindlichkeit sind.

Aus diesem doppelten Spiel des Menschen mit sich selbst entsteht eine seltsame Mischung von Insuffizienzgefühl, Versündigungsempfinden und einer gewissen Überheblichkeit nach außen hin, sowie einer Tendenz, die eigene Fehlerhaftigkeit zu entschuldigen, wogegen die der anderen einer meist unbarmherzigen Kritik unterzogen wird.

Gewöhnt sich der junge Mensch aus Abwehr gegen die ihn umgebende Gesellschaft zu früh, sich hinter einer Maske zu verstecken, so verhärtet sich diese ihm aufgezwungene Panzerhaut zu schnell und hindert ihn am weiteren Wachsen und Reifen. Er wird früher fertig, als es vom Schöpfer gedacht war, er geht des wahren Genusses des Lebens und der Welt verlustig, weil er durch die Maske hindurch die Welt nur mit unfertigen, ängstlichen und auf sich selbst bezogenen Augen zu sehen vermag. Er verliert somit schon sehr früh die Liebes-, Einfühlungs- und Begegnungsfähigkeit und wird ein Einsamer.

Der Arzt, der in der Masse immer nur dem Einzelnen begegnet, erfährt, wie der Mensch, mag er sozial reich, erfolgreich oder mächtig sein, stets an seinem Minderwertigkeitsgefühl leidet, und wie dieses auch auf der Höhe des Erfolgs immer wieder nach oben gespült wird und ihn, wie ein bellender Wachhund, nicht zur Ruhe kommen läßt. Nach außen wirkt er sicher in seiner Maske — nach innen aber ist er weich und verwundbar und auf der Hut vor Angreifern.

Aus diesem Gefühl der Unsicherheit glaubt er sich viel öfter angegriffen, als dies in Wirklichkeit der Fall ist. Worte, Gesten, Bemerkungen von anderen bezieht er auf sich selbst, weil sie zufällig auf seine wunden Stellen passen, die die anderen meist gar nicht kennen und auch nicht im Auge haben; denn er ist der Meinung, daß er von den anderen durchschaut sei, und er vermag nicht zu realisieren, daß seine Anliegen allgemein menschliche sind, sie daher natürlich immer eine Entsprechung finden.

Unser Selbstgefühl ist zwar das stärkste und vitalste, aber zugleich auch das am leichtesten zu erschütternde und zu verwundende Gefühl in uns! Aus dieser Störbarkeit entsteht eine ungeheure Labilität des Gleichgewichts: Angst vor dem Leben, Angst vor dem Schicksal, vor der Zukunft, vor Krankheit, vor dem Altern, vor dem Krieg, vor wirklichen oder vermeintlichen Feinden, Mißtrauen gegenüber Menschen und Ereignissen.

Mit Erschütterung erlebt der Arzt, wie sehr der Mensch alle Dinge, Geschehnisse, Begegnungen, Aussprüche, Witze, völlig unbedachte Bemerkungen auf sich bezieht, weil er sich für den Mittelpunkt der Welt hält. Je unsicherer er innerlich ist, um so mehr Angriffsflächen bietet er, um so verwundbarer ist er. Hat er eine strafbare Handlung, mag diese auch noch so unbedeutend sein, begangen und liest er von Verhaftungen in der Zeitung, so erschrickt er. Ist er alt und wird von alten Menschen gesprochen, bezieht er das als eine Art Verhöhnung auf sich selbst. Wird in Gegenwart von Männern mit Glatzen oder von Trägern künstlicher Gebisse darüber gesprochen, empfinden sie dies als eine anzügliche Taktlosigkeit. Und wieviele, anderen unsichtbare Makel hat jeder an sich, die nur er ganz allein kennt — kommt die Sprache darauf, so ist man fest überzeugt, der Sprechende habe einen erkannt und wolle einen verwunden oder womöglich bloßstellen. Ja, man macht sich ernstlich Gedanken darüber und fragt sich, woher jener davon erfahren haben möge und ob er es einem nun versteckt andeuten wolle, daß er davon wisse.

Das, was wir beim Kind und beim Heranwachsenden als Trotz bezeichnen, hat seinen Grund darin, daß der kleine Mensch den anderen, den Größeren oder den Fremden die noch unfertige Person entgegenzustellen und ihnen gegenüber zu behaupten sucht. Das geschieht zwar mit ungeeigneten Mitteln, die Tadel, Erregung, Aggression oder Strafe nach sich ziehen. Offenbar gibt es aber eine geheime Gesetzmäßigkeit, wonach jede falsche oder unangepaßte Handlung weitere nach sich zieht. Vielleicht liegt die Ursache darin, daß der Mensch, der eine „böse" Handlung begeht, von den anderen als böse und schlecht gebrandmarkt wird, sich schließlich für schlecht hält und sich dann selbst preisgibt, und so auf dem Wege, den er zufällig gegangen ist, weiterschreitet. „Ist der Ruf erst ruiniert, gibt man sich ganz ungeniert", sagt treffend Wilhelm Busch.

Ich habe unzählige verloren gegebene Kinder und verbrecherische Jugendliche begutachtet und immer wieder gefunden, daß sie aus Protest und aus dem Erlebnis des Nichtverstandenseins in diese Haltung gegen die Gesellschaft oder gegen die Eltern hineingeraten waren. Etwas von dem Gefühl: „Es ist schon recht, daß ich mir die Finger erfriere, warum kaufen mir die Eltern keine Handschuhe!" findet sich auch darin; man straft zwar sich selber, aber man straft damit ebenso empfindlich auch die anderen. In Wirklichkeit ist diese Verhärtung, Großtuerei und dieser Protest nichts anderes als ein Verfangensein in einer abgrundtiefen, verzweiflungsvollen Einsamkeit!

Auf der anderen Seite bedarf jeder Mensch einer Resonanz, er ist ein antwortendes Wesen. Er ist so vielschichtig, daß er aus vielen, durchaus verschiedenen, oft ihm selbst kaum bekannten Schichten auf ein Angesprochenwerden zu antworten vermag. Fühlt er sich als schlecht und böse angesehen, so reagiert er mit Bosheit und Grobheit; mit Unartigen ist er unartig, mit Frechen frech, aber mit Hilfreichen helfend und mit Gütigen gut.

Wenn Gott die Seele unablässig zu sich zieht, so wird es verständlich, daß in jedem Menschen, wenn er nicht gerade geisteskrank oder geistesschwach ist, ein Sinn für das Gute lebendig ist und daß er sich selbst für gut hält. Jeder von uns, auch der Säkularisierte, der an nichts glaubt als an die Materie, erlebt sich als ein Spielball von unbekannten guten und bösen Kräften, denen er nicht völlig zu widerstehen vermag. Das wird immer dann offenbar, wenn der Mensch aus seinem gewohnten Alltag herausgerissen wird und in außergewöhnliche Umstände gerät, sei es durch Alkoholwirkung, Not, Verführung, Beeinflussung, schlechte Gesellschaft.

Ich habe Mörder und Totschläger, Einbrecher, Diebe, Menschenentführer, Denunzianten, Betrüger, Heiratsschwindler zu begutachten gehabt. In meiner Begegnung mit abertausenden von Menschen sah ich bisher noch nicht einen, der sich selbst als schlecht oder als böse angesehen hätte. Sie alle hielten sich für gute und ehrenhafte Menschen und gaben einen Teil der Schuld für ihr verbrecherisches oder fehlerhaftes Tun der Gesellschaft, den Umständen, der Verführung, dem Zufall, der Not. Bei genauer Betrachtung und Einfühlung — denn kein echtes Gutachten ist ohne Einfühlung möglich — mußte ich diesen Menschen glauben, und ich glaubte ihnen gerne, da ich es immer wieder mit-leidend erfuhr, wie sehr ihnen in ihrer oft ausweglosen Einsamkeit in entscheidenden Augenblicken die helfende brüderliche Hand fehlte.

Jahrzehntelang habe ich in Vorlesungen Jung und Alt gefragt, welche Person aus Gegenwart, Geschichte oder Literatur sie sich zum Vorbild nähmen. Sie alle haben Helden oder Heilige, oder große Gütige oder Gerechte genannt. Niemals hat einer einen Bösewicht oder Verbrecher sich zum Vorbild gewählt. Das ist doch ein Zeichen dafür, daß im Menschen immanent ein Leitbild des Guten, des Gerechten, des Selbstüberwindenden lebendig ist.

Der heilige Augustinus kleidet diese Erfahrung in die wunderbaren Worte: „Anima humana naturaliter est christiana“ (die Seele des Menschen ist von Natur eine christliche).

Diese These besagt allerdings nichts wesentlich anderes als die der Bibel, wonach der Mensch nach dem Antlitz Gottes gebildet sei. Doch ist zu sagen, daß der Mensch sich diesem Bilde nur in dem Maße zu nähern und es zu verwirklichen vermag, als er ihm ernstlich und unentwegt, kämpfend und gestaltend nachstrebt. Ihm selbst ist es auferlegt, der Bildner jenes Bildes zu sein. Dieser Weg aber ist ein schmaler Grat zwischen zwei Abgründen. Auf diesem schwierigen Pfad spielt sich der Kampf um die Selbstverwirklichung, um die Verwirklichung der „anima christiana“, des Ebenbildes Gottes ab.

Niemals bis zur Stunde des Todes gibt es ein Ausruhen, ein Erreichen, weil unsere fehlerhafte und triebhafte Natur uns jederzeit ein Bein zu stellen bereit ist, auch wenn wir hohe Grade der Weisheit oder der Heiligkeit erreicht haben mögen. Die giftigen und stachligen Pflanzen des Hochmuts, der Eitelkeit, der Überheblichkeit, der Unduldsamkeit, der Geltungssucht wuchern auf diesem Wege und streuen ihren Samen in unsere Seele.

Ein anonymer französischer Philosoph des achtzehnten Jahrhunderts sagt: „Nous sommes tous fous; la folie des uns est plus brillante, et celle des autres plus tranquille." (Wir sind alle toll, die Tollheit der einen ist glänzender, die der anderen stiller.)

Und: „On ne peut trop envier l'homme dans les différents âges. Quelle foule de passions! Quelle suite de faiblesses et de bizarreries!" (Auf keiner Altersstufe kann man den Menschen beneiden. Welche Fülle von Leidenschaften! Welches Nebeneinander von Schwächen und Absonderlichkeiten!)

Was der Mensch aus sich macht oder aus sich zu machen vermag, hängt von dem Bild, dem Vor-bild ab, das er in sich trägt.

Der Chinese hat seit tausenden von Jahren eine sehr treffende, sozusagen gestaffelte Psychologie vom Menschen. Entsprechend den Alters- und Reifungsstufen spricht er vom „schwachen Menschen", vom „begabten Menschen" und vom „weisen Menschen". Mit dem ersten ist der Mensch gemeint, der nicht die Gestaltungskraft besitzt, der ganz dem Schicksal unterworfen ist und den Versuchungen und Verlockungen unterliegt, indem seine Triebe Gewalt über ihn haben und ihn regieren. Er ist wie ein Kind, das noch nicht gelernt hat sich zu meistern und zu beherrschen.

Der begabte Mensch, das sind wir alle, das ist der Mensch der mittleren Jahre, der Gereifte, der die Gabe besitzt, sich zum Herrn über seine Triebe und Affekte, Lüste und Stimmungen zu machen, und der über die Gestaltungskraft verfügt. Er ist in dem Grade, in dem er sich selbst zu gestalten vermag, auch Herr seines Schicksals. Doch steht er im immerwährenden Kampf mit seiner „menschlichen Natur", mit dem „alten Adam".

Der weise Mensch ist das Ideal des Menschen schlechthin. Es ist jener, der das Ideal des ehrwürdigen Alters repräsentiert, der sich im Kampf durch und um das Dasein selbst überwunden hat, der sich den kosmischen Ordnungen oder Gott ähnlich gemacht hat, der beruhigt, weich, duldsam, verstehend, demütig, dienend, liebend und selbstlos geworden ist. Von ihm gehen helfende Kräfte aus; er hat, wie ein Magnet, anziehende Kraft.

Die östlichen Völker haben alle auch heute noch das Ideal des Weisen; noch mehr, sie verehren die alten Menschen als die möglichen Repräsentanten des weisen Menschen und, da dieses Vorbild allgemeine Gestaltung hat, strebt jeder, wenn er nicht gerade ein schwacher Mensch ist, danach, sich selbst in diesem Bild zu verwirklichen. Der Weise ist der zu Gott hingezogene Mensch. —

Der Buddhist, für den letzter Sinn des Lebens ist, sich in dem All oder Nichts des Nirvana aufzulösen, strebt nach möglichster Bindungslosigkeit und Vollkommenheit und nach höchstmöglicher Vergeistigung und Beherrschung, Unwirksammachung der vitalen niederen Triebe, wozu ihm die Yogamethoden eine wirksame Hilfe bieten.

Der Buddhismus beruht auf der Überzeugung, daß jeder Mensch alles, was für seine Erlösung nötig ist, selbst zu tun vermag.

Das Nicht-Gebundensein an die Dinge dieser Welt beschreibt der liebenswürdige chinesische Philosoph Dschuang Dsi († 320 v. Chr.) wie folgt: „Der höchste Mensch gebraucht sein Herz wie einen Spiegel. Er geht den Dingen nicht nach und geht ihnen nicht entgegen. Er spiegelt sie wieder, aber er hält sie nicht fest. Bis aufs letzte nimmt er entgegen, was der Himmel spendet, und hat doch, als hätte er nichts. Er bleibt demütig."

Und Dschuang Dsi's Lehrer, der große Lao Dse (570—490 v. Chr.), sagt über das Leiden und die Triebhaftigkeit des Menschen: „Der Grund, warum ich große Übel erfahre, ist, daß ich ein Ich habe. Wenn ich kein Ich habe, welches Übel gibt es dann noch?"

Kung Fu Tse (551—479 v. Chr.), der Zeitgenosse des Lao Dse, drückt die Selbstüberwindung so aus: „Was der Edle sucht, ist in ihm selbst. Was der geringe Mensch sucht, ist in den anderen."

Buddha zeigt dem Menschen den achtstufigen Pfad: „Rechtes Denken, rechtes Wollen, rechtes Handeln, rechtes Leben, rechtes Streben, rechte Besinnung, rechte Versenkung." —

Der Islam, das heißt: „Unterwerfung unter den Willen Gottes", lehrt uns die Selbstüberwindung und das stetige Vergleichen des eigenen Ich mit dem Verhaltensgesetz, das Allah uns gebietet. Fünfmal am Tage erforscht der Moslem im Gebet sein Gewissen und prüft, ob er in Gedanken, in Haltung, in Tat sich gegen sich selbst oder gegen die Geschöpfe Gottes vergangen habe. Durch diese periodische Einkehr in sich selbst wird die Sensibilität des Gewissens geschärft, und bei jedem falschen Verhalten setzen schmerzhafte Mechanismen ein, die wir Gewissensbisse nennen, welche zu einer Umkehr zwingen. Das Verhaltensgesetz des Islam geht, ähnlich wie das des Buddhismus und des Hinduismus, in mancher Hinsicht weiter als das des Christentums und umfaßt die ganze Kreatur. So heißt es in den Sprüchen (36, 39): „Wenn einer einen Spatzen schießt, so wird dieser am Tage der Auferstehung laut zu Gott schreien und sagen: »O mein Herr, dieser Mann hat mich für nichts getötet!«." Weiter heißt es: „Dinge, die Leben haben, sollst du nicht schießen!"

Der Sioux-Indianer betet zum großen Geist: „Ich sehne mich nach Kraft, nicht um meinen Brüdern überlegen zu sein, sondern um meinen größten Feind — mich selbst — bekämpfen zu können!"

Vom Judentum sagt Martin Buber, daß dort, unbeschadet des Glaubens an ein ewiges Leben, stets die Tendenz mächtig war, der Vollkommenheit eine irdische Stätte zu schaffen.

Die chassidische Bewegung erregte sowohl in den geistigen wie in den einfachen Menschen eine Freude an der Welt, wie sie ist; am Leben, wie es ist; an jeder Stunde des Lebens in der Welt, wie diese Stunde ist.

Die Welt, in der du lebst, so wie sie ist, und nichts anderes gewährt dir den Umgang mit Gott!

Balschemtow sagt: „Und besinne dies: wenn du stets in einem lauteren Gedanken verharrst, dann schaut auch der Schöpfer dich wie ein Mensch an."

Der Sinn des Christseins ist, wie wir es in den Bildern der Katakomben sehen, die Herrschaft des spirituellen Menschen über die Triebe und Stimmungen — das Bild vom Wagenlenker, der gelassen und doch straff die feurigen Rosse, seine Triebe lenkt. Christus spricht im Gleichnis vom Reiche Gottes: „Das Reich Gottes kommt nicht mit äußerlichen Gebärden; man wird auch nicht sagen: siehe, hier! oder: da ist es! Denn sehet, das Reich Gottes ist inwendig in euch!" (Lukas 17).

„Fasset eure Seelen mit Geduld", sagt Christus (Lukas 21), und Paulus appelliert an das Gewissen: „Dabei aber übe ich mich, zu haben ein unverletzt Gewissen allenthalben, gegen Gott und gegen Menschen" (Apostelgeschichte 21). Er zeichnet das Bild des pneumatischen Menschen: „Denn das Reich Gottes ist nicht Essen und Trinken, sondern Gerechtigkeit und Friede und Freude in dem heiligen Geiste. Wer darin Christo dient, der ist Gott gefällig und den Menschen wert" (Römer 14).

Das Erlebnis des „Stirb und Werde", der Überwindung des alten Adam und die Hinwendung zum Christusmenschen schildert Paulus von sich selbst in beredten Worten: „Ich lebe aber: doch nun nicht mehr ich, sondern Christus lebt in mir! Denn was ich jetzt lebe im Fleisch, das lebe ich in dem Glauben des Sohnes Gottes, der mich geliebt hat und sich selbst für mich dargegeben" (Galater 2). Und im Epheserbrief (Kap. 4) ruft er den Gläubigen zu: „So leget nun von euch ab nach dem vorigen Wandel den alten Menschen, der durch Lüste und Irrtum sich verdirbt. Erneuert euch aber im Geist eures Gemüts und ziehet den neuen Menschen an, der nach Gott geschaffen ist in rechtschaffener Gerechtigkeit und Heiligkeit!" Und schließlich im Galaterbrief (Kap. 5): „Die Frucht aber des Geistes ist Liebe, Freude, Geduld, Freundlichkeit, Gütigkeit, Glaube, Sanftmut, Keuschheit."

Goethe sagt dazu: „Ich glaube, daß wir einen Funken jenes ewigen Lichtes in uns tragen, das im Grunde des Seins leuchten muß und welches unsere schwachen Sinne nur von ferne ahnen können. Diesen Funken in uns Flamme werden zu lassen und das Göttliche in uns zu verwirklichen, ist unsere höchste Pflicht."

Aber auch dieser Weg zu Gott, der Weg zum neuen Menschen, ist ein dorniger Weg, der voller Abzweigungen ist. Im Gebüsch lauern Eitelkeit, Hochmut, Intoleranz, Selbstüberschätzung, Fanatismus, Scheinheiligkeit, Überheblichkeit. Der seine niederen Triebe überwindende Mensch kommt allzu leicht dazu, sich über seine Erfolge zu freuen und stolz darauf zu sein. Damit setzt er sich sofort wieder Schranken und ruht auf den Lorbeeren aus. Er besteigt also zwar eine höhere Plattform, bleibt aber darauf stehen, und schon wird das ganze Wirken unnütz, weil es kein Fortschreiten mehr ist. Der Mensch neigt dazu, Wurzel zu fassen, vergessend, daß er kein Baum und keine Pflanze, sondern ein Wandernder ist. Es ist so typisch für unsere materialistische Zeit, daß sie von der Verwurzelung oder Entwurzelung des Menschen spricht, ohne zu begreifen, daß der Sinn des geistigen Menschen das „Unterwegssein" ist. Daher preisen alle Religionen die Armut, weil der Arme nicht besitzt; er „sitzt" nicht auf den unbeweglichen Dingen, er ist darum bewegter.

Die Menschen haben es verlernt, die Zeichen der Zeit zu erkennen. In diesem Jahrhundert der Zivilisation, der Technik, der sozialen Sicherung wird die Menschheit in unvorstellbarer Weise entsichert. Mehr als 60 Millionen wurden allein im letzten Weltkrieg aus dem

Leben herausgerissen, weitere Millionen in nahezu allen Ländern aus ihrer Heimat vertrieben und entwurzelt. Die Massenbewegungen der Völkerwanderungszeit waren Bagatellen, verglichen mit den Geschehnissen von heute. Und doch begreift der Mensch nicht, daß sich hier an ihm etwas vollzieht, aus dem er lernen sollte, daß er hier nur ein Gast ist. Ein Mensch aber, der sich als Gast weiß, verhält sich anders als ein Besitzer: er ist höflich, dankbar, genießend, selbstbeherrscht und fröhlich, er fordert nicht, sondern gibt sich mit dem, was man ihm bietet, zufrieden. Wir sollten daher lernen, in uns das Bewußtsein, Gast auf dieser Welt zu sein, wach zu halten.

W. von Siebenthal sagt darüber in seinem Buch „Schuld und Schuldgefühl im psychiatrischen Erleben": „Die vorgebende Ordnung, innerhalb welcher der Mensch lebt, ist die Pilgerschaft. Sein Dasein ist umfassend charakterisiert als ein Auf-dem-Weg-sein. Nur so wird er selbst. — Niemand wird neue Gestade erlangen, nimmt er nicht den Abschied auf sich. Alle Schönheit wird zerstört, hält der Mensch sich fest. Klammert er sich an die Blumen des Frühlings, geht er der Reifung des Sommers und der Ernte des Herbstes verlustig."

Und *Manilal Gandhi,* der Sohn des Mahatma Gandhi, sagt zu Hans de Boer: „Wir sind immer heimatlos, solange wir auf Erden leben. Wir können unseren Brüdern helfen, das Leben besser zu ertragen. Wir können ihnen helfen, zu leiden. Der allein besteht das Leben, der gelernt hat zu leiden."

Der Zen-Meister sagt seinem Schüler immer wieder auf vielerlei Fragen nur den einen Satz: „Geh weiter, geh weiter." Bleibe nicht an dem Punkt, den du gerade jetzt mühsam erreicht hast, stehen. Es ist das Geheimnis des spirituellen Menschen, daß sein Vorbild immer viele Stufen höher steht als die Stufe, die er gerade erreicht hat. Jede Selbstzufriedenheit zerstört das soeben Erreichte. Man schaut als Überlegener mitleidig auf die Kreaturen, die unter einem sind, herab und merkt gar nicht, daß man vom Hochmutsteufel geritten wird. Rabbi Bunam sagte von einem in der Abgeschiedenheit lebenden Mann: „Mancher zieht sich in die Wildnis zurück und blinzelt durchs Gestrüpp, ob ihn keiner aus der Ferne bewundert."

Der Kampf des kleinen Ich zur Erlangung des großen Ich ist ein harter, ein unentwegter Kampf, und mancher verhärtet auch in dieser Entwicklung und legt sich einen neuen Panzer an, der sicherlich nicht anziehender ist als der vorhergehende. Kennen wir doch aus eigener Anschauung manche sogenannte Religiöse, Faster oder Enthaltsame, sauertöpfische, untolerante, enge, freudlose Mucker, die ständig ihre selbstgerechte Nase in fremde Angelegenheiten stecken. Wenn sie hart zu sich selbst sind, werden sie auch hart und unduldsam zu den anderen. So erzählt Martin Buber:

„Zum Maggid von Kosnitz kam einst ein reicher Mann. »Was pflegst du zu essen?«, fragte der Maggid. — »Ich führ mich bescheiden«, sagte der reiche Mann, »Brot und Salz, und ein Trunk Wasser sind mir genug.« — »Was fällt euch ein!«, schalt ihn der Maggid, »Braten sollt ihr essen und Met sollt ihr trinken, wie alle reichen Leute!« Und er ließ den Mann nicht gehen, bis er ihm versprochen hatte, es fortan so zu halten.

Nachher fragten die Chassidim nach dem Grund der wunderlichen Rede. »Erst wenn er Fleisch ißt«, antwortete der Maggid, »wird er wissen, daß der Arme Brot braucht. Solang er Brot ißt, meint er, der Arme könne Steine essen!«"

Doch ist dieser Weg zu sich selbst allein mit dem Intellekt und dem ausrichtenden Willen nicht gangbar. Wir alle sind sehr feine und sehr unterschiedliche Instrumente, die von der Atmosphäre abhängig sind. Gibt es atmosphärisch oder kosmisch, oder auch nur innerhalb der Familie oder der Arbeitsgemeinschaft „dicke Luft", so reagieren wir sehr feinfühlig mit Verstimmungen darauf. Es befällt uns Müdigkeit, Traurigkeit oder Unlust, oder wir sind gereizt. Bis zu einem gewissen Grade können wir mit dem Willen diese Verstimmungen beeinflussen, aber der Tenor, das Kolorit bleibt dann doch für einige Zeit gestört. Da hilft nur vorsichtige, liebevolle Geduld mit sich selbst. Ein guter Reiter wird nie sein Pferd hart an die Kandare nehmen, er wird ihm liebevoll zureden, es streicheln und ihm doch zu verstehen geben, daß er der Herr der Situation zu bleiben beabsichtigt.

Alles Sich-Beobachten nützt nichts, man steht sich selbst zu nahe und gewinnt keinen Abstand. Der Rabbi Uri gibt uns dazu ein Bild: „Der Mensch gleicht einem Baum. Willst du dich vor einen Baum stellen und unablässig spähen, wie er wachse und um wieviel er schon gewachsen sei? Nichts wirst du sehen. Aber pflege ihn allezeit, beschneide, was an ihm untauglich ist, wehre seinen Schädlingen; zu guter Frist wird er groß geworden sein. So der Mensch: es tut nur not, die Hemmnisse zu bewältigen, auf daß er zu seinem Wuchs gedeihe; aber ungeziemend ist es, allstündlich zu prüfen, um wieviel er schon zugenommen habe."

Über das Auf und Ab im Menschen sagt der Rabbi Mosche von

Kobryn: „Wenn du über ein frisch gepflügtes Feld wanderst, wechseln Furchen mit Kämmen. So ist der Weg im Dienste Gottes. Jetzt gehst du aufwärts, jetzt abwärts, jetzt packt dich der böse Trieb, jetzt packst du ihn. Sieh nur zu, daß du den letzten Schlag behältst!"

Der sich Überwindende geht stetig vorwärts auf dem Weg der Läuterung. Es ergeht ihm wie dem Sportsmann: zuerst, wenn er anfängt zu üben, ist er noch schwach und ungelenk und besitzt keine Ausdauer, aber im unablässigen Training gewinnt er das alles, ohne es recht zu bemerken. Plötzlich nimmt er wahr, daß er es nun meistert; er selbst vermag den Zeitpunkt, an dem das der Fall war, gar nicht mehr anzugeben. Aber alles, was unerfüllbar erschien, wird nunmehr leicht und selbstverständlich. So geht es auch uns mit der Meisterung unseres kleinen Ich.

Rabbi Bunam fragte einmal seine Schüler: „Woran erkennen wir wohl in diesem Zeitalter ohne Propheten, wann uns eine Sünde vergeben wird?" — Die Schüler gaben mancherlei Antwort, aber keine gefiel dem Rabbi. „Wir erkennen es daran", sagte er, „daß wir die Sünde nicht mehr tun!"

Das Anziehen des neuen Menschen, wie Paulus es nennt, ist keine Zäsur im Leben des Menschen, keine gewaltsame Bekehrung, es ist vergleichbar dem An- und Ausziehen an jedem Tage, es ist eine stetige Wiederholung, die vom Menschen bewußt vollzogen werden muß. Niemals gibt es, ebenso wie im Wechsel der Tage, ein Ende, ein Erreichen, immer aber ein neues Beginnen, ein Ausgleichen von Spannungen, ein Dämpfen und ein Anspornen.

Martin Buber berichtet in seinen chassidischen Büchern: „Ein Chassid klagte dem Gerer Rabbi: »Ich habe mich gemüht und abgemüht, und doch ergeht es mir nicht wie dem Meister eines Handwerks; dem tut sich nach zwanzig Jahren Arbeit doch irgendein gutes Zeichen an seinem Werk kund: daß es schöner als einst gelingt oder schneller als einst gerät, — ich aber sehe gar nichts. Wie ich vor zwanzig Jahren gebetet habe, so bete ich heut!«

Der Zaddik antwortete: »Es ist im Namen Elias gelehrt: ‚Der Mensch nehme die Thora auf sich, wie der Ochs sein Joch und der Esel seine Last' — sieh, wie der Ochs des morgens aus dem Stall aufs Feld geht und pflügt und heimgeführt wird, und so Tag um Tag, und nichts ändert sich ihm, aber das gepflügte Feld bringt seine Frucht.«"

Alles Wachstum aber, alles Reifen, ja sogar alles Vergehen in der Natur hat seine Lust. Betrachten wir nur die ekstatische Pracht und

Fülle des Herbstes und das Gold der abgestorbenen Blätter, die ohne Schmerz niederfallen und im Tod noch leuchten. Mit gleicher Freude müssen wir unseren Lebensweg gehen. Gelangt der Mensch zur Harmonie, zum Einklang mit den kosmischen Mächten, so kann er nur freudvoll sein, da Harmonie keine andere Gestimmtheit als die der Freude kennt. Da wir uns aber in der Zivilisation und im Jagen nach Besitz, in der Angst und der Dämonie der Politik des Nicht-mehr-Verstehens zu weit von den positiven Kräften entfernt haben, müssen wir auch diese Freude bewußt wieder aus den Tiefen unserer Seele heraufholen und sie bewahren.

Der an die Schönheit viel fester gebundene Japaner drückt diesen Zustand in einem kleinen Gedicht aus:

> Im Frühling sind die Blüten,
> und im Herbst der Mond,
> im Sommer ein erfrischender Luftzug
> und im Winter der Schnee.
> Was brauche ich sonst?
> Jede Stunde des Tags
> ist für mich eine Stunde der Freude!

Und unser Landsmann Angelus Silesius, der schlesische Wandersmann, sagt das gleiche mit anderen Worten:

> Halt an, wo läufst du hin? Der Himmel ist in dir!
> Suchst du Gott anderswo, du fehlst ihn für und für!

Und die Bhagavadgita sagt: „Rein ist die Freude, die man sich erringt durch stete Mühe, bis die Mühe selbst zur Freude wird, die anfangs schmeckt wie Gift, und in der Folge süß wie Honig wird."

Rabbi Pinchas sagt darüber: „Alle Freuden stammen aus dem Paradies, auch der Scherz, wenn er in wahrer Freude gesprochen wird." Und der Berditschewer Rabbi ergänzt: „Der wahrhaft Freudige aber ist wie einer, dem das Haus verbrannte und der darüber Not in seiner Seele erlitt; dann aber begann er ein neues zu bauen, und über jeden Stein, der gelegt wird, freut sich sein Herz."

Buddha aber kennzeichnet diesen Zustand des inneren Wachstums: „Die Vergänglichkeit allen Seins überdenkend, betrachte ich, wie ich beim Gehen mich selbst hinter mir zurücklasse."

VON MENSCH ZU MENSCH

Als Kinder hatten wir Freude daran, in das ruhende Wasser eines Teiches Steinchen zu werfen, und beobachteten, wie vom fallenden Stein zuerst ein Wasserring sich bildete und dann konzentrisch ein Ring auf den anderen folgte. Je größer der Stein war und je größer die Gewalt des Wurfs, um so weiter dehnten sich die Ringe aus und um so größer waren die Wellen. Besinnend vergleichen wir dieses Bild mit der Wirkung einer Person, einer schwachen oder einer gewichtigen, oder einer Tat oder einer in die Welt geworfenen Idee.

Warf man nun mehrere Steinchen gleichzeitig oder nacheinander in das Wasser, so überschnitten sich die sich ausweitenden Kreise und gelangten in den Wirkungsbereich der anderen, je nach der gegenseitigen Nähe oder der Intensität des Wurfs, bis in die Mitte hinein oder sogar noch weiter, so daß der ganze Kreis von dem anderen, größeren umschlossen wurde.

So — denken wir — ist die gegenseitige Wirkung der Menschen untereinander. Scheinbar leben sie nebeneinander dahin, in Wirklichkeit reichen ihre Atmosphäre, ihre Gedanken, ihre Handlungen, ihre Gebete, ihre Liebe und Fürsorge, ihr Haß bewußt oder unbewußt weit in das persönliche Gebiet der anderen hinein.

Durchwandern wir die Museen oder betrachten wir Reproduktionen von Kunstwerken, so fällt uns — sei es in den Grabkammern Ägyptens oder auf den Wandmalereien von Kreta, sei es auf bemalten griechischen Vasen, auf persischen Miniaturen oder auf orthodoxen Ikonen, sei es bei den Tuschmalereien der Chinesen und Japaner oder in der abendländischen Malerei und Plastik — die Getragenheit des Zu-einander auf. Überall sehen wir Menschen in der Begegnung mit Menschen, mit Tieren, mit Dingen und mit der Natur. Von den ältesten und primitivsten künstlerischen Versuchen bis zu den Impressionisten finden wir getragene, geheiligte Gesten der Begegnung.

Beide Begegnenden stehen in einer geheimnisvollen Ehrfurcht voreinander. In der Verneigung, der Verbeugung macht sich der Begegnende kleiner, demütiger vor der Größe des anderen. Man spürt es deutlich, daß hier nicht nur Wesen sich zufällig anderen Wesen nähern, sondern daß zwischen ihnen in dem Zueinander etwas geschieht, als ob eine unsichtbare Wesenheit sie verbinde. Es ist, als ob die Begegnung immer in der Gegenwart einer größeren, geistigen Macht, in der Gegenwart Gottes, stattfinde.

Ganz besonders deutlich wird das in den Malereien des Mittelalters, in den Miniaturen, Buchmalereien und Fresken. Der religiös gebundene Mensch erlebte sich und die Kreatur als ruhend in Gottes Hand, und so lag der Schimmer Gottes auf allem, was er darstellte. Wie getragen, gemessen, voller Ehrfurcht und Hingebung sind die Bewegungen und Gesten bei Giotto oder Masaccio, bei Meister Franke oder Meister Bertram, oder bei Stephan Lochner!

Eines unterscheidet unsere heutige Gesellschaft recht wesentlich von allen vergangenen Jahrhunderten und Jahrtausenden der Menschheitsgeschichte: Der Mensch der Vergangenheit stand in der Demut, in der Ehrfurcht und in der Verehrung. Der heutige abendländische Mensch steht vorwiegend in der Ehrfurchtslosigkeit. Wir sehen es beispielsweise an der immer kleiner werdenden Zahl der zu verehrenden Personen.

Das Mittelalter ist gekennzeichnet durch einen Trieb nach Verehrung. Der Mensch bedurfte gottähnlicher Existenzen. Verehrt wurden die Eltern und die Alten, die Meister, die Lehrer, die Obrigkeit, — und am meisten die Heiligen und die Seligen, die großen Liebenden, die Weisen und Selbstüberwinder und die Dichter. In der Epoche des Minnesangs wurde die Frau in überschwenglicher Weise verehrt. Das Bedürfnis nach einem Vorbild, das in der Kunst der Selbstbeherrschung, oder der Meisterung von Künsten, oder auf dem Wege zu Gott Hohes erreichte, war so groß —, so groß auch die Sehnsucht nach diesen persönlichkeitsentfaltenden Kräften, daß man in die Anderen Dinge hineinprojizierte, die möglicherweise in Wirklichkeit gar nicht vorhanden waren.

In der Renaissance vollzieht sich bereits die Säkularisation. Das Ich der Person beginnt zu wachsen, sich auszudehnen, für sich größeren Raum und mehr Gewicht zu beanspruchen. In der Kunst entwickelt sich das Porträt. Die Person ist so wichtig, daß sie sich im Bilde festhalten möchte. Sie tritt aus der geschichtslosen Anonymität heraus. Ganz bescheiden ließ sich früher ein Stifter einer Altartafel in einem Eckchen des Gemäldes kniend abkonterfeien. Jetzt steht er groß in der Mitte eines Rahmens, umrauscht von üppigen Vorhängen und umgeben mit den Insignien seiner Macht, seines Besitzes oder seiner Kunst. In dem Maße, in dem die Gewichtigkeit der Person zunimmt, verringert sich ihre Demut und das Bedürfnis nach Verehrung.

Die Zahl der Heiligen nimmt seit der Renaissance fortlaufend ab. Sicherlich gibt es in der allgemein zunehmenden Verweltlichung weniger Menschen, die sich der Armut, der Demut, der Liebe, dem Gebet und dem Dienst verschreiben. Aber es gibt noch weniger Menschen, die sich solche Personen als Vorbilder der Verehrung wählen.

Die Reformation, von Hus über Wicleff bis zu Luther und Calvin, schafft die Verehrung der Heiligen ab. Die Meinung ist, Gott allein zu dienen, ihn allein anzubeten und um Beistand zu bitten und den überwuchernden Heiligenkult auszuschalten. Damit wurde aber in einem großen Teil der Bevölkerung eines der wichtigsten menschlichen Vorbilder entwertet, ohne daß andere an seine Stelle getreten wären.

Die intellektuell eingestellte Aufklärungszeit hatte vollends kein Gefühl und keine Beziehung zum Akt der Verehrung des spirituellen Menschen. Allerdings schuf sie die Vorstellung von der Gleichheit der Menschen und die Postulation der Menschenrechte, die Ehrfurcht vor jedem menschlichen Wesen und ein säkularisiertes Humanitätsideal.

Unsere Zeit, deren Wissenschaft noch auf der materialistischen Auffassung des neunzehnten Jahrhunderts fußt, hat die Seele und den Geist entthront und zu Funktionären physiologischer und niederer Reaktionsvorgänge degradiert.

Durch die Psychologie und die Psychoanalyse wurde der Mensch erklärbar und deutbar. Jede Handlung, jedes Verhalten, jede seelische Eigenart hatte ihre Entsprechung im Körperlichen, im Typus, in der Physiologie, in den jeweiligen Geltungstrieben und im Milieu. Jeder hatte zum Handeln bestimmte und aus niederen Trieben und Regungen entspringende Motivierungen. Alles Hochgespannte oder Überspannte wurde als pathologisch erklärt. Es gab einen Größenwahn Jesu Christi, eine Schizophrenie der Propheten Jeremia, Jesaia und Elia, eine Halluzinose des Heiligen Augustinus und des Heiligen Antonius, einen pathologischen Altruismus des Heiligen Franz von Assisi. Geniale Künstler, Dichter, Maler, Bildhauer, Schauspieler, Erfinder und Politiker wurden zu Psychopathen gestempelt. Es wurden Entsprechungen zwischen Genies und Kriminellen oder Geisteskranken aufgedeckt.

So sagt *Karl Jaspers* treffend über die Psychoanalyse: „Der Mensch wird Forschungsgegenstand für die Anatomie, Physiologie, Psychologie und Soziologie. Die Anthropologie als Rassen- und Konstitutionsforschung studiert seine Leiblichkeit im Ganzen. Ein beträchtliches Wissen ist erworben, dessen Grundzug ist: jede Erkenntnis ist partikulär, auch die relativen Ganzheiten; die Erkenntnisse bleiben zerstreut, schließen sich nicht zu einem vollendeten Bilde. Daher gerät dieses Erkennen des Menschen überall in die Irre, wo es zu Totalurteilen über das Menschsein, zu dem vermeintlichen Bescheidwissen im Ganzen führt.

So ist es auch mit den Theorien vom Menschen, wie sie für begrenzte Horizonte sinnvoll von der Psychoanalyse, dem Marxismus, der Rassenlehre entworfen sind. Sie verschleiern den Menschen selbst, sobald sie mehr wollen, als Seiten seiner Erscheinung erforschen. Die Forschung zeigt uns zwar sehr merkwürdige, überraschende Dinge am Menschen, aber je klarer sie wird, desto bewußter auch, daß sie nie den Menschen im Ganzen zum Forschungsgegenstand gewinnen kann. Der Mensch ist stets mehr, als er von sich weiß. Das gilt sowohl vom Menschen überhaupt, wie von jedem Einzelnen.

Verabsolutieren eines immer partikulären Erkennens zum Ganzen einer Menschenkenntnis führt zur Verwahrlosung des Menschenbildes. Die Verwahrlosung des Menschenbildes aber führt zur Verwahrlosung des Menschen selber. Denn das Bild des Menschen, das wir für wahr halten, wird selbst ein Faktor unseres Lebens. Es entscheidet über die Weisen unseres Umgangs mit uns selbst und mit den Mitmenschen, über Lebensstimmung und Wahl der Aufgaben.

Der Mensch findet in sich selbst, was er nirgends in der Welt findet, etwas Unerkennbares, Unbeweisbares, niemals Gegenständliches, etwas, das sich aller forschenden Wissenschaft entzieht: die Freiheit und was mit ihr zusammenhängt. Hier führt der Weg über die Welt und selbst zur Transzendenz."

Immer mehr „Rufer in der Wüste" stehen auf und mahnen zur Umkehr aus der Sackgasse, in die uns die materialistische Psychologie hineinmanövriert hat. *Karlfried Graf Dürckheim* sucht für uns einen solchen Ausweg. Er sagt: „Die Verrückung des Schwerpunkts des Lebensbewußtseins aus der Verankerung in seiner göttlichen Mitte in das Zentrum eines erkenntnis- und gestaltungsmächtigen Ich-Geistes bedeutet aufs Ganze gesehen eine Säkularisierung unseres Lebens, in der der divine Urgrund dem Wirklichkeitsgefühl des Menschen entgleitet . . .

Während die entlarvende Psychologie einer vergangenen Zeit schon glaubte, zu dem, was wirklich ist, vorzustoßen, wenn sie hinter den sublimen Fassaden der Persönlichkeit die Tatsächlichkeit unserer Triebe entdeckte, geht es heute um eine entlarvende Anthropologie, die hinter der scheinbaren Wirklichkeit der im Pseudoselbst verankerten säkularen Ordnungen unseres Welt- und Wertbewußtseins als die eigentliche Wirklichkeit das in ihnen verhüllte, aber zur Manifestation drängende Divine entdeckt. Der christliche Glaube an den dreieinigen Gott und seine Allmacht, Weisheit und Liebe kann nie durch Seinserfahrungen ersetzt werden. Wohl aber kann innerhalb einer von Christus angesprochenen Menschheit in ihnen das Tor zum Glauben neu aufgehen.

Dem in Gott Geborgenen oder sich in solchen Lagen einfach Gott anheimgebenden Menschen wird es zuteil. Aber gerade die Menschen, die an ihrem Gottesbilde irre geworden und, an der Fragwürdigkeit dieses Lebens fast zerbrechend, zu uns kommen, sind oft näher, als wir wissen, daran, ihr kleines Ich und seinen Anspruch auf Sicherheit, Sinn und Liebe fallen zu lassen und im Durchbruch zum Wesen das größere Leben, den übergeordneten Sinn und eine umfassende Liebe zu erfahren."

Mit dem Verlust der Ehrfurcht ist auch die Ritterlichkeit aus unserem Dasein gewichen. Noch vor fünfzig Jahren duellierten sich die Männer, wenn ihr — allerdings überspitztes — Ehrgefühl durch ein unehrerbietiges Wort, eine Klatscherei, eine Ehrabschneidung verletzt wurde. In Japan schied ein Mann freiwillig aus dem Leben, wenn er in unehrenhafte Dinge verwickelt wurde oder wenn nur ein Schatten des Verdachts einer Feigheit oder Unzulänglichkeit auf ihn fiel. Heute gebrauchen unsere Parlamentarier in Rede und Presse oft eine beleidigende und aggressive Sprache einander gegenüber, die wahrlich kein Vorbild für die Bevölkerung sein kann. In ähnlichem Ton verkehren die Staaten miteinander. Die ganze Lebensatmosphäre ist von gegenseitigem Mißtrauen, Verdächtigungen und Mißgunst vergiftet. Trotz steigendem Wohlstand und Lebenssicherung in den meisten Ländern schwindet die Lebensfreude und macht einer Dysphorie, einer Verstimmung und Lebensangst Platz.

Die der Vermassung unterworfene Gesellschaft wird von papierenen Paragraphen regiert. Hinter jedem Schicksal stehen, von der Wiege bis zur Bahre, anonyme Funktionäre des Staates, die das Dasein regulieren. Formulare, Fragebögen, psychologische Gutachten, Eignungsberichte und Leistungsberichte umrahmen unser zum Klischee gewordenes Dasein. Nur der genormte Mensch hat noch Geltung. Jedes Ausbrechen aus der von dem jeweilig regierenden Staat mit seiner jeweiligen Weltanschauung geprägten und zugelassenen Norm wird beargwöhnt und als Psychopathie oder Geistesabartigkeit erklärt.

Die moderne Gesellschaft befindet sich auf einer stetigen Flucht aus der Phantasie in die „Wirklichkeit“, das heißt, nur das Nützliche hat einen Wert. Als Endziel dieser Nützlichkeit steht die Technik, die schließlich zum Selbstzweck wird. Der Mensch gerät wie der Zauberlehrling in ihren Machtbereich; sie dient nicht mehr ihm, er wird zu ihrem Sklaven.

Es ist die Tragödie des Menschen, daß dieser mit wenigen Ausnahmen, wie etwa unter König Asoka, oder in der Zeit der frühen Christen, oder bei der Gründung von Pennsylvanien durch William Penn, nie Mittelpunkt des Daseins war, sondern daß immer ein Absolutismus, ein Totalitarismus, ein weltanschauliches System ihn für seine Machtansprüche mißbrauchte. So schön die von William Penn zuerst erkannten und verwirklichten Ideen der Menschenrechte, die später von den amerikanischen Staaten postuliert und von der französischen Revolution übernommen wurden, auch waren, der Mensch hatte nur sehr bedingt einen Nutzen davon. Immer war es nicht die Gesellschaft, sondern der Staat — ein Abstraktum, hinter dem sich Gruppen von Machthabern verbergen —, der den Menschen für sich beanspruchte.

Die Ehrfurchtslosigkeit jedes gegen jeden ist so allgemein geworden, daß man den Klatsch und die seelische Entblößung des Mitmenschen als eine Art Gesellschaftsspiel betreibt. Auch daran ist nicht zuletzt die Profanierung des Menschen durch die Psychoanalyse schuld: dieser erscheint unter Zugrundelegung ihrer Lehren als in seiner Lebensmotivierung leicht durchschaubar. Nach dieser Theorie entspringen letztlich alle Impulse recht primitiven Triebreaktionen. Alles Geheimnisvolle, Gute, Edle, Heilige ist hinweggezaubert. Der Helfende, der Gute, der Selbstlose handelt bloß aus Geltungsdrang, oder unter erotischem Antrieb, wenn nicht gar aus versteckter und uneingestandener Sexualität, zumindest aber aus dem Wunsch nach Selbstbestätigung. So wie das ganze Leben normiert ist, wird auch die Menschenseele billigen Klischees unterworfen.

Wie wenig echte Ehrfurcht und Liebe zu den Menschen vorhanden ist, kann man, wenn man Augen hat zu sehen, daraus erkennen, mit wie wenig wirklicher Güte die Menschen von anderen beurteilt werden. Erhält man papierene Berichte über Menschen — Gerichtsakte, Sozialamts-, Jugendamtsakte, Sozialgerichts- oder Entschädigungsamtsakte —, immer fällt auf, wie der Blick des Gutachters, auch des Arztes, auf die negativen Eigenschaften des Menschen fällt und wie diese, weit mehr als die positiven, nach allen Richtungen ausgeschlachtet werden. Finden wir in den Akten eine rot unterstrichene Stelle, so bezieht sie sich immer auf menschliche Unzulänglichkeiten, Versagen, Schlechtigkeiten. Niemals wird eine gute Eigenschaft hervorgehoben oder vielleicht mit einem blauen Strich unterstrichen! Dieses Verfahren nennt sich objektiv; welch ein Hohn auf den Menschen, daß als objektiv immer das Negative, das Böse gilt! Das Auge jedes Lesers solcher Akten haftet naturgemäß auf den rot unterstrichenen Stellen, und so wird eine negative Eigenschaft, eine Verfehlung durch ein ganzes Leben hindurchgezogen, verfärbt das Wissen um die Person und wirft einen dunklen Schatten auf deren ganzes Dasein. Dieses grausame, entmenschte Spiel ist nur darum möglich, weil im Menschen der modernen Zeit jedes Gefühl für die Heiligung, für die Unantastbarkeit und das Einmalige, Geheimnisvolle jedes einzelnen Menschen verlorengegangen ist.

Hans March sagt in der Erkenntnis der Hybris unserer Tiefenpsychologie: „Das ist die Gefahr jeder Tiefenpsychologie, die sich hypertroph, allwissend dünkt und nicht die Grenzen jeglicher Wissenschaft weiß. Erst aus der Anerkennung des Menschen als eines homo religiosus, nun aber im wahren theozentrischen Sinne des Wortes, empfängt die Tiefenpsychologie die Demut und die Ehrfurcht, auch wissenschaftlich unzulängliche Bezirke als heilige Reservate bestehen zu lassen. Erst wo dieses Wissen auch durch unser eigenes Herz ging und uns fortan liebesfähiger machte, haben wir es recht begriffen."

In sehr einprägsamer Weise gibt der große, gütige Philosoph *Martin Buber* eine Analyse unserer Zeit. Er spricht über . . . „die zunehmende Erschwerung des echten Gesprächs und besonders des echten Gesprächs zwischen Menschen verschiedener Art und Gesinnung. Ich meine das universale Mißtrauen unseres Zeitalters, die Dämonie des grundsätzlichen Mißtrauens. Mit dieser veränderten Grundhaltung, die in den Lehren von Marx und Freud wissenschaftliche Rationalisierungen gefunden hat, ist das Mißtrauen zwischen Mensch und Mensch existenziell geworden. Die Durchschauung und Entlarvung wird jetzt der große zwischenmenschliche Sport, von dem, die ihn treiben, freilich nicht ahnen, wohin er sie verlockt. Wen kein anderes Wesen bestätigt, dessen Selbstbestätigung hält nicht stand, er muß sich mit immer krampfhafteren Anstrengungen sie wiederherzustellen bemühen, und zuletzt erfährt er sich als unabwendbar preisgegeben."

Im Bezirk des nur Rationalen und des Materiellen gibt es schlechthin keine Heiligkeit, denn die Heiligkeit ist an das Transzendente, an Gott gebunden. Ist der Raum für die Heiligkeit verschlossen, so fehlt dem Menschen auch der echte Zugang zu Ehrfurcht und Verehrung, denn verehren kann er nur etwas, das vom Hauche Gottes erfüllt ist; ist es gottlos, entgottet, so wird es zum Ding, zum biologischen Wesen herabgewürdigt.

Betrachten wir die alten Kunstwerke, die die Begegnung beschreiben, so fühlen wir ganz deutlich das Andere, das sich zwischen den Begegnenden vollzieht; in der Geste der Ehrfurcht, der Demut, des Verneigens, der Umarmung ist immer etwas Heiliges, etwas Ehrfürchtiges mit eingeschlossen, es ist die alles verbindende Hand Gottes, dessen Gegenwart wir unabweislich spüren, die dem Kunstwerk selbst das Besondere, Geheimnisvolle verleiht.

Carl Gustav Jung sagt: „Während der vierzig Jahre meiner Tätigkeit kamen zu mir Suchende aus vielen Ländern der Erde. Im Grunde suchten sie alle die verlorene Rückversicherung. Niemand wurde geheilt, es sei denn, daß er zu seiner Religion kam. Jeder dieser Suchenden krankte daran, daß die Religion ihm zur leeren Phrase geworden war."

Hinsichtlich einer Umkehr der Gesinnung zum Menschen hin sagt *Goethe* in »Wilhelm Meisters Lehrjahren«: „Wenn wir uns als möglich denken können, daß der Schöpfer der Welt selbst die Gestalt seiner Kreatur angenommen und auf ihre Art und Weise sich eine Zeit lang auf der Welt befunden habe, so muß uns dieses Geschöpf schon unendlich vollkommen erscheinen, weil sich der Schöpfer so innig damit vereinigen konnte. Es muß also in dem Begriff der Gottheit liegen, und wenn wir auch oft eine gewisse Unähnlichkeit und Entfernung von ihr empfinden, so ist es doch um desto mehr unsere Schuldigkeit, nicht immer wie der Advokat des bösen Geistes nur auf die Blößen und Schwächen unserer Natur zu sehen, sondern eher alle Vollkommenheit aufzusuchen, wodurch wir die Ansprüche unserer Gottähnlichkeit bestätigen können."

Und der Philosoph *Aldous Huxley* schreibt: „Die Menschen, so wird mehr oder weniger stillschweigend angenommen, sind nichts als Leiber, Tiere, ja sogar Maschinen; die einzigen wirklichen Elemente der Wirklichkeit sind Materie und Energie in ihren meßbaren Aspekten; Werte sind nichts als Illusionen, die irgendwie mit unserer Erfahrung von der Welt in Vermischung gerieten; geistige Vorgänge sind nichts als Begleiterscheinungen, hervorgerufen und abhängig vom Physiologischen; Vergeistigung ist nichts als Wunschträume und mißleitete Geschlechtlichkeit, und so weiter ... Die politischen Folgen dieser Philosophie des »nichts als« kommen deutlich zum Vorschein in der für unsere Zeit so charakteristischen Gleichgültigkeit gegen den Wert der menschlichen Persönlichkeit und des menschlichen Lebens."

Während der englische Naturforscher und Philosoph *Charles Robert Darwin* (1809—1882) seine bekannte Theorie von der natürlichen Zuchtwahl durch den Kampf ums Dasein proklamierte, die für die Haltung des Menschen des neunzehnten und zwanzigsten Jahrhunderts bedeutungsvoll wurde, hielt der Petersburger Zoologe *Karl Keßler* 1879 einen Vortrag über das „Gesetz der gegenseitigen Hilfe in der Natur". Beide haben recht, es kommt nur darauf an, mit welchen Augen man das Dasein betrachtet. Darwin folgert, daß in der Natur der Stärkere, Gesündere und Kräftigere sich auf Kosten des Schwächeren, Älteren, Kränkeren durchzusetzen vermag und daß durch den unerbittlichen Kampf und die frühe Vernichtung des Schwächeren eine natürliche Auslese der Kraftvolleren entsteht.

Diese Lehre zieht sich wie ein böser roter Faden durch unsere Zeit. Sie verführte Philosophen wie *Houston Stewart Chamberlain* (1855 bis 1927) zu der Idee der Höherwertigkeit einer bestimmten Rasse, etwa der germanischen („Die Grundlagen des neunzehnten Jahrhunderts") und seinen gelehrigen Schüler Adolf Hitler zum „Aufräumen mit der Humanitätsduselei", zur Vernichtung „lebensunwerten Lebens" und zu allen Bestialitäten an Menschen, an politischen Gegnern und Angehörigen anderer Völker und Rassen. Er hatte Vorläufer und Mitläufer in namhaften Gelehrten, Sozialhygienikern wie *Lenz,* und Psychiatern wie *Ernst Mann,* der für die „kraftvolle Entfaltung der Menschheit" die amtliche Tötung von chronisch Nervenschwachen, Tuberkulösen, Luetikern und Geisteskranken forderte. 1913 schon publizierte *Binding* eine „wissenschaftliche" Arbeit mit dem Titel „Freigabe der Vernichtung lebensunwerten Lebens". Und ein Psychiater von der Qualität *Hoches* schreibt: „Eine neue Zeit wird kommen, die von dem Standpunkte einer höheren Sittlichkeit aus aufhören wird, die Forderungen eines überspannten Humanitätsbegriffes und einer Überschätzung des Wertes der Existenz schlechthin mit schweren Opfern dauernd in die Tat umzusetzen."

1905 hielt der russische Nihilist, Fürst *Peter Krapotkin* (1842 bis 1921), der einen utopischen Menschenstaat vorausahnte, in Leipzig einen Vortrag über „Gegenseitige Hilfe in der Entwicklung", in dem er das Prinzip der gegenseitigen Unterstützung im Dasein aufzeigte. Wie anders erscheinen die Welt und die gegenseitigen Beziehungen der Kreaturen unter diesem freundlicheren Aspekt! Nicht nur der Stärkere hat recht und ist dank seiner kräftigeren Konstitution der Bessere und Überlebende, sondern in sinnvoller Weise reichen die Starken den Schwachen die helfende Hand. Wie könnte die Menschheit auch unter dem Gesichtspunkt leben, daß jedermann, der in die Situation des Schwächeren gerät, sei es durch Alter, Krankheit, Kriminalität, politische Gesinnung oder Unfall, von Amts wegen zu vernichten sei! Welch ein Haß und Mißtrauen jedes gegen jeden müßte daraus resultieren! Und wie ist es möglich, daß wir (die Nutznießer eines solchen Regimes eingeschlossen) dieses Mißtrauen, noch mehr, das Fehlen jeder Möglichkeit, sich gegenseitig zu vertrauen, die sich jederzeit als tödlich erweisen konnte, jahrelang erduldet haben!

In unserem Egoismus, unserer Selbstüberschätzung und unserer Selbstbezogenheit realisieren wir gar nicht, wie eng wir mit sichtbaren und unsichtbaren nahen und ganz fernen Menschen auf geheimnisvolle Weise verbunden sind. Wir nehmen dieses gewohnte Zueinander und Nebeneinander im täglichen Leben gedankenlos hin. Wir halten recht viel von uns selbst, von unserem Wissen, Können und unseren Leistungen. Wenn aber eines Tages unsere Hausgehilfin oder das Kindermädchen, die Sprechstundenhilfe oder die Sekretärin erkrankt, merken wir, wie hilflos wir mit all unserem Wissen und Können sind. Wir merken dann erst, daß unsere Arbeit und Leistung gar nicht auf uns allein beruht, daß sie ohne die hilfreichen Hände, die uns dienen und die durch ihren Dienst sich den Lebensunterhalt verdienen, nicht gedeihen kann. So mag ein Chef ein *primus inter pares* sein, allein und ohne Hilfe ist sein Dasein ohne Gewicht.

Schön und bequem sind alle technischen Errungenschaften, die uns das Leben erleichtern. Wird aber die Ölheizung, die Wasserleitung oder die Lichtleitung defekt und ist gerade der Installateur erkrankt, so merken wir, wie sehr wir seiner Hilfe bedürfen und welch wichtige Position er in solchen Augenblicken in unserem Leben einnimmt. In dieser Situation wird er für uns zum lebensnotwendigsten Individuum. Bricht irgendwo ein Krieg, eine Katastrophe oder ein Generalstreik aus, so wird uns spürbar bewußt, wie still und reibungslos alltäglich die gegenseitige Hilfe vonstatten ging und wie unersetzlich am Ende jeder Mensch in seiner gesellschaftlichen Funktion ist. Schade ist nur, daß wir dieses Miteinander- und Ineinander-Arbeiten so selten bemerken und nicht mit der gebührenden Ehrfurcht,

Liebe und dankbaren Zugewandtheit ihrer Majestät der Zeitungsfrau und ihrer Majestät der Putzfrau sowie seiner fürstlichen Gnaden dem Bäckerlehrling begegnen.

Von zentraler Bedeutung ist — und das müssen wir neu lernen, wollen wir zum echten Genuß am Leben kommen —, daß wir den Sinn und Wert der Begegnung und den Sinn der Ehrfurcht vor allem Daseienden erkennen; denn aus dem Element der Wertschätzung und der Ehrfurcht schöpfen wir unsere Lebenskraft. Ein Mensch, der in keinem Bezirk seines Seins mehr geachtet und geehrt wird, verkümmert, weil er auf sich allein zurückgeworfen ist, er bleibt ohne Antwort, und sein Leben wird sinnlos.

Aus Selbstbezogenheit und Egoismus beanspruchen wir zwar für uns selbst das volle Maß an Ehrerbietung, wir vergessen aber geflissentlich, sie den anderen Menschen zukommen zu lassen. Das trifft gerade für die empfindlichsten Individuen zu, für die, welche in abhängigen sozialen Stellungen sich befinden oder die altersmäßig — als Kinder, Jugendliche oder als Greise — noch nicht oder nicht mehr im Kurs der Wertschätzung stehen.

Mangelnde Ehrfurcht zeigt sich am deutlichsten dem Kinde gegenüber, dem eigenen wie dem fremden. Obwohl wir alle diese Daseinsschule durchlaufen haben, mit allen ihren Freuden, Ängsten, Verlassenheiten und Leiden, haben wir doch diesen Abschnitt unserer Lebensgeschichte nahezu vollständig vergessen. Wir können uns in den kleinen Menschen kaum mehr einfühlen. Wir haben auch, wegen seiner Kleinheit und Unmündigkeit, noch nicht das Gefühl eines „Gegenüber". Wir betrachten das Kind, wenn es unser Erzeugnis ist, als unseren Besitz und sind uns nicht bewußt, daß es seit der Durchtrennung der Nabelschnur nun ein eigenes Wesen ist, das in einem sehr frühen Stadium seiner Entwicklung sich bereits als Individuum fühlt und ein Recht auf Achtung und Ehrfurcht geltend machen kann. So sagt Mong Tse (372—289 v. Chr.): „Ehrfurcht ist das Mittel der Harmonisierung des Charakters. Wenn Vater und Sohn einander lieben, die Brüder in Eintracht leben, und Mann und Frau in Frieden sind, wenn so jedermann sein Haus in Ordnung bringt, so kommt die Welt zur Ruhe."

Und Kung fu Tse sagt: „Ehret das Kind, denn ihr könnt nicht ahnen, was alles in ihm verborgen ist und was Großes aus ihm werden kann, ehret in ihm schon seine Zukunft." Damit regt er unsere Phantasie an, daß wir uns vorstellen sollen, wozu das Kind sich zu entwickeln vermag, und gibt uns Anweisung, durch unsere ehrfürchtige Begegnung mit ihm die Keime zu diesem noch unbekannten möglichen Großen zu entwickeln und ihm das rechte Klima zu verschaffen.

Jesus Christus spricht mit allem Nachdruck: „Lasset die Kindlein zu mir kommen" und stellt ihre kleinen, schutzlosen und empfindlichen Seelen unter seinen ausdrücklichen Schutz.

Goethe schreibt in den »Leiden des jungen Werther«: „Ja, lieber Wilhelm, meinem Herzen sind die Kinder am nächsten auf der Erde. Wenn ich ihnen zusehe und in dem kleinen Dinge die Keime aller Tugenden, aller Kräfte sehe, die sie einmal so nötig brauchen werden, wenn ich in dem Eigensinne künftige Standhaftigkeit und Festigkeit des Charakters, in dem Mutwillen guten Humor und Leichtigkeit, über die Gefahren der Welt hinzuschlüpfen, erblicke, alles so unverdorben, so ganz! — immer immer wiederhole ich dann die goldenen Worte des Lehrers der Menschen: Wenn ihr nicht werdet, wie eines von diesen!"

Im Kinde ist noch der natürliche Trieb nach Verehrung der Kreatur lebendig. Sie ist sein Lebenselement. Die Erwachsenen sind es, die unablässig durch ihr Verhalten, durch Launen und Inkonsequenzen ihres Benehmens, durch Schimpfen, Lügen und Nörgeln, durch Unfreundlichkeiten den Nachbarn und anderen Menschen gegenüber, durch Klatsch und Ehrabschneidungen die Ehrfurcht im Kinde zum Versiegen bringen. Damit machen sie es schutzlos, denn behaust und beschützt fühlt man sich nur in der Gegenwart eines Menschen, den man verehrt; der nicht Verehrungswürdige wird von uns entwertet.

Wir sind es gewohnt, dem Kind unsere Wünsche zu diktieren, und horchen viel zu selten auf das, was es bewegt. Der früh sich entwickelnde Trotz ist nichts anderes als die Antwort des kleinen Individuums auf unser nicht angepaßtes Verhalten. Die Macht des kleinen Menschen beruht auf seiner Fähigkeit, mit aller Entschiedenheit und mit Nachdruck „nein" zu sagen.

Es gibt aber Familien und Länder, in denen das Kind nicht in einem Gegensatz zu den Erwachsenen lebt, sondern parallel geschaltet ist, also seiner kleinen Person Geltung verschaffen kann! Dort tritt der Trotz in erheblich milderer Form auf. Es gibt Länder, in denen alle Menschen dazu erzogen werden, nicht gegen die Sitte der gegenseitigen Ehrfurcht zu verstoßen, und wo auch die Kinder der Ehrerbietung teilhaftig werden. Sie sind in diesem festen Rahmen glücklicher und gelöster, weil ihr Selbstgefühl nicht beschädigt wird.

Die moderne Psychologie spricht mit Vorliebe von „Aggressionen", die als Antwort des Individuums auf unangepaßtes Verhalten der Umwelt entstehen oder aus dem Individuum selbst durch die ungesteuerten vitalen Triebe, wie Neid, Eifersucht, Liebe, Anhänglichkeit, Verängstigung, Minderwertigkeitsgefühl, entspringen. Immer stammt die Aggression aus dem Bezirk des Triebs, und immer wird hier die Frage Gottes an Kain: „Warum verstellt sich deine Gebärde? . . . bist du aber nicht fromm, so lauert die Sünde vor der Tür!" an uns gestellt.

Durch die Entdeckung des Unbewußten oder des Unterbewußten ist dieses Gebiet für den abendländischen Menschen in den Vordergrund des Interesses gerückt und er mißt ihm seitdem eine dominante Rolle zu. Sicherlich ist alles, was Trieb ist, außerordentlich vital und beherrschend in uns. Doch ist der Sinn des Menschseins nicht der, diese Triebe ausleben zu lassen, sondern sie unter Kontrolle zu halten. Daher ist eines der ersten Worte Gottes an Kain: . . . „Aber laß du ihr (der Sünde) nicht ihren Willen, sondern herrsche über sie!"

Der Weg des „alten Adam" zum „neuen Menschen in Christo", wie Paulus es ausdrückt, ist der Weg vom triebbeherrschten Menschen zum spiritualisierten Menschen, der mit seiner geistigen und willentlichen Person wie ein Organist auf dem Instrument seines Leib-Seele-Organismus spielt.

In den Ländern und Familien, in denen noch die Ehrfurcht vor dem Lebendigen vorhanden ist, verebben auch die Aggressionen der Kinder flacher als bei uns. Die Ehrfurcht vor dem anderen Wesen in Ausrichtung, Haltung, Ansprache und Gebärde schafft eine natürliche Distanz zwischen den Personen auch des nahen und nächsten Verkehrs und läßt Aggressionen und Ungezogenheiten gar nicht erst aufkommen. Der Große benimmt sich dem Kleinen, dem Schwächeren, dem Jüngeren, dem Älteren gegenüber nicht anders, die Temperatur und das Tempo seines Benehmens bleiben die gleichen. Ein Kind wird wie ein kleiner oder ein zukünftiger Erwachsener behandelt, man antwortet ihm mit allem Ernst, man droht nicht, man schlägt nicht, man erzieht an ihm nicht herum; man lebt vor. Wenn die Indianermutter im Wigwam das schreiende Kind mit leiser Stimme mit den Worten beschwichtigt, es möge die Stille des großen Geistes nicht stören, so liegt darin schon der Keim einer Erziehung in Ehrfurcht, und das Kind wird von der Stille dieser Mutter ebenso angesteckt, wie unsere Kinder von der Lautheit, der Aggression und der Ehrfurchtslosigkeit angesteckt werden.

Während meines Aufenthaltes in Westafrika fiel mir auf, daß die Negerkinder in den dörflichen Siedlungen keineswegs die von uns als Entwicklungsstufe postulierten Trotzphasen aufweisen, dasselbe erlebte ich bei der russischen dörflichen Bevölkerung. Das liegt wohl daran, daß dort die Erwachsenen kindlicher sind und dem Kind eine naive Haltung entgegenbringen. Sie „erziehen" es nicht, sie *leben* einfach, und das Leben wird zum natürlichen Beispiel. Das Kind wächst unmerklich in die Welt der Erwachsenen hinein, ohne seine Naivität zu verlieren, und verbraucht sich nicht in Trotz, Aggressionen und Widerständen gegen die „Großen", die an seiner Nervensubstanz zehren.

Die Japaner und Chinesen haben in Jahrtausenden ein System der gegenseitigen Ehrfurcht entwickelt, das das Leben in diesen Ländern sehr angenehm macht. Dem Abendländer mag die immerwährende Freundlichkeit befremdlich erscheinen, ja er deutet sie oft als Falschheit, weil er sich nicht vorstellen kann, daß ein Mensch zwanzig Stunden am Tage gleichbleibend freundlich ist, ohne aus der Rolle zu fallen und einem anderen seine „Meinung" zu sagen. Es liegt aber an der allgemeinen Ehrfurchtlosigkeit des Abendländers, daß er die freundliche Gesinnung gegen alle Menschen, gleich welcher Alters- oder Sozialstufe sie angehören mögen, nicht durchzuhalten vermag. Es ist ebenfalls seine Eigenart, daß er nur selten Distanz üben kann — diesen heiligen Bezirk der Stille, der sich zwischen die Menschen wie ein Puffer einschiebt. Er glaubt von einem anderen, dem er begegnet, alles wissen zu müssen. Mit der Aggression seiner Neugier und mit dem mangelnden Distanzgefühl will er die ihm begegnende Person ganz durchdringen, ganz erfassen; aber dann erfährt er dank seiner psychologischen Kenntnisse, daß jede Person schließlich und endlich allzu menschlich ist, somit wird sie für ihn entwertet.

Dem Menschen des Ostens widerfahren diese entkleidenden Erlebnisse nicht, weil die Ehrfurcht die erste Voraussetzung seiner Begegnung ist. Der Erwachsene begegnet dem Kinde, dem Alten, den Hausgenossen, den Untergebenen mit Ehrfurcht. Das Kind ist in seiner Schutzlosigkeit umhüllt von der Wolke des Wohlwollens, des Ernstgenommen-Werdens. Es bedarf in dieser Atmosphäre keines Trotzes und keiner Aggressionen.

Vor einiger Zeit sprach ich mit einer Arztfrau, die mehrere Jahrzehnte in China gelebt hatte, über den Unterschied in der Erziehung der Kinder. Sie erzählte, wie sie hier in Deutschland erlebt habe, daß ihr kleiner Enkel eines Tages wegen irgendeiner Unart vom

Vater aus dem Zimmer gewiesen wurde. Sie traf ihn wütend und weinend vor der Tür und fragte, was denn geschehen sei. Der Fünfjährige antwortete verstockt: „Ich habe wohl etwas angestellt, aber warum sagt Vater es mir nicht und jagt mich einfach aus dem Zimmer?" Da wurde ihr klar, daß in China kein Vater so gehandelt hätte. Er hätte dem Kind, das etwas Unerlaubtes tat, mit ruhiger Stimme und ohne Affekt erklärt, daß sein Verhalten unrichtig sei und daß es sich entschuldigen müsse. Vielleicht hätte er das Kind auch aus dem Raum geschickt, aber ohne Aggression, mit der Weisung, sich in der Stille etwas zu besinnen.

Niemals werden Kinder im Osten geschlagen. Das Schlagen ist ein heftiger Affekt, der aus der Person hervorbricht, sie versündigt sich damit gegen das Gesetz Gottes und des Menschen, daß er dem Affekt keinen Raum in seinem Dasein geben dürfe. Er gibt dem Kinde, auch wenn er es straft, ein böses Beispiel.

Vor einiger Zeit las ich in der Zeitung einen kleinen Artikel. Eine Frau reiste mit ihren zwei Mädchen auf einem japanischen Dampfer. Eines Tages ohrfeigte sie die Mädchen vor den Augen einiger japanischer Stewards. Als sie zum Mittagessen in den Saal trat, war ihr Platz nicht gedeckt. Die japanischen Stewards weigerten sich, einen Menschen zu bedienen, der Kinder schlägt. Das sind die Menschen, denen wir vorgestern noch Kultur, Religion und Zivilisation beibringen wollten! Bei uns wird heute in Zeitungen und vor Gerichten noch heftig darüber diskutiert, ob ein Lehrer seine Schüler schlagen dürfe.

Ich hatte einst auf einer Lehrerversammlung zu reden. Vor mir sprach ein junger Lehrer über die Schwierigkeiten des Lehrerberufs, und wie leicht man sich strafbar mache, wenn einem die Hand ausrutsche oder man von ungezogenen Kindern provoziert werde. Ich wies diese Bemerkung mit aller Entschiedenheit zurück und sagte, wenn ein Lehrer seine eigenen Aggressionen dem Kinde gegenüber nicht beherrschen könne, so sei er zum Erzieher absolut ungeeignet. Er habe nicht nur Wissen zu vermitteln, sondern sei in erster Linie Vorbild. Eine vorbildliche Persönlichkeit aber strahle so viel Sicherheit und Überlegenheit aus und flöße, weil sie selbst die Kinder achtet, so viel Achtung ein, daß sie solcher primitiver Mittel, wie das Schlagen eines ist, nicht bedürfe.

Wenn wir uns einmal vergegenwärtigen, welche Begnadung eine Begegnung gerade mit einem Kinde bedeutet, mit einem Menschen, der noch im Werden ist, in dem alles noch Verheißung und Erwartung ist, dann können wir nicht anders als mit Liebe und Ehrfurcht ihm entgegentreten. Noch haftet uns aber aus einer autoritären Zeit das Befehlen und das Gehorchen an, woran wir von Vaters und Großvaters Zeit gewöhnt sind und was nichts weniger als eine Begegnung bedeutet. Ein Kind war damals ein Ding, das funktionieren mußte, wie die Erziehungsberechtigten es verlangten.

In dem russischen „Knigge", dem „Domostroi", dem Verhaltensbuch aus dem 16. Jahrhundert, das aber noch lange, zumindest bis zur Mitte des vorigen Jahrhunderts nachgewirkt hat, lesen wir, wie man Kinder erziehen soll: „Strafe deinen Sohn von Jugend auf: das wird deinem Alter Ruhe geben und deiner Seele Schönheit verleihen; und werde nicht müde, den Knaben zu schlagen: denn wenn du ihn mit einem Stock schlägst, wird er nicht sterben, sondern gesünder sein; denn wenn du seinen Körper schlägst, rettest du seine Seele vor dem Tod ... Wenn du aber deinen Sohn liebst, dann lehre ihn durch Prügel, damit du dich an ihm in der Zukunft erfreuen kannst. Erziehe dein Kind mit Verboten, und du wirst von ihm Ruhe und Segen erfahren. Lache nicht, wenn du mit ihm spielst: denn wenn du in seiner Kindheit schwach bist, wirst du, wenn es groß ist, leiden, später aber deiner Seele Kummer bereiten. Gib ihm in der Jugend nicht Macht, sondern brich ihm die Rippen, solange es wächst. Denn groß und stark geworden, fügt es sich dir nicht mehr, und du wirst Ärgernis und Krankheit der Seele und häusliche Mißerfolge, Unglück, vor allem aber Tadel von den Nachbarn und Spott von den Feinden, Strafen von der Obrigkeit und bösen Verdruß haben ..."

Aus diesen heute als grauenhaft empfundenen Ausführungen geht mit aller Deutlichkeit hervor, daß in einem solchen Erziehungssystem nicht das Kind gemeint ist, sondern allein die Erhaltung und Festigung der väterlichen Autorität. Daß aus derart gebrochenen Kindern nur gebrochene, verhärtete und brutale Duckmäuser entstehen können, bedarf wohl keiner Erläuterung!

In allen Ländern des Abendlandes wird über das Problem der Halbstarken viel diskutiert, geschrieben und geklagt. Es ist kein Geheimnis, daß der Pubertierende in einer körperlichen und seelischen Krise steht. Das berechtigt ihn durchaus nicht, sich kriminell an den Mitmenschen zu vergehen. Alle Brutalitäten, von denen die Rede ist, Vergewaltigungen, Bandenbildungen, Raub und Einbrüche, Belästigungen von Menschen, Tierquälereien, Stehlen von Fahrzeugen sind Symptome einer Begegnungsunfähigkeit. Der junge Mensch erlebt aus dem unmittelbaren Kreis seiner Familie und aus der Zeitung die Ehrfurchtslosigkeit gegenüber dem Menschen. Die Familienmitglieder behandeln einander ohne Achtung und Respekt. Von den Nachbarn wird nahezu grundsätzlich häßlich, verdächtigend und abschätzig gesprochen. Sogar von ihren Bekannten und ihren Arbeitskameraden sprechen die Eltern wenig nett und sind bemüht, ihre Schwächen aufzudecken. In allen drei Teilen der Zeitung — im auswärtigen, innenpolitischen und im örtlichen Teil — hinsichtlich der großen und der kleinen Politik liest man von Mißtrauen, gegenseitigen Verdächtigungen und Beschimpfungen. In der Erlebnisvorstellung des jungen Menschen muß eine teuflische Welt von Haß, Mißachtung und Niederträchtigkeit entstehen. Wenn zuhause eine greise Nachbarin nicht geachtet wird, sinkt sie auf die Stufe eines nutzlosen und vielleicht sogar lästigen Objekts herab. Ist es dann eine Schande, sie zu berauben, sie zu schlagen, zu verhöhnen? Wird im Jugendlichen die Fähigkeit zur Begegnung nicht entwickelt oder erstickt, so verroht er von Grund auf. Die Erwachsenen allein tragen die Schuld an solchem Verhalten; sie helfen ihm nicht, sie geben ihm keinen Halt und vermitteln ihm kein Vorbild, an dem er wachsen könnte. Sie lassen ihn allein und fremd in der Krise.

Goethe sagt im »Wilhelm Meister«: „Das Knabenalter ist, glaub ich, darum weniger liebenswürdig als die Kindheit, weil es ein mittlerer, halber Zustand ist. Das Kindische klebt ihnen noch an, sie noch am Kindischen, allein sie haben mit der ersten Beschränktheit die liebevolle Behaglichkeit verloren, ihr Sinn steht vorwärts, sie sehen den Jüngling, den Mann vor sich, und weil auch ihr Weg dahin geht, eilt die Einbildung voraus, ihre Wünsche überfliegen ihren Kreis, sie ahmen nach, sie stellen vor, was sie nicht sein können noch sollen. Ebenso ist's mit dem inneren Zustand ihres Körpers, ebenso mit ihrer Gestalt."

Martin Buber erzählt in seinen Chassidischen Geschichten, wie ein Vater zum Rabbi kommt und sich bei ihm beklagt, daß sein Sohn, der im Pubertätsalter ist, sich von ihm entferne und ihm fremd werde. Was solle er da nur tun, fragt er den Rabbi. Der Rabbi schaut ihn lange forschend an und sagt dann nur diese bedeutungsvollen Worte: „Mehr lieben!"

In unserem heutigen Lebensbereich hat eine Begegnung im wesentlichen affektiven Wert: es ist die Begegnung der Verliebten. Hier wird der Gegenstand der Liebe und Verehrung mit allen beseligenden Attributen des Himmels und der Erde ausgestattet. Der Liebende ist von der Person des Geliebten verzaubert und steht in dessen Bann. Alle Verehrungsbereitschaft, die frühere Zeiten dem Heiligen, dem Weisen, dem Helden zollten, wird heute konzentrisch auf die geliebte Person gerichtet. In ihrem Feuer und ihrer Intensität scheint sie Ewigkeitswert zu besitzen. Doch wie wenig Durchhaltekraft besitzt der Mensch, wenn man die Entwicklung solcher Liebesbindungen verfolgt, wie schnell wird die Begegnungsbereitschaft im Staub und Grau des Alltags erstickt. Wie bald wird die geliebte Person vom Thron herabgeholt und zu einem Jedermann gestempelt. Und wie oft geschieht mit ihr in der Gewöhnung an die Begegnung das, was der boshafte Philosoph *Georg Christoph Lichtenberg* mit den Worten kennzeichnet: „Mit dem Band, das ihre Herzen binden sollte, haben sie ihren Frieden stranguliert."

In den Augen des Liebenden aber hat der Geliebte immer, solange die Flamme der Liebe brennt, das Antlitz eines Engels. *Dostojewski* sagt einmal über solch ein Anschauen: „Es gibt ideal schöne Gesichter, von einer geradezu ergreifenden Schönheit, vor der man plötzlich stehen bleibt wie durchbohrt in süßer Verwirrung, wie erschrocken vor Entzücken, und der man dankbar ist allein schon für ihr Vorhandensein, dafür, daß unsre Augen sie schauen durften!"

Einer säkularisierten Gesellschaft fehlt das Wesentliche zum Leben, zum Mitleben — der Auftrag zur Begegnung, und zwar zu jeder Begegnung. *Leo Tolstoi* faßt diesen Auftrag in folgende Worte: „Merke dir, die wichtigste Zeit ist nur eine: der Augenblick, und sie ist darum die wichtigste, weil wir nur in ihr Gewalt über uns haben; und der unentbehrlichste Mensch ist der, mit dem der Augenblick uns zusammenführt, denn niemand kann wissen, ob er je wieder einmal mit einem anderen Menschen zusammenkommt; und die wichtigste Tat ist, ihm Gutes zu erweisen. Denn nur dazu wird der Mensch ins Leben gesandt."

Wir sind immerzu Wandernde, Boten Gottes, die unter einem Auftrag wandern und denen es auferlegt ist, sich selbst stets an einem höheren Maß zu messen, an einem Maß, dessen letzte Einheit das Antlitz Gottes ist, nach dem wir geschaffen worden sind.

Die Hindus und die Buddhisten, die an eine Seelenwanderung glauben, sehen in jeder Begegnung zwischen Mensch und Mensch oder Tier und Ding ein karmisches Geschehen, ein geheimnisvolles Binden und Lösen. So ist für ihn jede, auch die flüchtigste Begegnung ein bedeutungsvolles Ereignis, ein Begegnen, auf das jetzt oder in anderen Daseinsformen neue Begegnungen folgen werden, oder es ist ein Wiederbegegnen nach früheren, vergessenen Begegnungen, die einer liebevollen Lösung bedürfen. Jedes Begegnen, wenn es richtig sein soll, muß liebevoll, schonend, auf den anderen bezogen sein. „Ahimsa“ — Gewaltlosigkeit, Sanftheit, Einfühlung — sind die Grundlagen eines solchen Verhaltens. Lebt der Mensch in dieser Gesinnung, so kann er nicht achtlos an einem Begegnenden vorbeigehen.

In meinem Heimatland, Rußland, bildete die Bergpredigt Jesu die zentralste, am meisten zu Herzen gehende Lehre, die jedes Kind, wenn es auch nicht lesen und schreiben konnte, in seinem Gemüt bewahrte.

„Selig sind, die da geistig arm sind, denn das Himmelreich ist ihrer.
Selig sind die Weinenden, denn sie sollen getröstet werden.
Selig sind die Sanftmütigen, denn sie werden das Erdreich besitzen.
Selig sind, die da hungern und dürsten nach Gerechtigkeit, denn sie sollen satt werden.
Selig sind die Barmherzigen, denn sie werden Barmherzigkeit erfahren.
Selig sind, die reinen Herzens sind, denn sie werden Gott schauen.
Selig sind die Friedfertigen, denn sie werden Gottes Kinder heißen.
Selig sind, die um der Gerechtigkeit willen verfolgt werden, denn das Himmelreich ist ihr.
Selig seid ihr, wenn euch die Menschen um meinetwillen schmähen und verfolgen und reden allerlei Übles wider euch, so sie daran lügen. Seid fröhlich und getrost, es wird euch im Himmel wohl gelohnt werden.“

Aufgrund der Lehre dieser Predigt begegneten wir mit Ehrfurcht dem Armen und dem Kranken, dem Gebrechlichen und dem Traurigen, sowie dem Geisteskranken. Für uns waren sie nicht „unproduktive Elemente“ oder „lebensunwertes Leben“, sondern Boten Gottes, die in Seinem Auftrag arm oder krank oder geistesschwach waren. Nicht Mitleid war es, sondern Ehrfurcht, die wir ihnen entgegenbrachten. Wie anders aber ist ein Leben in einem Lande, in dem nicht nur der Hohe, der Reiche, der Schöne und Erfolgreiche, sondern der Niedrigste Liebe und Verehrung genießt!

In welcher christlichen Familie, gleich welcher Konfession, und in welcher säkularisierten Familie werden heute Kinder zur Sanftmut, zur Barmherzigkeit, zur Friedfertigkeit, zur Reinheit, zur Gerechtigkeit und zur Armut, oder zum Nicht-Haften am Besitz erzogen? Ist doch alles in der Erziehung auf Erfolg und Geltung abgestellt! Erfolg und Geltung sind aber ausgesprochen ichbezogen und begegnungsfeindlich. *Tolstoi* sagt zu diesem Thema:

„Wenn das Leben der Menschen unsittlich ist und ihre Beziehungen untereinander nicht auf Liebe begründet sind, sondern auf Egoismus, machen alle technischen Verbesserungen, Vergrößerungen der Macht des Menschen über die Natur: Dampf, Elektrizität, Telegrafie, alle Maschinen, Pulver, Dynamite, Roburite den Eindruck gefährlicher Spielzeuge, die man Kindern in die Hände gegeben hat."

Wie verändert ist doch in den säkularisierten Ländern das Verhalten der Menschen gegen die Alten. Im Osten aber, wo noch das Ideal vom weisen Menschen lebendig ist und jeder im Alter den Repräsentanten des Weisen verehrt, der Alte aber, der Urüberlieferung entsprechend, sich von Kind auf darum bemüht, sich nach dem Bilde des Weisen auszurichten, ist diese Verehrung noch natürlich und lebendig. Bei uns wird nur der im Zentrum des Interesses stehende Mensch, und meist nur, solange er am Ruder ist, verehrt — der Erfolgreiche, der Reiche, der Berühmte, der Sportsmann, der Schauspieler, das Mannequin, der Manager, der Politiker. Naturgemäß scheidet der alternde Mensch aus dem Beruf, aus der Arbeit aus und ist somit kein Gegenstand der Verehrung mehr. Der Mensch lebt aber nicht vom Brot allein, er bedarf auch der Bestätigung durch die Umwelt; wird sie ihm nicht zuteil, so verkümmert er inmitten des größten Reichtums und bei blühender Gesundheit.

Durch die Errungenschaften der Medizin, der Technik und der steigenden Lebenssicherung wird zwar die Lebensdauer des Menschen erhöht. Was macht aber der Mensch mit seinem Alter? Er vereinsamt, isoliert sich von den Mitlebenden und begibt sich an die anonyme Peripherie des Daseins. Und doch ist er selbst daran schuld, weil er das Inbild des Weisen (da dieses Bild bei uns nicht mehr besteht) in sich nicht entwickelt hat. Er selbst hat als Jüngerer die Alten nicht mehr verehrt, nun erntet er die bitteren Früchte seiner eigenen Beziehungslosigkeit. In jedem von uns ist seit dem Säuglingsalter der alte Mensch schon keimhaft vorgebildet, es liegt an unseren Eltern, Erziehern und an uns selbst, ihn schrittweise in uns zur Reife zu bringen. Reife aber bedeutet immer — Süße, Ruhe, Frieden, Güte und Weisheit. Verantwortungsvolle Eltern müssen also diesen Keim im Kinde zum Blühen und Fruchttragen bringen. Was aber ist das anderes als Liebe und Ehrfurcht und Hilfsbereitschaft gegenüber dem alternden Menschen, als das immerwährende Bewußtsein: „Was dieser jetzt ist, das werde ich am Ende meines Lebens sein."

Ein Volk mit weisen, gütigen, helfenden Meistern wird ein glückliches und reifes Volk werden; ein Volk von Managern wird bestenfalls zum Produzenten von todbringenden Explosivstoffen.

Es gibt nur eine Heilung des Menschen — die Lebendigmachung der Begegnung durch die Liebe. Ein Beispiel dafür gibt uns Baalschem Tow, der zu seinem Schüler spricht: „Den Geringsten der Geringen, der dir in den Sinn kommen mag, liebe ich mehr, als du deinen einzigen Sohn liebst!" Und bei einer anderen Gelegenheit sagt er: „Wenn du siehst, daß einer dich haßt und dir Leid zufügt, sollst du dich stark machen und ihn mehr lieben als zuvor. Dadurch allein kannst du ihn zur Umkehr bringen."

Ein schönes Wort übermittelt uns Martin Buber vom Rabbi Schmelke: „»Es ist uns geboten: Liebe deinen Genossen dir gleich. Wie kann ich das erfüllen, wenn mein Genosse mir Böses tut?«, fragte ihn ein Schüler.

Der Rabbi antwortete: »Du mußt das Wort recht verstehen: Liebe deinen Genossen als etwas, was du selbst bist. Denn alle Seelen sind eine; jede ist ja ein Funken aus der Urseele, und sie ist ganz in ihnen allen, wie deine Seele in allen Gliedern deines Leibes. Es mag sich einmal ereignen, daß deine Hand sich versieht und dich selber schlägt; wirst du da einen Stecken nehmen und deine Hand züchtigen, weil sie keine Einsicht hatte, und deinen Schmerz noch mehren? So ist es, wenn dein Genosse, der eine Seele mit dir ist, dir aus mangelnder Einsicht Böses erweist; vergiltst du ihm, tust du dir selbst weh.«

Der Schüler fragte weiter: »Wenn ich aber einen Menschen sehe, der vor Gott böse ist, wie kann ich den lieben?«

»Weißt du nicht«, sagte der Rabbi, »daß die Urseele aus Gottes Wesen kam und jede Menschenseele ein Teil Gottes ist? Und wirst du dich seiner nicht erbarmen, wenn du siehst, wie einer seiner heiligen Funken sich verfangen hat und am Ersticken ist?«"

Und der große Liebende, Fedor Dostojewski, läßt den Starez Sossima zu uns sprechen: „Brüder! Fürchtet euch nicht vor der Sünde der Menschen, liebet den Nächsten auch in seiner Sünde, denn solches ist schon der Liebe Gottes ähnlich und steht über der irdischen Liebe. Liebet die ganze Schöpfung Gottes, die ganze Welt und jedes Sandkörnchen auf Erden! ...

Vor manchen Gedanken wirst du in Ratlosigkeit stehen, besonders wenn du hinschaust auf die Sünde der Menschen, und du wirst dich fragen: »Soll man es mit Gewalt versuchen, oder in demütiger Liebe?« Entscheide dich aber immer so: »Ich will es mit demütiger Liebe versuchen!« Bist du dazu entschlossen ein für allemal, so wirst du auch die ganze Welt besiegen können. Die liebevolle Demut ist ja eine Gewalt, die stärkste von allen, und es gibt nichts, was ihr an Macht gleich käme. An jedem Tage und zu jeder Stunde gehe in dich und schaue auf dich, damit dein Antlitz Gott wohlgefällig sei."

DER MENSCH UND DIE ARBEIT

Unsere abendländische Einstellung zur Arbeit ist noch geprägt durch die Erinnerung an die paradiesischen Zustände des Nichtstuns und das diesen folgende gestrenge Wort Gottes an Adam: „Im Schweiße deines Angesichts sollst du dein Brot essen, bis daß du wieder zur Erde wirst, davon du genommen bist." (1. Mose, Kap. 1, 2.)

Obwohl wir seit Jahrhunderttausenden für die Erhaltung unseres Lebens arbeiten, ist nicht nur heute in der industrialisierten und technisierten Massengesellschaft, sondern schon zu allen Zeiten die Arbeit mehr oder minder unlustbetont gewesen. Wir machen heute oft, und ich glaube, irrtümlich, die allzu spezialisierte und automatisierte Arbeit dafür verantwortlich. Der Mensch wird darin selbst zu einem Teil der Maschine; wenn er am Fließband oder an einer Maschine arbeitet, die nur kleinste Teile erzeugt, deren Verwendung er gar nicht kennt, kann er keine lebendige Beziehung zur Arbeit gewinnen.

Anders ergeht es einem Handwerker, der an der Erzeugung eines Gegenstands vom Rohstoff bis zur Fertigstellung beteiligt ist. Doch herrscht auch im Handwerk, in den Büros, in den Ämtern, in den wissenschaftlichen Instituten, bei den Hausgehilfen oft die gleiche Unlust. Forscht man nach den Hintergründen dieser Verhaltensstörung, so findet man, daß es nicht eigentlich die Art der Tätigkeit, sondern die mitmenschliche Atmosphäre ist, die Lust und Unlust bestimmt. Ist die Atmosphäre vom Chef bis zu dem geringsten Mitarbeiter eine gute, so ist auch die Arbeit lustbetont. Die bestqualifizierte Arbeit in einer vergifteten Atmosphäre wird aber zur Qual.

Nehmen wir ein Beispiel: Es gibt Hausfrauen und Mütter, die einen großen Haushalt allein bewältigen, still und freudig, die weit mehr und länger arbeiten als ein Schwerarbeiter, die viel schmutzige Arbeit verrichten, Wäsche waschen, Mülleimer ausleeren, kochen und stopfen, bügeln und nähen, Kinder erziehen und all die kleinen und großen Wünsche der Familie erfüllen. Was gibt ihnen die Kraft zu diesem anstrengenden und unerfreulichen Tun? Wie lange dauert die Zubereitung einer guten Speise, wie schnell ist sie verzehrt; danach folgt wieder das Spülen der unappetitlichen Teller. Es ist die Liebe, die ihr die Kraft verleiht, die mütterliche Fürsorge für die Kinder und den Mann, die Freude am Dienst. Aus demselben Grunde verrichtet ein Dienstmädchen, das sich nicht ganz und gar zur Familie zugehörig fühlt, diesen selben Dienst mit Widerstand, mit Unlust und manchen Widerborstigkeiten.

Wie geht es in der Schule zu? Wieviele von uns gingen oder gehen in dieses Institut mit Widerstand und Verdruß. Wieviele lernen schlecht bei einem schlechten und unlustigen Lehrer, der weder eine echte liebende Beziehung zu seinen Schülern noch eine echte Beziehung zu seinem Lehrstoff hat.

Wie stark ist doch unser Lernen auf den Lehrer bezogen! Natürlich gibt es Themen, die uns vital interessieren, in denen wir uns dann sogar zuhause weiterbilden. Viel öfter aber ist das Lernen affektiv bedingt: für einen Lehrer, den wir lieben und verehren, lernen wir mit Freude, vielleicht auch, weil wir von ihm ein Lob, eine Anerkennung, eine Bestätigung erwarten.

Gleiches sehen wir im kleinen und großen Betrieb, sei es ein industrielles Unternehmen oder ein Handwerk. Der Chef bestimmt das Klima. Ist er freundlich, verstehend, seinen Mitarbeitern zugetan, so färbt das auf die Chefsekretärin, auf den Meister und sogar auf den jüngsten Lehrling ab, und alle arbeiten gerne, sind nicht verstimmt, nicht übermüdet, und gehen nicht nur zufrieden nachhause, sie gehen montags heiter und ohne Angst und Spannung zur Arbeit.

Ich erlebe als Arzt sehr genau die Atmosphäre der Betriebe, in denen meine Patienten arbeiten. Solche, die in gutem Arbeitsklima beschäftigt sind, erkranken viel seltener (sogar an Grippe und Infektionskrankheiten), nicht weil in ihrem Betrieb weniger Bazillen wären, sondern nur, weil der Organismus eines zufriedenen und ausgeglichenen Menschen gegen die Schäden durch Infektionserreger und gegen Unfälle widerstandsfähiger ist als der von unfrohen und gespannten Menschen. Dieses Klima pflanzt sich bis ins häusliche Milieu fort.

Ist der Vorgesetzte ein unausgeglichener, ein ungeduldiger, cholerischer, kontaktarmer Mensch, so pflanzen sich alle seine Unarten auf seine Mitarbeiter, seine Untergebenen fort wie ein Schimmelpilz. Der Chef wird zum berüchtigten Sklavenhalter, sein Betrieb zu einer Galeere. Wieviele Hunderte und Abertausende von „Arbeitnehmern“ werden durch solche Vorgesetzte vergiftet, und vergiften ihrerseits das Leben ihrer Angehörigen und Nachbarn!

Im Rahmen eines Rundfunkgesprächs der Evangelischen Sendestunde wurde von einigen Theologen behauptet, daß die moderne Arbeit in den Bergwerken, am Fließband, in der Automation die Seele des Menschen töte. Der junge Rundfunktechniker, der die Sendung aufnahm, wurde nach seiner Meinung über die Sendung befragt. Er fand die Behauptung unrichtig und antiquiert. Kein Mensch werde seelisch an der Arbeit zugrundegehen. Man könne bei mancher automatischen Arbeit, trotz angespannter Aufmerksamkeit, seiner Phantasie freien Lauf lassen oder jedenfalls so arbeiten, daß man seelisch dadurch keineswegs geschädigt werde.

Die Arbeit ist nicht immer und überall mit dem Makel des Schweißes behaftet. In den östlichen Weltanschauungen gehört die Arbeit unpathetischerweise und ohne negative Wertung zum Dasein. So gibt der Schüler Lao Tse's, Tschuang Tse, eine Parabel: „Von altersher hatten die Menschen gewisse natürliche Anlagen. Sie webten ihre Kleider. Sie bestellten den Acker und lebten davon. Sie taten alles so, wie der Himmel es ihnen eingegeben hatte. Da sie aus Instinkt handelten, und da es im goldenen Zeitalter keine Klassenunterschiede gab, bewegten sie sich frei und heiter in der Welt und trugen den Kopf hoch ..."

Und der große chassidische Rabbi Baalschem Tow sagt im achtzehnten Jahrhundert: „Alles was du zu tun vermögend bist, tu es mit deiner Kraft! Das heißt, binde die Tat an die Kraft des Gedankens. Wie von Henoch erzählt wird, er sei ein Flickschuster gewesen und habe mit jedem Stich seiner Ahle, der das Oberleder an die Sohle nähte, den heiligen Gott mit der einwohnenden Herrlichkeit verbunden."

Und der große Yogi unseres Jahrhunderts, Sri Ramana Maharishi, äußerte: „Von großen Wesen, Erlösten und Vollendeten heißt es, sie waren sehr tätig, und waren in Wahrheit tatlos."

Oft wundern wir uns, warum eine uns an sich primitiv erscheinende Tätigkeit eine Lehrzeit von mehreren Jahren erfordert. Wir denken dann, es sei ein alter Brauch aus einer Zeit, da die Menschen langsamer reagierten als heute. Und doch liegt ein tiefer und weiser Sinn in dieser langen Lehrzeit. Wir Heutigen glauben alles mit dem Intellekt bewältigen zu können und begreifen kaum, daß ein langes Lernen auch eine Reifung der Persönlichkeit verlangt, ein Vertrautwerden mit dem Material und eine so weitgehende Gewöhnung an alle Vorgänge der Arbeit, daß Mensch, Werkzeug, Material und Endprodukt eine Einheit bilden.

Die östlichen Völker, die aus einer tieferen und bewußter erlebten Ganzheit das Dasein betrachten, stehen nicht nur in einer Bejahung zur Arbeit, sie erleben die Arbeit, wie sie auch sei, als einen schöpferischen Akt. Wunderbar ist die Geschichte des Hofkochs am Hofe des Königs Hui von Wei, die uns Tschuang Tse erzählt: Der König beobachtete mit Staunen, wie sein Koch einen Ochsen mit Eleganz und Schnelligkeit zerlegte. Befragt, wie er zu solcher Kunstfertigkeit gekommen sei, antwortete Ting: „Als ich zuerst mit dem Schneiden begann, richtete ich zuerst meinen Blick auf das Tier vor mir. Nach drei Jahren erblickte ich es nicht mehr als einen vollständigen Ochsen, sondern sah es bereits in Teile zerlegt. Heute nehme ich es nicht mehr mit den Augen wahr, sondern nur noch mit der Seele. Meine Sinnesorgane befinden sich im Zustand der Schwebe, doch meine Seele ist am Werk. Ohne zu irren folgt mein Messer den natürlichen Nähten, schlüpft in die natürlichen Falten und findet seinen Weg in die natürlichen Höhlen. Da ich also meine Tätigkeit dem Gefüge anpasse, mit dem ich umgehe, bin ich soweit gekommen, daß mein Messer niemals das kleinste Band oder die geringste Sehne berührt . . ."

Ebenso eindrucksvoll ist die andere Geschichte von Tschuang Tse von dem Meister Ch'ing, der einen Ständer für Musikinstrumente so vollkommen schnitzte, daß der Fürst Lu an eine Zauberei glaubte. Er ließ sich Ch'ing kommen und fragte ihn nach dem Geheimnis seiner Kunst. — „Kein Geheimnis, Eure Durchlaucht! Wenn ich einen solchen Ständer zu machen habe, schütze ich mich vor einer Verminderung meiner vitalen Kraft. Zunächst bringe ich meinen Geist in einen Zustand absoluter Ruhe. Drei Tage in diesem Zustand, und ich achte nicht mehr auf den möglichen Lohn. Nach fünf Tagen vergesse ich den Ruhm, den ich gewinnen könnte. Und nach sieben Tagen bin ich mir nicht mehr meiner Arme und Beine und meines Körpers bewußt. Dann, ohne daß ich an den Fürstenhof denke, spannt sich mein Können ganz, und alle die störenden Gedanken von außen sind weg. Ich betrete einen Bergwald und suche nach einem passenden Baum. Dieser enthält die gewünschte Form, die nachher ausgearbeitet wird. Ich sehe den Ständer mit den Augen des Geistes an und beginne dann meine Arbeit. Sonst ist nichts dran. Ich schaffe eine Beziehung zwischen meiner eigenen angeborenen Fähigkeit und jener des Holzes. Was an meiner Arbeit für übernatürliches Wirken gehalten wurde, ist nur dieser Tatsache zuzuschreiben."

Ähnlich ist der Ausspruch *George Duthuits* über das Tuschemalen: „Zeichne zehn Jahre lang einen Bambus und werde selbst zum Bambus. Dann vergiß alles, was du über den Bambus erfahren hast, und zeichne ihn. Im Besitz einer unfehlbaren Technik macht sich der Mensch zum Gefäß der Inspiration!"

Was hier deutlich wird und bei uns allenthalben in Vergessenheit geraten ist, ist die kontemplative Einstellung des Arbeitenden zur Arbeit, ist die Weihe, die Heiligung der Arbeit, jeder Arbeit.

Vor einiger Zeit hat mich ein kleiner Fall sehr beschäftigt. Ein katholischer Junge, der von gütigen, reifen und gläubigen Eltern in der echten Ehrfurcht und Bindung erzogen worden war, wurde in einer großen industriellen Firma als Lehrling angestellt. Er kam pünktlich zur Arbeit. Er war neu, als Neuling wird man in der Regel beargwöhnt. Er stellte sich seinen Mitarbeitern vor. Dann verhielt er sich ganz still, sammelte sich, sprach für sich ein Gebet und bekreuzigte sich. Das geschah in Berlin. Die Mitarbeiter versuchten zu lachen, sie wollten ihn verspotten, doch es lag ein Ernst und eine Würde in der Haltung des Jungen, daß sie es nicht wagten. Später fragten sie ihn vorsichtig, was dieses sich Bekreuzen bedeuten solle. Er gab eine klare Antwort. Obwohl er sogleich merkte, daß man sich über ihn lustig machte, blieb er konsequent bei seinem morgendlichen Gebet. Er war ein guter und ein treuer Arbeiter und gewann sehr schnell Freunde im Betrieb. Die zuerst über ihn gelacht hatten, spürten, daß hier ein gefestigter, ein reifer und ein mutiger Mann vor ihnen stand, und sie gewannen Vertrauen zu ihm. Doch es geschah noch mehr: In der Kantine hatte bisher ein recht frivoler Ton geherrscht, man erzählte sich schmutzige Geschichten und lachte darüber. Der Junge lachte nicht mit, aber er schaute den Erzähler mit großen und ernsten Augen an, und bald erstarben jenem die Worte im Munde. Nach und nach änderte sich auch der Ton in der Kantine. So ging von diesem jüngsten Mitarbeiter im Betrieb eine reinigende Kraft aus, die seine Mitarbeiter wandelte und die Atmosphäre seiner Umgebung bestimmte.

Es braucht also nicht immer ein Generaldirektor zu sein, der den Gesinnungswechsel zu vollziehen hätte; von jeder Zelle eines gesellschaftlichen Organismus kann sie ausgehen, und sie wird nach unten und oben und in die Breite wirken!

Was echte kontemplative Besinnung für Arbeit und Lernen bedeutet, habe ich als Junge in Moskau erlebt. Wir hatten einen reifen, gütigen, beherrschten und väterlichen Klassenlehrer. Jeder Schultag begann mit dem kollektiven Gebet, das die Schüler und der Lehrer, sich bekreuzigend, laut und deutlich sprachen: „Gütiger Gott, sende uns den Segen des Heiligen Geistes, der uns beschenkt und die seelischen Fähigkeiten kräftigt, damit wir dem Lernen aufmerksam folgen; damit wir Dir, unserem Schöpfer, zum Ruhm, unseren Eltern zum Trost, unserer Kirche und dem Vaterlande zum Nutzen wachsen und reifen."

Wir waren gesunde und lebensfrohe, ungezogene Jungen, aber

etwas von der Weihe des Gebets blieb den ganzen Unterricht hindurch haften, sogar unsere Unarten waren milder und gebändigter. Am Ende des Unterrichts stand wieder ein Gebet: „Wir danken Dir, Schöpfer, daß Du uns Deiner Gnade, der Lehre zu lauschen, teilhaftig werden ließest. Segne unsere Vorgesetzten, unsere Eltern und unsere Lehrer, die uns zur Erkenntnis des Guten führen, und gib uns Kraft und Ausdauer im Lernen."

Und jeglicher Arbeitende dankte nach Beendigung der Arbeit, indem er sich bekreuzigte, mit den Worten: „Erfüllung alles Guten bist du, mein Christus, erfülle mit Freude und Heiterkeit meine Seele und behüte mich, du einzig Vielerbarmender!" Wer von uns betet noch, ob Christ oder säkularisiert, zu seinem Gott oder setzt sich mit den bergenden Kräften des Kosmos in geistige Verbindung?! Und wer betet noch um die Freude und Heiterkeit der Seele?

Karl Marx stellt die These auf: „Das Sein bestimmt das Bewußtsein." Das ist sicher richtig; doch auch die Umkehrung gilt: „Das Bewußtsein bestimmt das Sein." Schwindet das Bewußtsein von der Existenz Gottes in uns, so leben wir gottlos. Noch mehr, wenn wir schon Gott nicht mehr in unser Sein stündlich und täglich einbeziehen, so bleibt doch der physikalisch nachgewiesene Kosmos mit seinen Ordnungen und Wundern bestehen, in dem und unter dessen Gesetzmäßigkeit wir leben und der sicherlich nicht geistlos ist; denn wir wären wahrlich vermessen, wenn wir uns für geistvoller hielten als die Schöpfung! Weil wir uns nicht mehr beugen und uns nicht in die Hand eines Mächtigeren begeben, sind wir so preisgegeben und schutzlos und voller Angst. Weil in unserem Bewußtsein die Freude keinen Platz mehr hat, können wir uns auch nicht mehr freuen. Wir werden zu Sklaven der Arbeit, zu Sklaven unserer Wünsche und Gelüste, zu Sklaven des Staates, weil die Majestät unserer Seele sich nicht mehr mit der Majestät Gottes oder des Kosmos unmittelbar verbindet, sondern den Götzen, dem Chef, dem Lehrer, der Verordnung, der Arbeit, der Sucht anheimfällt.

Johann Gottfried Herder gibt zu diesem Thema ein gewaltiges, völlig untheologisches Bild: „Vom Himmel muß unsere Philosophie der Geschichte des menschlichen Geschlechts anfangen, wenn sie einigermaßen diesen Namen verdienen soll. Denn, da unser Wohnplatz, die Erde, nichts durch sich selbst ist, sondern von himmlischen, durch unser ganzes Weltall sich erstreckenden Kräften ihre Beschaffenheit und Gestalt, ihr Vermögen zur Organisation und Erhaltung der Geschöpfe empfängt; so muß man sie zuvörderst nicht allein und einsam, sondern im Chor der Welten betrachten, unter die sie gesetzt ist. Mit unsichtbaren, ewigen Banden ist sie an ihren Mittelpunkt, die Sonne, gebunden, von der sie Licht, Wärme, Leben und Gedeihen erhält. Ohne diese können wir uns unser Planetensystem nicht denken ... Da ich nun sehe, daß der Raum, den diese Erde in unserem Sonnentempel einnimmt, die Stelle, die sie mit ihrem Umlauf bezeichnet, ihre Größe, ihre Masse, selbst allem was davon abhängt, durch Gesetze bestimmt ist, die im Unermeßlichen wirken, so werde ich, wenn ich nicht gegen das Unendliche rasen will, nicht nur auf dieser Stelle zufrieden sein und mich freuen, daß ich auf ihr ins harmoniereiche Chor zahlloser Wesen getreten, sondern es wird auch mein erhabenstes Geschäft sein, zu fragen, was ich auf dieser Stelle sein soll und vermutlich nur auf ihr sein kann ... Wo und wer ich sein werde, werde ich sein, der ich jetzt bin, eine Kraft im System aller Kräfte, ein Wesen in der unabsehlichen Harmonie einer Welt Gottes."

Gewiß sind wir Abendländer in der an phantasievollen Gebilden reichen Welt, die uns stündlich neue Schönheiten und Wunder vorführt, phantasiearm geworden, weil unser Bewußtsein das Sein in einer Wunderwelt nicht mehr wahrnimmt. Natürlich kann ein Arbeiter an einem Fließband oder einer, der immer die gleiche Schraube fertigt, an dieser Eintönigkeit verblöden. Aber dazu bedarf es durchaus nicht des Fließbandes. Ich habe schon Lehrer, die mit dem köstlichsten Gut, mit werdenden Menschen umgehen, verblöden sehen, weil es für sie immer der gleiche Lehrstoff, immer gleiche zu korrigierende Hefte, immer irgendwelche fremden Kinder waren, zu denen sie keine echte Beziehung herzustellen vermochten. Ich habe Universitätsprofessoren erlebt, berühmte Forscher, die jahraus jahrein dasselbe ausgearbeitete Manuskript am Katheder ablasen und darum nie in die Gesichter der lauschenden und der schlafenden Studenten geschaut haben. Ich habe Krankenschwestern gesehen, die, an Leid und Schmerzen gewöhnt, ohne Beziehung zu der Massenware Patient ihre Arbeit verrichteten. Wenn unsere schöpferische Phantasie verblaßt und die Pforten zum Herzen verriegelt sind, wird der Mensch unabweislich zum Sklaven.

Wenn wir uns auch von Generation zu Generation über Jahrhunderttausende die Staffette reichen — wenn die einen vergehen, die anderen kommen —, so ist doch jeder von uns in bestimmten Lebensbezirken unersetzlich. Morgens um fünf, unhörbar und unsichtbar, steckt die Zeitungsfrau unsere Zeitung in den Briefkasten.

Wir wissen nichts von ihr. Erkrankt sie und liegt die Zeitung nicht im Kasten, so werden wir ihres Daseins gewahr. Wir leben und stehen alle in irgendeiner Bereitschaft. Der Installateur, wenn Leitungen zu legen und geborstene Röhren zu repariern sind, der Arzt, wenn einer erkrankt, der Taxichauffeur, wenn einer irgendwohin fahren will. Wenn aber irgendeiner aus diesem Zusammenspiel ausfällt, geht das Leben plötzlich nicht mehr weiter. In Paris haben vor einiger Zeit die Müllabfuhrarbeiter gestreikt. In wenigen Tagen wurde die Stadt zu einem stinkenden Unrathaufen. Aus eigener Kraft konnte ein Bürger seinen Kehricht bestenfalls in einer ferneren Ecke deponieren, die dann einen anderen störte.

Kein Beruf und kein Mensch ist ersetzlich. Dieses Bewußtsein sollte dem Arbeitenden mehr Selbstbewußtsein und ein Gefühl seiner Würde verleihen und dem Direktor, dem Meister, dem Arbeitgeber mehr Demut und Rücksicht gegen den Mitarbeiter und „Untergebenen" einflößen. Nur aus solchem Verhalten wird eine Atmosphäre im Betrieb geschaffen, die allen zum Segen gereicht.

Natürlich gibt es mehr oder minder begabte, schnelle und langsame, geschickte und ungeschickte, mutige und schüchterne Menschen. Es gibt aber keinen, der nicht in guter Atmosphäre und im Erleben eines Beschütztseins über sich selbst hinauswachsen könnte und dadurch mehr und Besseres zu leisten imstande wäre. Auch der Fleißigste und Gewissenhafteste wird in einem gestörten Arbeitsmilieu unlustig, fahrig und neurotisch. Seine Leistung läßt nach, er verliert die Widerstandsfähigkeit gegen Krankheiten, er trägt seine Verstimmtheit ins häusliche Milieu hinein und vergiftet dieses.

In einer guten Arbeitsatmosphäre fühlt sich jeder Arbeitende zuhause, das Werk, das Büro wird ihm zu einer erweiterten Häuslichkeit, die Mitarbeiter werden zu vertrauten, nahen Menschen. Er identifiziert sich mit seinem Betrieb, er betrachtet dessen Freuden und Sorgen, die Erfolge und Krisen als seine persönlichen Angelegenheiten. Er arbeitet nunmehr nicht nur für einen Lohn, seine Arbeit wird durch die Lust und durch die harmonische Beziehung zu seinen Mitarbeitern verklärt, sie wird ihm Erfüllung.

In der Bhagavadgita heißt es: „Mit dem Werke hast du es zu tun, und nicht mit der Frucht der Werke." Es wird beschrieben, wie der Mensch sich allmählich in eine ihm zunächst fremde Welt der Arbeit, der Anstrengung, der Ordnung eingewöhnt, bis er in der Arbeit ein Meister wird: „Rein ist die Freude, die man sich erringt durch stete Mühe, bis die Mühe selbst zur Freude wird, die anfangs schmeckt wie Gift und in der Folge süß wie Honig wird." Dasselbe gilt von der Pflicht, von dem schicksalhaften Verbundensein des Tuenden, des Wirkenden mit dem Objekt seines Tuns: „Scheint deine eigne Pflicht dir eng und klein; sie ist die beste. Dir hilft sie allein. Die höchste andre Pflicht, selbst gut vollbracht, hat niemals deiner Schuld ein End gemacht."

Ein Sklave ist, wer nur auf den Lohn hin arbeitet. Er wird freudlos und vergrämt leben, weil er immer das Bewußtsein haben wird, daß der Lohn keine echte Entsprechung für seinen Einsatz darstellt. Würde ein Arzt, der für 4 Mark nachts einen Krankenbesuch macht, der sich der Ansteckungsgefahr aussetzt oder von einem tobenden Geisteskranken angegriffen wird, sich in dessen Dienst stellen, wenn er es wegen des Lohnes täte? Oder eine Krankenschwester, die für ein kärgliches Entgelt Tag und Nacht sich der schweren und gefährdenden Pflege von Tuberkulösen hingibt; oder ein Polizeibeamter, oder ein Feuerwehrmann, oder ein Bombenentschärfer, die jede Minute ihr Leben für andere aufs Spiel setzen? Könnten sie das wirklich tun, wenn sie nur das Gehalt von wenigen hundert Mark im Sinne hätten? Nein! Diesem Tun, diesen Entscheidungen liegt ein tieferes Ethos zugrunde, das Ethos des Helfens, des Wirkens, des bewußt in der großen Menschengemeinschaft Stehens: das sind die stärkeren Impulse für dieses Tun. Der Entgelt bildet nur eine notwendige Grundlage für das Leben, er ist aber nicht Endzweck! Wie mancher zieht es vor, in einer geringer bezahlten Stellung, die aber atmosphärisch günstiger ist, zu bleiben, als einen besser bezahlten Posten in einem Sklavenhalterbetrieb zu übernehmen.

Martin Buber erzählt von Rabbi Chaim von Krosno, der mit seinem Schüler einst einem Seiltänzer zusah. „Er war so tief in den Anblick versunken, daß sie ihn fragten, was es sei, das seine Augen an so törichte Schaustellung banne. »Dieser Mann«, antwortete er, »setzt sein Leben aufs Spiel, ich könnte nicht sagen weswegen. Gewiß, aber kann er, während er auf dem Seil geht, nicht daran denken, daß er mit seiner Handlung hundert Gulden verdient; denn sowie er dies dächte, würde er abstürzen.«"

In einer anderen Geschichte berichtet Buber von einem jüdischen Krämer, der einen Lehrling in sein Geschäft genommen hatte. Wenn der Lehrling die Kunden bediente, sagte er anfangs: „Der Meister wird dieses oder jenes besorgen." Nach einer Weile, als er sich an die Arbeit gewöhnt hatte, sagte er: „Wir wollen Ihnen gerne diese Ware kommen lassen." Später aber sagte er: „Ich werde mich bemühen,

Ihnen die gewünschte Ware zu beschaffen." Da wußte der Krämer, daß der Angestellte so innig mit dem Geschäft verwachsen war, und nicht nur mit dem Geschäft, sondern auch mit seinem Herrn, daß er ihn allein schalten und walten lassen konnte. Auf diese Identifikation des Arbeitenden mit dem Betrieb, mit der Materie, mit den Mitarbeitern kommt es an; dann wird die Welt durch die Arbeit verklärt, dann herrscht im Umkreis dieser Arbeit eine schöpferische und beglückende Harmonie.

Jede Arbeit kann über den effektiven Arbeitsprozeß hinaus zu einem Gebet, zu einer Besinnung, zu einer Meditation werden. Gerade eine handwerkliche Arbeit ist dazu besser geeignet als eine intellektuelle, die die Aufmerksamkeit in stärkerem Maße fesselt. Bei mancher Arbeit kann man nebenher denken und seine Phantasie betätigen. Aus der Gesinnung: „ich diene durch mein Tun der Menschheit" erwächst eine rechte, eine liebende und behütende Einstellung des Menschen zu dem erarbeiteten Ding. Auch eine anonyme Schraube geht in die weite Welt hinaus und dient einem Ganzen, und geht diese Schraube verloren oder zerbricht sie, wird der beste Apparat nutzlos.

Die Yogis Indiens empfehlen den Menschen zur Harmonisierung ihres Selbst die Kontemplation und die Meditation. Eine der vorbereitenden Übungen ist das Sprechen oder Singen oder Summen von Mantrams, von kurzen Gebeten, Sinnsprüchen oder auch nur Worten. Man kann sie bei fast jeder mechanischen Arbeit üben, ohne daß sie die Aufmerksamkeit von der Arbeit ablenken. Im Gegenteil gerät dadurch unsere Seele in eine schwingende, beglückende Gehobenheit, das Vegetativum wird beruhigt und gleichzeitig stimuliert und der Mensch spart nicht nur Kräfte, sondern er belebt und bereichert sie, weil er sich daran gewöhnt, der jeweiligen Arbeit den ihr erforderlichen Anteil an Kraft, Anstrengung, Aufmerksamkeit und Fleiß zu widmen; nebenher aber gibt er seiner Seele Nahrung aus geistigen Bezirken, die eine geheimnisvolle Harmonie zwischen der Arbeit und der Person erzeugen.

Unser Arbeitstag besteht nicht nur aus Arbeit, es liegen innerhalb jeder Arbeitsverrichtung zahlreiche Pausen, Leerläufe, die wir für eine echte Besinnung benutzen können. Auch die Fahrten und Gänge zur und von der Arbeitsstelle können wir für eine meditative Haltung verwenden. Wir können sie mit bewußten rhythmischen Atemübungen, oder mit schöpferischen, helfenden Gedanken an liebe oder unliebe Menschen ausfüllen oder mancherlei Konflikte, die zwischen uns und unseren Mitmenschen entstanden sind, klären. In solchem gelassenem Tun reifen wir selbst und füllen auch die langweiligste Arbeit mit geistigen Inhalten.

Der große indische Heilige und Staatsgründer, Mahatma Gandhi, ließ seine Gäste, die ihn, wenn er nicht gerade im Gefängnis saß, in seinem Ashram besuchten, nicht nur kluge philosophische und politische Gespräche führen, er zwang sie auch sanft, sich im Haushalt und in der Landwirtschaft zu betätigen, ja sie mußten sogar die Latrinen reinigen. Ohne viele Worte zeigte er ihnen damit, daß jede Tätigkeit, auch die scheinbar schmutzigste und unappetitlichste, zum ganzen Sein des Menschen gehört und daß sich keiner ihr entziehen darf.

Es wäre für unsere Gesellschaft von größtem Nutzen, wenn wir unsere jungen Menschen, ehe sie in feste Berufsbahnen eintreten — das gilt natürlich besonders für die akademischen Berufe — eine Weile in landwirtschaftlichen und industriellen Betrieben beschäftigen würden. Sie hätten eine ganz andere Vorstellung und Erfahrung über diese Art von Arbeit und das menschenformende Betriebsklima. Welcher Arzt kennt wirklich aus eigener Anschauung die Arbeitsbedingungen, in denen seine Patienten leben, und welcher Lehrer kann seinen Schülern, die sich später in alle Berufe zerstreuen, etwas Verbindliches über diese Berufe sagen? Welcher Jurist hat selbst in Gefängnissen gesessen und weiß aus Erfahrung, welchen seelischen Qualen, welchen Erniedrigungen, welchen Schicksalsschlägen ein Untersuchungsgefangener und ein Strafgefangener unterworfen ist?!

Doch gibt es Grenzen der Anstrengung und der Leistungsfähigkeit. Jedermann hat sein eigenes Maß an Durchhaltekraft. Wird dieses überschritten, so kommt es zur Erschöpfung oder zum Zusammenbruch. Wird einer in einem Betrieb über seine Kräfte und Fähigkeiten hinaus beansprucht, so stellen sich bald Fehlleistungen ein, die dem Betroffenen sehr bald bewußt werden und die, wenn er sie nicht korrigieren kann, zur Ausbildung von Minderwertigkeitskomplexen führen. Nach einiger Zeit kommt es automatisch zu seelischen Sperrmechanismen, zu Zuständen vegetativen Versagens, die ihn arbeitsunfähig machen.

Ähnliches Unheil entsteht, wenn einer unterfordert wird, wenn die ihm übertragene Tätigkeit unter seinem Leistungsniveau ist und er sich nicht richtig ausgelastet fühlt. Es gibt also ebenso ein Zuviel wie ein Zuwenig. Es gibt aber auch ein dauerndes Zuviel, das dennoch ein ganzes Leben hindurch getragen wird, weil es aus einer liebenden und pflichterfüllten Seele kommt. Das ist die Arbeit einer Hausfrau, einer Mutter, einer Bauersfrau, einer berufstätigen Hausfrau, wie wir sie heute zu Millionen haben. Ihr Arbeitstag beträgt weit mehr als acht Stunden, ihre Arbeit ist oft schmutzig und kann kaum lustvoll sein. Sie besteht in ewiger Wiederholung, niemand schätzt diese Arbeit und sieht sie; man beachtet sie nur, wenn sie fehlerhaft ist — niemand dankt ihr, weil ihm diese Arbeit als selbstverständlich erscheint. Für ein schmackhaftes und appetitlich zubereitetes Essen braucht eine Frau Stunden: um es einzukaufen, herzurichten, zu kochen und nachher das Geschirr abzuwaschen, und das tagein tagaus, ohne Dank; nur wenn etwas angebrannt ist, machen wir ihr Vorwürfe und sind verstimmt. Es genügt aber nicht, daß sie diese Arbeit still und unauffällig verrichtet, wir verlangen von ihr selbstverständlich auch eine gute Laune, ein frohes Gesicht und ein einfühlendes Verständnis für die Schwierigkeiten unseres mühevollen Arbeitstags. Hier vollzieht sich vor unseren Augen und ohne unser Bewußtsein tagtäglich ein Heldentum der Arbeit und der Selbstaufopferung, wie wir es in keinem industriellen Betrieb oder Amt kennen.

Hugo Kückelhaus erzählte einmal von einer alten Bauersfrau, der er begegnete, die fröhlich, heiter, ausgeglichen und glücklich war. Er fragte sie nach dem Geheimnis ihres So-seins. Sie antwortete ihm schmunzelnd: „Mehr tun, als man kann!"

Dieses „mehr tun, als man kann" gelingt aber nur aus einer bestimmten seelischen Einstellung, aus einem Sich-bewußt-in-den-Dienst-Stellen. Das kann kein Sklave, das kann nur ein freier Mensch! Haben wir doch bewundernd erlebt, wie in Not- und Kriegszeiten die Menschen über sich selbst hinauswachsen, an Leistungsfähigkeit, an Leidens- und Opferbereitschaft. Wie manches uralte Mütterchen unterzog sich den schwersten Strapazen, um für ihre hungernden Enkel Lebensmittel, Holz und Kohle zu beschaffen. Aus ihrer seelischen Einstellung wuchsen ihr ungeahnte Kräfte zu.

Wir sind in Hinblick auf die Beurteilung unserer Leistungs- und Durchhaltekräfte häufig recht pessimistisch. Das liegt wohl daran, daß wir in der Regel Anstrengungen meiden. Wie oft sagen wir schon als Kinder, als Schüler, als Studenten, als Lehrlinge, als Hausfrauen, als Arbeiter das bekannte Wort: „Ich kann es nicht, ich lerne es nie, ich bin zu schwach, ich bin zu dumm!" Wir sagen es, ehe wir ernstlich versucht haben, eine Angelegenheit zu erledigen; wir geben es auf, nur weil wir zu träge sind, und schieben die Sache entweder auf oder überlassen sie einem anderen. Es kommt uns nicht zum Bewußtsein, daß uns hier und jetzt der Auftrag erteilt ist, uns zu überwinden und mit Verstand und Geschicklichkeit das Erforderliche zu tun.

In „Gog und Magog" läßt Martin Buber den Rabbi Jaakob Jizchak von einer Begegnung mit einem Bauern erzählen. Dessen Heuwagen war umgekippt. Er wandte sich an den vorbeigehenden Jaakob Jizchak mit der Bitte, ihm zu helfen, den Wagen aufzurichten. Gemeinsam mühten sie sich umsonst, die schwere Last zu bewältigen. „Ich kann nicht!" rief schließlich Rabbi Jizchak. Der Bauer schaute ihn streng an und sagte: „Du kannst, aber du willst nicht!" Daraufhin versuchte Jaakob Jizchak mit letzter Anstrengung noch einmal. Das Werk gelang, sie richteten den umgekippten Wagen wieder auf. Der Rabbi ging nun eine Weile mit dem Bauern neben dem Wagen einher. Er fragte ihn, wieso er geglaubt habe, daß er nicht wolle. „Das kam mir in den Sinn", sagte der Bauer, „weil du gesagt hattest, du könntest nicht. Niemand weiß, ob er etwas kann, eh er's versucht hat." — „Aber wie kam dir in den Sinn, daß ich kann?" fragte der Rabbi. „Ach Bruder, was bist du für ein Presser! Nun gut, es kam mir in den Sinn, weil man dich mir in den Weg geschickt hat", gab der Bauer zur Antwort. „Meinst du etwa gar, dein Wagen sei gestürzt, damit ich dir helfen könne?" — „Was denn sonst, Bruder?!"

Hier in dieser weisen Geschichte wird nicht nur davon gesprochen, daß der Mensch im rechten Wollen über seine Kräfte hinauszuwachsen vermag, es wird darüber hinaus noch angedeutet, daß in jeder Begegnung etwas von Schicksal und Auftrag steckt und daß der Beauftragte durch sein Tun und Verhalten die rechte Antwort zu geben hat.

Martin Buber definiert im gleichen Buch diese Haltung so: „Zu dem halten, der mich braucht, sobald er mich brauchen will. Da sein, wo man gebraucht wird, und so sein, wie man gebraucht wird."

Sicherlich ist nicht jedes Tun ein schöpferischer Akt, doch ist in jedem Tun ein schöpferisches Prinzip verborgen. Verdanken wir doch unsere industrielle und technische Entwicklung der Erfindungsgabe einzelner! Wieviele haben aber an bereits entwickelten Maschinen und Produktionsformen weitergebastelt, bis sie noch vollkommener und schöner wurden. Wie manch ein Arbeiter hat im Umgang mit einer Maschine Verbesserungen oder Vereinfachungen oder Verfeinerungen ausgedacht. Ich möchte glauben, daß es keine Arbeit gibt, die nicht Freuden, Geheimnisse, Anregungen in sich birgt. Welche Freude hat eine Hausfrau, wenn ihr wieder und wieder eine Speise gut gerät, wenn sie den Gästen mit einer Spezialität des Hauses aufwarten kann. Es mag sich um ein altes Familienrezept handeln, seine Zubereitung wird immer wieder zu einem schöpferischen Akt. Ein Lehrer, der hundertmal das gleiche Lehrthema den Kindern vorträgt, kann, wenn er es aus liebender Seele tut, aus dem Bewußtsein heraus, daß er einer jüngeren Generation Wissen und Erfahrung vermittelt, davon beglückt sein. Ein Arzt, der täglich mehreren Dutzend von Patienten begegnet, kann, wenn er zu jeder dieser Begegnungen als zu einem immer neuen Auftrag zum Helfen, zum Hören und zum Mittragen bereit ist, trotz aller Anstrengung in seinem Beruf eine Erfüllung finden. Ein Beamter, der Mittler zwischen dem Staat und dem Bürger ist, kann aus einem menschlichen Pflicht- und Verantwortungsgefühl heraus viel Segen wirken. Ja sogar eine Putzfrau kann mit so viel Liebe und Behutsamkeit sich ihren Aufgaben zuwenden, daß sie Freude an der Arbeit, an den schönen Dingen, die sie zu pflegen hat, erlebt.

Es kommt immer darauf an, ob man die schöpferischen Kräfte in sich zu mobilisieren vermag; dann wird man in der abhängigen Arbeit ein freier Mensch. Man kann in der erhabensten Arbeit zum Sklaven werden, wenn man sie nicht mit der Glut des Herzens erwärmt. Die buddhistischen Zen-Meister sagen: „Freiheit bedeutet nicht, daß man tun kann, was man will, sondern, daß man gern tut, was getan werden muß." Und Buddha sagt ergänzend: „Nicht durch Geburt ist man rein oder unrein. Durch Taten ist man rein oder unrein." —

Das Schöpferische beschränkt sich nicht auf die Künste, auf das Malen, das Dichten, das Romaneschreiben, das Bildhauern, das Bauen, das Theaterspielen, Komponieren, Musizieren, Tanzen, es erstreckt sich auch auf die Wissenschaften und die Technik, die alle nicht nur Ingenium, sondern schwere und aufopfernde Arbeit erfordern. Schöpferisch ist aber schon der sogenannte primitive Mensch, der sein einfaches Haus aus Steinen, Blättern, Lehm oder Holz baut, oder der die ersten Werkzeuge fertigt.

In unserem industriellen Zeitalter hat das Massenerzeugnis auch im Haushalt Einzug gehalten. An manchen Orten unserer Erde ist noch der größte Anteil jeden Tuns schöpferisch. Aber das gilt auch für die Frau, die den Mittagstisch deckt und ziert, die Schneiderin, die ein Kleid näht. Jegliches Tun kann beseelt und auf den Menschen, aber auch auf Gott hin gerichtet sein. Der Japaner trinkt nicht Tee, er zelebriert, er feiert das Teetrinken. Er stellt nicht nur Blumen in eine Vase, er bereitet den Blumengruß zu einem Symbol und paßt ihn dem Raum und den Bewohnern an. *Hans de Boor* schreibt in seinem Buch: „Unterwegs notiert" anläßlich der Begegnung mit Manilal Gandhi über die indischen Frauen: „Sie haben unendlich graziöse Bewegungen. Ich schaue ihnen zu, wie sie den Tisch decken und mit schmalen Händen die Schüsseln und Teller ordnen. Alles geschieht lautlos und mit einer eigenartigen Mischung von verhaltenem Ernst und gelassener Heiterkeit. Es ist dieselbe Atmosphäre, die ich in Indien immer wieder kennenlernen sollte, eine Atmosphäre, die den Europäer seltsam fremd und doch beruhigend und anziehend umfängt."

Schöpferisch ist auch ein Akt, der in einer Weise geschieht, wie von Bruder Lorenz 1666 in der „Übung der Gegenwart Gottes" aus den Mauern des Karmeliterklosters zu Paris berichtet wird: „Wenn man die kleinsten und niedrigsten Dinge von ihm verlangt, so tut er sie ebenso gern, als ob es sich um etwas Wichtiges handele, denn er tut alles in Gottes Auftrag. Sein Gefühl von der Gegenwart Gottes ist nicht schwächer, wenn er in der Küche arbeiten muß, als wenn er vor dem Altar kniet. »Ich habe mich in deine Obhut begeben, und nehme deine Geschäfte hier auf Erden wahr. So wird denn wohl alles recht sein!«"

Der Mensch, der an kleine, untergeordnete, mehr oder minder mechanische Arbeit gewöhnt ist, meint oft, eine andere Arbeit enthalte etwas, was er selbst nicht erlebe. Er begreift nicht, daß der schöpferische Akt den schöpferischen oder den erfolgreichen Menschen nicht andauernd begleitet, daß auch hier das meiste Klein- und Kleinstarbeit ist. Wie lange muß der Pianist üben, bis er die Meisterschaft über die Klaviertechnik errungen hat. Sicherlich vermittelt die Meisterschaft dem Zuhörer großen Genuß und erzeugt Begeisterung. Wer bedenkt aber, daß der Pianist unzählige Male das gleiche Programm wiederholen muß, daß er von Stadt zu Stadt reisen und viele Unbilden auf sich nehmen muß, daß er von Mal zu Mal nicht weiß, ob es ihm gelingt, den Kontakt mit dem Publikum herzustellen? Dasselbe gilt für den Schauspieler und für den Redner. Welche Ängste stehen diese Menschen aus, weil sie wissen, daß das Geheimnis, die Magie des Kontakts nicht von ihrem Wollen und ihrer Kunst allein abhängig ist.

Jeder schöpferische Akt schließt Leiden und Freuden in sich ein. Meist überwiegen die Leiden: welcher Künstler, Wissenschaftler, Erfinder kennt sie nicht: das Zweifeln an sich selbst, das Hadern, die Depressionen, den Kampf mit dem Stoff? Schauen wir die Manuskripte oder die Korrekturbögen der großen Schriftsteller an! Auf den Seiten eines Balzac, eines Flaubert, eines James Joyce sehen wir noch die Spuren der Kämpfe: durchgestrichene Zeilen, Umstellungen von Wörtern. Balzac und Flaubert feilten noch an den Korrekturfahnen herum und kämpften mit der Gestaltung. James Joyce brachte trotz angestrengtester Arbeit nie mehr als eine beschriebene Seite am Tage zustande. Wenn man ein fertiges Gemälde, eine Plastik betrachtet, ein Gedicht, einen Roman liest, wer erkennt in dem Kunstwerk noch den Kampf des schöpferischen Menschen um die Gestaltung?

Wie wenig sieht man einer wissenschaftlichen Arbeit an, die manchmal auf wenigen Seiten epochemachende Entdeckungen oder Erfindungen beschreibt, daß sie ein Lebenswerk darstellt, einen Schatz von Erfahrungen preisgibt, den man nur in einem langen und dornigen Arbeits- und Forscherleben sammelt! Bei der wissenschaftlichen Arbeit gehört es zur Gepflogenheit, daß man alle Publikationen, die das gleiche Thema betreffen, gelesen haben muß und daß man möglichst auch alle Autoren und Arbeiten zitiert. So bedarf es allein einer zeitraubenden Vorbereitung, diese Literatur zu sichten und kritisch zu behandeln. Die meisten Forscher können wissenschaftliche Arbeiten nur außerhalb ihrer Berufsarbeit ausführen. Welch ein Maß an Idealismus und Besessenheit gehört dazu!

Etwas zeichnet den schöpferischen Menschen dem unschöpferischen gegenüber aus: er ist bereit, jede Unbill, Not und Entbehrung auf sich zu nehmen. Wieviele Künstler leben und lebten in tiefster Not, Armut und Bedrängnis, ohne dem Publikumsgeschmack Konzessionen zu machen, wieviele sind buchstäblich verhungert oder an auszehrenden Krankheiten gestorben! Wie viele sind erst nach ihrem Tode bekannt geworden! Die Bilder von Cézanne oder van Gogh werden heute mit höchsten Preisen bezahlt oder gar gefälscht. Beide Meister hatten während ihres Lebens kein Bild verkauft. Aber eine Gnade wird dem Schöpferischen zuteil, die Gnade der Begeisterung, die ihn für alle Opfer entschädigt. Es gibt kaum einen Dichter, Künstler oder Forscher, der nicht in Briefen, Lebenserinnerungen oder Bekenntnissen von solcher Begnadung berichtet.

So schreibt der italienische Mathematiker *Brischi:* „Wenn ich mehrere Stunden der Nacht mit tiefster Konzentration gearbeitet habe, um ein schwieriges Problem zu lösen, und Kopf und Auge und Hand müde sind, dann lehne ich mich im Stuhl zurück und fühle mit Wonne etwas Erhabenes, eine himmlische Harmonie in mir."

Der Ägyptologe *Heinrich Brugsch* berichtet: „In der Arbeit fand ich die höchste Lust, und jede neue Entdeckung auf dem Gebiet der altägyptischen Entzifferungen konnte mich in einen wahren Freudentaumel versetzen. Tatsächlich lebte ich bisweilen in einem Zustand wirklicher Verzückung, die mein ganzes Nervensystem in Beschlag nahm und die merkwürdigsten Erscheinungen an mir hervorrief."

Romain Rolland, der Apostel des Friedens, schreibt über den Musiker Händel: „Sein Schaffensdrang war so tyrannisch, daß er ihn schließlich von der übrigen Welt ganz isolierte. Sein Kopf arbeitete unaufhörlich, und er hatte keinen Blick für das, was in seiner Umgebung vorging. Und welche Exaltation, welche Tränenströme, während er arbeitete! In Bezug auf das Halleluja im »Messias« zitierte er die Worte des Apostels Paulus: »Ob ich im Leibe gewesen bin oder außer dem Leibe, als ich schrieb, ich weiß es nicht, Gott weiß es!«"

Und *Rabindranat Tagore* sagt: „In meiner Arbeit ist meine Freude, und in dieser Freude ist die höchste Freude beschlossen!"

Von dem Mystiker *Jakob Böhme* wird erzählt, daß er manche seiner Werke wie im Trancezustand schrieb. Desgleichen soll der Maler *Fra Angelico da Fiesole* seine Bilder nach tiefer mystischer Versenkung und Gebet in göttlicher Eingebung gemalt haben.

Der große Philosoph *Philo Judäus* bekennt: „Manchmal, wenn ich so an meine Arbeit ging, bin ich mit Eingebungen aus der Höhe überschüttet worden. Durch diese göttliche Inspiration wurde ich dann so in Begeisterung versetzt, daß ich weder wußte, wo ich war, noch wer bei mir war, wer ich war, was ich sagte oder schrieb. Hinterher bin ich dann überreich an Gedanken, voll Verständnis und voll vorwärtsdrängender Energie, die alles anpackt, was getan werden muß. Es ist, als ob mein Geist Zeuge der besten Lösung meiner Aufgabe geworden wäre!"

Der Kiewer Malermönch *Alimpii* († 1114) malte so wunderbare Ikonen, daß die Mönche sich erzählten, sie hätten gesehen, daß ein Engel ihm die Hand geführt habe. Als er sich zum Sterben niederlegte, habe der Engel gar die unvollendeten Ikonen zuende gemalt.

Dieser Genius, dieser Engel in uns, der in uns und durch uns das Schöpferische vollendet, ist das wirkende Prinzip. Nicht umsonst sprechen soviele Geniale in der Kunst und in der Forschung davon — von diesem „Außer-sich-sein" —, und letztlich zeugt davon die Demut, daß ein Künstler nicht sich selbst, sondern einem Höheren die Frucht seines Schaffens zuschreibt.

Doch ist jede Arbeit, auch jede schöpferische Arbeit zunächst eine lange und mühsame Übung. Graf *Karlfried von Dürckheim* sagt in seinem Buche »Hara, die Erdmitte des Menschen«: „In jeder als Exercitium aufgefaßten Übung lernt der Mensch, sich selbst zu überwinden. Natürlich bedarf es auf dem Wege zum Können zuerst gespannter Aufmerksamkeit, eines harten, nie ermüdenden Willens und großer Treue, immer wieder dasselbe zu wiederholen, bis endlich das Können da ist. Die Übung im eigentlichen Sinne fängt aber erst dort an, wo die grobe Technik beherrscht wird; denn dann erst kann der Übende sich dessen inne werden, in welchem Ausmaß der Ehrgeiz und der Wille zu glänzen, wie auch die Angst zu versagen störend im Weg stehen. Den Angelpunkt alles Übens bildet aber das Gewinnen und Festigen der Mitte ... Der hartnäckigste Widersacher auf dem Weg zum Gewinn der Kraft der Mitte ist das Haften am Ich, das mit seinem Eigensinn immer wieder die Bezeugung jeglichen Könnens stört. Erst wenn es gelingt, die Einmischung des Ichs auszuschalten, kann die vollkommene Leistung — nun aber als Frucht einer inneren Reife — hervorgehen. Dann ist der Verstand nicht mehr bötig, der Wille schweigt, das Herz ist still geworden, und beglückend und treffsicher zugleich vollzieht der Mensch sein Tun ohne sein Zutun."

In diesem Bild ist das Tun des Alltags, das Lernen und das Üben und das schöpferische Tun zugleich beschlossen. Es meint: „das Tun um des Tuns willen". Es meint den Dienst, den der Mensch, gleich wo er steht, als Auftrag und Aufgabe zu erfüllen hat, und es meint die Demut, mit der er ihn vollziehen sollte, damit er selbst, seine Nachbarn und das Tun sowie das Getane gedeihe.

DER MENSCH UND DIE DINGE

Es ist dem Menschen eigentümlich, daß er sich in seinem Dasein über das Nützliche und Zweckmäßige hinaus mit Schönheit umgibt. Mit Bewunderung stehen wir immer wieder vor den künstlerischen Gebilden unserer Urväter, der Höhlenmenschen, und vermögen aus den jahrtausendealten Aussagen ihr Leben, ihre Gebräuche, ihre Jagden zu rekonstruieren. Mit welcher Liebe und Mühe fertigten sie ihre Pfeile, ihre Hämmer und Beile, ihre Fibeln und Töpfe. Fast jede Form wird durch ein Zierat verschönert. Je differenzierter der Mensch wird, um so reicher und feiner wird seine Umgebung, die er sich, je nach Zeitgeist und Geschmack, gestaltet. Seltsam sind auch die Wege und Schicksale der Dinge, die dem Menschen dienen. Es handelt sich hier um ein vielschichtiges Verhältnis, das schwer zu kennzeichnen ist. Vielschichtig sind auch die affektiven Bindungen und Entbindungen des Menschen zum „Ding".

Daher sind die Schicksale der Dinge, die meist ein längeres Leben haben als der Mensch, oft abenteuerlicher als Menschenschicksale; immer geht es da um das Auf und Ab von Wertungen, Entwertungen und Neuwertungen. Immer ist das Geheimnis der Begegnung von Mensch und Ding in diese Schicksale hineinverwoben. Unsere Beziehung zum Ding durchlebt alle Phasen des affektiven Verhaltens von Begierde, Wunsch, Verliebtheit, Hörigkeit, Behutsamkeit, Bewunderung bis hin zu Gleichgültigkeit, Ablehnung, Haß und Vernichtung.

Vergegenwärtigen wir uns, mit welcher Anteilnahme des Gefühls wir uns einem begehrten Gegenstand zuwenden, wie wir dessen Besitz herbeisehnen, dafür sparen, Opfer bringen, wie wir ihn schließlich erringen, ihn pflegen, auf ihn stolz sind, und zuletzt in die Gewöhnung abgleiten und unsere Aufmerksamkeit neuen begehrenswerteren Objekten zuwenden.

Im Grunde genommen schwingt das Leben des Abendländers in dem Auf und Ab der Begehrlichkeit um immer neuen Besitz. Auf der einen Seite sind es die verlockenden, Arbeit und Zeit sparenden Apparate; elektrische Geräte, vom Rasierapparat über den Massageapparat, den Kochherd, den Eisschrank, den Multimix bis hin zur Waschmaschine, dem Föhn, dem Heizofen; auf der anderen Seite die Objekte, die uns geistigen Genuß und die Beziehung zur größeren Welt vermitteln: der Photoapparat, das Grammophon, das Radio, das Fernsehen, der Film; und schließlich die Geräte zur Überwindung des Raumes und der Zeit: das Rad, das Auto, das Boot, der Helikopter, das Flugzeug. Die Technik unseres Jahrhunderts hat unsere Daseinsmöglichkeiten sprunghaft verändert, und es ist verständlich, daß wir, wie Kinder von immer neuen Geschenken berauscht, im Banne dieser Dinge stehen.

Aber über den Nützlichkeitswert hinaus lieben wir es, unsere Behausung mit schönen Dingen zu schmücken, an denen wir uns erfreuen. Nicht nur einfache oder prunkvolle Möbel, auch ungezählte Dinge aus der Vergangenheit und Gegenwart sind es, die für uns affektiven Wert haben, die von unseren Voreltern stammen, die wir von fernen Reisen als Andenken mitgebracht haben, die uns von lieben Freunden geschenkt worden sind, oder die wir unter bestimmten Gesichtspunkten mühselig gesammelt haben. Diese Dinge sind die für uns spezifische, uns allein eigene Welt. In dem Mit- und Zueinander spiegeln sie uns selbst und sagen den anderen etwas aus über uns, unseren Charakter, Geschmack, unser Stil- und Formgefühl, unser Temperament und Gemüt. Unsere Behausung ist sozusagen eine Extraprojektion unserer Person in den Raum. In Abwandlung des bekannten Sprichwortes könnte man sagen: „Zeige mir, wie du wohnst, und ich sage dir, wer du bist!"

Das Ding ist es, das unserem Dasein den besonderen Glanz verleiht. Wie wenige Menschen vermögen allein durch die Kraft oder Schönheit ihrer Persönlichkeit zu wirken! Erst kostbare Möbel, Bilder, Teppiche, Geschirr, Autos, Juwelen, Gewänder, Pelze verleihen dem Menschen, wie er glaubt und wie es auch die anderen glauben, den ihm zustehenden Wert und die Gewichtigkeit. Sie repräsentieren seinen Reichtum, seine Macht, seinen guten Geschmack.

Die Gebote der christlichen Lehre und die Forderungen aller anderen Religionen nach Armut, Bescheidenheit, Demut und Besitzlosigkeit sind zu allen Zeiten gerne vergessen worden. Jeder von uns ist stolz zu besitzen, also auf den Gaben, die uns nur zur Verwaltung gegeben sind, zu „sitzen". Neben der Schönheit der Form, der Qualität, dem affektiven Wert eines Dinges glauben wir auch, daß Dinge Werte darstellen, die uns über Notzeiten und Geldentwertungen hinweghelfen können. Welch tragischer Irrtum angesichts der Erlebnisse aller Zeiten! Es kommen Kriege, Katastrophen, Verfolgungen, Beschlagnahmungen, Brände und Vernichtungen, die diesen Traum schnell zerstören, die uns aber lebendige Mahnungen sein sollten, daß wir nichts anderes als die Bewahrer und Verwalter der Dinge sind und uns auch nur als solche betrachten sollten.

Die Erfahrung lehrt uns, wie fragwürdig es mit dem objektiven Wert von Dingen bestellt ist. Was ist ihr *wirklicher* Wert? Das Material stellt den geringsten Wert dar, hinzu kommen die Kosten der Bearbeitung. Ist das Ding einmal fertig, so geht es durch die Hände vieler Händler und Zwischenhändler, und jeder verdient daran, es kostet Transport und Versicherungsgelder, bis es an den Ort seiner Bestimmung gelangt. Will man ein soeben gekauftes Ding wieder verkaufen, so sind diese Zwischenkosten von dem bezahlten Preis schon in Abzug zu bringen. Es wird um einen nicht geringen Teil entwertet. Will man alte, wundervolle, künstlerisch gefertigte Juwelen veräußern, so bekommt man vom Juwelier nur den Realpreis des Goldes und der Steine bezahlt.

Ich habe als junger Mensch mit Juwelen ein Erlebnis gehabt, das mich stark beeindruckte und meine Einstellung zum Wert der Dinge recht erschüttert hat. Das Einzige, was wir aus unserer Heimat gerettet hatten, waren zahlreiche kostbare Juwelen. Man hatte uns immer gesagt, sie seien die einzigen wertbeständigen Dinge, die uns überall aus der Not zu helfen vermöchten. Wir waren fest davon überzeugt, bis wir in Not gerieten. Von unseren Landsleuten, die kostbare, vom Zaren verliehene Ordenssterne in der Fremde verkaufen wollten, wurde uns immer wieder erzählt, daß die Brillanten darin falsch gewesen seien, daß sie also bereits auf dem Wege vom Verleiher zum Empfänger eine Metamorphose erlitten hätten.

Ich besaß von meiner Urgroßmutter her einen großen, mit Brillanten umgebenen Saphirring, von dem ich wußte, daß er sehr kostbar war. Ursprünglich waren es Ohrringe gewesen, die umgearbeitet worden waren. Ein mir bekannter, sehr reicher Mann war auf diesen Ring sehr begierig und bat mich, falls ich ihn verkaufen wollte, möchte ich mich zuerst an ihn wenden. Als ich einst in Not war, bot ich den Ring dem Herrn Generaldirektor an. Er nahm ihn mir ab in der Absicht, ihn taxieren zu lassen. Nach einigen Tagen lud er mich zu sich und erklärte mir mit verlegener Miene, der Taxator habe den Ring als völlig wertlos erklärt, die Steine seien synthetisch, die Fassung veraltet; er habe deshalb natürlich kein Interesse mehr an dem Ring. Da er aber wisse, daß ich in Not sei, sei er gerne bereit, mir doch dafür hundert Mark zu geben. Ich lehnte dieses großzügige Angebot ab und machte, angewidert, keinen Gebrauch mehr von dieser Bekanntschaft.

Als ich versuchte, den Ring bei einem Juwelier zu verkaufen, holte dieser unauffällig die Polizei, weil er in Anbetracht meiner Jugend und meiner bescheidenen Kleidung glaubte, der Ring sei gestohlen. Schließlich gelang es mir, den Ring für viertausend Mark zu verkaufen, obgleich ich wußte, daß es sich nur um einen Bruchteil des wirklichen Wertes handeln konnte.

Aber es gibt auch andere Überraschungen mit Juwelen. Die Gräfin von M. besaß ein mit großen Smaragden besetztes Geschmeide, einen Familienschmuck aus dem 17. Jahrhundert. Er galt in der Familie als eine Kostbarkeit. Es war auch eines der schönsten Geschmeide, die man sich denken kann. Eines Tages war sie genötigt, den Schmuck zu verkaufen. Der Juwelier bot ihr vierzigtausend Mark, er bat nur, den großen mittleren Smaragd herauslösen zu dürfen, um ihn zu wiegen. Nach wenigen Minuten kam er bleich und verstört wieder. Der Smaragd erwies sich als eine Fälschung. Es war ein in Capuchon geschliffener Bergkristall, der von einer grünen Emailleplatte unterlegt war.

Die Über- und Unterbewertung der Dinge entsteht aus falschen Vorstellungen oder aus affektiven Bindungen und Entbindungen. Wie viele Menschen sammeln mit Umsicht und Begeisterung Antiquitäten, Kunstwerke, alte Gebrauchsgegenstände, Briefmarken. Manche ihrer Angehörigen haben dafür nicht nur kein Verständnis, sondern ärgern sich über die Dinge, die ihnen nichts bedeuten und die sie nur als Staubfänger betrachten. Es ist die Tragödie des Sammlers, daß alles, was er in mühe- und liebevoller Tätigkeit gesammelt hat, nach seinem Tode oder schon zu seinen Lebzeiten versteigert oder verschleudert wird. Herrliche Geigen von Stradivari, Guarneri, Landolfi, Amati, Gadigliano, Galgi, Scarambella aus dem siebzehnten und achtzehnten Jahrhundert werden auf Abstellböden gefunden, weil sie für die Nachkommen wertlos geworden waren! Dasselbe gilt für Gemälde, Möbel und Teppiche. Jede Generation hat ihr eigenes, neues Stilgefühl und verliert die affektive Bindung an den vorhergehenden Stil, den sie meist als antiquiert und kitschig empfindet. So wandern dann die alten Einrichtungsgegenstände und Möbel zum Altwarenhändler oder in Abstellräume, bis sie nach geraumer Zeit wieder als schön und begehrenswert empfunden werden.

Gleiches gilt für Dinge, die im wesentlichen einen affektiven Wert haben, gleichviel ob sie objektiv wertvoll oder wertlos sind. Da gibt es kleine, unscheinbare Geschenke von Freunden, von Menschen, die man liebte oder verehrte, die uns zu Talismanen, zu Reliquien wurden, weil sie etwas von dem Wesen des geliebten oder verehrten Menschen repräsentieren und weil in ihnen etwas von der spezifischen Beziehung vom Ich zum Du hintergründig verborgen ist. Wird diese Bindung entbunden oder stirbt der Besitzer des Dings, so fällt der Gegenstand sozusagen auf seinen nominellen Wert zurück.

Wie oft geschieht es, daß wir, wenn eine Freundschaft, eine Liebe, eine Verehrung ein unerwartetes oder vorzeitiges Ende gefunden hat, dann auch die Repräsentanten dieser Bindung aus unserem Gesichtskreis entfernen. Als Junge stöberte ich gerne auf den eigenen Besitzungen oder auf solchen von Verwandten in Speichern und verlassenen Zimmern herum und fand dort eine Menge schöner Möbel, bizarrer Gegenstände, vergilbter Briefe in Schubladen, alter Kleider in den Schränken und zahlreiche Porträts an den Wänden, die früher sicherlich in den Prunkräumen gehangen hatten. Es war seltsam, daß die Verwandten einem nie Auskunft über die Personen, die die Porträts darstellten, geben konnten; die Dienerschaft wußte dagegen immer halb vergessene, pikante Geschichten zu erzählen. Entweder waren es Frauen der Besitzer, die früh verstorben waren, und wenn diese erneut heirateten, mußten deren Porträts aus den Augen der nachfolgenden Frauen verschwinden, oder es waren mit diesen Personen Skandalgeschichten verbunden und sie wurden nun samt ihren Porträts in die Vergessenheit verbannt. Dabei kam es gar nicht darauf an, ob sie von einem berühmten Künstler ihrer Zeit gemalt worden waren; gewertet wurde nur das Persönliche.

Aus meiner Jugendzeit erinnere ich mich eines des Pikanten nicht entbehrenden Erlebnisses. Wir hatten eine sehr strenge und sehr moralische polnische Urgroßmutter, eine grand old lady, vor der wir uns sehr fürchteten. Sie pflegte den Sommer auf ihrer geräumigen Datscha auf einer Insel unweit von Wiborg zu verbringen, wohin ihr Töchter, Enkel und Urenkel folgten. Als wir zum ersten Mal dort eingeladen wurden, holte uns die Kusine meiner Mutter in Wiborg mit dem Ruderboot ab. Sie warnte meine Mutter, nie nach den in den Stuben hängenden zahlreichen Porträts zu fragen, es seien mit den Personen alle möglichen skandalösen Geschichten verbunden; die Urgroßmutter hätte sie aus ihrer Warschauer Besitzung, wo sie in Abstellräumen standen, nur geholt, um die Wände ihrer Datscha zu schmücken. Es sei aber ein stillschweigendes Übereinkommen, daß niemand es wage, nach der Identität der Porträts zu forschen.

Spätere Generationen entdeckten an den Porträts der inzwischen unbekannt gewordenen Personen, daß sie von einem Krüger, oder Raiski, oder Menzel, oder Lenbach, Gainsborough, Vigée-Lebrun, Rokotow, Levitzky, Borowikowsky, Kiprenski gemalt worden seien.

Und nun geschieht eine erneute Umwertung: nicht die gemalte Person wird wichtig, sondern der Künstler, der das Porträt schuf. Dem Auftraggeber ging es um die Tatsache des Abbildes und gar nicht um den Maler, der nur Mittler war. Der Abgemalte ist vielleicht längst dem Dunkel der Vergessenheit anheimgefallen; der Maler dagegen, der inzwischen berühmt geworden ist, wird als deren Schöpfer noch viele Jahrhunderte später geehrt.

Wenn der gestaltende und schöpferische Mensch in seinem Drang nach Schönheit einen Nutzgegenstand verziert und schmückt und ihn damit aus dem Bereich des nur Nützlichen heraushebt, so schafft er ein Kunstwerk. Der religiöse Mensch aller Zeiten und Religionen legt aber außer der Verzierung auch seine Beziehung zu Gott in das Ding. Jeder Gegenstand wird so zum Mahner an Gott und zu dessen Mittler. Das Hantieren mit den Geräten ist gleichsam schon Gebet und Heiligung des Lebens. Jedes Handeln geschieht aus der Einheit von Mensch und Gott. In den noch ausschließlich religiösen Kulturen dient alles, was der Mensch schöpferisch gestaltet, Gott. In bäuerlichen Gegenden begegnen wir noch einer Hauskultur, in der jeder Gebrauchsgegenstand mit den Symbolen des Glaubens gezeichnet ist; Eßgeräte, Stühle, Schränke, Türpfosten, Futtertröge, Wagen und Pflüge tragen eingeschnitzt heilige Sinnzeichen oder Sprüche. Auf den Damaszenerklingen finden wir aus anderen Metallen eingelegte Koransprüche. Auf den Pfosten der Bauernhäuser sind Bibelsprüche und fromme Wünsche eingeschnitzt, die die Jahrhunderte überstanden. Das ganze Dasein ist sakral.

Mit dem Erwachen des Intellekts verarmt der Mensch an endothymen Bindungen, er beginnt das Sakrale vom Profanen zu trennen. Der ikonoklastische Protestantismus verbannt die Bilder aus der Kirche und aus dem häuslichen Raum, er empfindet die Sakralisierung der Geräte des Alltags als eine Profanation, weil er das Ding für leblos erklärt und er dem Menschen nur eine direkte und ausschließliche Beziehung zu Gott, ohne Mittler, zuerkennt. Die Aufklärung und der Materialismus entkleiden das Ding jeglichen Geheimnisses, jeglicher spirituellen Verbindung mit dem Schöpfer, dem Schenker, dem Besitzer. Ein Ding ist eben nur noch ein Ding, sonst nichts, alles Hineingeheimnissen ist eine reine Phantasterei.

So wandern die Bildwerke, die in den Kirchen oder in der häuslichen Ecke inbrünstig verehrt wurden, die für den religiösen Menschen Mittler zu Gott waren, in Sammlungen und Museen. Was man dort nun bewundert, ist die Kunst des Künstlers, ist die kunsthistorische Ort- und Zeitbestimmung. Keinem von den Museumsbesuchern wird bewußt, daß der Künstler aus religiösem Anliegen ein Andachtswerk schuf; daß es ein Kunstwerk wurde, verstand sich nebenbei von selbst, aber eben nur nebenbei, weil schließlich alles, was aus der Mitte des inbrünstigen, in der kosmischen Ordnung stehenden Menschen geschaffen wird, sofern er zugleich geübter Handwerker ist — und das waren die Künstler des Mittelalters —, zur überzeugenden künstlerischen Schöpfung wird.

Die ältesten Meister, die ikonenmalenden Mönche, die Meister der Romanik und Gotik blieben meist anonym oder sie setzten ihr Zunftzeichen in eine diskrete Ecke des Bildes oder in eine Falte der Plastik, weil es ihnen niemals um das Berühmtwerden, um die Erhöhung ihrer eigenen Person ging, sondern nur um das Gelingen eines Werkes, das in dem Beschauenden, dem Besinnenden die rechte Freude und Andacht erzeugen sollte.

Während hunderten von Jahren knieten Betende vor solchen Bildwerken; jetzt gehen ungezählte Neugierige oder Bildungshungrige, oder gar nur snobistisch Interessierte der Reihe nach an solchen erhabenen Erzeugnissen des menschlichen Geistes und der Seele vorbei. Niemandem wird bewußt, wie erschütternd diese Entwertung der seelischen Inhalte ist, die nur noch kunsthistorische Werte gelten läßt, weil in den Beschauern selbst keine Entsprechung zu jener ursprünglichen Haltung des Menschen mehr besteht.

Der Direktor des wunderbaren Ikonenmuseums in Recklinghausen, eines würdigen Hauses, in dem ungezählte kostbare Ikonen des östlichen orthodoxen Raums ausgestellt sind, die dem westlichen Menschen die Schönheit des heiligen Andachtsbildes vermitteln (der Russe spricht von der „heiligen Ikone"), erzählte mir, daß eines Tages drei würdige orthodoxe Priester das Museum besuchten. Er habe sie begleitet, sie hätten die ganze Zeit erschütternd geweint. Sie weinten nicht vor Freude über die schönen Ikonen, sie weinten, weil diese Bilder aus den Kirchen und Hausaltären in die profane Welt herausgeholt worden waren und nun als Kunstwerke betrachtet wurden, aber nicht mehr Objekte der Meditation und des Gebetes waren.

Rabbi Baalschemtow sagt einmal: „Wie im Blatt die Kraft der Wurzel, so ist in jedem Gerät die Kraft des Menschen, der es gemacht hat, und dessen Beschaffenheit und Gebaren sind daraus zu erkennen." Diese Bemerkung mag absonderlich erscheinen; als ob es sich hier um Hellsehen handele. Und doch hat Baalschemtow auch objektiv Recht. Es besteht wirklich eine geheime Beziehung zwischen dem Schaffenden und seinem Werk; sie ist so spezifisch wie seine Handschrift, seine Sprache, seine Art, die Dinge zu sehen und sie zu gestalten. Es ist das Verdienst der Kunsthistoriker und der Archäologen, daß sie auf den Grund des schöpferischen Gestaltens dringen und den feinen Zusammenhängen zwischen Zeitgeist, geographischem Raum, Politik, Wirtschaft, den Beeinflussungen durch Raum und Zeit und Mensch nachgehen.

Aus dem Wissen um Zeitgeist und Stilgefühl wird es möglich, Bauten, Gebrauchsgegenstände, Kunstwerke auf einzelne Schöpfer oder auf Werkstätten zurückzuführen und zu identifizieren. Das Wissen um das Wie der Gestaltung führt zu wunderbar und hellsichtig anmutenden Diagnosen. Nicht nur führt uns der Weg zurück zu einem bestimmten Künstler oder einer Werkstatt, er führt uns auch auf den Weg der Beeinflussungen, einen oft weiten und langen Weg, der uns Heutige mit den ältesten und fernsten Kulturen der Welt verbindet. Der russische Philosoph Andrei Belyi sagte einmal: „Mitten im modernen Straßenverkehr treffen wir auf altägyptische Formen; denn was ist der Tschako des Polizisten anderes als der Helm der alten Ägypter!" Und finden wir nicht in der Damenmode des neunzehnten Jahrhunderts die Tracht der alten Kretinnen wieder?! Der Äskulapstab, den die Ärzte an ihren Schildern oder Autos anbringen, ist noch derselbe, der dem göttlichen Arzt Äskulap zum Zeichen diente, aber wir finden dasselbe Zeichen auch im alten Ägypten, und Moses hatte, als eine Pestilenz ausbrach, den Stab mit der Schlange als Heilszeichen aufrichten lassen.

Der gotische Bogen entstand aus der Begegnung der Kreuzfahrer mit den kühnen Architekturen des Islam. Die Baukunst der Klassizistik verdankt ihr Dasein der Begegnung mit der antiken Architektur, und unseren modernen Flachbaustil können wir in den Städten Nordafrikas bewundern. Das Rokoko mit seinen Chinoiserien versucht auf abendländischem Boden chinesische Daseinsart zu rekonstruieren, es importiert chinesisches Porzellan und Tapeten nach Europa, und schließlich bemüht es sich, diese Dinge auf eigenem Boden nachzumachen. So entstehen unter der Leitung von chinesischen Fachleuten in London Tapetenwerkstätten und in Holland die Delfter Steingutmanufaktur.

Als Böttcher das Porzellan erfand, hatte er zunächst nichts anderes im Sinn, als endlich vollkommenes chinesisches Porzellan nachzuahmen. So sprießen die Manufakturen von Meißen, Nymphenburg, Sèvres, Berlin, Wien, Höchst auf europäischem Boden hervor. Chinesische Seide wird in Italien hergestellt. China hatte den Export von Seidencocons mit der Todesstrafe bedroht; trotzdem gelang es einem Manne, einige Cocons in seiner Kleidung versteckt auf dem langen Wege der Seidenstraße bis nach Italien zu bringen, wo dann eine blühende Seidenraupenzucht und Seidenherstellung entstand.

Wunderbar ist der Weg des Glases. Schon im alten Ägypten, in Phönizien wurde Glas hergestellt, später waren islamische Länder Hochburgen der Kunstglaserzeugung. Im Mittelalter war es Byzanz. Nach der Eroberung Konstantinopels durch die Türken gelang es einigen byzantinischen Glaskünstlern, nach der Insel Murano bei Venedig zu fliehen, wo bereits eine hochqualifizierte Glasindustrie bestand. Murano wurde schließlich zum Qualitätsbegriff für Glas, Venedig schöpfte aus dessen Export unerhörte Reichtümer. Die Künstler auf der Insel Murano wurden eifersüchtigt bewacht; dennoch gelang es einigen im siebzehnten Jahrhundert nach Österreich zu Kaiser Leopold I. zu fliehen. Dort errichteten sie Konkurrenzunternehmen. Ihre in Murano zurückgebliebenen Familien wurden eingekerkert. — Ein anderer Ort der Glaserzeugung war seit uralten Zeiten Böhmen. In den Schlössern und Kirchen der ganzen Welt finden wir böhmische Kristall-Lüster und die schönen geheimnisvoll leuchtenden böhmischen roten Glasgefäße.

Viele Erzeugnisse tragen die Namen ihrer Erfinder, oder die Namen der Städte oder Länder, aus denen sie stammen. Denken wir an die Spitzen von Burano oder von Brüssel, an die Töpfereien von Faenza oder Majolika, an die Orenburger Wollschals, Jersey- und Shettland-Stoffe, Shantung-Seiden, Joachimsthaler-Silbermünzen, die in den Bergwerken von Joachimsthal geprägt wurden. Der Landauer und die Berliner wurden nach ihrem Entstehungsort, der Brougham nach einem englischen Lord, der ihn konstruiert hatte, benannt.

Aber nicht nur die alte Zeit hatte ihre Formen, ihren Stil und ihre Qualität. Auch in der industriellen Produktion unserer Zeit unterscheiden wir nach Qualität, verschiedenen Formen und Werkstätten. Bei Architekturen nennen wir den Namen ihres Architekten; Fahrzeuge, Kühlschränke, Radios, Rasierapparate, Näh- und Schreibmaschinen, Möbel und Gewebe, Teppiche und Papiere, alle tragen die Marke der Werkstatt oder der Industrie.

In technischen Dingen haben sogar unsere Kinder ein sicheres und feines Unterscheidungsvermögen. Die Alten hatten es für die Dinge ihrer Zeit. Da damals alles aus gewachsenen, mineralischen oder metallischen Rohstoffen erzeugt wurde, war das Gefühl für die Güte des Materials sehr stark entwickelt. Man lese nur die damaligen Anweisungen zur Herstellung von handwerklichen Gegenständen nach; was man daraus lernt, ist, daß zwischen der Kunstfertigkeit eines altchinesischen Kochs Ting oder des Tischlermeisters Tsching, von denen uns Tschuang tse erzählt, und einem Handwerks- oder Malermeister unseres Mittelalters, ja bis zum Beginn der intensiven Industrialisierung, kein wesentlicher Unterschied bestand. Auch der abendländische Handwerksmeister war ein ganzer Mensch, er bildete mit dem Material und dem Werk eine Einheit. Auch sein Tun war ein schöpferischer Akt, in dem ein religiöses Erleben mit eingeschlossen war; er wirkte in Heiligkeit und heiligte das Werk.

Nehmen wir alte Bücher aus der ersten Zeit des Druckes in die Hand, z. B. einen Gutenbergdruck: mit welcher Präzision, mit welchem Schönheitssinn wurde gearbeitet. Die Zeilen waren wie von Hand geschrieben. Klein und handlich sind die Bändchen von Elzevir oder Cornelis van Egmont, die man zu seiner Zeit mit Gold aufwog! Welche Persönlichkeiten standen hinter dem Werk!

Unsere Einstellung zum Ding wechselt mit seinem Wert oder mit seiner Geschichte. Stehen wir vor einem Gegenstand oder Kunstwerk in einem Museum, so staunen wir es ehrfürchtig an; sehen wir es dagegen in einem Haushalt, so hat es für uns nur den Wert eines gewöhnlichen Gegenstands. Wird uns gesagt, ein Bild sei ein echter Raffael, oder da Vinci, oder Menzel, da sind wir beeindruckt, es ist aber nur der Name, der uns imponiert. Kennen wir Preis und Urheber nicht, so gehen wir oft achtlos daran vorbei.

Die meisten Menschen betrachten einen Gegenstand losgelöst von seiner ihm allein zugehörigen Geschichte: beginnend mit seiner Erschaffung, über den Weg der Zeiten und der Bindungen an die verschiedensten Menschen, von deren Fluidum etwas an ihm haften bleibt. Für sie ist er nichts weiter als ein toter Gegenstand. Manchmal gewinnt aber ein solcher Gegenstand geheimnisvolles Leben.

Bei der Schwester des Kaisers, Prinzessin Viktoria, sah ich einen kristallenen Riechflacon, der dem Herzog von Wellington gehört hatte und den er bei der Schlacht von Waterloo, mit Gift gefüllt, bei sich trug. Das Gift war fort, aber in dem Flacon stak ein Zettelchen von der Hand der Queen Victoria, die diese Geschichte beglaubigte.

Welcher Schauer erfaßt uns, wenn wir in dem kleinen Museum zu Ansbach die aufgeschlitzten Kleider des unglücklichen Kaspar Hauser erblicken, oder wenn wir in Weimar oder Frankfurt das Haus Goethes besuchen und uns unter den Dingen bewegen, in denen er lebte. Hier wird nicht das Ding an sich wertvoll oder interessant, sondern der Umstand, daß es zu einer bestimmten Person in Beziehung stand.

Auch Dinge haben ihre Schicksale und ihre seltsamen Begegnungen. Ich erinnere mich folgender Begebenheit: Ein baltischer Edelmann, dessen Eltern, als er noch ein Kind war, ihren großen Besitz verkauft hatten, träumte wiederholt, daß in einem der Räume eine Wand sei, hinter der ein großer Schatz verborgen liege. Der Traum war so intensiv, daß er sich schließlich entschloß, auf das Gut zu fahren und der Angelegenheit nachzugehen. Tatsächlich fand sich hinter einer verkleideten Tür ein schmaler Raum, der vollgestellt war mit silbernem Tafelgeschirr und mit kostbarem Schmuck.

Wenn wir uns unsere eigenen Erlebnisse und Begegnungen mit den Dingen vergegenwärtigen, finden wir eine Reihe von sonderbaren Begebenheiten, denen wir aus einer banalisierten Einstellung zum Ding heraus keine Bedeutung beimessen. Ich besaß in meiner Heimat ein uraltes russisches Kupferkreuz aus dem fünfzehnten Jahrhundert, an dem ich sehr hing und das ich bei der Flucht zurücklassen mußte. Ich beschloß, bei den Antiquaren nachzuforschen, ob es mir nicht gelingen würde, ein ähnliches Kreuz zu finden. Wie groß war mein Erstaunen, als kurze Zeit darauf eine Patientin zu mir kam und mir ein solches Kreuz zum Geschenk machte. Ihr Vater hatte es aus Rußland mitgebracht, sie wußte, daß ich an solchen Sachen hing, und bat mich, es anzunehmen.

In meinem Besitz war ferner eine Originalphotographie des kaukasischen Befreiungskämpfers Schamyl, die er mit eigener Unterschrift versehen hatte. Dieser lebte die letzten Jahre seines Lebens in Petersburg als Ehrengefangener des Kaisers. Der spätere Kaiser Friedrich suchte den großartigen Mann auf, als er Rußland bereiste, und erhielt von Schamyl das Bild. Jahrzehnte stand das Bild bei mir, von niemandem beachtet, bis Fürst David Chavchavadze mich besuchte und das Bild erblickte. Seine Urgroßmutter und ihre Kinder waren nämlich von Schamyl geraubt und entführt worden und waren lange Zeit seine Gefangenen gewesen, bis der Kaiser Schamyls Sohn, den er gefangen hielt, gegen die Familien Chavchavadze und Orbeliani austauschte. Davids Vater, Fürst Paul Chavchavadze, beschrieb diese Geschichte in dem Roman "The Mounts of Allah". Jetzt ist das Photo zurückgekehrt in die Familie, die mit dem Freiheitskämpfer schicksalmäßig verbunden war.

Gustav Meyring läßt in seinem Roman "Golem" den Rabbi Hillel sagen: „Jedes Ding auf Erden ist nichts als ein ewiges Symbol, in Staub gekleidet."

Und ein Zen-Meister sagt auf einem Spaziergang zu seinem Schüler: „Hast du bemerkt, wie die Kieselsteine der Straße nach dem Regen sauber und glänzend sind? Wahre Kunstwerke! Und die Blumen? Kein Wort kann sie beschreiben! Man kann nur ein bewunderndes 'Ah!' ausrufen! Du mußt das 'Ah' der Dinge verstehen!"

Beim Betreten mancher Wohnung fällt uns auf, daß alle Dinge dort wie in einem Museum aufgestellt und wie tot sind. Ich besuchte einst ein sehr pompöses Schloß einer sehr reichen Gräfin, das vollgestopft war mit unerhörten Kostbarkeiten, aber die Dinge hatten so wenig eine Seele wie ihre Besitzerin. Es war alles mit größtem Geschmack eingerichtet und sorgsam gepflegt, und doch hatte man das Empfinden, in einem Warenhaus zu sein! Verstohlen versuchte ich an den Gemälden und Bronzen die noch aufgeklebten Preise zu entdecken.

Und in anderen Häusern hat man das Erlebnis, daß unter der liebenden Hand eines Besitzers oder Sammlers alle Dinge leben, schwingen und zur Gemütlichkeit beitragen. Gemütlichkeit bedeutet eben nicht nur das Gemüt des Hausherrn, sondern die geheimnisvolle Teilnahme der Dinge am Gemüt. Es ist nicht zu beschreiben und nicht zu analysieren, denn es ist weder mit Geschmack noch Stilgefühl, noch Proportionen des Raums, noch Temperatur identisch, es ist lediglich die Atmosphäre, das Klima der Räume, die ihren Besitzer als Gegen-stände spiegeln. In wirklicher Frömmigkeit und Ehrfurcht verwaltet er die Dinge und dient ihnen. Sie aber, die Dinge, leben in seiner Gegenwart und sind voller Glanz.

Einem solchen Menschen fällt auch selten etwas aus der Hand, wie es so oft zerfahrenen Personen passiert. Es ist nicht so sehr ihre Nervosität, die sie entschuldigend vorschieben, als vielmehr ein liebloses Verhalten gegenüber dem Ding, das ihrer Pflege anvertraut ist; sie haben keine echte Beziehung zum Ding, sie haben keine Phantasie und realisieren nicht, daß jenseits des Dings, hintergründig, Menschenschicksale damit verbunden sind, daß es jemand gefertigt hat als Broterwerb, oder als Andachtsobjekt, oder als Kunstwerk, von dem er hoffte, daß es ihn überleben und fernen Generationen Zeugnis seiner Absichten, seiner Kunst vermitteln würde.

Ich hatte vor vielen Jahren eine Haushälterin, die eine enragierte Putzerin war und großartig kochte; zu den Dingen des Hauses hatte sie aber absolut keine Beziehung, sie betrachtete sie nur als Staubfänger. Fast täglich fielen ihr irgendwelche zerbrechlichen Dinge aus der Hand und zerbrachen. Sie konnte sich nicht entschuldigen, da sie kein Schuldgefühl erlebte. „Es" fiel ihr aus der Hand, die Dinge strebten von ihr weg. Sie beschimpfte mich nur, daß ich so viele unnütze Dinge um mich sammelte.

Solchen „nervösen" und „zerstreuten" Menschen helfen keine Pillen und keine Beruhigungsmittel. Nur wenn sie eine innere Umkehr vollziehen, eine Zuwendung zum Ding erfahren, werden sie geheilt; ja sie erleben vielleicht, daß ihre Beziehung nicht nur zu den toten Dingen, sondern auch zu den lebenden Wesen einer Revision bedurfte, die sie allzu oft auch nicht anders behandelten.

Der noch nicht aus seiner Mitte herausgefallene Mensch stand in Ehrfurcht vor dem Leben, vor allem Lebendigen und vor den Dingen, er diente ihnen, und die Dinge dankten ihm, indem sie das, was er ausstrahlte, als Atmosphäre auf ihn zurückspiegelten. Und so waren der Mensch, seine Familie, seine Umgebung, sein Gesinde, seine Tiere, seine Behausung und seine Dinge ein Ganzes.

So sagt *Nikolai von Arseniew* in seinem Buch: „Die Verklärung der Welt und des Lebens" über die Heiligung des Heims: . . . „Es gibt ein Gebiet des Lebens, das uns alle besonders und nahe berührt und das von alters her besonders stark in den Bereich einer Verklärung hineingezogen wurde: das Familienheim. Es ist nicht nur teuer und wertvoll für den Menschen, sondern es wird von ihm als etwas Hehres und Heiliges empfunden, ja, häufig als Inbegriff der höchsten Werte seines Daseins . . . Im alten Rom war die ganze Atmosphäre des Hauses, ja das ganze Gewebe des Familienlebens und der Familienhäuslichkeit — Mahlzeit und Küche, Speicher und Vorrat, insbesondere aber die entscheidenden Ereignisse im Leben der Familie — wie geladen von dem Gefühl der Anwesenheit gewisser göttlicher Mächte . . . Wenn die Mahlzeit geheiligt wird durch die Teilnahme der Götter, so mußte auch der Tisch der Familienmahlzeiten als etwas Geheiligtes betrachtet werden . . ."

Und *Martin Buber* gibt uns in den „Chassidischen Büchern" ein wunderbares Bild von der Beseeltheit aller Dinge und von dem Menschen als dem Beauftragten, der an der Verklärung und Erlösung der Kreaturen und der Dinge mitzuwirken habe. Doch nicht bloß Seelen sind überall verschlossen: auch Seelenfunken. „Dieser ist kein Ding leer. Sie leben in allem, was ist. Jede Form ist ihr Kerker ... Und dies ist der Sinn der Kawwana: daß es dem Menschen gegeben ist, die Gefallenen zu heben und die Gefangenen zu befreien. Nicht bloß warten, nicht bloß ausschauen; wirken kann der Mensch an der Erlösung der Welt! ... Und jedem Menschen ist — in die weite Sphäre seines Wirkens eingebaut — ein natürlicher Bezirk von Dingen gelegt, die vor allem zu befreien er bestimmt ist. Es sind die Wesen und Gegenstände, die der Besitz des einzelnen genannt werden: seine Tiere und seine Wände, sein Garten und sein Anger, sein Gerät und seine Speise. Indem er sie in Heiligkeit hegt und genießt, macht er ihre Seelen los. Daher soll der Mensch sich immerdar seiner Geräte und all seines Besitzes erbarmen ...

So ist zweifach der Wille der chassidischen Lehre von der Kawwana: daß der Genuß, die Verinnerung des Außen, in Heiligkeit geschehe; daß das Schaffen, die Veräußerung des Innen, in Heiligkeit geschehe. Durch heiliges Schaffen und heiligen Genuß vollzieht sich die Erlösung der Welt."

DAS WUNDER
DER ALLUMFASSENDEN BEGEGNUNG

Wir sind auf Grund der unerhörten technischen Erfindungen, die sich im wesentlichen in den letzten hundert Jahren abgespielt haben, allzu leicht geneigt, Errungenschaften zu überwerten und das Alte gering zu schätzen. Wir Älteren, die an der sprunghaften Entwicklung beteiligt waren, realisieren kaum noch, daß auch die Technik in ihrer Entwicklung einen langen und harten Weg hatte und daß hier, wie bei einem Stafettenlauf, einer dem anderen den Stab in die Hand gab. Jede neue Idee, jede Entdeckung, jede Erforschung, jede wissenschaftliche Konzeption und jede technische Vervollkommnung erzeugte immer neue und in die Breite wirkende Erfindungen. Wenn der Heilige Basilius (329—379) das Bild gebraucht, daß wir im Dasein stets beim Gehen in die Stapfen eines anderen treten, der vor uns gegangen ist, so trifft das auf alle Gebiete unseres Lebens zu, sei es die Religion, die Kunst, die Bildung, die Ausbreitung von Sitten und Gebräuchen, die Medizin, die Philosophie oder die Technik.

Rückblickend erscheint uns die ganze Entwicklung der Kultur aus der dunklen Vorzeit bis heute wie ein gut erdachtes Räderwerk, in dem im Lauf der Zeiten jedes Geschehnis und jede Erfindung ineinandergreift. Diese Schau ist aber nur dem möglich, der um die Zusammenhänge weiß; dem, der alles Geschehen nur unter dem Aspekt des Zufälligen betrachtet, wird diese Synopse, diese Zusammenschau nicht zuteil.

Es gibt ein, wohl psychobiologisches, Phänomen im menschlichen Dasein, daß, trotz der Forderung aller Religionen nach Achtung und Ehrfurcht vor dem Alter, die nächste Generation aus einer Fremdheit gegenüber den Älteren diese für dümmer und rückständiger hält als sich selbst. Sie neigt dazu, ihre eigenen Leistungen gegenüber den bereits in die Gewohnheit eingegangenen Leistungen der früheren Generation zu überwerten. Von alters her werden die Wohnungseinrichtungen, die Kunstwerke der vorhergehenden Generation als altmodisch und unbenutzbar betrachtet, weil man nur die gegenwärtigen Formen anerkennt. So wandern aus den Häusern die Möbel und die Bilder auf die Speicher, oder werden verschenkt oder verhökert. Aus den alten romanischen und gotischen Kirchen werden die Bildwerke entfernt und durch andere, dem eigenen Zeitgeist entsprechende ersetzt, oder es wurden die wunderbaren bemalten romanischen und gotischen Schnitzwerke in der Rokokozeit weiß angestrichen, um die Vorstellung von Marmor oder Gips zu erwecken. Die gotischen Bildwerke wurden von späteren Gerenerationen als „primitive Kunst“ bezeichnet, bis ihre verstreuten und irgendwo abgestellten Reste neu entdeckt und geliebt wurden.

Man kann direkt sagen, daß wir unser Wissen über unsere Vergangenheit aus den Dingen schöpfen, die wir mehr oder minder zufällig in Abstellräumen oder in entlegenen Gegenden, in Ruinen oder tief unter der Erde finden. Mit den Augen der Liebe und der Ehrfurcht zur eigenen Vergangenheit erleben wir die Erzeugnisse und künstlerischen sowie philosophischen Aussagen unserer Vorfahren in einem ganz neuen Licht. Es wird uns bewußt, wie großartig dieser selbe Mensch bis in die graue Urzeit, bis in das Höhlendasein hinein, gedacht und gewirkt hat, wie unvergleichlich tief seine Gedanken und wie sicher und fein seine Hand bei der Erzeugung von Gebrauchs- und Kunstgegenständen war; wieviel Liebe und Sorgfalt er diesem Dasein entgegenbrachte! Wie reich und beglückt sind wir selbst, wenn wir uns der Begegnung nach rückwärts und in die Breite unseres Daseins bewußt werden!

Vor dreißig Jahren zeigte ich einem Freund die schöne und ehrwürdige Stadt Köln. Ich kannte die Geschichte, die Kunst- und Kulturgeschichte dieser herrlichen Stadt nicht nur aus den Zeugnissen der modernen Historiker und Kunsthistoriker, sondern auch aus dem „Rheinischen Archivarius“, der die Geschichte fast jeder alten Straße und jedes alten Hauses aufgezeichnet hat, sowie aus den unvergleichlichen „Chroniques scandaleuses“, den Aufzeichnungen des Zisterziensermönchs Cäsarius von Heisterbach aus dem zwölften Jahrhundert.

Wir durchstreiften die engen Gassen mit den Häusern, die sich von Stockwerk zu Stockwerk weiter vordrängten, wir stöberten bei den Antiquaren nach Köstlichkeiten des Mittelalters. Wir standen vor der kleinen gotischen Pforte, die anläßlich der feierlichen Überführung der Gebeine der Heiligen drei Könige aus Mailand nach Köln in die Mauer geschlagen worden war. Wir erlebten das Wunder der „Maria im Kapitol“, der romanischen Kirche, die auf den Fundamenten des römischen Kapitols und mit dessen Bausteinen und Säulen erbaut worden war. Ehrfürchtig betraten wir das Dekagon der Sankt Gereonskirche, die auf den römischen Thermen steht. In deren langgezogenem Chor sind die Schädel der getöteten christlichen Soldaten der Thebaischen Legion, deren Hauptmann der Heilige Gereon war, eingemauert.

In der Augustinerkirche neben dem Wallraff-Richartz-Museum zeigte ich dem Freund eine Kostbarkeit, die Köln birgt, das Grabmal des großen Scholastikers und Lehrers der Menschheit, Johannes Duns Scotus (1265—1308). Hinter dem Altar steht ein schmuckloser steinerner Sarg, um dessen Rand gotische Buchstaben laufen: „Scotin me genuit, Anglin me narruit, Paris me docuit, Colon me tenuit" (zu deutsch: „Schottland erzeugte mich, England ernährte mich, Paris lehrte mich und Köln hält mich").

Ein anderer großer Lehrer, Albertus Magnus (1193—1280), liegt im Dom. In Sankt Ursula, wo die englischen Prinzessinnen, die auf dem Rhein ermordet worden waren, ihre letzte Ruhe fanden, wurde laut Cäsarius von Heisterbach im zwölften Jahrhundert bei Ausgrabungen ein Sarkophag einer fürstlichen Frau gefunden. Der dabei anwesende Küster nahm einen kostbaren elfenbeinernen Kamm, der der Toten beigegeben war, zu sich. Sie erschien ihm aber im Traum und forderte den Kamm zurück, schließlich erschien sie im Traum dem Priester und bat ihn, den Küster zu zwingen, den Kamm zurückzugeben, was dann auch geschah.

Wir sahen Reliefs vom letzten Abendmahl, aber nicht Christi, sondern des parsischen Gottes Mithras, der besonders von den römischen Legionären verehrt wurde. Wir fanden im Museum keltische Muttergottheiten, Matronen, die den alten frühromanischen thronenden Muttergottesbildern mit dem Jesuskind zum Verwechseln ähnlich sehen.

Überwältigt von so viel erlebter Geschichte rief mein Freund spontan aus: „Die Kirche ist ja die großartigste Konservenbüchse der Welt"! Er war Katholik, und was er da sagte, war kein abschätziges Urteil, es war eine plötzlich auftauchende Erkenntnis, daß in diesem Gebäude der christlichen Kirche nicht nur die Lehre Christi, sondern alles, was der Menschheit von ihren Uranfängen an heilig und teuer gewesen war, hier und heute noch lebendig und in seiner ganzen vitalen Fülle vorhanden ist, daß hier der geistig hochgezüchtete und auch der ganz einfache archaische Mensch in seinem spirituellen wie in seinem endothymen Grund zuhause sein kann.

Andrerseits kann man begreifen, daß ein junger katholischer Spanier, Miguel Serveto de Reves (1511—1553), der als Student der Medizin in Toulouse zufällig das Evangelium in die Hände bekommt und dem Leben und der Lehre Christi ohne Kommentar begegnet, sich verzweifelt fragt: „Was haben die Dogmen, was hat der Gottesdienst, was haben die Feiertage, der Prunk der Kirche und der Reichtum der Klöster mit dem zu tun, was hier der arme, besitzlose, liebende, verzeihende und ermahnende Christus zu den einfachen Menschen predigt, bis er schließlich von den Würdenträgern seiner eigenen Kirche als Verbrecher hingerichtet wird?"

Servet wird zum Revolutionär, zum Reformator, nicht unähnlich wie vor ihm Huss, Wiclif, Luther, Calvin. Aber er macht sich von allen Dogmen frei und erkennt nur die reine Lehre Christi an, und sonst nichts. Er wird von der katholischen Kirche und gleichzeitig von den Protestanten als Ketzer verdammt. Auf der Flucht vor der Inquisiton gerät er in die Hände Calvins, der ihn gefangennehmen läßt und ihn als Ketzer in Genf zum Tode durch Verbrennen verurteilt. Seine einzige Schuld war, daß er dem Leben und der Lehre Christi so nachleben wollte, wie es die frühen Christen bis zum Beginn des vierten Jahrhunderts getan haben.

Durch das Christentum geht im vierten Jahrhundert eine tiefgreifende Cäsur. Bis zur Erhebung der christlichen Kirche zur Staatskirche durch Konstantin den Großen bildeten die Christen der ganzen Welt eine kleine Gruppe von todesmutigen Bekennern und Eingeweihten. Sie befolgten die Lehre Christi in Armut, Besitzlosigkeit, Geduld, Demut, Gemeinschaft, in Gebet, Andacht und immerwährender Freude. Sie waren die Verlobten Christi, sie weihten ihm ihre Person, ihre Arbeit, ihr Leben. Die Lehre verbreitete sich durch die Wirksamkeit der Apostel im ganzen Mittelmeergebiet. Anhänger verschiedenster Rassen, Völker, Sprachen und Religionen wurden bekehrt. Jeder brachte mit seiner Person seine alten Gewohnheiten und Gebräuche, seine Sprache, seine Kleidung, seine Lebensweise und schließlich auch seine ihm anerzogene Weltanschauung mit. Sie lebten und dienten alle ihrem neuen Meister, sie waren eine verschworene Gemeinschaft, die von allen verfolgt wurde. Diese Gemeinschaft von Eingeweihten sprach verschiedene Sprachen, lebte in verschiedenen Lebensumständen — doch was sie alle einte, war ihre bedingungslose Hingabe an Christus.

Versucht man ohne alle Theologie das Evangelium zu lesen, so wird einem, wenn man Augen hat zu sehen und Ohren zu hören, ganz klar, daß Christus uns einen steilen Weg zu Gott führt, einen Weg der inneren Freiheit, einen Weg des aufs empfindlichste sensibilisierten Gewissens, einen Weg der Armut, der Besitzlosigkeit, der Askese, der Geduld, der nie versiegenden Liebe und der völligen Selbstaufgabe. „Wer zu meinem Vater will, muß durch mich!", sagt er; das heißt: es führt nur der Weg geradlinig zu Gott, der durch die gleiche Gesinnung, durch die gleiche Metanoia, die Bekehrung geht, wie es der Weg Christi ist. Es ist eine immerwährende Unterjochung der niederen triebhaften Person unter den Geist, es ist das Stirb und Werde, die Geburt des „neuen Menschen", von dem Christus spricht und Paulus in seinen Briefen schreibt. Es ist eine Lehre, wie sie nicht unähnlich Buddha vierhundert Jahre vorher gelehrt hatte und wie es die wenigen großen Yogis von ihren Schülern fordern. Und die frühen Christen machten diese Lehre in ihrem Leben zur Wirklichkeit.

Sie waren zunächst frei von allem Formalismus. Ihr Gottesdienst war eine Zusammenkunft zum gemeinsamen Mahl, der Agápe, wie es das letzte Mahl des Heilands gewesen war. Wo sie auch zusammenkamen, Er war ihnen gegenwärtig. Es war damals mehr als eine Kirche, es war wirklich, wie Paulus sich ausdrückt, eine Gemeinschaft der Heiligen. Sie erkannten sich gegenseitig an geheimen Zeichen, sie kannten, wohl lange vor der Übereinkunft in Nicäa, den Wortlaut des Glaubensbekenntnisses, das aber mehr war als ein Wort; es war eine Einweihungsformel, die nur den getauften Christen zu eigen war und die jeder für sich als Glaubenskleinod behütete.

In der Ostkirche hat sich bis heute eine Liturgie erhalten, die aus zwei Teilen besteht: aus dem Katechumenengottesdienst und dem Gottesdienst der Getauften. Dem ersten wohnten die Anwärter, die Ungetauften und die Neugierigen bei. Dann aber ertönt der Ruf des Priesters: „Gehet hinaus, Ihr Katechumenen, Ihr Ungetauften! Schließet die Türen!" Und dann erst wurde der Gottesdienst für die durch das Sakrament der Taufe Eingeweihten vollzogen, in dessen Verlauf auch das Glaubensbekenntnis gesprochen wurde.

Die Historiker geben immer wieder ihrem Erstaunen Ausdruck, daß trotz immerwährender Verfolgungen und Vernichtungen der Juden und später der Christen es möglich war, daß die Bibel und das Evangelium für die Menschheit erhalten blieben und daß, obwohl ungezählte Griechen Teilnehmer der Eleusinischen Mysterien der Großen Mutter Demeter waren, nicht eine einzige Überlieferung dieser Kulthandlung auf uns gekommen ist.

Bei den Juden und Christen ist die Bibel und das Evangelium die heilige Botschaft, die einem Gläubigen teurer sind als das eigene Leben; das erklärt, daß diese Bücher so behütet, versteckt und verborgen wurden, daß sie ungezählte Generationen von Menschen überlebten. Bei den Eleusinischen Mysterien mußte der Myste Schweigen geloben über alles, was er sah, hörte und erlebte, und keiner wagte dieses Schweigen zu brechen!

Als zu Beginn des vierten Jahrhunderts der große Konstantin die christliche Kirche zur Staatskirche erklärte, entstand eine völlig neue Situation. Ungezählte Völker von verschiedenen Kulturstufen, Religionen, Weltanschauungen bekannten sich mehr oder minder freiwillig zum Christentum (die Geschichte weiß von zahlreichen Bekehrungen gegen den Willen, siehe die Bekehrung der Sachsen durch Karl den Großen, oder die Taufe auf Befehl durch Wladimir den Heiligen in Rußland). Es war nicht mehr eine Bekehrung, wie sie die frühen Christen erlebt hatten.

Die Kirche aber ist, seit die Menschheit besteht — im Gegensatz zur Hütte, zum Haus und zur Wohnung —, das Gehäuse, in dem die Gemeinde der Gläubigen sich vor ihren Gott stellt, und da für den archaischen Menschen (und nicht nur für ihn) Gott keine Abstraktion, sondern eine Wirklichkeit ist, trug er auch die uralten, ihm selbst oft nicht mehr verständlichen und nicht zu erklärenden Gewohnheiten, mit denen er Gott diente, in die christliche Kirche, die meist an der Stelle des Tempels errichtet wurde, hinein. Nichts ist schwerer umzubiegen, zu unterdrücken, als eine Gewohnheit, als den endothymen Urgrund des Menschen.

So wächst für die aus ungezählten Rassen und Völkern bestehenden Christen eine neue Kirche heran, die schonend und behutsam uralte Sitten, Gebräuche und Anschauungen in sich aufnimmt. Auf der Stelle der alten Heiligtümer entstehen christliche Gotteshäuser, ihre architektonische Form ist oft die gleiche. Die romanischen Kirchen enthalten noch die geheimnisvollen dunklen Krypten, eine Erinnerung an die unterirdischen Einweihungsstätten der Menschheit, an die mit Malereien ausgestatteten Kulthöhlen der Steinzeitmenschen, an die Höhlen, in denen die Einweihungsmysterien der alten Ägypter, des Mithras, der Göttin Kybele, der großen Mutter Demeter, des Dionysos gefeiert wurden. Das Gleichnis vom Samenkorn wird hier lebendig, das „Stirb und Werde", das Hineingehen in den Schoß der Erde und das Hinaustreten an das Licht der Welt als neuer verwandelter Mensch. Die Katakomben, von denen man annahm, daß es Zufluchtsstätten der verfolgten Christen seien, erweisen sich als nichts anderes als Kulthöhlen.

Der Altar, der vorher ein Tisch für die Agápe, das Liebesmahl war, wird symbolisch zum Sarkophag, zur Grabstätte, aus der Christus durch das Opfer seines Lebens aufersteht. Kerzen und Blumen, die bei den frühen Christen als heidnisch verpönt waren, schmücken wieder den Altar. Die Kerze ist ein altes Sinnbild für den zu Gott strebenden Menschen: der Leib, der im Feuer des Geistes zu Licht wird! Erst im zweiten bis dritten Jahrhundert treten die ersten Bilder Christi, später diejenigen der Muttergottes und der Heiligen auf. Im vierten Jahrhundert entsteht die reiche Liturgie, deren Schöpfer Basilius, Ambrosius, Gregor von Nazianz und andere sind. Aus dem hebräischen, ägyptischen und syrischen Kirchengesang entsteht der gregorianische oder basilianische Chorgesang, der den Chor der Engelscharen repräsentiert.

Glocken beim Ritual gab es in Ägypten und Kleinasien. Die erste Kirchenglocke wird 604 in Rom geläutet, die Ostkirche führt die Glocken erst 871 ein.

Im fünften Jahrhundert wird der Kult der Muttergottes (431) eingeführt. Die Inder verehren die „Große Mutter", die Sumerer geben ihrer mütterlichen Gottheit Istar den Namen „Himmelskönigin" und „unsere liebe Frau". Bei den Griechen ist es Demeter, bei den Ägyptern Isis, in Kleinasien Kybele, bei den Babyloniern Astarte. Auf Kypros wird heute noch die Muttergottes „Aphroditissa" genannt. So findet im Christentum die Mutter, die Gebärerin und Ernährerin, die Beschützerin der Menschheit, als Fürbitterin ihren in allen Religionen angestammten Platz.

384 kommt es zur Dogmatisation des Heiligen Geistes, des Hagion Pneuma, des Atman der Inder. Im Tetramorphon, den vier Sinnbildern der Evangelisten, lebt die ägyptische Sphinx mit ihren seltsamen Eigenschaften, dem Kopf des Menschen, den Pranken des Löwen, dem Leib des Stiers und den zusammengefalteten Flügeln des Engels, weiter. In der esoterischen Lehre versinnbildlicht die Sphinx den „Neuen Menschen". Das Menschenantlitz bedeutet Wissen, die Löwenpranke Wagen, der Stierleib Wollen und die Engelsflügel Schweigen. Diese vier Tätigkeiten befähigen den Menschen, sich zu einem geistigen Wesen zu entfalten.

Papst Sylvester († 335) übernimmt von den heidnischen Priestern die Mitra, das Rot der Kardinalsgewänder entspricht dem Purpur der römischen Senatoren. Papst Gregor († 604) verwandelt heidnische Feste durch die „Regula pastoris" in christliche. Der Sonntag, der Tag des „unbesiegbaren Lichts" wird durch Papst Leo III. († 816) anstatt des jüdischen Sabbats zum Feiertag. Der Freitag dagegen, der der Tag der Venus und der Freia ist, wird zum Trauer- und Fastentag bestimmt. Der Totensonntag wird von den Römern übernommen, die an diesem Tage die Gräber ihrer Lieben mit Blumen schmückten und daran Mahlzeiten abhielten, wie das heute noch bei den Indianern und in manchen Gegenden der Ostkirche üblich ist. Um 500 wurde das Fest der Luperkalien, bei dem man mit Lichtern auf den Palatin in Rom wallfahrtete, um für das Gedeihen der Frucht zu bitten, in das Fest Mariä Reinigung umgewandelt. Die Sitte, in Tempeln Votivgaben für Genesung von Krankheiten oder für Erfüllung von Wünschen zu stiften, kommt in nahezu allen Religionen vor. Auch die vierzehn Stationen der letzten Leiden Christi in Kirchen und besonders auf den Straßen, die zu einem Wallfahrtskloster führen, stammen aus dem ägyptischen Isiskult. Die Aureole der Heiligen, der Engel und Christi findet sich bereits in Indien, Persien, Ägypten und Babylonien.

Aus Protest gegen die Verweltlichung der Kirche und in Anlehnung an die Yogaschulen Indiens, des Buddhismus und Syriens gehen im vierten Jahrhundert einzelne Christen in die Einsamkeit, sie leben als Säulenheilige oder als Anachoreten in strengster Askese, in Gebet und Meditation in der Wüste. Der erste bekannte Eremit ist Paulus von Theben im dritten Jahrhundert. 320 wird das erste Kloster, eine Gemeinschaft von Anachoreten, von dem Kopten Pachomius in Tabennisi am Nil gegründet. Der Heilige Basilius († 379) errichtet Klöster und stiftet die erste Mönchsregel für die Ostkirche. Für die katholische Kirche ist der heilige Benedikt von Nursia (480 bis 543), der 529 auf dem Monte Cassino an der Stelle des Apollotempels das erste Kloster errichtete und die Ordensregel der Benediktiner stiftete, der Begründer des abendländischen Mönchtums.

Die, soweit bekannt, älteste Kirche der Christenheit ist 301 in Etschmiadzin in Armenien errichtet worden. Ihr folgte 325 Sankt Peter in Rom und 326 die Hagia Sophia in Konstantinopel. In diese Kirche wurden die Säulen und Steinquader vom Dianatempel in Ephesus hineingebaut.

Im elften Jahrhundert bringen die Kreuzfahrer, die mit der östlichen Welt in Berührung kommen, den Rosenkranz, der als Gebetskette in Indien sowie im Islam in Gebrauch ist, nach dem Abendland. Der Heilige Dominikus führt im 13. Jahrhundert das Rosenkranzgebet ein.

So wird der Kult, in den die uralten religiösen Gebräuche der

Menschheit einströmen, immer reicher und bewahrt die ältesten geheiligten Traditionen der Völker in sich lebendig.

Gegenwärtig werden im Abendlande die uralten Methoden einer Persönlichkeitsbildung durch Askese, körperliche Übungen und feinst durchdachte und erprobte Exerzitien der Meditation und Konzentration, die der Inder und Buddhist seit Jahrtausenden als Yoga kennt und die der Abendländer eingebüßt hat, bekannt und populär. Zunächst verhält sich die Kirche ablehnend dieser Lehre gegenüber. Ihr Wert für eine durch die Segnungen der Industrie und durch das Lebenstempo ausgelaugte und der Beschaulichkeit und Selbstdisziplin entwöhnte Menschheit ist aber unermeßlich. Es ist der Vorzug der Kirche, daß sie den Mut hat, das Gute, das sie erprobt hat, zu assimilieren.

Inzwischen hat Pater Déchanet mit Genehmigung des bischöflichen Ordinariats ein Buch verfaßt, das „Yoga für Christen" heißt und die Methoden der Yogapraktiken, die polyvalent sind, unter christlichem Aspekt wiedergibt. In einigen Jahren werden diese Yogapraktiken in den Klöstern geübt werden und in der Erziehung unserer Kinder als Selbstverständlichkeit Eingang finden, wie bereits die zen-buddhistische Übung des Judo heute in Europa als Sport heimisch geworden ist.

Manch einer wird sagen, es sei nicht nötig, daß eine Kirche, die eine religiöse Institution ist, so vieles aus anderen, fremden Quellen aufnimmt. Aber man vergegenwärtige sich, daß die Menschheit zur Mehrzahl aus Menschen besteht, die wenig gebildet und abergläubisch sind und nicht aus der Ratio, sondern aus dem dunklen endothymen Grund heraus leben, und die, die sich für gebildet halten, tun desgleichen.

Völker, die der Religion den Abschied gegeben haben und die aus der Anschauung des historischen Materialismus heraus der Person einen nur geringen Wert in der Geschichtsbildung beimessen, haben die bisher überragendsten Persönlichkeitskulte geschaffen. Statt der Gottesbilder prangen vergottete „Führerpersönlichkeiten" in überdimensionalen Größen an den Mauern der Gebäude, und Spruchbänder proklamieren die Göttlichkeit der menschlichen Leistung.

Der Urahne in uns, der in uns allen der vitalste Teil unseres Seins ist und der noch aus einer naturnahen Zeit um Bilder, Symbole und Entsprechungen weiß, bedarf des Mythos; ein Sein ohne Mythos wird arm und unsicher wie jedes Sein, das den Intellekt zur alleinigen Quelle hat. Wenn auch bei jedem von uns beim Eintritt in dieses Dasein der Nabel, der uns mit der großen Mutter Natur, mit unserer Mutter verbindet, durchschnitten wird, so bleibt doch ein anderer, geheimnisvoller und unsichtbarer Nabel bestehen, der uns mit unseren Vorfahren, bis zur ersten Kreatur, bis zur ersten lebendigen Zelle, und mit Dem, der diese Welt mit ihren Kreaturen geschaffen hat, verbindet. So ist es beglückend zu erleben, daß das, was wir heute oder irgendwo in einer Kirche und in einer Liturgie erleben, uns bis an die Quellen unseres Seins zurückführt und uns auf geheimnisvolle Weise mit ihnen verknüpft.

In der deutsche Sprache haben die Wörter „Wunder“ und „sich wundern“ dieselbe Wurzel. Das bedeutet, daß der Bereich des Wunders früher ein sehr viel größerer war. Für den primitiven Menschen ist die Welt voller Wunder, er steht ihr in Ehrfurcht, Erschütterung und Freude gegenüber. Weil er im Erlebnis des Wunders steht, wird er immer beschenkt.

Voll Entzücken und Demut stehe ich oft in bayrischen Kirchen und lese die ungezählten gemalten Votivtafeln, die bis zur jüngsten Zeit dort aufgehängt wurden. In ergreifend schlichter Form werden die Wunder, die geschahen, aufgemalt und mit Texten versehen. Die Muttergottes oder ein Heiliger rettete einen vor Unfall, oder von schwerer Krankheit, oder verschonte sein Haus oder sein Vieh vor der Feuersbrunst.

Der nicht Gläubige wird immer wieder versucht sein, die geschehenen Wunder als natürliche Abläufe zu erklären, weil er nur das Vordergründige eines Vorgangs zu begreifen vermag. Daß für den Gläubigen, der die geheimnisvolle Kraft um Beistand bittet, diese Kraft es ist, die das Vordergründige bewirkt, das vermag er nicht zu ahnen, weil in seinem Inneren keine Entsprechung dafür vorhanden ist.

Ich erinnere mich eines solchen „Wundererlebnisses“ aus meiner Studentenzeit. Ich hatte kein Geld, keine Aussicht es herbeizuschaffen und war hungrig. Als orthodoxer Christ wandte ich mich an den Heiligen Spiridion, der in solchen Fällen als schneller Helfer gilt. Nach wenigen Stunden fand ich beim Ordnen von Briefen einen Fünfmarkschein. Ich konnte meinen Hunger stillen. Ich erlebte diese Begegnung als eine Antwort auf mein Gebet. Natürlich muß das Geld schon lange unbeachtet da gelegen haben, ich habe es auch nicht gesucht, weil ich von dessen Existenz nichts mehr wußte. Es wurde mir also im rechten Augenblick gereicht. Es war ein Zufall. Es fiel

Biblia pauperum
Reliefplatte mit der Leidensgeschichte Christi

mir im Augenblick der Not zu. Ramakrishna würde zu diesem Vorfall sagen: „Der Gott in uns antwortet dem Fragenden in uns, und so wird uns Antwort, gleichgültig ob sie von außen oder von innen herkommt." Der Tiefenpsychologe würde etwas von Verlegen und Verlieren sagen und meinen, das Unterbewußte, das wußte, wo es das Geld hinverlegt hatte, antwortete der eigenen Person im rechten Augenblick. Diese und jene und die dritte Auffassung mögen richtig sein, es kommt nur darauf an, mit welcher Brille man es sieht.

Der wundergläubige Mensch früherer Zeiten war sich der Begrenztheit und Schwäche der eigenen Person bewußt, darum bedurfte er des Wunders, um trotz der eigenen Schwäche bestehen zu können. Das Wunder erhöht den Menschen und ist ihm eine Brücke zu den göttlichen Mächten.

Das Alltagsleben des Menschen bis zur Mitte des achtzehnten Jahrhunderts war hart und allerorten gefährdet: jäher Tod durch Krankheiten und Epidemien, Unfälle, Feuersbrünste, Blitzeinschläge, Unwetter, die Dörfer und Fluren vernichteten, mangelhafte Hygiene, Kriege, die Elend, Armut und Krankheit zur Folge hatten. Die einzige Abwehr war — Beten!

Die Wunschvorstellung der durch harte Arbeit geplagten Menschen erzeugte die Sucht nach dem Wunder, nach helfenden Kräften außerhalb des menschlichen Bereichs. So war die Phantasie bevölkert mit Heinzelmännchen, die unbemerkt im Haushalt halfen; der fliegende Teppich beförderte einen schnell von Ort zu Ort; der Esel schiß Dukaten; das Tischlein Deckdich bot fertige Speisen; im Schlaraffenland flossen Milch und Honig und flogen einem gebratene Gänse in den Mund (Schlur-Affen sind Faulenzer).

Alle diese Wunder, die der Mensch von außen erwartete, hat er in kürzester Zeit aus seinem eigenen Ingenium heraus geschaffen. Hunderttausende von Phantasten und Träumern erzeugten die Idee, andere bastelten an ihrer Verwirklichung, hungerten dafür, verloren ihren Besitz, wurden verlacht oder verdächtigt, und schließlich, Schritt für Schritt, wurde das atemraubende Gebäude der modernen Technik, die uns noch ungeahnte Möglichkeiten schenken wird, errichtet.

Der erste uns bekannte Abendländer, der sich der empirischen Wissenschaft zuwandte, war der Franziskanermönch Roger Bacon (1214—1292), der deswegen für einen Zauberer gehalten wurde und Jahrzehnte in Kerkern schmachten mußte. Er kämpfte gegen die spekulative Philosophie des Aristoteles. Er sagt: „Man lege nun endlich die Bände der Alten beiseite und wende sich dem Studium des großen Buches der Natur, das offen vor uns allen liegt, zu. Was ist das Neue? Es ist die Erkenntnis der bisher unbekannten Dinge." Weiter sagt er: „Nur durch die experimentelle Methode erreicht man die vollkommene Erkenntnis der Natur, der Industrie und der Kunst, und nur dadurch kommt man dazu, den Unsinn der Magie und der Zauberei zu erkennen." Schon im dreizehnten Jahrhundert hatte er die große Vision der Technik, nicht aus zauberhaftem visionärem Erleben, sondern aus der klaren Einsicht, was der forschende und der schöpferische Mensch zu erzeugen vermag. „Ich will euch aber über einige Wunder der Kunst oder der Natur erzählen, bei denen die Magie keine Rolle spielt, die aber um das Vielfache alle magischen Erfindungen übertrifft und damit nicht zu vergleichen ist. Man kann für Schiffe Maschinen herrichten, daß sie mit solcher Geschwindigkeit über die Meere fahren, die keine noch so große Zahl von Ruderern je erreichen kann. Es ist möglich, einen Apparat mit großen Flügeln zu bauen, in den der Mensch sich hineinsetzt und wie ein Vogel mit großer Geschwindigkeit durch die Luft fliegt. Man wird mit Karren ohne Pferde und Ochsen schnell fahren können. Ein kleines Instrument wird die Fähigkeit haben, große Gewichte und Lasten zu heben. Wir können Spiegel anfertigen, die vermittels der Sonnenstrahlen entfernte Gegenstände in Brand setzen können. Wir können mit Salpeter und anderen Substanzen ein künstliches Feuer erzeugen, das fürchterlicheren Lärm verursacht als der Donner vom Himmel." (Offenbar hat er fast zweihundert Jahre vor Berthold Schwarz mit Pulver experimentiert.)

Zweihundert Jahre später — im Jahre 1506 — schreibt der große universale Künstler und Techniker Lionardo da Vinci (1452—1519) als erster einen Traktat über die Technik des Fliegens. Er sagt: „Eines Tages wird man Flügel erfunden haben. Wenn ich das auch nicht mehr erleben werde, so doch manch einer nach mir."

Ein anderer Phantast, der Schneider von Ulm, entwickelt die Flügel bereits so weit, daß er vor der Bürgerschaft seiner Stadt einen Flugversuch unternimmt, der allerdings mißlingt. Er wird verspottet, aber er ist eines der ersten Glieder einer Kette, die konsequent bis zu unserem heutigen Flugwesen führt.

Endlich, fünfhundert Jahre nach der Voraussage des Roger Bacon, erhebt sich 1783 der erste Mensch in die Luft — Montgolfier mit dem mit Heißluft gefüllten Ballon. Ihm folgt die mit Wasserstoff gefüllte Charlière. Erstaunlich ist, daß die Erhebung in die Luft vor der Lokomotive und dem Dampfer gelingt! 1852, siebzig Jahre später, konstruiert Giffard ein halbstarres Luftschiff, das von einer 3 PS Dampfmaschine getrieben wird. 1873 versucht J. Wise vergeblich, den Atlantik von West nach Ost zu überqueren. 1882 konstruieren Renard und Krebs ein unstarres Luftschiff, das von einem Elektromotor getrieben wird. 1896 greift Lilienthal die Versuche des Schneiders von Ulm auf und vollführt Gleitflüge; was dem ersteren nicht gelang, gelingt diesem, doch muß er seinen Wagemut mit dem Tode bezahlen. 1897 erfolgt der erste erfolgreiche Flug eines Flugzeugmodells mit einer Dampfmaschine von Langley. Zwei Jahre später, 1899, unternehmen die Brüder Wright Drachenversuche, die 1903 zum ersten bemannten Motorflugzeug führen; 1900 startet der unverdrossene Kämpfer Graf Zeppelin sein Luftschiff. Nun schreitet die Technik mit Erfindungen und Verbesserungen gewaltig voran. 1926 unternimmt Lindbergh in einem, mit heutigen Modellen verglichen, gebrechlichen Einmannflugzeug das mörderische Wagnis, den Atlantik zu überqueren. Das Wagnis gelingt. Er wird damit zum Begründer der Langstreckenflüge. Jeder, der heute ein Flugzeug besteigt, um nach Amerika, Indien oder anderen fernen Ländern zu fliegen, sollte im Geiste eine Verbeugung vor den Helden machen, die all das, was heute so scheinbar spielend sich abwickelt, unter dem Einsatz ihres Lebens mühsam und Schritt für Schritt für uns erarbeitet und erkämpft haben. 1931 erhebt sich August Piccard in die Stratosphäre!

Fast unbemerkt von der Öffentlichkeit entstehen all die Erfindungen und Entdeckungen. Den Erfindern wird meist keine Hilfe zuteil, weil man sie für Phantasten und Aufschneider hält; auch wenn sie ihre fertigen Erzeugnisse der Öffentlichkeit vorführen, werden sie verspottet. Die hochehrbaren Experten, die die Erfindungen zu prüfen haben, lehnen sie meist ab, weil sie selber nichts davon verstehen und ihre Tragweite nicht zu begreifen vermögen.

So dauert es zwischen einer Erfindung und ihrer Verwirklichung oft Jahrzehnte, bis sie für die Öffentlichkeit reif wird.

Die Dampfmaschine wird von James Watt (1736—1819) 1769 technisch ausgearbeitet, aber erst 1782 wird sie Wirklichkeit. 1804 konstruiert Trevithick die erste Schienenlokomotive. 1810 gründet Henschel eine Lokomotivfabrik. 1814 verbessert Stephenson die Lokomotive von Trevithick. Doch erst 16 Jahre später, 1830, fährt der erste Eisenbahnzug auf der Strecke Liverpool-Manchester. In Deutschland wird die erste Eisenbahnlinie zwischen Nürnberg und Fürth 1835 eröffnet. Ihre Förderer sind die Techniker, ihre Hinderer sind die akademischen Wissenschaftler und Universitätsprofessoren, die einmütig die Bevölkerung vor der Benutzung der Eisenbahn warnen, weil sie behaupten, bei einer Geschwindigkeit von dreißig Stundenkilometern würde den Menschen die Lunge platzen.

Das erste Dampfschiff, von Fulton erbaut, ersteht 1807, es erreicht 8 Kilometer in der Stunde. Schon 1819 wird damit der Atlantik überquert.

Ein Wunder folgt dem anderen — Geschenke an die Menschheit. Der baltische Dichter und Arzt Robert Bertram schildert anschaulich das Unglaubwürdige und Wunderbare der sich überstürzenden Erfindungen jener Zeit. Er studierte in Berlin, in den Ferien kam er nach Reval heim. Seine Tante gab ihm zu Ehren ein Abendessen, zu dem die Honoratioren der Stadt eingeladen worden waren. Der Student erzählte von dem Leben in Berlin, von den Fortschritten der Zivilisation und davon, daß man jetzt einen Apparat erfunden habe, mit dem man auf weite Entfernung vermittels eines Hörers mit seinen Bekannten sprechen und ihnen zuhören könne. Die Gäste waren seltsam verstimmt und verließen bald darauf etwas steif und offiziös das Haus. Die Tante nahm den jungen Mann ins Gebet und warf ihm vor, wie er, ein junger Windhund, es wage, ernsten und vornehmen Leuten solchen Blödsinn vorzusetzen!

Fast vierhundert Jahre vor dem Siegeszug der Technik, im fünfzehnten und sechzehnten Jahrhundert, wurden von mutigen Abenteurern und Fanatikern die fremden Erdteile und fernsten Gegenden unseres Planeten entdeckt. Ein völlig neues Weltbild entstand. Man begegnete schwarzen, gelben und roten Menschen, die unsere Brüder sind. Man stieß auf ungeahnte, hochentwickelte Kulturen, auf bisher unbekannte Tiere und einen Reichtum an Blumen, Bäumen, Vegetabilien und Heilpflanzen, die nicht ohne stärksten Einfluß auf die abendländische Kultur blieben.

Die erste Begegnung des mittelalterlichen Abendlandes mit dem Orient fand durch die Kreuzzüge im elften bis zum dreizehnten Jahrhundert statt. Die Kreuzritter brachten verfeinerte Sitten heim. Unbekannte Tiere, Kamele, Elefanten, Löwen, Affen, Gazellen, Geparden wurden in Tiergärten zur Schau gestellt. Kostbare orientalische Teppiche, Atlasgewebe, Seide aus China, ungezählte Gewürze, die mit Gold aufgewogen wurden, Edelsteine, Parfums fanden den Weg ins Abendland und wurden als Ware gehandelt. Unsere Märchenwelt wurde durch die Märchen aus tausend und einer Nacht bereichert. Von den Arabern übernahmen wir den Gebrauch der arabischen Zahlen, die Philosophie des Aristoteles, die Hippokratische und die Galenische Medizin. Unsere Waffenschmiede lernten die Herstellung der damaszener Stahlklingen. Ungezählte Anregungen aus dem Staatswesen, der Politik, der Wohnungseinrichtung, der Agrikultur brachten die Ritter und die Pilger aus ihren Berührungen mit den Völkern des Morgenlandes mit. Die aufblühende Gotik verdankt ihre Entstehung der Begegnung mit der Architektur der islamischen Bauten.

Indien, das Märchenland, war im Abendland der Inbegriff alles Reichen, Geheimnisvollen und Wunderbaren. Geographisch wußte man nur, daß es in Asien lag, ja man identifizierte es mit ganz Asien. Seit dem zwölften Jahrhundert taucht im Abendlande die Geschichte eines sagenhaften und weisen Priesterkönigs Johann auf, der irgendwo in Asien seine Herrschaft über ein christliches Volk ausübe. Die Historiker nehmen an, daß es sich um die Person des georgischen Fürsten und Helden Joann Orbelian handelt. Viele Jahrhunderte beschäftigt dieser östliche Held die Phantasie des mittelalterlichen Menschen.

Der Venezianer Marco Polo berichtet uns über einen zwanzigjährigen Aufenthalt in China. 1295 erreicht er nach einer Reise von 25 Jahren Venedig. Seine Berichte über die Länder Asiens sind so abenteuerlich, daß man ihn für einen Lügner und Hochstapler hält. Das Abendland erfährt sonderbare Dinge über China: über wohlgepflegte, mit Bäumen umsäumte Straßen, über Läufer, die Nachrichten übermitteln, über saubere Gaststätten, polizeiliche Beaufsichtigung des Fremdenverkehrs, Kornmagazine, Gebrauch von Steinkohle, Papiergeld.

Diese Berichte sind es, die zweihundert Jahre später den großen Entdecker Christoph Columbus zu seinen Entdeckungsfahrten auf der Suche nach Indien anregen.

Im fünfzehnten Jahrhundert beginnt das Abenteuer der Entdekkungen. Zu Lande und zu Wasser, ohne technische Hilfsmittel, wie unsere Zeit sie besitzt, in primitiven Karavellen starten Abenteurer in alle Richtungen unserer Erde. 1488 umsegelt Bartolomeu Diaz das Kap der Guten Hoffnung. Seltsamerweise existiert aber eine Karte, von dem Mönch Murano 1459 angefertigt, die das Kap der Guten

Hoffnung bereits verzeichnet! 1493 wird Abessinien von Portugiesen bereist.

Die zweifellos größte Entdeckung gelingt dem Genuesen Christoph Columbus, der am 12. Oktober 1492 auf den Bahamainseln landet. Er glaubt Indien, das Wunderland, entdeckt zu haben. Begeistert beschreibt er dieses Land als eine paradiesische Gegend. Was er und was alle anderen auf ihren Entdeckungen suchen, ist Gold; die Gier nach dem Gold ist es, die so viele Grausamkeiten erzeugt und so viel Blut kostet. Doch ist Columbus zwar der erste bekannte, aber nicht der erste Entdecker Amerikas. Bereits 458 waren afghanische Mönche bis nach Mexico gesegelt, wo sie 40 Jahre verbrachten. Nach ihrer Rückkehr nach China berichteten sie dem Kaiser über ihre Erlebnisse. Aus einer in Kopenhagen befindlichen Handschrift wissen wir, daß im zehnten Jahrhundert Normannen bis zur Hudsonbai vorgedrungen waren. Im dreizehnten Jahrhundert segelten bretonische und baskische Fischer bis nach Neufundland.

Nun werden durch die Entdeckung des Columbus andere angespornt. 1498 entdeckt Vasco da Gama das langgesuchte Ostindien. 1500 wird Brasilien von Pedralvarez Cabral angesegelt. 1510 landet Alfonso d'Albuquerque auf Ceylon. 1513 überschreitet Balboa die Meerenge von Panama und sichtet als erster Abendländer den Stillen Ozean vom Westen her. 1520 unternimmt Leo Africanus eine Expedition nach der sagenhaften afrikanischen Stadt Timbuktu. Im gleichen Jahr umsegelt Fernao de Magalhaes die südliche Spitze von Südamerika und findet so den Zugang vom Atlantik zum Stillen Ozean. 1537 entdeckt der Portugiese Punto die Insel Zipango — Japan. 1590 erobern räubernde Kosaken unter Jermak Sibirien und machen es dem Zaren Johann dem Grausamen zum Geschenk. 1601 setzt Godinho de Eredia seinen Fuß auf den fünften Erdteil — Australien.

Es beginnt das Zeitalter der Kolonisation, deren plötzliches Ende wir in unserem Jahrhundert erleben. Noch erinnern uns allerorten die „Kolonialwarenhandlungen" daran, wieviele heute unentbehrliche Nähr- und Genußmittel und sonstige Rohstoffe wir aus jenen vor vierhundert Jahren neuentdeckten Ländern beziehen. Das Gold, das die Entdecker suchten, war das Geringste von allem, was sie fanden.

Auffallend ist, welch langen Weg oft Dinge benötigen, bis sie in einem fremden Milieu heimisch werden. So war der Kaffee, der in

Arabien und in der Türkei zuhause ist, schon den Kreuzfahrern bekannt. Eingang in die Kulturwelt des Abendlandes fand er erst in der klatschsüchtigen Barockzeit. Erstmals getrunken wurde er am Hof Ludwigs XIV. Das anregende und die Zunge lösende Getränk war für den geselligen, intriganten, im Salon bramarbasierenden Barock- und Rokokomenschen wie geschaffen.

Weniger redselige Menschen bevorzugten den Tee, der, aus China kommend, ein zur Stille und Beschaulichkeit, zum Philosophieren und zum Sinnieren anregendes Getränk ist. In China und Japan gab es eine Zeremonie des Teetrinkens. Im Abendlande wurde er seit dem sechzehnten Jahrhundert in Rußland, England, Holland und Norddeutschland heimisch. Man kann sich einen lebhaften Südländer kaum teetrinkend vorstellen. Es gibt auch nur den Kaffeklatsch und keinen Teeklatsch.

Der Tobako, die glühenden Tabakröllchen, die die Indios, wie Columbus sie nannte, rauchten, eroberte sich in wenigen Jahren trotz heftigster pro und contras, trotz Verboten, Strafen, sogar Todesurteilen, die ganze Welt. Schon Columbus schreibt, daß die, die ihn rauchen, fröhlicher, gleichmütiger, lebhafter sind und daß, wer einmal von diesem Kraut geraucht hat, davon nicht mehr loszukommen vermag. Schon bei der ersten Besiedlung Amerikas wird der Tabak von den Kolonisatoren in ungeheuren Mengen angepflanzt. In den südlichen Gegenden Europas, auf dem Balkan, in Kleinasien, in Nordafrika entstehen Tabakplantagen. Der Kaffee dagegen wandert nach Mittel- und Südamerika, wo er eine neue Heimat findet.

Die Kartoffel aus Chile und Peru wird zum meistgebrauchten Nährmittel Europas. Raleigh, der Admiral der Königin Elisabeth von England, bringt sie herüber. In Deutschland wird sie erstmalig 1616 angepflanzt; es ist Friedrich der Große, der ihre Anpflanzung, zum Teil mit drastischen Druckmitteln, erzwingt. Kein Gold der Welt erreicht die segensreiche Bedeutung dieser Frucht. Tausende von Feldherrn haben ihre Denkmäler. Ein einziges Denkmal für die Kartoffel sah ich in einem Museum in Hausen in der Nähe des Bodensees, es war eine kleine Steintafel aus dem siebzehnten Jahrhundert, auf der der Dank für die Einfuhr der Kartoffel ausgesprochen wurde.

Einen ebensolchen Siegeszug feierte der amerikanische Mais, der in allen südlichen Gegenden der Erde heimisch wurde.

Sehr viel mißtrauischer verhielt man sich der Tomate gegenüber, auch sie ist eine Amerikanerin. Zuerst begegnete man ihr nur in den

Ziergärten der reichen Leute im sechzehnten Jahrhundert. Man nannte sie „Liebesapfel“ und hielt sie für giftig. Der berühmte Botaniker des sechzehnten Jahrhunderts, Hieronymus Bock (1498 bis 1554), (der Bock, den der Herrgott zum Gärtner gemacht hatte, wie man damals spöttisch sagte), behauptet, der Genuß des Liebesapfels mache den Menschen liebestoll und verdrehe ihm den Kopf. Diese Warnung des allbekannten Fachmanns hat man jahrhundertelang beherzigt. Erst am Ende des vorigen Jahrhunderts wurde diese köstliche Frucht zu einem Genußmittel.

Von der Hochkultur der Maya in Mittelamerika sind nur noch imposante Ruinen und herrliche, in Stein gemeißelte Reliefs übriggeblieben. Sie lebten in großen Städten, bauten Hochhäuser, kannten eine hochentwickelte Gartenkultur und mit Bäumen gezierte Straßen. 1488 wurde das Reich durch die goldsüchtigen Spanier zerstört. Bischof Merida ließ das gesamte Schrifttum dieses Volkes vernichten. Was übrig blieb und in die ganze Welt hinauswanderte, ist die Schokolade, die die alten Mayas bereits genossen und die zuerst im sechzehnten Jahrhundert in Europa eingeführt wurde.

Die Araber bringen den Sinesapfel, die Apfelsine, aus China nach Sizilien. Aus Persien kommt der Pfirsich (Persik auf Russisch). Die Banane, die von den Kanarischen Inseln stammt, wurde erst im Beginn des zwanzigsten Jahrhunderts zur Volksnahrung. Ich erinnere mich noch, auf einer Reise nach Deutschland 1912 die erste Banane gesehen und gegessen zu haben.

Im ganzen Mittelmeerbecken gab es eine hochentwickelte Gartenkultur, man denke an die Hängenden Gärten von Palmyra, oder an die Erwähnung zahlreicher Pflanzen in den Sprüchen des Königs Salomo. In den nördlicheren Ländern jenseits der Alpen gab es im Mittelalter nur kleinste Burggärten mit Zierpflanzen, und Heilkraut- sowie Küchenkrautgärten bei den Bauern und in den Klöstern, welch letztere sich besonders der Gartenkultur widmeten. Im sechzehnten Jahrhundert strömt durch die Entdeckungen der fernen Länder ein großer Reichtum an Pflanzen und Bäumen in unser Klima und verändert fast grundlegend das Gesicht unserer Gärten. 1450 entsteht der erste Kunstgarten, der „Prato di Castello“ um das Schloß der Herzöge von Mailand, ihm folgen die Gärten des Vatikan, der Doriagarten in Genua, der Boboligarten in Florenz. Als erster Kunstgarten in Deutschland gilt der Elisabethgarten in Heidelberg.

Aus Australien kommen Araukarien, Palmyrapalmen aus Südamerika. Der erste Lebensbaum wurde 1526 im Park von Fontainebleau gepflanzt. Die erste Pyramideneiche in Deutschland steht im Park von Herreshausen bei Hanau am Main. Aus Griechenland kommen die Platane und die Kastanie. Fiedrich Wilhelm I. pflanzt 1710 die erste aus Nordamerika stammende Robinie (eine Cousine der Akazie) im Schloßpark von Britz bei Berlin. Napoleon läßt die Straßen mit den aus Ägypten stammenden Pyramidenpappeln bepflanzen. 1822 kommt die Zeder vom Libanon nach Frankreich.

Sibirien schenkt uns die Malve, das Tränende Herz, die Hortensie, die Azalee; China den Rhabarber, den Rittersporn, die Glyzinie und die Päonie; Birma den Jasmin; die Türkei die Tulpe; Amerika die Fuchsie, die Dahlie, die Sonnenblume, die Lupine, die Orchidee und die Kaktee; Afrika die Gladiole, den Reseda, die Pelargonie.

Wenn unser Auge heute in das bunte Meer zahlreicher Gärten in Stadt und Land blickt, so begegnet es gleichsam einem Durcheinander von sonnigen Geschenken, die uns die verschiedensten Länder und Klimate unserer Erde dargebracht haben und die, Zeugnisse fremder Gartenkulturen, friedlich beieinanderwachsen, unsere Sinne erfreuen!

So nimmt unsere Landschaft von dem Glanz, der Farbe und der Form der entferntesten Länder, der längst vergangenen Kulturen etwas in sich auf, das bei uns friedlich weiterlebt. Aber es bedarf vom Menschen her nicht nur der Pflege, sondern auch des bewußten, erlebenden Betrachtens, um zum Genuß der uns dargebotenen Gaben zu gelangen.

So sagt Goethe über dieses Erleben:

Wär nicht das Auge sonnenhaft,
wie könnten wir das Licht erblicken?
Lebt' nicht in uns des Gottes eigne Kraft,
wie könnt' uns Göttliches entzücken?

Und Plotin († 270) sagt tausendfünfhundert Jahre vor Goethe dasselbe mit fast gleichen Worten: „Das Auge kann erst dann die Sonne sehen, wenn es selbst sonnengleich geworden ist. Die Seele kann erst dann die erste Schönheit sehen, wenn sie selbst schön ist. Darum muß jeder Mensch, der danach strebt, die Schönheit und Gott zu sehen, erst selbst schön und gottähnlich werden."

Der Ekstatiker William Blake faßt das Erleben der Natur, das zugleich ein Erleben Gottes ist, in die glühenden Verse:

Sieh eine Welt in einem Körnchen Sand,
und einen Himmel in der wilden Blume,
greif das Unendliche mit deiner Hand,
und fühle Ewigkeit in einer Stunde.

Wenden wir uns dem Gebiet des Daseins zu, das über das Physiologische und Notwendige hinaus dem Leben einen Inhalt gibt: der Kunst, so erleben wir auch dort eine stetige Wandlung, eine Anpassung an den Geschmack und an den Zeitgeist. Der Drang nach Extraprojektion, nach Aussage, ist eine spezifisch menschliche Eigenschaft. Soweit wir dem Menschen in seiner Geschichte zu folgen vermögen, begegnen wir seinem Gestaltungswillen, wir begegnen aber auch seinem Bemühen, das nicht Sichtbare, das nur Erahnbare, den Hauch der Gottheit in die Gestaltung einzufangen. So wissen wir von den prähistorischen Höhlen, in denen wir die grandiosen farbigen Darstellungen von Mensch und Tier und Natur finden, daß es nicht Höhlen waren, in denen die Menschen gewohnt hatten, es waren Kulthöhlen, in denen sie ihrem Gott dienten. Dasselbe gilt für die kultischen Höhlen der buddhistischen und brahmanischen Hochkulturen, für die Grabkammern Ägyptens und der Maya und für die römischen Katakomben.

Überall begegnen wir nicht nur dem vordergründigen Bilde, der Darstellung der Gottheit und seiner Geschichte, sondern auch dem Symbol, einer hintergründigen Erzählung, die dem Wissenden, dem Eingeweihten viel mehr sagt, als das erzählende Bild darzustellen vermag. Aus diesem Symbol wird später die Schrift, die jedoch zunächst das Privileg von Wenigen bleibt, während der Analphabet in die hintergründige Sprache des Symbols eingeweiht wird und sie zu lesen vermag. Der Fremde erfährt allerdings nur die vordergründige Geschichte. Uns, die wir alte verschollene Kulturen ausgraben, kann es manchmal gelingen, die erzählenden Geschichten der in Stein gemeißelten, der gemalten und auch der in Hieroglyphen oder Buchstaben geschriebenen Ereignisse zu entziffern. Unentzifferbar aber bleibt die hintergründige Sprache des Symbols, weil uns die Schlüssel dazu verlorengegangen sind.

Mit Ergriffenheit stand ich vor kurzem in der tausendjährigen Michaelskirche zu Fulda und erlebte den Geist des romanischen Menschen, der, noch aus dem Wissen um kosmische Entsprechungen, solche Gotteshäuser zu errichten vermochte. In der Wand der Rochuskapelle ist eine Steinplatte eingelassen, die nach Art der Biblia pauperum — der Armenbibel — die Passion Christi darstellt. In dieses Rechteck ist in Hieroglyphenart alles eingemeißelt, was mit der Geschichte der Kreuzigung und der Gefangennahme Christi zusammenhängt. Christus am Marterpfahl, seine Mutter Maria und der Jünger Johannes sowie ein kniender und anbetender Mönch (wahrscheinlich der Stifter des Steins) bilden das Zentrum des Bildes, darum herum sind in das Bild hineinprojiziert das Kreuz und die Dornenkrone, die dreißig Silberlinge, die Nägel, das Gewand, die Würfel, die Marterwerkzeuge, das Veronikatuch, der Judaskuß, der Hahn, der den Petrus mahnte. Um den Stein läuft das sogenannte Christusgebet, die Worte des Schächers am Kreuz: „Herr Jesus Christus, Sohn Gottes, erbarme Dich meiner." Es ist ein ergreifendes Dokument seiner Zeit, ein Buch ohne Buchstaben. Kaum einer der Betenden und Andächtigen, die viele Jahrhunderte hindurch in diese ehrwürdige Kirche kamen, konnte lesen; aber was sie da auf jenem Stein sahen, war für sie ein offenes Buch. Für spätere, vordergründige und hochmütige Generationen war es nur noch ein primitives Machwerk.

Solange das Kunstwerk dem religiösen Erlebnis dient, hat es immer diese Doppelschichtigkeit — die profane *und* die mystische Aussage, die so geheimnisvoll dem vordergründigen Bild einen metaphysischen Schimmer verleiht. Ich besitze ein romanisches Brustkreuz, das irgendjemand irgendwo zwischen Syrien, Italien, der Normandie oder Mitteldeutschland trug. Es stellt auf der einen Seite den gekreuzigten Heiland, dessen wie segnende Arme und Hände sich wie die Lebensrune oder der geheimnisvolle Baum Iggdrasil im Bogen krümmen, zeigt. Das Bild spricht vom Tode Christi. Die Zeichnung des Körpers, die die Lebensrune darstellt, spricht jedoch hintergründig vom ewigen Leben. Auf der Rückseite des Kreuzes steigt der auferstandene Christus mit durchbohrten, aber fröhlich erhobenen Händen und mit dem Stabe des Magiers, mit dem auch Moses dargestellt wird, gleichsam den Kreuzesrahmen durchbrechend, heraus. Mit welcher Zuversicht wird der Träger einer solchen Verheißung erfüllt. Er bleibt nicht bei dem Faktum des Opfertodes stehen, er geht den für den Christen unerläßlichen Schritt weiter — zur Auferstehung, dem zentralen Ereignis des Christentums.

Der Realismus seit der Barockzeit hatte es sich angewöhnt, die künstlerischen Erzeugnisse der Romanik und Gotik, weil ihr der Sinn der Hintergründigkeit verloren gegangen war, als „primitiv" zu bezeichnen. In jener „primitiven" Zeit aber konnte jeder Christ, der katholische oder der anatolische, gleich in welchem Winkel der damaligen Welt er auch lebte, jedes religiöse Bild mit Andacht betrachten und jeder wußte, was außer dem grob wahrnehmbaren Geschehen das Bild im mystischen Sinne ihm offenbarte.

Betrachten wir beispielsweise das anmutige Bild des spätgotischen Meisters Jan Mostaert (1475—1555), das die heilige Familie beim Mahle darstellt. Wir würden mit den Kunsthistorikern darin übereinstimmen, daß es sich um ein wunderbar stimmungsvolles Bild handelt, in dem Menschen, Raum und Dinge farblich und formal in größter Harmonie miteinander sind. Schön und zahlreich sind die Gefäße auf dem Tisch, wenn auch nur Brot, Milch und eine Birne darauf liegen. Aus einem runden Fenster mit kreuzförmigem Innenrahmen kommt helles Licht. Einige Gegenstände liegen auf Regalen und einem schmalen Schrank. Die Tür steht offen. Josef im grünen Gewand schneidet gerade ein Stück Schwarzbrot. Es liegt ein heiliger Ernst in dieser einfachen Handlung. Maria im roten fürstlichen Gewand, mit Haube und Margaritenkranz, hält das Christkind, das ein weißes Hemdchen anhat und mit beiden Händen ein Buch umfaßt. Was soll das Kind mit dem Buch bei der Mahlzeit? Dieses Bild ist schon keine Ikone mehr, es ist eigentlich eine weihevolle Darstellung aus dem bürgerlichen Leben. Nur, im Gegensatz zu anderen Bildern einer etwas späteren Zeit, fühlt man aus allen Einzelheiten und aus dem gesamten Bild eine konzentrierte Religiosität; was dargestellt wird und was da vorgeht, ist geheiligtes, heiliges Geschehen! Auch wir werden von der Weihe, die wir hier erleben, von der Naivität und dem Ernst, mit dem auch die einfachsten Vorgänge des Lebens dargestellt und behandelt sind, ergriffen. Dieses Bild könnte so wie wir es betrachten, schon etwas vom Geiste Renans oder Caspar David Straus' oder dem entmythologisierten Christus in sich haben, und doch war dieser große Meister noch im Besitz des „Symbols". Der Schauende jener Zeit verstand das Hintergründige zu lesen. Versetzen wir uns also vier Jahrhunderte zurück und betrachten mit den Augen des gotischen Menschen das Bild, so stellt es uns neben dem, was es erzählt, noch anderes dar, und zwar ruft es uns in den nicht zufälligen Dingen und Bildern die ganze Substanz der Bibel ins Bewußtsein. Schon das Kreuz im leuchtenden runden Fenster nimmt die Endphase des Kindes Jesus voraus, das Opfer, den Kreuzestod und die Auferstehung, die durch das helle Licht symbolisiert wird. Die offene Tür mahnt uns an die Worte der Offenbarung Johanni: „Siehe, ich stehe vor der Tür und klopfe an.

So jemand meine Stimme hört und die Tür auftut, zu dem werde ich eingehen und das Abendmahl mit ihm halten, und er mit mir" (3,20), und an die Worte Jesu: „Ich bin die Tür, so jemand durch mich eingeht, der wird selig werden und wird ein und ausgehen und Weide finden" (Joh. 10, 9). Auf einem hohen Regal liegt, etwas unordentlich hingelegt, das alte Testament; — das neue Testament hat das Jesuskind in den Händen, das heißt, es reicht uns das aktuelle neue Gebot. Eine Sammetschatulle neben der Bibel bedeutet „Maria, Hüterin des lebendigen Leibs Christus". Unter dem Regal lehnt gegen die Wand ein grünes Buch, auf dem ein weißer Hirsch aufgeprägt ist, er bedeutet „die Gnade der Taufe". Zwischen Josef und Maria steht auf einem Podest ein hölzerner Löwe, der auf die Abstammung Christi, „des Löwen von Juda", hindeutet. Links von Maria auf einem Schrank steht eine kostbare grüne gläserne Kanne, sie bedeutet: „unbefleckte Empfängnis". Der Kranz aus Ehrenpreis — Veronika —, den Maria auf dem Kopf trägt, besagt: vera unica medicina — „Christus, das wahre einzige Heilmittel". Vier Brote liegen auf dem Tisch und sagen: Ich bin das Brot des Lebens (Joh. 6, 48). Der irdene Krug — das ist der Mensch nach den Worten des Apostels Paulus: „Wir haben aber solchen Schatz in irdenen Gefäßen, auf daß die überschwengliche Kraft sei Gottes und nicht von uns" (Korinther 4, 7). Und ebenso weist der Tonkrug, da er ein Wasserbehälter ist, auf das geheimnisvolle Wort Christi: „Wer an mich glaubt, wie die Schrift sagt, von des Leibe werden Ströme lebendigen Wassers fließen" (Joh. 7, 88).

Das vordergründige Bild ist uns säkularisierten Beschauern geblieben, wir erfreuen uns an ihm; dem gotischen Menschen kam aber der Trost und die Rührung nicht aus dem Anschauen des Bildes allein, sondern aus der Schau der Symbole, aus denen ihm Freude und Verheißung zuströmte. Und doch kündigt sich in der Darstellung des Meisters die beginnende Säkularisation an, schon ist dies Bild keine Ikone mehr, kein eigentliches Andachtsobjekt. Es fehlen um die Häupter der Dargestellten die Heiligenscheine, die die Kennzeichnung der heiligen Personen sind.

In fast allen Abendmahldarstellungen der Romanik und der frühen Gotik finden wir auf der Schüssel den Fisch statt des im Evangelium erwähnten Lammes. Der Fisch, *ΙΧΘΥΣ* (aus den Anfangsbuchstaben von „Jesus Christus, Sohn Gottes, Erlöser", gebildet) ist das Symbol für Christus; so wird der Fisch — Christus bei diesem letzten Opfermahl dargebracht.

In der Renaissance vollzieht sich die erste Individualisierung des abendländischen Menschen. Das nur auf das Religiöse gerichtete Andachtsbild tritt in den Hintergrund. Das Porträt entsteht, die Person gewinnt an Gewicht. Bürgerliches, höfisches und bäuerliches Leben, die Natur werden mit Liebe und Freude dargestellt. Das Symbol geht allmählich verloren.

Typisch in diesem Zusammenhange ist die Degeneration des Engels. Angelos – das ist der Bote, der Bote Gottes, der in ganz außerordentlichen Augenblicken dem Menschen sichtbar und hörbar entgegentritt. Es ist der Schutzengel, der ihn unsichtbar auf Schritt und Tritt begleitet. Er wird als erhabener, gewichtiger Fürst oder Hohepriester, in feierliche Gewänder gehüllt, dargestellt. Mit der zunehmenden Entfernung des Menschen aus der Nähe zu Gott und den esoterischen Mächten schwindet auch seine Anschauung vom Engel. Die östliche Ikone und die Welt der Gotik ist sein letzter Zufluchtsort. Gewaltig tritt er uns an den Portalen und Pfeilern der Kathedralen und auf den Bildaltären entgegen. Dann degeneriert er. Schon Stephan Lochner, der süße Meister der Mutter Gottes, bringt zarte, ätherische und doch schon verspielte Kinderengel auf seinen Altären an. Bei Albrecht Dürer, Altdorfer, Lucas Cranach, Rembrandt, Rubens sind es fleischliche, beflügelte, sich tummelnde Putten, die keiner Botschaft an den Menschen mehr fähig sind, sie vermögen ihn auch nicht mehr zu beschützen. Ja ich möchte fast sagen, sie erzeugen nur noch einen unhörbaren Lärm um ihn.

Zwar bieten uns das Barock und das Rokoko eine Fülle von religiösen Bauten, Plastiken und Malereien, doch sind sie alle höfisch beschwingt, effektvoll und vordergründig, nur noch Fassaden. Man staunt sie an, sie sind aber nicht mehr Pforte zum esoterischen Bereich.

In der Romantik erwacht die Sehnsucht nach den verlorenen Symbolen wieder, sie findet aber nicht mehr den Weg zurück, sie äußert sich nunmehr pantheistisch. Die Bilder von Caspar David Friedrich und Carl Blechen atmen tiefe Religiosität, die sich dem Beschauer unmittelbar aufdrängt. Der Geisterseher William Blake, ein Einzelgänger, erschöpft sich in der Darstellung Gottes und seiner Mächte. Er zeichnet, was er wirklich sieht und erlebt.

Der Naturalismus erstickt im technischen Können, in Banalität und in der Darstellung des Lebens und der Geschichte. Er ist eine deskriptive und erzählende Kunst. Die letzten und schauerlichsten Auswüchse finden wir in den pathetischen Verherrlichungen der nationalen Geschichte und dem Schwelgen in Schlachtenbildern. Schloß Neuschwanstein und die Münchener Residenz sind typische Beispiele dafür. Ich erinnere mich, daß ich als Junge in Moskau mit Begeisterung Stunden in dem kreisförmigen Gebäude zubrachte, in dem das gewaltige Panorama der Schlacht gegen Napoleon dargestellt war.

Am Ende des neunzehnten Jahrhunderts begegnet die westliche Welt der Kunst Japans und Chinas. Während das Rokoko sehr wesentlich von der Tapisserie und dem Porzellan Chinas geprägt wird, ist es jetzt der japanische Holzschnitt und die Tuschmalerei. In dieser dem Abendländer zunächst völlig fremden Kunst offenbart sich ein uns verloren gegangener Sinn für das Hintergründige. Den Vordergrund der Tuschezeichnung bilden nur wenige mehr oder minder betonte oder verwaschene Konturen und zerfließende Schatten. Alles andere wird nur geahnt. Aber man erlebt in dem Bild eine Fülle von unausgesprochenen Dingen, die der Beschauer in das Bild hineinsieht. Er spürt, daß der Künstler aus einer ganz anderen seelischen Tiefe die Dinge darstellt, aus einem Einbeziehen aller Dinge in die Sphäre des religiösen Erlebnisses.

Der Impressionismus ist eine deutliche Abkehr vom Naturalismus. Zwar ist das religiöse Gefühl säkularisiert, aber der Schaffende sieht die Welt in einer Transparenz, und etwas von der Ausgießung des Heiligen Geistes über die Dinge dieser Welt erleben wir in dem Bild, das von einem geheimnisvollen Licht überflutet wird.

Der Expressionismus bricht mit den gewohnten Formen und Konturen. Unsere Zeit erlebt eine Welt aus ungezählten neuen Aspekten, aus dem der Zerstörung durch Krieg und Explosionen, aus der Höhe des Flugzeugs, aus der Röhre des Mikrops, aus der Psychoanalyse, die den Menschen in seelische Einzelbestandteile zerlegt, um ihn anders zusammenzusetzen. Ist es ein Wunder, daß der Künstler dieses „Stirb und werde", oder besser gesagt: „Zerbrich und gestalte" in neue Formen kleidet? Betrachten wir aber aufmerksam die Bilder eines Henri Rousseau, eines Gauguin, van Gogh, Picasso oder des unvergleichlichen Mark Chagall, so finden wir darin eine Fülle von echtem religiösem Gefühl, einer Versunkenheit in die Wesenheit der gestalteten Dinge, die uns zutiefst anrühren. Was hier wieder lebendig wird, ist die Vielschichtigkeit zwischen dem vordergründigen Bild und der höchst individuellen Aussage des Meisters, die allerdings nicht mehr, wie ein gotisches Altarbild, Allgemeinverständlichkeit besitzt.

Vollends individualistisch, sozusagen zum reinen Symbol geworden ist die abstrakte oder ungegenständliche Malerei. Der Zugang zu den alten Symbolen ist uns verschüttet, wir wissen nichts mehr von ihnen, und wir könnten es auch nicht durch ein wiederhergestelltes Wissen erneuern. Der Drang nach Innen lebt aber in uns. Die abstrakte Malerei, so ernst sie auch als Aussage des einzelnen genommen werden muß, so sehr sie auch im echtesten Sinne ein Kunstwerk darstellt, ist ein typisches Erzeugnis eines überspitzten Individualismus, der für ihn selbst gültige, vielleicht ihm auch bewußte, Symbole schafft, die aber nicht schlechthin zu Symbolen für die anderen werden können, weil den anderen der Schlüssel zu ihrer Entzifferung fehlt. Aber auch die Ablösung der Malerei von der Literatur, vom Genre, von der Erzählung, von der Historie und der Illustration und ihre Annäherung an das Gebiet etwa der Musik, ist aus dem Zeitgeist geboren. Die Ungegenständlichkeit ist der japanischen Tuschmalerei vergleichbar. Dort deutet der Künstler nur etwas mit wenigen Strichen und Flächen und mit den Tönen zwischen weiß und schwarz an, und der Beschauer sieht in dem Bild eine ganze Welt. Hier verzichtet der Künstler auf alle Konventionen des Gegenständlichen und schafft eine Symphonie von Farben, Konturen und vielleicht Formen; wenn er ehrlich ist, gibt er dem Werk auch keine Bezeichnung, denn das wäre wiederum eine Illustration; dem Anschauenden steht es dann frei, diese Symphonie auf sich wirken zu lassen.

So führt uns der Weg vom Sakralen, das allgemein war, über die Säkularisierung, die sich im Vordergründigen verlor, zu höchst individuellen, aber hintergründigen Schöpfungen, die eine Spannung zwischen dem Schöpfer und dem Anschauenden erzeugen. Der Schöpfer sagt etwas aus in ihm allein zustehenden Symbolen und Hieroglyphen, der Schauende begegnet dem Kunstwerk wiederum mit seiner Individualität und wird davon erschüttert, durchdrungen, erfreut, begeistert, oder er bleibt unberührt oder lehnt es ab. Wesentlich daran ist die Abkehr von der Vordergründigkeit einer Zeit, die den Hochmut und die Überheblichkeit besaß zu glauben, daß sie mit der Ratio alle Geheimnisse der Welt enschleiert habe, und die Suche nach neuen Aussagen, das Ertasten der Gegenwart des Heiligen Geistes, des Atman, der in allen Dingen dieser Welt verborgen und doch gegenwärtig ist. Begreifen wir diese Aussagen als eine solche Umkehr und Suche, so wird es uns gelingen, wenn nicht mit Bejahung und Verständnis, so doch mit Ehrfurcht der Aussage der modernen Künstler zu begegnen.

Jan Mostaert
Heilige Familie beim Mahle

Während unsere Technik seit kaum einem Jahrhundert ungeheure Fortschritte gemacht und die wunderbarsten Vorstellungen in den Schatten gestellt hat, hat sich die Menschheit hinsichtlich der humanitären Ideale außerordentlich langsam entwickelt. Ja, in dieser Beziehung stecken wir auch heute noch in einer unerhörten Barbarei. Allerorten gibt es kalte und heiße Kriege, Menschenvernichtungen, Menschenverschleppungen, Gehässigkeiten und Grausamkeiten, Tortur von politischen Gegnern, politische Morde, Rassenvorurteile. Schlägt man die Zeitungen auf, so erhält man den Eindruck, daß auf diesem kleinen Planeten, der durch das Wunder der Technik in nur wenigen Stunden von einem Flugzeug überflogen werden kann, hunderte von Einzelstaaten ein egoistisches, nur auf sich bezogenes und den Nachbarn feindlich gesinntes Dasein fristen.

Wirft man einen Blick zurück in die Geschichte, so erlebt man nicht ohne Erschütterung, wie jung alle humanitären und sozialen Bestrebungen eigentlich noch sind und wie langsam und unvollkommen sich die schönsten und erhabensten Menschheitsideen der größten Geister unserer Welt verwirklichen.

Noch gibt es in zahlreichen Gebieten unserer Erde offizielle und versteckte Sklaverei. Es sind noch keine hundert Jahre her, daß die Sklaverei und die Leibeigenschaft aufgehoben wurde. 1781 wurde sie in Österreich, 1804 in Preußen und erst 1861 in Rußland abgeschafft. 1865 wurde in den Vereinigten Staaten von Nordamerika nach einem unerhörten, menschenvernichtenden Krieg die Sklaverei der Neger aufgehoben.

Die bis heute noch nicht Wirklichkeit gewordene Proklamation der Menschenrechte hat eine lange Vorgeschichte. Konfutse konzipierte bereits diese Idee. Der König Asoka 259—222 v. Chr. errichtete unter dem Einfluß der Lehre Buddhas in Indien einen pazifistischen Staat mit Gleichheit der Bürger, Aufhebung aller Kasten, Aufhebung der Todesstrafe und Erziehung zu Gewaltlosigkeit.

Christus fordert von den Christen das Gleiche, und es gelingt den ersten Christen, einen kommunistischen Gottesstaat zu errichten. So lesen wir in der Apostelgeschichte (2, 44): „Alle aber, die gläubig geworden waren, waren beieinander und hatten alles gemeinsam und verkauften ihre Reichtümer und ihren Besitz und verteilten dies nach den Bedürfnissen eines jeden.“ Und Johannes Chrysostomos (344—407) sagt: „Sie hoben die Ungleichheit auf und lebten in großem Überfluß, und sie taten dies in der rühmlichsten Weise.“

Tausend Jahre später gründet Petrus Waldus aus Lyon eine Gemeinschaft auf gleicher Grundlage — Besitzlosigkeit, Gewaltlosigkeit, Wahrhaftigkeit —, eine Art Gottesstaat, wie er dem heiligen Augustinus in seiner „Civitas Dei" vorgeschwebt hatte. Die Waldenser wurden als Ketzer von der Kirche nahezu ausgerottet.

1516 erscheint zu Löwen das Buch des englischen Kanzlers Thomas Morus „De optimo statu rei publicae deque nova insula Utopia". Es ist die Konzeption einer idealen Gesellschaftsform. Es handelt sich um eine utopische Insel „Utopia", in der eine von der gesamten Bevölkerung gewählte Regierung der Besten, der Gütigsten und Weisesten die Geschicke des Volkes lenkt. Aller Besitz ist gemeinsam, die Erziehung wird allen unterschiedslos zuteil. Jeder arbeitet nur sechs Stunden am Tage. Es findet ein stetiger Wechsel zwischen der städtischen und der ländlichen Bevölkerung statt, damit das Gleichgewicht zwischen Industrie und Landwirtschaft erhalten bleibt und damit beide sich gegenseitig auch in technischer Hinsicht befruchten. Sie sind friedlich und verabscheuen alle Gewalt. Sie kennen keine Todesstrafe.

Francis Bacon a Verulam (1561—1626), ebenfalls englischer Kanzler, entwickelt in seinem romanhaften Fragment „Nova Atlantis" die Idee seiner hochentwickelten technisierten Gesellschaft, deren Aristokratie durch einen Orden der Weisen und Gelehrten repräsentiert wird. Eine Idee, die Hermann Hesse in seinem „Glasperlenspiel", ebenfalls utopisch, für unsere Zeit so meisterhaft gezeichnet hat.

Thomas Campanella (1568—1639), ein unabhängiger Denker, der Verfasser der sozialen Utopie „Der Sonnenstaat", wird als Revolutionär in Kalabrien verhaftet, gefoltert und 27 Jahre lang eingekerkert.

Seine und Thomas Morus' Konzeption eines idealen Staatswesens regt die Jesuiten an, 1608 in Paragual einen theokratisch-patriarchalisch-kommunistischen Staat zu gründen. Die Indianer dieses Landes leben im gemeinsamen Besitz, gemeinsamer Arbeit, sie haben hochqualifizierte Schulen, alle können lesen und schreiben, es gibt für Vergehen nur milde Strafen. Das Land gelangt zu einer hohen Blüte. 1731 werden die Jesuiten von den Spaniern vertrieben. In wenigen Jahren verwahrlost dieser blühende Staat.

1681 gründet der Quäker William Penn in Pennsylvania einen friedlichen, toleranten und gewaltlosen Staat, in dem Weiße und Indianer sowie Gruppen verschiedenster religiöser Bekenntnisse beieinander leben. Seine 24 Konstitutionsartikel, die sicherlich die Proklamation der „Bill of rights" 1689 in England beeinflußten, wurden zum Muster der Erklärung der Menschenrechte bei der Gründung der Vereinigten Staaten von Nordamerika im Jahre 1776. Der französische Edelmann Lafayette, der in Amerika für die Unabhängigkeit gefochten hatte, brachte diese Proklamation nach Frankreich, wo sie nach der Revolution 1789 ausgerufen wurde. In Deutschland wurde diese Erklärung erst 1848 abgegeben und in der folgenden Reaktionsperiode wieder zurückgenommen.

In unserer Zeit unternahm der große Heilige Mahatma Gandhi den Versuch, die Politik der Gewaltlosigkeit zu verwirklichen.

Diese großartigen humanitären Ideen von Asoka über Christus, Augustinus, Morus, Campanella, Bacon, Penn, Thoreau, Gandhi leben heute noch als kleines, hoffnungsvolles Flämmchen im früheren Völkerbund und den jetzigen Vereinten Nationen fort. Mögen sie, allen Aggressoren zum Trotz, einmal für die Menschheit Wirklichkeit werden!

Der wunderbare Phantast Percy Bysshe Shelley (1792—1822) zeichnet in seinem Gedicht „Königin Mab" ein großartiges Zukunftsbild von einem in Harmonie vereinigten und befriedeten Planeten:

> ... Wie schön wird dann die Erde sein,
> der reinsten Geister reines Heimatland,
> im Einklang mit der Sphären Harmonie,
> wenn, mit der ewigen Natur verbündet,
> der Mensch des neuen Lebens Werk beginnt...
>
> Die ungeheuren Sandeswüsteneien,
> in deren stets erneuten Gluten kaum
> ein Vogel lebte, kaum ein Grashalm sproß,
> wo nur der grünen Eidechs liebendes
> Geschrill die schwüle Stille unterbrach,
> sind jetzt belebt von Bächen, schattigen Hainen,
> Kornfeldern, Triften, weißer Hütten Zahl;
> und wo die aufgeschreckte Wildnis einst
> den blutbesudelten Eroberer sah,
> wo mit der Lämmer Fleisch die Tigerin
> die Fraßbegier zahlloser Jungen stillte,
> indes Geheul der Wüste Reich durchscholl,
> haucht jetzt die maßliebüberdeckte Flur
> dem Sonnenaufgang ihre Düfte zu,
> und lächelt, wenn vor seiner Mutter Tür

das Kind sein Morgenmahl
mit einem Basilisken teilt,
der ihm die Füße leckt.
Den Durst nach Blut vergißt der Löwe jetzt;
dort siehst du ihn im Sonnenscheine spielen
mit dreisten Zicklein; seine Klauen ruhn,
sein Zahn ist friedlich, der Gewohnheit Macht
hat die Natur des Lamms ihm aufgezwungen.
Nicht mehr vergällt der bunte Fingerhut
durch giftgen Hauch den Anblick seiner Pracht;
vorbei ist jeder Schmerz; der Freudenbecher
schäumt unverbittert über bis zum Rand,
und netzt die durstigen Lippen, die er floh ...

Begeistert von diesem Bild der neuen Erde malt der amerikanische Maler Edward Hicks 1833 ein herrliches Gemälde einer solchen Harmonie in Natur. Wir sehen die Kuh neben dem Löwen, ein Lämmlein zur Seite des Fuchses kauern und ein Kind ein Löwenjunges umarmen. Etwas von dem uralten Traum der Menschheit nach Glück, Frieden und Freude strahlt aus diesem naiven, beseelten Bild auf uns!

Wie weit ist der Weg bis zu dieser Utopie! Noch werden erbitterte Kämpfe um die Beibehaltung oder Abschaffung der Todesstrafe geführt. Die Gefängnisse, in denen wir unsere Rechtsbrecher zu resozialisieren versuchen, sind in hygienischer, psychologischer und pädagogischer Hinsicht das Rückständigste, was wir in unserer Zivilisation besitzen. Wie langsam bereiten sich Gesinnungswandlungen vor! 1532 wird die Halsgerichtsordnung, die „Carolina" Carls V., herausgegeben. Sie verbietet die Verurteilung aufgrund von Indizien; es bedarf des Geständnisses des Rechtsbrechers. Das Geständnis aber wird vermittels der Folter herausgeholt. Jahrhundertelang (auch heute noch) werden durch fürchterlichste körperliche und seelische Mißhandlungen „Wahrheiten" aus den Menschen erpreßt.

Christian Thomasius (1655—1728) ist der erste, der gegen die Anwendung der Folter auftritt. Cesare Marchese de Beccaria Bonesana (1735—1794) verdanken wir ihre Abschaffung zunächst in einigen Ländern. Dieser großartige und mutige Rechtsgelehrte und Philosoph tritt in seiner Schrift „Dei delitti e delle pene" (Über die Verbrechen und über die Strafen) 1764 gegen die Folterungen, gegen die Todesstrafen und für einen humanen, erzieherischen Strafvollzug ein. Menschenliebe und Gerechtigkeit, und nicht Rache, sollten die Beweggründe des Strafvollzugs sein.

Auf seinen Einfluß ist es zurückzuführen, daß 1787 in Österreich, 1789 in Frankreich, 1794 in Preußen die Tortur abgeschafft wurde. Auch die Abschaffung der Todesstrafe in manchen Ländern sowie die Reform des Strafvollzugs haben wir ihm zu verdanken.

Einen weiteren Vorstoß gegen die unmenschliche Behandlung der Strafgefangenen wagte eine kleine Frau, die Quäkerin Elisabeth Fry, der Engel der Gefängnisse (1780—1845). Sie reformiert durch unermüdlichen Kampf und Aufklärung das Gefängniswesen, sie gründet eine Schule für Kinder der Gefangenen und 1819 eine Lehr- und Arbeitsschule für verurteilte weibliche Gefangene. Sie reist durch Frankreich, Deutschland, die Schweiz und Amerika, und es gelingt ihr, überall Gehör zu finden und die Verhältnisse zu ändern.

Auf einem anderen Gebiet, wo Menschen eingeschlossen werden, in der Psychiatrie, erreichen zwei große Ärzte des achtzehnten Jahrhunderts eine Umwälzung. Der Franzose Pinel (1745—1826) fordert die Anwendung der Menschenrechte auch für die Geisteskranken und sorgt für eine grundlegende Umgestaltung der Irrenanstalten, die bisher nichts anderes als Gefängnisse waren. Jean Etienne Dominique Esquirol (1772—1840) gründet eine Kommission zur Untersuchung und Abstellung der Mißbräuche in den Irrenanstalten.

Es sind immer wieder Einzelne, denen wir es verdanken, daß die Schwachen, die Armen, die Unterdrückten, die Geistesschwachen und Gebrechlichen nicht irgendwo verkommen oder gar getötet werden oder ein schattenhaftes Dasein am Rande des Lebens führen müssen. So errichtet der Heilige Basilius (329—379) die ersten Hospitäler und Altersheime. Der Orden des Heiligen Franziskus widmet sich der Krankenpflege. Der Heilige Vinzenz von Paula stiftet den Orden der Vinzentianer und der Soeurs de la charité. 1625 gründet er den Verein für Kranken- und Armenpflege. In diese Arbeit teilen sich die Salesianerinnen, die Ursulinen, die Elisabethanerinnen, die Schwestern vom Heiligen Carl Borromäus und später die evangelischen Diakonissen.

Juan de Dios errichtet 1540 in Granada Hospitäler, in denen seine „Fatebenefratelli“ selbstlos wirken. Seit dem Mittelalter bestehen in den Städten die Heiliggeistspitäler, in denen Kranke und Alte gepflegt werden.

Im achtzehnten Jahrhundert entstehen allenthalben Einrichtungen für den körperlich oder geistig behinderten Menschen. So gründet Steinicke (1727—1790) in Leipzig 1778 die erste Taubstummenanstalt. Pfarrer Oberlin (1740—1826) errichtet in Waldesbach die erste Kinderbewahranstalt. 1786 entsteht durch die Bemühungen von Hany die erste Blindenanstalt. August Hermann Francke (1663 bis 1727) gelingt es, in Halle eine Armenschule, ein Waisenhaus, eine Erziehungsanstalt, eine Bücherei und eine Druckerei zu gründen. 1813 entsteht, inspiriert durch J. Falk, die erste Anstalt für verwahrloste Kinder. 1819 wird in England eine Verordnung erlassen, daß Kinder unter 9 Jahren keine schwere Arbeit verrichten dürfen! 1826 wird der erste Kindergarten durch Fröbel eröffnet. 1833 baut Johann Heinrich Wichern das Rauhe Haus in Hamburg für verwahrloste Jugendliche. 1863 ruft Henri Dunant die Welt zur Gründung des Internationalen Roten Kreuzes auf. 1872 gründet Pastor Friedrich von Bodelschwingh in Bethel die Häuser für Epileptiker, für Trinker und für die Brüder von der Landstraße. Im Beginn unseres Jahrhunderts geht der Arzt Albert Schweitzer zu den Negern nach Afrika und erbaut aus eigener Kraft in Lambarene ein Hospital. Pater Damian widmet sich der Pflege von Leprakranken. Mathilde Wrede kämpft um die Erleichterung der Lebensbedingungen der russischen Strafgefangenen, und Elsa Brandström kämpft um das Los der deutschen Kriegsgefangenen in Rußland. Der Arzt Walter Poppelreuter begründet 1916 die Sonderfürsorge für Hirnverletzte. Toyohiko Kagawa kämpft um das Schicksal der japanischen Arbeiter, der Fischer, Bauern und Armen. Father O'Flanagan errichtet in den Vereinigten Staaten die Jungenstadt „Boys town“ mit Selbstverwaltung für entgleiste Jugendliche. Abbé Pierre führt einen verzweifelten Kampf gegen die Verkommenheit der Pariser Slums.

Immer erleben wir es voll Staunen, wenn wir zu diesem Erlebnis fähig sind, wie Einzelne, Begeisterte in höchster Selbstaufopferung gegen Dummheit, Trägheit der Herzen, Härte und Verstocktheit einen erbitterten und oft aussichtslosen Kampf führen.

Mehr als die Taten aller Generale der Welt wiegen die Taten der Wohltäter der Menschheit, deren Namen in keinem Geschichtsbuch stehen und die von den wenigsten Menschen gekannt werden.

Ich erinnere mich eines unvergeßlichen Besuchs in der Taubstummblindenabteilung im Oberlinhaus zu Neubabelsberg bei Berlin. Dort werden die jungen Menschen erzogen, denen durch ein hartes Schicksal alle wesentlichen Pforten der Wahrnehmung verschlossen wurden. Wir kennen ein solches Schicksal durch die Selbstdarstellung der Taubstummblinden Helen Keller. Das größte Verdienst an der Gestaltung dieser Persönlichkeit hatte zweifellos ihre Lehrerin. Im Oberlinhaus werden seit dem Ende des vorigen Jahrhunderts solche Kinder erzogen. Mit unvorstellbarer Geduld mühen sich die Diakonissen, den Kindern durch das Getast den Sinn für die Welt zu öffnen. Man gibt ihnen Gegenstände in die Hand und morst dann mit einem Fingeralphabet das Wort für den Gegenstand in den Handteller, so daß nach langer Übung eine Beziehung zwischen dem Ding und dem gemorsten Wort in dem Kind entsteht. So werden ihm die Wörter, sogar die Abstraktionen beigebracht. Später bringt man ihnen die Intonation und die Sprache bei und schließlich noch die Beherrschung der Blindenschrift. Es ist ein ergreifendes Erlebnis, diese Kinder heiter und fröhlich miteinander spielen oder sich unterhalten zu sehen. Einige weben, andere häkeln, andere lesen.

Einmal sah ich ein Mädchen am Fenster in der Sonne sitzen, ein anderes Mädchen saß neben ihm. Mit einer Hand tastete es eine Seite der Blindenbibel ab, mit der anderen morste es das Gelesene in die Handfläche der Freundin, die aufmerksam lauschte. Was hier von dem Menschen für den Menschen geschieht, ist echteste Menschenliebe, wahres Opfer, ist das Größte, was ein Mensch für einen anderen tun kann. Solche Dinge geschehen in der Dunkelheit der Anonymität, sie stehen nicht in der Zeitung; sie sind es aber allein, die der Menschheit den Glauben an das Gute schenken und erhalten.

Der Mensch ist träge, abergläubisch und nur schwer gewillt, neue Ideen anzunehmen, die seine Gewohnheit zu durchbrechen drohen. Wären nicht einige beherzte Männer gewesen, wir würden unsere Kinder, wie es der mittelalterliche russische Domostroi vorschreibt, dreimal am Tage prophylaktisch prügeln — was allerdings nicht nur in Rußland, sondern allerorten im Abendland üblich war. Das ganze Schulwesen war jahrhundertelang nichts anderes als ein harter unbarmherziger Drill. Der Lehrstoff wurde auswendig gelernt, Kinder wurden nachts aus dem Bett geholt und mußten, verängstigt und schlaftrunken, das Gelernte auswendig hersagen. Konnten sie es nicht, so wurden sie geprügelt. Unsere Vorfahren mußten schon recht robuste Menschen gewesen sein, daß sie ohne allzugroßen Schaden die Strapazen der Erziehung ertrugen. Das Beste, was man mit solchen Methoden erzielte, war die Aufzucht ausgezeichneter Untertanen.

Einer der ersten Revolutionäre auf dem Gebiet der Pädagogik war Johann Amos Comenius (1592—1670), der eine lebendige und lebensnahe Erziehung, das Eingehen auf die Individualität des Schülers, Verzicht auf drastische Erziehungsmethoden und Prügelstrafen und die Pflege der Muttersprache forderte. Später war es der englische Philosoph John Locke († 1704), der in den „Gedanken über die Erziehung der Kinder" moderne Ansichten äußerte; er fordert Hygiene und Körperpflege, Gymnastik und psychologisches Verständnis. Jean Jacques Rousseau († 1778) veröffentlichte 1762 sein Buch „Emile ou l'éducation", das in einem Siegeszug das Abendland eroberte. Seine Idee war, daß Eltern und Erzieher die Vorbilder der Jugend sein sollten; er lehnte jeden Drill ab, nur anschaulicher Unterricht, ohne Zwang, mit Liebe und Lust, ohne Autorität vermöge ein Geschlecht von freien Menschen zu erzeugen. 1780 schreibt Lessing seine „Erziehung des Menschengeschlechts". 1781 veröffentlicht Heinrich Pestalozzi das Erziehungsbuch „Lienhard und Gertrud" und später „Wie Gertrud ihre Kinder erzog". 1785 fordert Campe eine „Allgemeine Revision des gesamten Schul- und Erziehungswesens". Großartige Pädagogen, Basedow, Salzmann, Guts Muths, Don Bosco fordern Abschaffung der Prügelstrafe, Einführung der Leibesübungen, die freie Entwicklung des Individuums. Wenn unseren Kindern heute entehrende Körperstrafen und Karzer erspart bleiben, wenn ihre Persönlichkeitsentwicklung nicht im Keime durch Drill und blinden Gehorsam erstickt wird, so haben wir das dem Wirken dieser und vieler anderer großer Erneuerer der Pädagogik zu verdanken.

Vergessen wir an dieser Stelle aber auch die großen Eroberer des Gewissens nicht! Jenen unglücklichen Daniel Defoe (1660—1731), dessen Bücher wegen ihres revolutionären Inhalts verboten wurden und der Jahre in Schuldgefängnissen zubringen mußte. Sein „Robinson Crusoe", der 1719 zuerst herauskam, ist für groß und klein heute noch so aktuell wie vor zweieinhalbhundert Jahren. Sein noch größeres Verdienst aber ist es, daß er als erster gegen die Kinderarbeit kämpfte. Was wir nicht mehr wissen, ist, daß damals Kinder von sechs Jahren schon zu den härtesten Arbeiten in der Industrie, in Webereien und sogar in Bergwerken 16 Stunden am Tag herangezogen wurden!

Der amerikanische Philosoph Ralph Waldo Emerson (1803 bis 1882) zeichnet in seinem Buch „Essays on representative men" einen geistigen Menschen von hoher Sittlichkeit, der durch seine Selbstmeisterung und seine schöpferischen Kräfte die Struktur der eigenen Persönlichkeit und des gesellschaftlichen Daseins in einen glücklichen Zustand zu verwandeln vermag.

Robert Owen, der erste realistische Sozialist, arbeitet unermüdlich daran, den Arbeitern zunächst seiner eigenen Fabriken bessere Lebens- und Arbeitsbedingungen zu schaffen. Er kämpft um Verkürzung der Arbeitszeit, um bessere Löhne, bessere Wohnungen, Nichtbeschäftigung von Kindern unter 10 Jahren, bessere Hygiene, Schulunterricht und Errichtung von Genossenschaften. Sein Buch „A new view of society, or essays on the principle of the formation of human character and the application of the principle to practice", das 1812 herauskommt, enthält Forderungen, die auch heute noch durchaus nicht überall für die Arbeiter erfüllt sind.

Harriet Beecher Stowe (1812—1886), eine Pastorenfrau, schreibt unter dem Eindruck, den sie auf ihren Reisen durch den Süden vom Dasein der Negersklaven gewonnen hatte, wie unter einem Zwang das Buch „Onkel Toms Hütte". Sie sagt selbst: „Gott hat es durch mich geschrieben." Dieses Buch wird zum Gewissen der Welt. Nicht zuletzt durch ihren Einfluß kommt es zur Abschaffung der Sklaverei in den Vereinigten Staaten.

Charles Dickens (1812—1870) zeigt der satten und reichen Gesellschaft in ergreifenden Romanen (David Copperfield, Oliver Twist u. a.) das Dasein des armen Menschen und erweckt das Gewissen.

Fedor Dostojewski (1821—1881), der Liebende, der Verzeihende und Mitleidende, erschüttert den Leser und läßt ihn alle seelischen Leiden und die ganze soziale Misere miterleben. Selbst der Kaiser Alexander II. weint bei der Lektüre der „Memoiren aus einem Totenhaus", in denen Dostojewski seine Zuchthausjahre in Sibirien beschreibt. In „Raskolnikow" schildert er anschaulich den Seelenzustand eines Mörders bei der Konzeption, bei der Ausführung der Tat und nach der Tat. Auch im „Idioten" und in den „Brüdern Karamasow" beschreibt er die psychologische Situation eines Mordes; mit sensibilisiertem Wissen bezieht er nicht nur die beteiligten Menschen, sondern auch das Milieu, die Dinge, das Klima und die Jahreszeit als Mitwirkende in das Geschehen ein.

1889 kämpft eine edle Frau, Berta von Suttner, um den Frieden in der Welt mit ihrem Buch „Die Waffen nieder!"

1882 kommt das Stück „Die Weber" von Gerhard Hauptmann auf die Bühne, in dem er in drastischer Offenheit die menschenunwürdigen Lebens- und Arbeitszustände der schlesischen Weber schildert. Es gibt fast einen Skandal, aber das Gewissen der Satten wird aufgerüttelt. Ein solches Stück ist kein Gesprächsthema für die feinen Salons, es beschämt den Reichen, der von der Not und dem Elend seiner Mitbrüder nichts wissen will und sich dafür nicht verantwortlich fühlt.

1887 wagt es der französische Schriftsteller Emile Zola, angesichts des erregenden und beschämenden Justizskandals an dem jüdischen Offizier Dreyfus seinen glühenden Aufruf: „J'accuse" (Ich klage an) zu veröffentlichen, der wesentlich dazu beiträgt, daß das Urteil gegen den Unschuldigen revidiert wird.

Das sind nur wenige, einzelne, die das Gewissen der Welt darstellen, weil sie selbst ein sensibilisiertes Gewissen haben. Ihrem Mut und ihrer Opferbereitschaft haben wir es zu danken, daß die Idee der Menschlichkeit nicht verloren geht, daß sie trotz aller Diktaturen und Totalitarismen immer wieder zu neuem Leben erwacht, bis schließlich, vielleicht, die Menschheit für die Ideen eines Konfutse, eines Buddha, eines Christus reif wird und die Bilder, die ein Thomas Morus oder Shelley von der idealen Gesellschaft, von dem guten Menschen und von einem freudvollen und glücklichen Dasein zeichnen, für alle Wirklichkeit werden.

Wenn unser Dasein bis in die fernste Vergangenheit hinein durch unsichtbare und uns nicht mehr bewußte Fäden verknüpft ist, so verbindet die Person, die Familie, die Gesellschaft der Gegenwart ein ebenso unsichtbares Band mit der Zukunft. Das ist das Mysterium unseres Daseins. Der Inder nennt es Karma — das, was aus der Vergangenheit her unser Schicksal prägt, und das, was wir durch unser Sein, Tun und die Gesinnung in die Gegenwart und Zukunft bewirken.

Zwar hat unsere Technik durch das Flugwesen, durch Rundfunk und Fernsehen längst alle staatlichen, nationalen und sprachlichen Grenzen zerrissen, doch bestehen allenthalben noch Staatsgrenzen, eiserne und andere Vorhänge, Zollgrenzen und die noch stärkeren Grenzen, welche Menschengruppen politischer, religiöser, nationaler oder rassischer Unterschiede gegeneinander errichten. Auf einem anderen Gebiete aber, dem des Handels, besteht eine von niemand von uns realisierte geheime Bruderschaft der Menschen.

Wenn wir auf den Markt gehen, um den Bedarf für unsere tägliche Ernährung zu besorgen, begegnen wir Kartoffeln aus Italien,

Tomaten und Erdbeeren aus Bulgarien, Frankreich, Italien, Jugoslavien, Gefrierfleisch aus Kanada, Gewürzen aus Indien, Tee aus China oder Indien, Kaffee aus Süd- oder Mittelamerika, Apfelsinen aus Jaffa oder Spanien, Bananen aus Afrika. Auf unserem Eßtisch geben sich Früchte, Gemüse, Gewürze, Milchprodukte und tierische Eiweiße und Fette aus der ganzen Welt ein friedliches Stelldichein. Wir nehmen das alles gedankenlos hin.

Haben wir jemals in einer kurzen Besinnung darüber nachgedacht, wie vieler sorgender Hände es bedurfte, ehe diese Dinge in unsere Behausung gelangten, wieviele Schicksale mit diesen Dingen verknüpft sind, wieviele Menschen ihre Arbeit und ihr Brot durch die Erzeugung, die Pflege, den Transport, den Verkauf dieser Dinge erhalten?

Irgendwo in Italien, in Bulgarien, in Jugoslawien wird der vor Jahrhunderten als Zierpflanze aus Amerika herübergebrachte Liebesapfel, die Tomate, gezüchtet, gepflanzt, begossen, gehackt, gepflegt, bis sie, trotz aller Witterungsunbilden, Ungeziefer, Trockenheit, Stürme, Hagel, gedeiht und reif wird. Der Bauer mit seiner Familie und den Knechten pflückt die besten Früchte behutsam ab. Sie werden in Kisten, die ein industrielles Unternehmen anfertigt, verpackt. In Karren werden sie zu Sammelstellen gebracht, dort auf Lastwagen zur Eisenbahn oder auf Schiffe transportiert. Großeinkäufer bringen die Frucht in kleinere Orte und Marktplätze, von dort gelangt sie zum Einzelverkäufer, der sie schließlich an den Verbraucher abgibt.

In der Phantasie sehen wir Hände und Hände, die vom Keim bis zur reifen Frucht und weiter auf ihrem Weg zum letzten Verbraucher sich sorgend und behutsam um sie kümmern. Einer reicht sie dem andern weiter. Wir wissen absolut nichts von diesen uns fremden Menschen, aber fällt einer von ihnen aus — schon wird der Weg gestört, und die Frucht kommt nicht oder verdorben und ungenießbar an. Ein Streik, eine Revolution, eine Epidemie, eine Naturkatastrophe, ein regionaler Krieg unterbinden das Gedeihen oder den Transport, und wir werden gewahr, daß dieses oder jenes Erzeugnis nicht mehr zu haben ist.

Während die Politiker der Welt sich miteinander nicht verständigen können und einander mit Mißtrauen begegnen, besteht auf der unteren Ebene der Völker und Rassen eine geheime, nicht auszumerzende Bruderschaft der gegenseitigen Hilfe, die wunderbar und verheißungsvoll ist.

Der Romantiker Clemens Brentano (1778—1842) drückt dieses

Mysterium der allumfassenden Begegnung mit folgenden tröstlichen Worten aus:

Sprich aus der Ferne,
heimliche Welt,
die sich so gerne
zu mir gesellt! . . . . . .

Alles ist freundlich wohlwollend verbunden,
bietet sich tröstend und trauernd die Hand,
sind durch die Nächte die Lichter gewunden
alles ist ewig im Innern verwandt.

Sprich aus der Ferne,
heimliche Welt,
die sich so gerne
zu mir gesellt!

BEGEGNUNG MIT DEM SCHICKSAL

Der religiöse Mensch lebt im Schicksal. Er empfindet sich als Beauftragter, als Sendling Gottes, und er weiß, daß er nur in beschränktem Maße Herr über sein Leben ist. Er kann bis zu einem gewissen Grade sein äußeres Leben prägen, er kann seine Beziehungen zu den Mitmenschen gestalten, obwohl diese Gestaltung bereits ungezählten durch ihn nicht zu bestimmenden Umständen unterworfen ist. Was er allein zu bewirken vermag und was die wirkliche Sendung meint, ist: sich selbst innerlich zu gestalten. Aber auch dort stehen gewisse vorgebildete Faktoren — Erbmasse, Konstitution, Temperament, Intelligenz, die Wirkungen des Milieus und der Weltanschauung seines Milieus, der Zeitgeist — formend, bestimmend oder hindernd ihm im Wege.

Der Bischof Sergius von Prag (1881—1952) sagt: „Kraft seiner Sendung auf der Erde hat jeder Mensch einen bestimmten, von ihm allein ausgeübten Einfluß auf seine Umgebung und somit auch im gewissen Sinne auf das Weltgeschehen."

So gibt es in der Gestaltung und in der Bewältigung des Schicksals verschiedene Stufen der Bewältigungsfähigkeit, die sich von außen nach innen hin steigert, dann aber von innen nach außen zurückstrahlt. Der wahrhaft religiöse Mensch weiß um das Geheimnis dieser Stufung und müht sich darum, den Pfad nach innen zuerst zu beschreiten, um dann von dort nach außen vorzudringen, um auch, soweit es in seiner Gestaltungskraft liegt, das Außen zu formen. So sagt Bischof Sergii: „Der Mensch ist für die Freude und das Glück geschaffen worden, und nur durch tägliche Übungen der Selbstüberwindung vermag er zur Freude und zu einem Zustand zu gelangen, aus dem er Freude und Licht für seine Umgebung und für die Welt ausstrahlt. Gelingt ihm das, so strahlt er von innen her ein Licht aus, das auf alle Kreatur, ja sogar auf die kleinsten Dinge um ihn her fällt, und alle Dinge werden durch dieses Licht verschönt . . . Gelangen wir zu diesem inneren Leuchten, so verändert sich manches in unserer Umgebung, sogar die Menschen erscheinen anders, gütiger und gelassener!"

Es ist erstaunlich, mit welcher Demut und welchem beispielhaften Gleichmut der östliche, religiös gebundene Mensch dem Schicksal entgegentritt. Wie oft erlebte ich russische Bauern, denen das Haus und alle Habe abgebrannt waren, denen ein lieber Mensch gestorben war; zu dem Schmerz des Verlustes gesellte sich sogleich die demütige Hingabe an den Willen Gottes. „Bog dal, Bog wsjal" heißt es dann (Gott hat es gegeben, Gott hat es genommen). Der Schmerz durch das Erlebte wird nicht geringer, aber er wird gemildert durch das Sich-Fügen in einen höheren Willen. Man lehnt sich nicht dagegen auf, man protestiert nicht, man hadert nicht, und man sagt auch nicht wie so oft bei uns: „Wenn Gott das zulassen kann, dann ist er grausam, oder dann gibt es ihn nicht, es ist ein blindes Schicksal!"

Die technisierte Gesellschaft des Abendlandes entfernt sich vorläufig noch, im Rausch über die Macht des Menschen und seine wunderbaren Erfindungen, von Gott. In dem Maße, wie sie gottferner wird, verliert sie den Sinn und den Begriff für das Schicksal. Tatsächlich sieht es so aus, als ob das Schicksal im Erfolge der sozialen Sicherungen weitestgehend zu eliminieren wäre. Das Leben jedes Erdenbürgers wird heute von ungezählten staatlichen und gesellschaftlichen Instanzen gesichert. Das Gesundheitsamt bekämpft durch Fürsorge, durch Impfungen, durch Belehrungen, durch Hygiene die Säuglingssterblichkeit. Durch die Fortschritte der Medizin werden todbringende Seuchen ausgerottet, werden Krankheiten, die früher als unheilbar galten, geheilt. Der Jedermann hat große Chancen alt zu werden, auch das Alter erhöht sich fast von Jahr zu Jahr durch gesündere Lebensweise und durch Chemikalien, die die Kraft des Herzens, die Elastizität der Gefäße und die Kraft der Zellen steigern.

In der Industrie und dem Straßenverkehr werden alle erdenklichen Vorrichtungen getroffen, um Unfällen vorzubeugen, und dennoch fallen heute den Unfällen so viele Menschen zum Opfer wie früher den Seuchen. Man realisiert es nur nicht, weil die Seuchen durch ihre gleichzeitige Massierung imponieren, die ungezählten Unfälle aber sich in aller Anonymität abspielen.

Das Dasein des Menschen wird auch wirtschaftlich durch Renten gesichert. Wer arbeitslos ist, erhält Arbeitslosenunterstützung. Erkrankt einer und wird arbeitsunfähig, so bekommt er Rente. Die Alten erhalten Invalidenrenten, die Kriegsbeschädigten Kriegsrenten. Die Witwen von Versicherten erhalten Renten. Es gibt kaum noch Individuen in der abendländischen Welt, die einer Lebensentsicherung preisgegeben wären. Es ist also kaum noch möglich, daß einer, der nicht verwahrlost ist, auf der Straße vor Hunger tot umfällt. Die alten Menschen werden, wenn sie sich selbst nicht mehr helfen können, in Heimen untergebracht. Es sieht tatsächlich so aus, als ob es dem technisierten Menschen gelungen wäre, durch das Maschennetz des Schicksals hindurchzuschlüpfen. Jedenfalls glaubt er es solange, bis das Schicksal mit seinen unerbittlichen Zeichen an seine Tür klopft. Da er es in seinem Leben nicht mehr anerkennt, steht er ihm völlig hilflos und preisgegeben gegenüber. Der moderne Mensch glaubt wirklich, daß sein Dasein berechenbar sei. Schicksal: daß ihm etwas geschickt wird von außerhalb seines Willens- und Berechnungsbereichs her, befremdet ihn, macht ihn stutzig und unsicher, weil er weder mit metaphysischen noch mit irrationalen Mächten zu rechnen gewöhnt ist. In seinem Innern ist keine Entsprechung mehr zu diesen Dingen, weil er nicht mehr bereit ist, sie als unsichtbare, latent vorhandene Realitäten seines Daseins zu betrachten.

Ja, er ersetzt den Begriff Schicksal mit einem nicht minder alten und weisen Begriff: Zufall — den er ebenso bis zur Unkenntlichkeit banalisiert hat wie den des Schicksals. Meint doch auch dieses Wort, daß etwas aus dem Irrationalen, aus dem Unberechenbaren auf uns zufällt, das uns Auftrag zum Bewältigen ist, das uns Weisung zur Metanoia, zum Umdenken, zur Umkehr bedeutet!

Werner Wagner sagt in seinem Buch „Die Exekution des Typus": „Mögen die Umstände sein, wie sie wollen, mag der eine das Glück haben, in einer durchsonnten Epoche aufzuwachsen, der andere dagegen gezwungen sein, unter extremen Verhältnissen zu leben, der Mensch ist berufen, die Verhältnisse zu ändern. Nicht selten tut er das zu seinem Nachteil. Zu seinem Heil aber ändert er sie nur, indem er sie zu meistern versteht. Dies versucht er, indem er Techniken entwickelt." — Das ist aber nur der eine Weg, den der moderne Mensch geht, der schließlich der Technik als ultima ratio verfällt. Der andere ist der des Religiösen, der in seiner Bindung an Gott, an die kosmischen Kräfte die Technik selbstverständlich in sein Dasein hereinnimmt, sie jedoch nur als untergeordneten Behelf zur Lebensmeisterung und -bereicherung auffaßt, dem Schicksal aber den dominanten Platz in seinem Leben einräumt. „Während nun der alte Mensch, den Zeitläufen sowie den Wetterstürzen der Epidemien ausgesetzt, religiöse Techniken entwickelt hat, die es ihm ermöglichten, den Verhältnissen mit Gelassenheit zu begegnen, verlangt es den modernen Menschen danach, das, was ihn beunruhigend stört, wissenschaftlich aufs Korn zu nehmen", meint Wagner.

Nun hat der moderne Mensch zwar in der technischen Lebensbewältigung Ungeheures geleistet, doch geht es ihm unentwegt wie dem Zauberlehrling, der schließlich zum Opfer der von ihm erzeugten Wunder wird, weil er als Lehrling weder innere Reife noch Überlegenheit besitzt. Es mutet wie eine Rache des Irrationalen an, daß im Zeitalter der sozialen Sicherung die Menschheit, immer über das Ziel hinausschießend, die vernichtendsten Kriege entfacht und damit die Wunder der Technik immer wieder in den Dienst der Vernichtung und des Todes stellt. Demgegenüber erscheinen alle Sicherungsbestrebungen für den Menschen als geringfügig.

Obwohl der Mensch eine verringerte Beziehung zum Schicksal hat, hat das Schicksal selten so gewaltig und gewaltsam in sein Leben eingegriffen. Fast im ganzen Erdraum gibt es heute kaum mehr Individuen, die nicht infolge von menschenvernichtenden Diktaturen oder Kriegsereignissen unter erniedrigendsten Umständen in Gefängnissen, Konzentrationslagern, Gefangenenlagern geschmachtet hätten und körperlich oder seelisch gefoltert und gequält worden wären. Wieviele sind ohne ehrlichen Kampf, auf heimtückische Weise, in Massen mit allen erdenklichen Methoden der Technik kaltblütig, wie man heute noch Tiere zu Ernährungszwecken tötet, vernichtet worden. Wieviele Millionen sind aus ihrer Heimat vertrieben worden!

Für den säkularisierten Menschen bedeutet Schicksal immer Unglück, ein „zufälliges", ein banalisiertes Unglück, ohne rechten Sinn und echten Zusammenhang mit dem eigenen Dasein. Man verbittert oder man stumpft ab, man reift aber aus solcher Gesinnung nicht an dem Erlebten. Es wird als wesensfremd und nicht als zu einem gehörig empfunden. Der technisierte Mensch von heute erlebt sich als Individualität, als etwas Einmaliges und sehr Wichtiges, er ist aber nicht gewillt, aus seinem endothymen Grund heraus dem anderen, dem Nachbar, dem Nachbarvolk dieselbe Wichtigkeit beizumessen wie sich selbst. So bleibt er im Erlebnis- und Bewußtseinsbereich ohne echten Zusammenhang mit den Menschen seiner Nähe und Ferne, mit den ihm Begegnenden, mit den Kreaturen, mit den Dingen, mit der Witterung und dem Klima, mit den Planeten seines Sonnensystems, mit dem Kosmos. Er ist gewohnt, an Ordnungen, an Gesetzmäßigkeiten, an physikalische und mathematische Regeln zu glauben. Er lehnt jedes Wunder als außerhalb des Ordnungsbereichs stehend ab, solange als diese Wunder nicht durch neue Erfindungen handgreiflich werden. Aber in seinem eigenen Daseinsbereich ist er nicht gewillt, eine für ihn zwar unsichtbare Ordnung und einen ebenso unsichtbaren Zusammenhang zwischen sich, seiner Umgebung, den Zeitströmungen und den kosmischen Einwirkungen zu begreifen oder zu erfühlen.

Der abendländische Jedermann kommt auch so gut wie nie dazu, diesen unsichtbaren und scheinbar irrationalen Zusammenhang zu bemerken. Anders ergeht es dem Schriftsteller, der einen Roman oder ein Theaterstück schreibt. Würde er die Geschehnisse, wie der Jedermann sie erlebt, aneinanderreihen, so würde daraus bestenfalls ein Schreibbrei entstehen. Niemand würde das schriftstellerische Erzeugnis verstehen. James Joyce hat in seinem vieldiskutierten Roman „Ulysses" einen solchen Versuch unternommen. Er hat auf mehr als tausend Seiten beschrieben, was bewußt und noch mehr unterbewußt in einem Mensch an einem Tage vorgeht, wie es in ihm denkt, wie Gedankenfetzen ihn anspringen, wie Bilder aus der Tiefe auftauchen, Assoziationen sich bilden und wieder verschwinden. Es ist ein quälendes Konglomerat von unzusammenhängenden und oft sinnlos erscheinenden Dingen. Aber eigentlich spiegelt es den modernen Menschen recht plastisch wieder — die Unordnung der in ihm wirkenden Faktoren, die von keinem Willen zur Regelung und Beherrschung und Klärung geordnet wird.

Der Schriftsteller, der schöpferisch ein Menschenschicksal gestaltet oder in einer Biographie rekonstruiert, kann sich nicht auf das Individuum allein beschränken, er baut aus den Mosaiksteinchen seiner Konstitution, seines Temperaments, seiner Intelligenz, des Milieus, der Landschaft, des Klimas, der Begegnungen, der Charaktere der ihn umgebenden und ihm begegnenden Menschen einen ineinander verwobenen geschichtlichen Ablauf, der dem Leser organisch und folgerichtig erscheint. Er schildert eben nicht nur ein Rädchen, sondern eine ganze Maschinerie mit ihrem komplizierten System, das nur dann gut funktioniert, wenn wirklich alle Rädchen ineinander passen.

Die Begegnungen, die Spannungen, die Sympathien und die Antipathien erscheinen uns dann kausal zusammenhängend und folgerichtig. Das Ganze wird zu einem Schicksal. Die Übersehbarkeit des Schicksals erfolgt aber immer erst am Ende einer Geschichte oder eines Abschnitts. Im aktuellen Augenblick eines Schicksalseinbruchs vermag man aus einer besonderen Gesinnung heraus manchmal „ja" dazu zu sagen; begreifen und übersehen kann man es fast nie. Blickt man aber als alter Mensch auf seine Lebensgeschichte zurück, so sieht man, wie die vom Menschen selbst und die vom Schicksal erzeugten Dinge sich zu einem sinnvollen Mosaikbild ordnen. Dann sind die affektiven Ausbrüche, die mit dem Schicksalseinbruch verbunden waren, längst abgeklungen, das flüssige Lava ist zu einer Form erstarrt, und wir begreifen in dem bunten auf und ab des Lebens, zu welchem Anteil wir selbst Meister unseres Schicksals waren und zu welchem Anteil das Schicksal mit uns Ball gespielt hat.

Hier macht wiederum die altchinesische Psychologie die Gewichte und Verhältnisse zwischen Person und Schicksal deutlich. Der schwache Mensch ist infolge seiner geringen Urteilskraft und seiner mangelhaften Willensbildung ganz dem Schicksal preisgegeben, er wird von ihm hin- und hergerissen und schließlich vernichtet. Der begabte Mensch ist, sofern er Intelligenz, Willen und Gestaltungskraft besitzt, zu einem gewissen Teil Meister seines Schicksals, er vermag sich ihm auch vernünftig einzuordnen und vernünftig darauf zu reagieren. Der weise Mensch, der nahezu vollendete, der selbstverwirklichte aber steht, soweit es in diesem Dasein möglich ist, jenseits des Schicksals. Er nimmt es bewußt, wie es auch auftreten mag, in sein Dasein auf, er sagt ein volles Ja dazu und beugt sich ihm, ohne zu zerbrechen. Er hat die Fähigkeit, sich sozusagen im aktuellen Geschehen bereits historisch zu sehen. Außerdem mißt er seiner Person die ihr gebührende Bedeutung zu, er sieht sich als ein winziges Körnchen, das er ist, in dem unendlichen Kosmos und dramatisiert nicht das schicksalhafte Erlebnis. Lao Tse spricht es in einem prägnanten Satz aus: „Der Grund, warum ich große Übel erfahre, ist, daß ich ein Ich habe. Wenn ich kein Ich habe, welches Übel gibt es dann noch?!“

Ein objektiver, gelassener Mensch vermag zu beobachten, daß in seinem Dasein, jenseits der grob wahrnehmbaren Ereignisse, oft flüchtige Begegnungen, Begebenheiten geschehen, die, zunächst undeutlich, Zusammenhänge aufzeigen, die wir, während wir sie erleben, nicht zu deuten vermögen. Mögen es Träume sein, oder plötzlich und unvermittelt auftauchende Ideenassoziationen, oder Erinnerungen an einen Menschen, der uns schon lange aus dem Gedächtnis entschwunden war, immer sind es rational nicht zu deutende Zeichen. Ein Erlebnis etwa, wie das folgende ist sicherlich fast jedem schon zuteil geworden: Man geht auf einer Straße und begegnet einem Bekannten, auf den man gerade zugehen will, als man gewahr wird, daß es ein ganz fremder Mensch ist. Wenige Minuten später trifft man den Bekannten wirklich. Oder man ahnt, daß man einen Brief oder sonst eine Nachricht erhalten wird. Von Erlebnissen und Ahnungen bei Todesfällen von lieben und verwandten Personen gibt es aus allen Zeiten ungezählte Zeugnisse.

Aber es gibt auch seltsame Erlebnisse, die man als Zufall bagatellisieren oder bei denen man besondere Zusammenhänge suchen mag. So erlebten wir kürzlich eine solche Summierung von Begegnungen, die in eine bestimmte Richtung wiesen. Wir kannten einen Menschen, der unsere Freundschaft und unser Vertrauen durch Diebstahl und Lügereien mißbraucht hatte und zu dem wir die Beziehungen infolgedessen abgebrochen hatten. Eines Tages trafen wir seine frühere Braut, die er auch geschädigt hatte, und sprachen über ihn. Am nächsten Tag fügte es der „Zufall", daß er mich anrief und um eine Unterredung bat, der er aber später nicht nachkommen konnte. Zwei Tage darauf erschien völlig überraschend sein früherer Freund bei uns. Diese Koppelung der Begegnungen war so seltsam, daß man unwillkürlich an ein Komplott hätte denken müssen, wenn ich nicht genau gewußt hätte, daß diese drei Personen tatsächlich keine Beziehung mehr zueinander hatten. Dieses Erlebnis, wie so viele, an denen wir meist achtlos vorübergehen, mag uns lediglich ein Zeichen dafür sein, wie verzahnt die schicksalhaften Beziehungen unter den Menschen sind.

Es gibt eine religiöse Bewegung, die aus solchen Erlebnissen Nutzen zu ziehen weiß; das ist die „Moralische Aufrüstung". Ihr Begründer Frank Buchman sieht in allen uns einfallenden Ideen oder Ideenassoziationen eine metaphysische Sendung und einen Auftrag. Er empfiehlt, diese flüchtigen Gedanken zu notieren. Es seien oft Weisungen, irgendeinem Mensch zu helfen, ihm beizustehen, für ihn zu beten. Aus solcher Einstellung werden auch die flüchtigsten Erlebnisse vertieft und gewinnen an Bedeutung, die Welt wird größer und weiter und alle Begegnungen sinnvoller.

Gleiches spricht der Bischof Sergii aus: „Wir glauben für gewöhnlich, daß unsere Begegnungen mit Menschen zufällig seien. In Wirklichkeit aber ist es Gott, der uns neben und zueinander in der Familie, in der Gesellschaft stellt, damit wir aneinander besser werden und uns innerlich bereichern. Gott spricht zum Menschen: »Hier hast du eine Aufgabe. Ich bringe dich mit dem oder jenem Menschen in Berührung. In deinem Herzen ist eine Gabe, mit der ich dich beschenkt habe, entwickle sie, öffne dein Herz, laß sie erblühen!« Jeder Mensch ist einmalig und unwiederholbar, wenn er also seine geistigen Gaben nicht entwickelt, so bedeutet es den geistigen Tod, ein Schwinden von Gottes Licht aus diesem besonderen Bereich der Person und aus ihrem ihr vorgeschriebenen Wirkungskreis."

Der Christ steht anders zum Schicksal als der säkularisierte Mensch. Jener sucht den Bereich des Schicksals durch zunehmende Lebenssicherung einzuengen und glaubt wahrhaftig, sich ihm dadurch entziehen zu können! Der Christ dagegen steht bewußt im Schicksal, er ordnet sich ihm als einem Auftrag Gottes unter, sei es, daß er es als eine Frage begreift, oder daß er es als eine Sühne für begangenes Unrecht, oder als hinzunehmende Strafe, oder auch als Prüfung der Festigkeit seines Glaubens und seines Charakters erlebt.

Immer sagt der Gläubige, je nach der Kraft seines Glaubens, „ja" zu dem, was ihm zum Tragen auferlegt wird, auch dann, wenn er seinen Sinn nicht recht begreift oder als Unschuldiger Unrecht, Verleumdung und Bedrängnis erleiden muß. Er hadert nicht mit Gott, weil er weiß, daß das Leben nicht nur aus sichtbaren und erklärbaren Kausalitäten besteht, sondern daß vieles sich unbegreifbar und hintergründig abspielt.

Er weiß noch mehr, er weiß, daß der religiöse Mensch „unterwegs" ist, daß er ein Bote Gottes ist, der auf Wanderschaft geschickt wird, daß er vom Winde des Schicksals hin- und hergeweht wird und daß es allein auf die „Bewährung des Herzens" ankommt. Der säkularisierte Mensch und die säkularisierte Tiefenpsychologie prägen das Bild vom Menschen als einem Baum und sprechen von „Verwurzelung" und „Entwurzelung", einem sehr vielsagenden Begriff, mit dem gemeint ist, daß ein Mensch an einem Ort, in einer Stadt, Dorf oder Landschaft seine Wurzeln in den Boden versenkt. Es ist natürlich, daß er zerreißt oder zerbricht, wenn er gewaltsam aus dem heimatlichen Milieu herausgerissen wird. Das Herausgerissenwerden wird vom säkularisierten Menschen als Unglück erlebt, als Zusammenbruch des Besitzes, der ersessenen Dinge, der traditionellen Bindungen, auf die er Anspruch zu haben glaubt. Der Gläubige erlebt dieselben Dinge als Auftrag und begibt sich auf weitere Wanderschaft, wissend um die Vergänglichkeit aller Dinge dieser Welt, auch des Besitzes.

So läßt Martin Buber den Rabbi von Kobryn sagen: „Wenn der Mensch leidet, soll er nicht sagen: »Es ist schlimm, es ist schlimm!« — nichts ist schlimm, was Gott dem Menschen tut. Aber man darf sagen: »Es ist bitter!« — denn es gibt bittre Gifte unter den Arzneien!"

Während der säkularisierte Mensch sein Herz an die Dinge dieser Welt hängt und die Wurzeln seiner Seele tief in Besitz, in Geltung, in Eitelkeit, in Ruhm, in Leistung hineinwachsen läßt, besitzt der wahrhaft Gläubige dieselben Dinge, als ob er sie nicht besäße; er weiß sich als ihr Pfleger und Verwalter, er ist aber bei aller Fürsorge und Liebe zu den Dingen bereit, ohne Schmerz sich von ihnen zu lösen.

Stellen doch alle Religionen der Welt die Armut und die Besitzlosigkeit sowie die Askese über Besitz und Reichtum. Bezeichnend ist der Ausspruch Christi in Hinblick auf den reichen Jüngling, den sein Besitz hinderte, ihm nachzufolgen, daß ein Kamel eher durch ein Nadelöhr hindurchzugehen vermag, als ein Reicher ins Himmelreich komme.

Eine der großartigsten Geschichten der unerschütterlichen Festigkeit im Glauben erzählt uns die Bibel im Buche Hiob. „Es war ein Mann im Lande Uz, der hieß Hiob, derselbe war schlecht und recht, gottesfürchtig und meidete das Böse . . ." Er war ein Mächtiger, ein Magnat, und lebte gottesfürchtig und gerecht und verwaltete seine Güter. Und plötzlich brach das Schicksal über ihn herein, seine Kinder kommen um, sein Vieh wird geraubt oder stirbt dahin. Er verliert alles in wenigen Stunden, und er fällt zu Boden und sagt: „Ich bin nackt von meiner Mutter Leibe kommen, nackt werde ich wieder dahinfahren. Der Name des Herrn sei gelobt!"

Ebenso gewaltig sind die Worte Christi im Garten Gethsemane im Wissen um alle kommende Erniedrigung, Schmach, Schmerz und Tod. „Mein Vater, ist's möglich, so gehe dieser Kelch von mir, doch nicht wie ich will, sondern wie Du willst!" Wieviele Millionen gingen seither und auch vorher diesen Weg, geduldig, willig und oft freudig. Die ganze Geschichte des frühen Christentums mit den unvorstellbaren Verfolgungen und Folterungen ist die Geschichte einer bedingungslosen Hingabe an Gott und einer frohen Bereitschaft, für ihn zu leben und zu sterben. Wenn wir die zeitgenössischen Berichte, von denen zahlreiche erhalten sind, lesen, fällt uns auf, mit welcher Freude, Beglückung und Hingabe die frühen Christen — Männer, Frauen und Kinder — auf die Scheiterhaufen stiegen oder sich vor die reißenden und hungrigen Tiere stellten. Diese Haltung war es am meisten, die der christlichen Lehre zum Siege über die Völker der Antike verhalf.

Von den Quäkern wird erzählt, daß sie in der Zeit der Verfolgung, während sie auf den Plätzen und Straßen ihre Versammlungen abhielten, in Mengen verhaftet wurden. Aber die unmündigen Kinder der Verhafteten stellten sich dann zu stillen Andachten auf die Straßen und wurden wiederum verhaftet und eingekerkert. Tausende starben damals in Gefängnislöchern, betend für ihre Peiniger und ohne ein Wort des Hasses oder der Verzweiflung.

J. E. Esslemont berichtet über das Martyrium der Anhänger des Mirzá Ali Muhammad, der als Prophet unter dem Namen Bab am 5. Juli 1850 mit seinem Jünger Aqa Muhammad Ali hingerichtet wurde: „Diese schreckliche Einkerkerung dauerte vier Monate. Aber Baha'u'llah (ein Schüler Babs und der Fortsetzer seiner Lehre) und seine Gefährten blieben eifrig und voll Begeisterung in größtem Glück. Beinahe jeden Tag wurden einer oder mehrere der Ihren gefoltert oder hingerichtet, und die anderen hielten sich vor Augen, daß die Reihe als nächste an sie kommen würde. Wenn die Henkersknechte kamen, um einen der Freunde zu holen, sprang der, dessen Name aufgerufen wurde, buchstäblich vor Freude auf, küßte die Hände von Baha'u'lla, umarmte die übrigen seiner Mitgläubigen und eilte mit froher Erwartung zum Orte des Martyriums."

An solchen Beispielen erleben wir die völlige Überwindung des Schicksals. Der Mensch steht so vollständig und bedingungslos in Gottes Hand, daß sogar die größten Erniedrigungen, Quälereien und Tod ihm nichts mehr anhaben können!

Ramakrishna sagt dazu: „Die Magnetnadel zeigt immer nach Norden, in welche Richtung das Schiff auch segelt; darum verliert das Schiff nie seine Richtung. Ist das Innere des Menschen immer auf Gott gerichtet, steuert er frei von jeder Gefahr."

Die Weltanschauung des Menschen prägt seine Einstellung zum Schicksal. Während der säkularisierte Mensch, der sonst an alle Gesetzmäßigkeiten in der Natur glaubt, weil er es so in der Physik gelernt hat, aus dem Schicksal herausfällt und ihm die Eigenschaft des Akzidentellen, des Zufälligen beimißt, betrachtet der Chinese, der keinen persönlichen Gott kennt, sich selbst als Schöpfer seines Schicksals. Er sieht die Welt als einen Spannungszustand zwischen Himmel und Erde an; auch der Mensch ist zwischen diese beiden Kraftfelder eingespannt, sein Körper mit den Trieben ist den Erdkräften verhaftet, sein Geist strebt nach dem Ausgleich, nach der Harmonie. Herrscht der Geist über die Triebe, so ist der Mensch mit den kosmischen Kräften, mit den Kreaturen und mit sich selbst in Einklang, er ist auch weitgehend Herr seines Schicksals. Ist sein inneres Gleichgewicht gestört, so wird auch seine Umgebung, so wird sogar die Harmonie der Welt durch ihn gestört.

Der Mensch wird als ein Mikrokosmos im Makrokosmos angesehen, als ein verkleinertes Bild der großen Welt, als ein kleiner schöpferischer Gott. Stört er, diese schöpferische Einheit, die Harmonie durch seine Triebhaftigkeit, seinen Jähzorn, seinen Neid, Haß, Agressionen, Unlust, Verstimmtheit, Unfreundlichkeit, Mißgunst, Habsucht, so stört er das Schicksal von Nächsten und Fernen; er stört, soweit sein Wirkungskreis reicht, seine Umgebung, er dringt gewaltsam in ihr Schicksal ein, und alle diese Eigenschaften, die er aus sich heraussendet, fallen wie ein Bumerang auf ihn zurück. So ist es der Sinn des Daseins, sich verantwortlich zu wissen am eigenen Schicksal und an dem seiner Mitkreaturen, mit einem Wort: verantwortlich zu leben.

Der Inder, ob Hindu oder Buddhist, sieht das Schicksal aus einem ganz anderen Aspekt an als wir. Er glaubt an die Seelenwanderung. Das derzeitige Leben ist nur ein winziger, zeitlich begrenzter, aktueller Ausschnitt aus ungezählten, ihre Form und Struktur verändernden Daseinsabwicklungen. Wie aus einer blattfressenden, kriechenden Raupe ein ruhender Kokon und schließlich ein buntschillernder, ätherischer Schmetterling wird, so kleidet sich die gleiche Seele auf ihren Wanderungen und Entwicklungen durch die Welten in immer neue stoffliche Kleider. Es mag mit den einzelligen Lebewesen beginnen, es geht über die Insekten, die Tier- und Vogelwelt schließlich bis zur Inkarnation im Menschen. Und hier, wie in der altchinesischen Psychologie, ist es zuerst der „schwache Mensch“, der in immer neuen Inkarnationen sich zum begabten und schließlich zum Heiligen, zum Weisen, zum Selbstverwirklichten, zum Vollkommenen entwickelt. Der Inder weiß, daß es dem Menschen nicht gegeben ist, in einem einzigen Lebensabschnitt sich bis zur spirituellen Vollkommenheit, zum Bild der Heiligkeit zu entfalten. Dazu benötigt er ungezählte Inkarnationen. Wird doch der „Heilige“ zum Abbild der kosmischen Harmonie, oder zu dem in der Bibel gedachten und ausgesprochenen Abbild Gottes.

Von diesem Heiligen, den wir aus Erfahrung und Anschauung im Abendlande kaum noch kennen, weil er im technischen Zeitalter seine Aktualität verloren hat, spricht der Apostel Paulus, wenn er an die Römer schreibt (Kap. 16): „. . . grüßet Philologus und die Julia, Nereus und seine Schwester und Olympas und alle Heiligen bei ihnen!“ Und Carlyle zeichnet ein Bild von diesem Menschen: „Die reine Wahrheit, die ganz reine, denke ich, ist die, daß . . . ein Mensch, der eine höhere Weisheit besitzt, in sich eine bis dahin unbekannte geistige Wahrheit trägt, stärker ist, nicht nur als zehn Menschen, die solche nicht besitzen, noch als zehntausend, sondern stärker ist als alle Menschen, die sie nicht haben; und er steht unter ihnen in einer geradezu ätherischen, engelgleichen Kraft, wie gerüstet mit einem Schwert aus des Himmels eigener Rüstkammer, dem kein Schild, keine eherne Feste auf die Dauer widersteht.“

Eine gleiche Forderung stellt die Bibel. So sagt der Rabbi von Kobryn: „Hätte ich die wahre Furcht Gottes, ich liefe auf die Gasse und schrie: »Ihr vergeht euch gegen die Thora, in der geschrieben steht: Werdet heilig!«“

Christus erwartet vom Menschen, daß er in seinem Leben diese Aufgabe der Heiligwerdung vollzieht. „Darum ist jemand in Christo, so ist er eine neue Kreatur, das Alte ist vergangen, siehe es ist alles neu geworden!“ (Paulus an die Korinther, Kap. 6). So vollzieht sich eine gewaltige Wandlung, die Erneuerung des geistigen Menschen: „Ich bin aber durchs Gesetz dem Gesetz gestorben, auf daß ich Gott lebe; ich bin mit Christo gekreuzigt. Ich lebe aber, doch nun nicht ich, sondern Christus lebt in mir. Denn was ich jetzt lebe im Fleisch, das lebe ich in dem Glauben des Sohnes Gottes, der mich geliebt hat und sich selbst für mich dargegeben.“ (Galater 3)

In dieser Forderung wird der Prozeß von der Raupe über den Kokon zum Schmetterling in eine einzige Lebensphase hineingedrängt. Der Christ, wie er von Christus gemeint ist, verbrennt im Feuer des Glaubens und der Liebe den triebverhafteten Menschen. Seine Seele lodert weithin als leuchtende Flamme, als lebendiges Bild des Heiligen. Heute, in der Säkularisation und in der materialistischen Gesinnung, begreifen wir diese Bilder nicht mehr. Aber wenn Paulus an seine Gemeinde schreibt und sie die Heiligen nennt, so weiß er, daß sie die Umkehr in sich wirklich vollzogen haben und Selbstverwirklichte geworden sind, das heißt, daß das Hagion Pneuma, der Heilige Geist, der Geist, aus dem Christus wirkte, in ihnen Wirklichkeit geworden ist. Hier erleben wir das Phänomen, daß drei bis vier Jahrhunderte hindurch im weitausgedehnten morgendländischen Raum hunderttausende von Menschen, die sich zu Christus bekannten, dies nur sein oder werden konnten, wenn sie bewußt den neuen, den geistigen Menschen anzogen, wenn sie durch das Mysterium des „Stirb und werde“ hindurchgingen.

Der Alltagsinder hat in seinem Leben viel Zeit, weil er weiß, daß er ohne übermenschliche Anstrengung diesen selbstaufopfernden Weg nicht zu gehen vermag, daß dieser Weg immer und immer wiederholt wird, bis er an das Bild des Heiligen heranwächst. Solange muß er durch gute und böse Taten, Gedanken, durch sein Verhalten Schicksale binden und lösen, sein eigenes Geschick mit dem der anderen verbinden. Karma, der Begriff für unser Schicksal, stammt aus der Wurzel Kri, das heißt Handlung, Tat; es meint, daß jede Tat, die ein Wesen aus sich entläßt, schicksalerzeugend ist. Doch lehrt die Bhagavadgita, die in der tieferen Schicht eine Anweisung zum Yoga ist, ebenso wie Buddha, daß der Mensch, der sich selbst zu überwinden lernt, durch rechtes Denken, rechtes Handeln, rechtes Verhalten, rechtes Beten, rechtes Meditieren, sich der Bindungen weitgehend entledigen kann und damit die Kette der Inkarnationen zu verkürzen vermag. Auch dieser Weg führt, wie bei den „Christen", zum Heiligen, zum Weisen, zum Sâdhu.

Der Inder zeichnet ein eindrucksvolles Bild von den drei Stadien des Karma, des Schicksals. Er nennt sie: „Samchita, Prarabdha und Agami." Er bedient sich des Bildes eines Bogenschützen. Damit es zum Schuß kommt, bedarf es des Bogens, des Pfeils und in erster Linie des Schützen. Solange der Pfeil im Köcher ruht, ruht noch das Schicksal. Nun spannt der Schütze den Bogen, er setzt den Pfeil an. Es kann mit einem bestimmten Ziel oder auch ohne Ziel geschehen, er kann damit nur üben oder Sport treiben und auf eine Scheibe zielen, er kann ein Tier zur Nahrung damit schießen, er kann es damit aber auch nur grausam quälen, er kann im Krieg gegen einen Gegner den Pfeil abschießen, er kann damit einen Feind töten oder verwunden, er kann aber auch hinterrücks jemanden ermorden. Das ist die Vielfalt der Absichten. Ob der abgeschossene Pfeil sein Ziel immer erreicht, steht nur bedingt in der Macht des Schützen; ist er ein geschulter Meister, so wird er öfter treffen, ist er ein Stümper, wird er sein Ziel verfehlen oder ein unerwünschtes Ziel erreichen. Die kinetische, von dem Schützen entlassene Energie des Pfeils macht sich sozusagen selbständig, sie schafft Schicksale, fast möchte man sagen — zufällig, und doch ist der Schütze der Erzeuger dieser Energie. Der ins Ziel treffende Pfeil, wenn es auch ein zufälliges Ziel war, erzeugt eine Kettenreaktion; es entstehen neue Schicksale, die nach eigenen Gesetzen ihren Lauf nehmen, die aber im Schützen ihren Auslöser haben.

So wirkt das Schicksal des Menschen oder der Kreatur in neuen Inkarnationen weiter. Jeder böse Gedanke, jeder Neid, Haß, Mißgunst, Klatsch, Denunziation, Ehrabschneidung, Antipathie sind im geistigen Bereich abgeschossene Pfeile, die unsichtbar, aber wirksam den anderen treffen. Noch mehr natürlich sind die unmittelbaren Wirkungen des Tuns und Handelns schicksalschaffend. So bindet der Mensch im Bereich der aktuellen Gegenwart, aber ebenso auch in weite Zukunft hinein sein Schicksal an ungezählte andere. In jeder negativen und bösen Bindung ist aber gleichsam die Forderung enthalten, diese Bindung durch das Gute, durch die Umkehr zu entbinden. Der Sinn und das Endziel jeder Menschwerdung aber ist das Bild des vollkommenen, des vom Karma durch Weisheit, Güte, Toleranz, Demut und Besitzlosigkeit entbundenen Menschen. Doch bis dahin ist ein weiter Weg. Solange der alte Adam in uns lebendig ist und wir von den Trieben regiert werden, schaffen wir Schicksal. Wir schießen und es wird auf uns geschossen. Wir können wiederum in doppelter Weise reagieren. Aus der Triebebene beantworten wir Haß mit Haß, Mißgunst mit Mißgunst, Schmerz mit Schmerz. Das ist die Haltung von jedermann. Alle Religionen lehren uns aber eine andere Haltung. „So einer dich auf die linke Wange schlägt, so biete ihm auch die rechte", sagt Christus. Und die Forderung Buddhas lautet „Ahimsa" — Gewaltlosigkeit: weder Gewalt erzeugen, noch mit Gewalt antworten!

Einer kann einem anderen das Unrecht, das dieser ihm zufügt, aus vollem Herzen verzeihen. Dann wird der karmischen Wirkung dadurch eine Grenze gesetzt, das Böse wird nicht mehr fortgesetzt und wird nicht beantwortet. Der Verzeihende setzt sich außerhalb des Karmas. Der Täter wird damit allerdings von seiner Tat noch nicht entbunden, er muß für sich erst die Umkehr vollziehen!

Christus bestätigt die Folgerichtigkeit der Handlungen und Gesinnungen in dem Satz: „An ihren Früchten sollt ihr sie erkennen. Ernten die Menschen etwa Trauben von Dornen, oder Feigen von Disteln? Genau wie ein guter Baum gute Früchte hervorbringt und der schlechte Baum schlechte Frucht erzeugt, so kann auch ein schlechter Baum keine guten Früchte tragen."

Und Buddha sagt im Gespräch mit seinem Lieblingsschüler Ananda: „Wie tiefgründig ist dieses Kausalgesetz, und wie tiefgründig erscheint es!" „Und doch finde ich es ganz leicht verständlich", erwidert Ananda, und Buddha antwortet: „Sage das nicht, Ananda! Tiefgründig ist wahrlich das Kausalgesetz, und tiefgründig erscheint es. Es ist durch das Nichtwissen, durch das Nichtverstehen, durch das Nichteindringen in diese Lehre, daß die Welt der Menschen wie ein Garnknäuel verwickelt worden ist . . . unfähig, aus dem Weg des Leidens und den endlosen Reihen der Wiedergeburten auszutreten."

In der Thora finden wir die gleiche Vorstellung! Begegnet uns doch im Evangelium die Frage an Johannes den Täufer, ob er der wiedergekehrte Prophet Elias sei. Bei den Griechen sind es die Orphiker und die Philosophen Pythagoras, Empedokles und Platon, die die Idee von der Wiederverkörperung vertreten. Im frühen Christentum gab es verschiedene Richtungen, von Indien inspiriert, die ebenfalls an die Wiedergeburt glaubten, bis auf dem Konzil zu Nikäa 325 diese Lehre verworfen wurde. Selbst Lessing sagt in der „Erziehung des Menschengeschlechts": „. . . daß ich auf meinem Wege zur Vervollkommnung wohl durch mehr als eine Hülle der Menschheit durchmüßte, erscheint mir nicht schlechterdings so unsinnig."

In dieser Lehre werden die sozialen Ungerechtigkeiten, das Unerklärliche der Ungleichheit der Menschen in der sozialen Ordnung, in Intelligenz, Gesundheit und Schönheit sowie Lebensalter ausgeglichen, weil jeder als der Schöpfer und Erbauer seines eigenen Schicksals angesehen wird. Gott wirkt nicht aus bloßer Gnade, er wirkt als der große Ausgleichende; er gibt aber dem Menschen das Werkzeug, seine Intelligenz, seinen Willen, sein Unterscheidungsvermögen für Gut und Böse und die Wahl sich danach zu richten in seine eigene Hand. Sein derzeitiges Leben und Schicksal ist die logische Folge der vergangenen, von ihm gestalteten Daseinsformen.

In Hinblick auf Schicksal-Erleben und Schicksal-Erzeugen stehen wir alle in einem Bannkreis, den wir nicht zu durchdringen vermögen. Ja, wir schießen die Pfeile ab, und Pfeile werden auf uns abgeschossen, ohne daß wir immer sagen können, aus welchem Bogen ein Pfeil stammt und von welcher Person er abgeschossen worden ist. Es ist wie im Kriege, man wird von einer Kugel getroffen, die jemand zwar abgeschossen hat, dieser Jemand hat aber nur geschossen und nicht gezielt. Noch mehr trifft das für die Bomben zu, die aus einer Kanone oder aus einem Flugzeug geschleudert wurden. Sie vernichten gleich in Massen. Der Schießende hat überhaupt keine Beziehung mehr zum getroffenen Objekt, er trifft nur Objekte; was für Grauen, was für Schicksale er erzeugt, bleibt ihm verschleiert. Würde er nur mit einem Bruchteil von Phantasie sich vorstellen können, was er anrichtet, so würde seine mordende Hand eher verdorren. Aber all solcher Mord und Vernichtung geschehen kollektiv: Der eine fliegt, der andere nimmt die Funksignale auf, der dritte kontrolliert die Meßinstrumente, und der vierte löst die Bomben aus. Wer ist der Mörder? Ist es nur der, der die Bomben auslöst?

Jeder von uns hat einen kleinen oder größeren Kreis von Schicksalen, die er beeinflußt. Je größer, je berühmter, je mächtiger einer ist, um so größer ist sein Kreis, um so weitergreifend, auch über die Gegenwart hinaus, ist seine Wirkung, aber auch das Maß seiner Verantwortung. Wieviele Millionen von Menschenleben und Schicksalen sind von einem Hitler, einem Lopez, einem Stalin, einem Napoleon zerbrochen und vernichtet worden! In der großen Abrechnung, die manchmal in diesem Dasein auf massierte Missetaten folgt, erleben wir dann, wie die Nutznießer und Verbreiter von politischen Wahnideen sich klein machen und sich nur zu Werkzeugen eines einzelnen stempeln. Als sie mit ihrem Führer an der Macht waren, benahmen und fühlten sie sich alle als kleine Führer, als Repräsentanten seiner Idee und seiner Person. Waren sie wirklich nur blinde Werkzeuge — die Menschen, die ihre Unterschrift unter die Rassengesetze und unter die Befehle zur Vernichtung von Juden, Zigeunern, Russen, von Geistesschwachen und Gebrechlichen setzten? Nein, jeder von ihnen war ein Bogenschütze und schoß durch seine Handlung Bündel von Pfeilen ab, die auch sicher trafen. Und zur Zeit der Tat war jeder von ihnen stolz, an dieser verantwortlichen Stelle gestanden und die Befehle oder Anordnungen seiner Führer vollzogen zu haben. So gibt es eine Kettenreaktion von Schicksal, die sich in einem weiten Kreis vollzieht, vom Initiator über den Parteibonzen, über den hörigen Beamten, Richter, über den Denunzianten bis zum Henker oder Gefängniswächter. Sie möchten später nicht beteiligt gewesen sein, sie alle berufen sich auf höhere Befehle, auf Gesetze, deren bloße Vollzieher sie waren und als deren blinde Werkzeuge sie sich deklarieren, nicht begreifend, daß jeder von ihnen ein Veranlaßer zum Schicksal anderer war.

Hätte man Hitler zur Verantwortung ziehen können, auch er hätte sicherlich einen anderen Schuldigen gefunden. Sicher hätte er sich auf Nietzsche mit seiner Idee vom Übermenschen, auf Houston Steward Chamberlain mit seiner Idee von der Vorzüglichkeit der germanischen Rasse und schließlich auf die Auswirkungen des Versailler Vertrags berufen!

Wenn eine Bombe auf ein Stadtviertel fällt und Tausenden ihr Leben und ihren Lebensraum zerstört, so ist es immer die andere Nation, etwas Anonymes, die das Ereignis veranlaßt hat. Dasselbe geschieht, wenn in Diktaturen Menschen verschleppt, gequält, gefoltert, getötet, für Jahrzehnte eingekerkert werden. Wer ist der Veranlasser? Man sieht sich einer grausamen, selbsttätig funktionierenden Maschinerie gegenüber. Ist es der Mann, der einen verhaftet, oder der einen verhört, oder der einen bestialisch quält, oder der den letzten Genickschuß oder Beilhieb oder die Bedienung des Gashahns vollzieht? Es sind nur kleine Funktionäre, die meist routiniert und letztlich gedankenlos das Erlernte ausüben. Auch das Quälen, das Bewachen, das Töten wird zur Routine! Der betroffene Mensch sucht aber nach dem Veranlasser, den er nicht finden kann; er findet keinen Verantwortlichen, gegen den er seinen Zorn richten oder dem er verzeihen könnte. Er steht einer gewaltigen, namenlosen, dämonischen Macht gegenüber, und es bleibt ihm nichts anderes übrig, als zu resignieren.

Welch großer Unterschied zu dem heldenhaften Sterben der ersten Christen, die willig und bewußt für Christus, für ihre Idee in den Tod gingen. Hier stand eine ungeheure, neue Macht des Geistes gegen die Macht der Cäsaren! Für wen aber starben die Millionen von Juden, Zigeunern, Russen, die Gegner des politischen Regimes in Rußland und in Deutschland, die Gebrechlichen? Sie wurden vertilgt, genau so mitleidlos und genau so geschäftsmäßig, wie man Ungeziefer zu vertilgen pflegt. Sie wurden als Individuum ausgelöscht und lediglich als Zugehörige zu der oder jener unerwünschten Gruppe erledigt. In der Massiertheit des Erduldens verliert alles Grauen seinen persönlichen, einmaligen Wert. Erst wenn es uns, wie in dem Tagebuche der Anne Frank, als Einzelschicksal vor Augen geführt wird, gewinnt es seine Einmaligkeit zurück.

Aber auch in jeder Begegnung spielt sich Schicksal ab. Zwischen Eltern und Kind, zwischen Lehrer und Schüler, Meister und Arbeiter, Generaldirektor und Angestellten, zwischen Arzt und Patient, jeder übt auf den anderen einen mehr oder minder entscheidenden Einfluß aus; auch die ungezählten Ämter, die der Staat zur Sicherung des Daseins errichtet hat und die leider oft, ihre dienende Aufgabe vergessend, zum Selbstzweck geworden sind.

Wieviele seelische Traumen aber entstehen aus fehlerhaften Begegnungen, weil ungezählte Menschen in Machtpositionen begegnungsunfähig geworden sind und sich nur noch als Funktionäre einer Macht benehmen, statt als lebendige Menschen einem anderen Begegnung suchenden lebendigen Menschen entgegenzutreten.

Wieviel Schicksal erwächst aus einer der scheußlichsten und allgemeinsten Seelenhaltungen des Menschen, aus Neid, Mißgunst und Klatsch. Es ist fast ein generelles Leiden der Menschheit: die Lust, den anderen, den Nachbarn zu verkleinern, seine Ehre zu beschmutzen, ihn in den Augen der anderen herabzumindern. Wieviel Unglück, Diffamation und, in diktatorischen Systemen, Verhaftungen und Vernichtungen sind aus solcher Gesinnung entsprossen! Heinrich Heine schildert stellvertretend für alle eine solche Repräsentantin: „... und ein Maul, das eine Guillotine war für jeden guten Namen. In der Tat, für einen guten Namen gab es keine leichtere Hinrichtungsmaschine als Madame Piepers Maul; sie ließ ihn nicht lange zappeln, sie machte keine langen Vorbereitungen; war der beste Name zwischen ihre Zähne geraten, sie lächelte nur — aber dieses Lächeln war wie ein Fallbeil, und die Ehre war abgeschnitten und fiel in den Sack ..."

Erinnert uns dieser Passus nicht an manchen unserer lieben Angehörigen — oder gar an uns selbst? Bei der Leichtgläubigkeit der Menschen und ihrer Bereitschaft, in den Fehlern der anderen zu schwelgen, kommt nichts besser an als Klatsch. Heute hat sich auch die Presse dieses mächtigen Instinkts bemächtigt und spielt meisterhaft auf dem Instrument der Diffamierung und der Verächtlichmachung von Menschen. In Wissenschaft, Psychologie und medizinischem Gutachterwesen hat sich das Gift der Ehrfurchtlosigkeit eingeschlichen und uns begegnungsunfähig gemacht. Aus dem Aspekt des allgemeinen Mißtrauens kann es zu keiner Begegnung mehr kommen, jeder panzert sich gegen jeden, baut Zäune und Mauern und verschanzt sich gegen den anderen. Wo Ehrfurchtlosigkeit herrscht, ist auch kein Vertrauen; ohne Vertrauen aber ist der Mensch isoliert, ohne echte Gemeinschaft, sich selbst überlassen.

Erstaunlich ist die Vielschichtigkeit des Verhaltens. Jeder von uns ist hinsichtlich seiner eigenen Ehre bis zur Krankhaftigkeit empfindlich, ebenso unempfindlich aber gegenüber der Ehre des anderen. Kleine abfällige Urteile über uns verstimmen uns gewaltig, verletzen unser Selbstgefühl und sind in der Lage, unser Existenzgefühl zu erschüttern, und dennoch vergehen wir uns täglich und stündlich gegen die Integrität des anderen.

Bleiben wir bei dem indischen Bild des Schicksals, des Karmas als der Wirkung eines abgeschossenen Pfeils. In allen Erlebnissen, bei der Analyse aller schicksalhaften Verknüpfungen sehen wir, daß letztlich nur der Augenblick des Bogenspannens und des Abschießens in unserer Hand liegt und von unserem Willen abhängig ist. Alles andere gehorcht dann unerklärlichen Gesetzen, die weder unserem Willen noch unserer Absicht unterliegen. Wir können selbstgerecht und pharisäisch, wie wir oft sind, uns an die Brust schlagen und sagen: wir sind nicht schuld, das geschieht jenseits unserer Absicht!

Aber ein tieferes und nachdenklicheres, empfindlicheres Ich sagt uns etwas anderes. Der Arzt, der mit seinem Wissen und Können einem Kranken nicht die erwünschte Hilfe zu bringen vermochte, hat ein schlechtes Gewissen. Was nützt es, daß er sich selbst sagt, er habe alles Erforderliche getan? In seinem Inneren fühlt er sich schicksalsmäßig mit dem Hilfesuchenden verknüpft und erlebt das eigene Ungenügen, über das er auch nicht mit Selbstbeschwichtigungen hinweggelangen kann. Der Chirurg, dem ein Kranker während oder nach der Operation stirbt, fühlt sich schuldig. Er weiß, daß er alle Vorsichtsmaßnahmen getroffen hat, daß er keinen Fehler begangen hat. Und doch erlebt er unbewußt und in der Tiefe seines Seins eine geheimnisvolle, nicht zu deutende Verbindung zwischen sich und dem Toten. Die Angehörigen, die die Zusammenhänge nicht zu übersehen vermögen, sprechen es allzuoft deutlich aus und machen den Arzt oder das Krankenhaus unmittelbar verantwortlich für den Tod eines bereits todkranken Patienten.

Ich erlebte als Junge in Rußland in den letzten Jahren des ersten Weltkriegs, daß meine Mutter einer Bekannten, die mit ihrer alten Mutter zusammenlebte, unter eigenen Opfern eine große Geldsumme lieh. Die Frau beabsichtigte damit ein Geschäft zu gründen. Wenige Tage später wurde sie wegen dieses Geldes ermordet und hinterließ die alte Mutter allein und ohne Ernährer. Ich erinnere mich noch ganz lebhaft, wie uns dieses Ereignis traf und wie wir mit dem Erlebnis nicht fertig wurden, da wir an dem Geschehnis mittelbar beteiligt waren. Wir waren sozusagen das auslösende Moment. Unser Gewissen war gegen uns, obwohl wir etwas Gutes tun wollten. Es kamen dann Bekannte und sagten: „Hättet Ihr der Frau das Geld nicht gegeben, so wäre das nicht passiert. Wir haben es ihr abgeschlagen!" Und sie standen da, wie Gerechte gegen uns Ungerechte.

Unser Kutscher wurde wiederholt ertappt, wie er kleinere und größere Diebereien und Unterschlagungen beging. Im Rate der Familie überlegten wir angestrengt, was man tun sollte, man konnte ihn doch nicht anzeigen und ins Gefängnis bringen. Man beschloß, ihn zu ermahnen. Schließlich wurde er eines Tages von der Polizei abgeholt und zu einigen Jahren Gefängnis verurteilt, weil er auch außerhalb, auf fremden Besitzungen, Diebstähle begangen hatte. Wieder fragten wir uns, ob wir richtig gehandelt hätten, ihn nicht anzuzeigen. Wir blieben ohne Antwort, wir wurden aber von unserem Gewissen nicht freigesprochen.

Wie oft erlebt man, daß Menschen — Mitarbeiter, Bekannte, Untergebene — plötzlich und scheinbar ohne jeden Grund „einschnappen“, beleidigt sind und mit Aggression oder Verstimmung reagieren, obwohl man sich frei von jeder Schuld weiß. Manchmal gelingt es dann, in langen und gewundenen Gesprächen voll versteckter Spitzen und Andeutungen zu erfahren, daß der Betroffene etwas auf sich bezogen hatte, was gar nicht gegen ihn gerichtet war; sofort hatte er sich durchschaut, entblößt und beleidigt gefühlt. Solche Erlebnisse begegnen uns auf Schritt und Tritt, wir können uns ihnen nicht entziehen. Da sie meist unausgesprochen bleiben, führen sie zu oft dauernder Entfremdung zwischen Freunden und Bekannten, zu Feindseligkeiten, die ein Leben lang dauern können. Fragt man sich nach dem Grund der Entzweiung, so findet man ihn nicht mehr, da er meist völlig nichtswürdig war. Was sich aber daraus aufbläht, ist die schwere dauernde Aggression mit echten Vernichtungstendenzen. Solche Aggressionen spielen sich schon unter den Kindern ab, sie sind gang und gäbe und in den Nachbarschaften, in den Minderheiten, unter den Angehörigen verschiedener Konfessionen, Parteien und Rassen, und sie sind die Anlässe zu jahrhundertelangen Fehden, kalten und heißen Kriegen unter benachbarten Völkern.

Alles Seiende steht in dieser Verhaftung mit dem anderen Wesen, sei es aus der Nähe oder der Ferne, und niemand kann sich ihr entziehen. Wie weit man diese Verhaftetheit erlebt, ist eine Frage der Empfindlichkeit des Gewissens und der Gesinnung. Der bindungslose säkularisierte Mensch glaubt nur an das unmittelbar erzeugte Böse, an das Böse, das juristisch geahndet wird. Der religiöse Mensch aller religiösen Bindungen weiß, daß bereits ein böser Gedanke, ein böser Wunsch, ein böses Gefühl eine Wirklichkeit ist und Böses im metaphysischen Bereich erzeugt. Der Inder geht noch einen Schritt weiter und sieht sich verstrickt in die Bindungen, an denen er mit oder ohne eigene Willensausrichtung beteiligt ist; er nennt das Karma.

Stefan Zweig gibt in seiner Erzählung „Die Augen des ewigen Bruders“ ein farbiges Bild dieser karmischen Verstricktheit. Es ist die Geschichte des indischen Heerführers Virata, der im Kampf gegen die Rebellen unwissend seinen eigenen Bruder, der auf der anderen Seite kämpft, erschlägt. Erschüttert von dieser Verstricktheit in Schuld und Schicksal, wendet sich Virata vom Kriegshandwerk ab und wird oberster Richter. Er verurteilt die Übeltäter zu Kerker, nicht zum Tode, bis ihm durch eine Begegnung offenbar wird, daß er auch da wieder Schicksal spielt. Schließlich läßt er sich selbst in den Kerker sperren und erlebt all die Qualen derer, die er zu langen Gefängnisstrafen verurteilt hatte. Er entsagt auch diesem Beruf, doch erlebt er auch in der häuslichen Gemeinschaft die gleichen Verstrikkungen. Schließlich geht er in die Wildnis und lebt dort zurückgezogen als Yogi. Er wird als Heiliger bekannt, und zahlreiche Wahrheitssuchende bahnen sich den Weg zu ihm durch die Wildnis und werden seine Schüler. Er glaubt sich nun von den Verstrickungen frei. Eines Tages wandert er durch ein Dorf und sieht haßerfüllte Blicke auf sich gerichtet; er erfährt von Müttern und Frauen, daß ihre Söhne und Männer die Familie verlassen haben, um ihm zu lauschen, und er begreift: es gibt kein Dasein, kein Tun und keine Untätigkeit, die ohne schicksalhafte Wirkung wäre.

Zweig setzt die bedeutsamen Worte der Bhagavadgita seiner Erzählung voraus:

> „Nicht durch Vermeidung jeder Tat wird wahrhaft man vom Tun befreit,
> Nie kann man frei von allem Tun auch einen Augenblick nur sein ...
> Was ist denn Tat? Was ist Nichttun? Das ists, was Weise oft verwirrt.
> Denn achten muß man auf die Tat, achten auf unerlaubtes Tun.
> Muß achten auf das Nichttun auch — der Tat Wesen ist abgrundtief."

Wir können uns weder unserem Schicksal noch dem Karma entziehen. Aber wir können unserem Sein und unseren Handlungen und Verhaltungen eine Ausrichtung geben. Und darauf kommt es an daß wir nicht bewußt Böses aus uns entlassen, daß wir, wie Dosto jewski sagt, unser Gewissen sensibilisieren, daß die Person, das Leben und das Schicksal der nahen und fernen Kreaturen, nicht nur der Menschen, uns so nahe angehen, daß wir uns mit ihnen identifizieren. Nur aus solcher Gesinnung heraus werden wir in unserem Denken und in unseren Handlungen behutsamer und rücksichtsvoller werden. Wir entwickeln Takt: was ist das anderes als die Fähigkeit, mit liebender, einfühlender Phantasie in die Seinssphäre der anderen Wesen ohne Aggression einzudringen? Ein chassidischer Rabbi antwortet einem, der ihn nach der wahren Liebe fragt: „Wenn du nicht im Umkreis von hundert Kilometern den Schmerz jeder Gebärenden nachzufühlen vermagst, so weißt du nicht, was wahre Liebe ist."

So nah man in seinem Gefühl der Kreatur sein soll, so viel Abstand sollte man aber gegenüber der eigenen Person und ihrer Art, die Welt zu erleben, haben. Selbstkritik, die zu jedem Reifen unentbehrlich ist, kann nur aus der Perspektive einer gewissen Entfernung geübt werden. Letztlich kommt es darauf an, daß man zum Schicksal, zu dem, was einem aus dem großen Unbekannten des Weltalls geschickt wird, ja sagt. Das heißt nicht, daß man sich fatalistisch und ohne Widerstand dem Schicksal hingeben sollte. Letztlich hat man selbst die Entscheidungen zu treffen, sie abzuwägen und auch das Schicksal zu gestalten. Es gibt dazu eine indische Parabel: „Zwei heilige Männer meditierten in einem Urwald. Plötzlich sahen sie einen Tiger heranschleichen. Der eine ergab sich in den »Willen Gottes« und begann sich auf den Tod vorzubereiten. Der andere zwang ihn zu laufen. Sie liefen und es gelang ihnen, dem Tiger zu entkommen. Da sagte der eine Freund zum anderen: »Natürlich ist es recht, sich in Gottes Willen zu ergeben, aber das, was wir selbst an unserem Schicksal tun können, sollen wir auch aus eigenem Antrieb tun. Denn ist es nicht der Wille Gottes, daß wir aus eigenem Willen handeln?!«"

Der Schwache und Dumme, welcher weder Phantasie noch Gefühl für sein Schicksal hat, stellt sich immer quer dazu. Der Weise erfühlt aus dem Schicksal behutsam die Weisung und ist im Einklang damit. Rilke gibt uns in dem Gedicht „Der Schauende" das Bild eines vom Schicksal Gestalteten und das Schicksal Gestaltenden:

Wie ist das klein, womit wir ringen,
was mit uns ringt, wie ist das groß;
ließen wir, ähnlicher den Dingen,
uns so vom großen Sturm bezwingen, —
wir würden weit und namenlos.

Was wir besiegen, ist das Kleine,
und der Erfolg selbst macht uns klein.
Das Ewige und Ungemeine
will nicht von uns gebogen sein.
Das ist der Engel, der den Ringern
des Alten Testaments erschien:
wenn seiner Widersacher Sehnen
im Kampfe sich metallen dehnen,
fühlt er sie unter seinen Fingern
wie Saiten tiefer Melodien.

Wen dieser Engel überwand,
welcher so oft auf Kampf verzichtet,
der geht gerecht und aufgerichtet
und groß aus jener harten Hand,
die sich, wie formend, an ihn schmiegte.
Die Siege laden ihn nicht ein.
Sein Wachstum ist: Der Tiefbesiegte
von immer Größerem zu sein.

Und der große, tragische Schöpfer des „Übermenschen", der Widerspenstige, der Mitleid als Schwäche haßte und geißelte, der glaubte mit seiner Idee des Übermenschen das Christentum überwinden zu können, Friedrich Nietzsche kommt am Ende seines unruhigen Lebens zu einer Stille und Bejahung des Schicksals, die ihm bisher völlig fremd war. Er schreibt:

„... Und alles in allem und im Großen: ich will irgendwann einmal nur noch ein Ja-Sagender sein! ... Meine Formel für die Größe am Menschen ist amor fati: daß man nichts anderes will, vorwärts nicht, rückwärts nicht, in alle Ewigkeit nicht. Das Notwendige nicht nur ertragen, sondern lieben! ...

... Jetzt können wir mit Händen greifen, daß uns alle, alle Dinge, die uns treffen, fortwährend zum Besten gereichen. Das Leben jedes Tages und jeder Stunde scheint nichts mehr zu wollen, als immer nur diesen Satz neu beweisen: sei es was es sei, böses wie gutes Wetter, der Verlust eines Freundes, eine Krankheit, eine Verleumdung, das Ausbleiben eines Briefes, die Verstauchung eines Fußes, ein Blick in einen Verkaufsladen, ein Gegenargument, das Aufschlagen eines Buches, ein Traum, ein Betrug; es erweist sich sofort, oder sehr bald nachher als ein Ding, das nicht fehlen durfte. Es ist voll tiefen Sinns und Nutzens gerade für uns!"

Aus der Überheblichkeit des säkularisierten Menschen kehrt hier ein demütig Gewordener zurück unter das Kreuz Christi und wiederholt die Worte des Evangeliums: „Wir wissen aber, daß denen, die Gott lieben, alle Dinge zum Besten dienen" in seiner Sprache.

Während der Weise durch seinen Einklang mit dem Leben zum Meister des Schicksals wird und der Schwache dem Schicksal immer unterliegt, kämpft der Neurotiker *gegen* das Schicksal, weil er sich mit seiner Person immer in den Vordergrund schiebt und nicht zu begreifen vermag, daß er nur ein winziges, bedeutungsvoll-unbedeutendes Rädchen im Gefüge des Weltalls ist. In seiner Gesinnung sind die Gewichte verschoben, das kleine Ich ist hypertrophiert, die Pforten zum Dasein, die so groß wie die Person sein sollten, sind nur noch Schießscharten, durch die der Neurotiker ängstlich einen Schein vom Leben hereinläßt und nur Aggressionswaffen heraussendet. Er bleibt unglücklich, weil in ihm die Maße und Gewichte verschoben sind und weil er nie nach den Dingen der Welt und nach den Kreaturen fragt, ohne seine Person, auf die er alles bezieht, im Auge zu haben. Eine unangepaßte, materialistisch orientierte Psychotherapie geht bei ihm am Ziel vorbei; sie enthemmt ihn, ohne ihn reif zu machen, sie steigert sein Selbstbewußtsein, ohne ihn zur Demut und zur Liebe zu führen, sie gibt ihm einen Spiegel in die Hand, in dem er sich selbst spiegelt, statt ihm alle Spiegel zu verhängen und die Augen für die Köstlichkeit dieser Welt und ihrer Kreaturen zu öffnen. Nur durch eine Umkehr der Gesinnung kann sich hier ein Wandel vollziehen.

Wir sollten uns gewöhnen, jede Begegnung, jedes Erlebnis als Schicksal zu begreifen, und nicht nur das plötzlich über uns hereinfallende Unglück, das wir dann als Schicksal bezeichnen. Das wirkliche Schicksal aber sind die ungezählten Mosaiksteinchen, die wir aktiv und die uns aus der Begegnung zu einem Bild formen. Dazu gehören natürlich auch die Katarakte, die Stürme und die Zusammenbrüche, auch die Unfälle und die Krankheiten.

An uns liegt es, der Begegnung standzuhalten und sie zu formen. Ein östlicher Weiser, Mirdad, gibt uns ein Rezept, das Dasein zu bewältigen. Er sagt: „Dies ist der Weg zur Befreiung von Sorge und Schmerz: Denke so, als ob jeder deiner Gedanken in flammenden Buchstaben an den Himmel geschrieben wäre, so daß jedermann es lesen könnte. Sprich so, als ob die ganze Welt nur ein einziges Ohr hätte, das begierig wäre nur auf dich zu hören. Handle so, als ob die Folgen jeder deiner Taten auf dich zurückfielen. Liebe so, als ob Gott selbst dich brauchte. Und wahrlich, so sei es!“

BEGEGNUNG MIT DEM DÄMON

Als 1793 auf Vorschlag von Chaumette in Paris der Göttin der Vernunft ein Altar errichtet wurde, schlug die Todesstunde für den Widersacher Gottes, den in allen Sprachen des Abendlandes und der hebräischen, islamischen und parsischen Welt bekannten Satan. Es war aber nur ein Scheintod! Im Verborgenen und unter tausend Masken wirkt dieser gewaltige Dämon in der säkularisierten Welt weiter. Was der archaische und religiöse Mensch als die Beeinflussung des Teufels ansah, ist heute in tausend Symptome aufgespalten, aber nicht minder lebensgefährlich, zerstörend und unerklärlich.

Nicht ohne Ironie und Bitternis erkennen wir, daß die großartigsten politischen, weltanschaulichen und wirtschaftlichen Umwälzungen, trotz aller humanitären Proklamationen, Züge von dämonischer Besessenheit aufweisen. „Égalité, Fraternité, Liberté" hieß die berauschende Devise der französischen Revolution. Unter den toten Augen der Göttin der Vernunft, die Gott und den Teufel zugleich entthronte, verbluteten aber Hunderttausende der „Brüder" im habgierigen Maul der Guillotine. Dieses Instrument, das der humanitäre Arzt Doktor Guillotin zum Töten von Verbrechern eingeführt hatte, sollte dem zu gewaltsamem Tod auf Staatsweisung Verurteilten das Sterben erleichtern und beschleunigen und ihn von der Quälerei der Tortur oder eines ungeschickten Henkers befreien. Stattdessen ermöglichte sie dem Staat eine Massenabfertigung der zum Tode Verurteilten.

Eine Parallele dazu erlebten wir in unserer Zeit, als der König aller Besessenen, Herr Hitler mit seiner Jüngerschaft, zunächst wieder zur individuellen Todesabfertigung durch das Handbeil zurückkehrte, dann aber, als die Maschinerie der Todesurteile im ganzen Lande auf hohen Touren lief, wieder zur guten alten Guillotine griff, nicht mehr aus humanitären Gründen; nur weil ihm so viele Henkersarme nicht zur Verfügung standen und die mechanische Abfertigung billiger und schneller war.

Eine andere große Revolution unserer Zeit, mit gleich beglückenden Proklamationen der Menschenrechte, hatte als Ergebnis Millionen von vernichteten Menschenleben, Millionen von Verschleppten, geflohenen und in Zwangslagern Zugrundegegangenen.

Früher kam alles Böse vom Teufel. Vernichtungswürdig waren die Menschen anderen Glaubens, weil sie nicht der Gnade der christlichen

Verheißungen teilhaftig, weil sie vom Teufel inspiriert oder besessen waren. So wurden die Ketzer vernichtet, einzeln oder in Massen, wie die Arianer, die Katharer, die Albigenser, die Waldenser, ausgerottet mit Frauen, Alten und Säuglingen. Als diese Jagd der Besessenen nach den Besessenen vorbei war, weil es keine Ketzer mehr gab, wendete man sich den Dämonischen in den eigenen Reihen zu. Vom zwölften bis zum achtzehnten Jahrhundert brannten im ganzen Abendlande, in katholischen, aber auch in protestantischen und gelegentlich auch in orthodoxen Ländern die Scheiterhaufen, die zum größeren Ruhme Gottes die Ketzer, Zauberer, Hexen mit Leib und Seele verbrannten. In Massen wurden gläubige Christen, die sich verdächtig gemacht hatten, nicht sklavisch der Kirche zu gehorchen, wie die Beguinen und Begarden, die Brüder und Schwestern vom gemeinsamen Leben, die Freunde vom Oberland, aber auch die Juden oder die Morisken in Spanien verfolgt und vernichtet. Und immer war es der, welcher vom Teufel besessen war, der im andern den Teufel witterte. In jenen Jahrhunderten war der Teufel eine psychopathologische Wirklichkeit. Man sah, fühlte, hörte und roch ihn. Mögen wir es heute aus der Entfernung eine Halluzinose nennen — dafür erkennen wir die psychopathologischen Besessenheiten unserer Zeit nicht —, er war die wirklichste von allen Wirklichkeiten des Daseins, so wirklich, daß der Schein einer Fühlung mit ihm dem Verdächtigen Ehre, Gut und Leben kostete, sein Besitz eingezogen wurde und die Familie der Diffamation, der Acht anheimfiel.

In der Bulle des Papstes Innozenz VIII. vom 5. Dezember 1484 „summis desiderantes“ heißt es: „Gewiß nicht ohne ungeheure Betrübnis haben wir vernommen, daß viele Personen beiderlei Geschlechts, ihres eigenen Heils uneingedenk und vom katholischen Glauben abfallend, mit Hilfe von Buhlteufeln und Buhlteufelinnen Böses treiben. Durch Bezauberungen, Sprüche und Beschwörungen und andere verruchte abergläubische Handlungen, Vergehen und Verbrechen verursachen sie, daß verderben, ersticken und zugrundegehen die Neugeborenen der Weiber, die Jungen der Tiere, die Früchte der Erde, der Reben und der Bäume, die Männer, die Frauen, großes und kleines Vieh, die Weinberge, Obtsgärten, Wiesen, Weiden, Korn und anderes Getreide. Sie plagen Menschen und Tiere mit grausamen Schmerzen und verhindern die Fähigkeit der Männer zu zeugen, die Frauen zu empfangen, verhindern ferner, daß die Männer den Frauen und die Frauen den Männern die ehelichen Akte leisten können. Außerdem verleugnen sie den Glauben selbst, den sie beim Empfang der heiligen Taufe angenommen haben, mit eidbrüchigem Munde . . ."

Man stelle sich in jenem Jahrhundert des Analaphabetentums die Macht des Wortes vor. Diese Bulle wurde immer wieder in allen Kirchen, in die alle Christen gingen, verlesen und von flammenden Predigten begleitet. Es wurde kein einziges Gebiet des täglichen Lebens bis zu den sexuellen Regungen ausgelassen. Jede Störung gesundheitlicher Art bei Mensch oder Tier, jeder Tod, jeder Unfall, jede durch Wettereinflüsse hervorgerufene Schädigung der Erzeugnisse der Erde wurde dem Teufel und seinem Mittler, dem von ihm besessenen Menschen, zugeschrieben. Gegen wen wendete sich der Verdacht der Betroffenen? Immer gegen ihre Konkurrenten, Feinde, Widersacher oder sonst mißliebige Personen. Der so Verdächtige war bereits dem Tode verfallen, da der einzige Beweis bei dem damals herrschenden Kausalitätsbedürfnis die geschehene, nicht die getane Tat war. Denn die Macht des Gedankens, des guten und des bösen, war eine nicht wegzuleugnende Wirklichkeit.

Es bestand ein generelles Mißtrauen aller gegen alle, wie wir es uns aus eigener Erfahrung heraus nur zu gut vorstellen können. Die Besessenen waren immer auf Seiten der Verfolger.

Jeder konnte zu jeder Zeit von einem anderen verdächtigt werden. Bei der seelischen Labilität, dem Aberglauben und der leichten Beeinflußbarkeit konnte es sein, daß die verdächtigende Person fest an ihre Beschuldigungen glaubte; handelte es sich aber um Akte des Neids, des Hasses oder der Rache als Motiv der Bezichtigung, so trat doch stellvertretend für diese persönlichen Gefühle der Glaube an den Zauber hinzu. Auch wir verkleiden ja noch heute unsere negativen Gefühle gegen einen Menschen in scheinbar objektive Werturteile über seine Minderwertigkeit, Bosheit, Verderbtheit.

Es gab damals wie heute kein Entrinnen; Verdacht wurde immer zur Tatsache, Folter und Verbrennung waren unvermeidbar. Die Angst, in die Gemeinschaft mit dem Teufel verwickelt zu werden, war so groß, daß es niemals einen Entlastungszeugen gegeben hat, weil auch ein solcher Zeuge unweigerlich in die gefräßige Maschinerie der Inquisition hineingezogen worden wäre. Die Freunde und Anverwandten des Beschuldigten wurden verfemt und gerieten in bitterste Not, weil der Besitz des Verurteilten eingezogen wurde.

Selbst einer der reinsten und unvoreingenommensten Geister des 16. Jahrhunderts, der Schüler des berüchtigten „Magiers" Agrippa von Nettesheim, Doctor *Johannes Weyer* (1515—1588), der der erste Vorkämpfer gegen den Hexenwahn war und die Hexen als hysterische und geisteskranke Personen bezeichnete, glaubte nicht nur unerschütterlich an die Existenz der Teufel und Dämonen, sondern schrieb ein umfangreiches Werk über die Welt und Gewohnheiten dieser Geister. „De praestigiis daemonum, et incantationibus, ac veneficiis" heißt das Buch. Es erlebt von 1563 bis 1568 fünf Auflagen. Weyer beschreibt nicht nur die Namen, Gestalten und Lebensgewohnheiten der Teufel und die Einrichtung der Hölle, er nennt die Zahl der Höllenfürsten mit 572 und 7 405 926 untergeordneter Dämonen. Gleichzeitig weist er aber nach, daß durch eine falsche Interpretation der Bibel die Hexenverfolgungen erst entstanden seien. Im Exodus 22, 18 hieße es: „Den Zauberer sollst du nicht leben lassen." Weyer bemerkt aber, daß das Wort „Kasaph" im Hebräischen gar nicht Zauberer, sondern Giftmischer heißt, und daß auf Grund dieser Mißdeutung Hunderttausende von unschuldigen und oft geisteskranken Menschen lebendig dem Feuertode überantwortet worden seien. Er ist der erste Mensch des auslaufenden Mittelalters und der Renaissance, der den Mut findet gegen diesen todbringenden Aberglauben vorzugehen. Im gleichen Buch sagt er: „Fast alle Theologen schweigen zu dieser Gottlosigkeit, die Ärzte dulden sie, die Juristen behandeln sie, befangen in allerlei Vorurteilen. Wohin ich mich wende, niemand, niemand, der aus Erbarmen mit der Menschheit das Labyrinth uns öffnet oder die Hand zum Heilen der tödlichen Wunde erhebt. Da habe ich es denn unternommen, an diese schwere Sache, welche unseren christlichen Glauben schändet, mit meinem geringen Dienst mich zu wagen . . ." Weiter sagt er: „Auch die unwissenden und ungeschickten Ärzte schieben alle Krankheiten, die unheilbar sind oder in deren Heilung sie sich versehen haben, der Hexerei in die Schuhe. So bedecken sie, wie auch rohe Chirurgen in ihren Pfuschereien, die Unkenntnis in unserer heiligen Kunst mit dem Vorspiegeln zauberischer Übeltäter . . ."

Die ganze gelehrte, theologische, juristische, medizinische Welt steht wie ein Mann auf gegen diese gefährliche Irrlehre eines Aufgeklärten. Selbst König Jakob I. von England schreibt eine Schmähschrift gegen ihn. Er wird als der Abgesandte und Handlanger des Teufels bezeichnet. Folgender Nachruf ergeht nach seinem Tode: „Dieser Weyer, der, um die Richter für die Zauberinnen einzunehmen, all ihr Tun aus ihrer kranken Einbildungskraft und Phantasien Schlaftrunkener herleitet, also, daß sie nur sich einbilden sollen, Verbrechen getan zu haben, sie aber nicht zu tun vermochten. Ja, ich glaube, daß Weyer in alle Verhältnisse der Hexen eingeweiht, daß er ihr Mitschuldiger und Genosse gewesen, daß er, selbst ein Zauberer und Giftmischer, die übrigen Zauberer und Giftmischer verteidigt hat!"

Hieronymus Bosch van Aaken (1450—1516) zeichnet in seinen phantastischen Gemälden eine Welt der Dämonen, wie wir sie heute weder in unseren Träumen noch in den Visionen der Geisteskranken oder Deliriumbesessenen finden. Dabei ist seine bizarre Welt nicht einmal grauenhaft, es ist unsere Erde mit ihren Menschen und Tieren, und als Wirklichkeiten hineinprojiziert, farbenfreudig und meist heiter und nicht zuletzt ergötzlich und erfindungsreich, tausendfache Spielarten großer und kleiner Dämonen — die beste Illustration zu Weyers Beschreibung der Hölle.

Der Betrachter jener Zeit entsetzte sich nicht über diese Bilder und fand sie auch nicht absonderlich oder abschreckend. Es war seine Welt, wie er sie selbst in seiner Phantasie, in seinem Rausch und im Traum, oder in den halluzinatorischen Versuchungen, wenn er welche hatte, erlebte.

Jede Zeit und jedes Volk hat seine Drogen, mit denen es die „Pforten der Wahrnehmung" (wie Aldous Huxley es nennt) öffnet oder erweitert. Das mittelalterliche Abendland genoß zu jener Zeit einheimische Gifte, das berauschende und magische, Pforten öffnende Bilsenkraut (Hyosciamus niger) in Liebestränken, in Zaubertränken, schmerzstillenden Medikamenten, Narkosen und im Bier. Sein Genuß erzeugte Gefühle von Enthebung, von Fliegen, Gewichtslosigkeit, Ekstase, farbige Visionen und dämonische Bilder, verbunden mit einer panischen, grobsinnlichen Heiterkeit und unbezwingbarem Lachen. In jedem Dorfgarten des Abendlandes wuchs das Bilsenkraut und wurde als Hausmittel oder Genußmittel benutzt. In meiner Heimat Rußland habe ich es noch allerorten gesehen. Es gab bei uns ein geflügeltes Wort: Wenn einer viel und hemmungslos und unmotiviert lachte, fragte man ihn, ob er sich am Bilsenkraut überfressen habe.

Nicht anders ist es mit der Koka der Peruaner und dem Peyotl der Indianer, dem Haschisch der Perser, dem Opium der Chinesen, dem Muskarin der sibirischen Völker. Sie alle öffnen das Auge für eine den Sinnen sonst verschlossene Welt und lassen die dämonische Welt als eine Wirklichkeit erleben. Das Erstaunliche daran ist, daß sich diese Erlebnisse von der uns mit unseren normalen Sinnen erfaßbaren Wirklichkeit nicht unterscheiden, auch nicht, wenn wir sie durch unseren kritischen Verstand abgrenzen; im Erlebnisbereich werden sie als Realität gebucht.

Ich selbst verfüge über einige solcher Erfahrungen, die mich hinsichtlich unserer Begrenztheit der Wahrnehmung unserer Welt nachdenklich stimmen. Unsere Sinne lassen eine gewisse beschränkte Wahrnehmung zu, was oberhalb oder unterhalb, rechts und links davon liegt, wird nicht erfaßt. Wissen wir doch beispielsweise, daß wir mit unserem Ohr nur eine begrenzte Zahl von Tönen zu hören vermögen. Ein Schwerhöriger ist in seiner Hörfähigkeit noch weiter eingeschränkt; was er nicht hört, kann er nicht erleben. Viele Tiere haben die Fähigkeit, Töne, die höher oder tiefer liegen als die von uns wahrgenommenen, zu hören, oder Dinge auf unvorstellbare Entfernungen zu sehen.

Es muß eine Zeit gegeben haben, da der „primitive", der Natur verbundene Mensch Dinge erlebte, sah und hörte, die später aus seinem Wahrnehmungsbereich verschwunden sind. Erzählen doch die Märchen der ganzen Welt von Geistern, Dämonen, kleinen Wichten und hilfreichen Heinzelmännchen. Heute kommen diese Wesen nur in pathologischen Zuständen vor. Unsere psychiatrischen Erklärungen dafür sind äußerst dürftig und wir begnügen uns meist mit der Beschreibung der Symptomatik oder der Stellung einer Diagnose. Die Tiefenpsychologie versucht solche Erlebnisse als Auftauchen von archetypischen Bildern zu erklären.

Ich selbst erlebte als Sechsjähriger wiederholt im Traum, daß ich fliege. Mancher von uns wird dieses Erlebnis mehr oder minder intensiv gehabt haben. Ich flog über eine Moorlandschaft, ziemlich niedrig, mit angezogenen Beinen und in einer gewissen körperlich-seelischen Spannung, ganz sicher dahin. Dieses Erlebnis war so wirklich und so nachhaltig, daß ich meiner Njanja erklärte, ich könnte fliegen. Sie stellte es in Abrede. Kurz entschlossen wollte ich ihr mein Können vordemonstrieren, und ehe sie sich's versah, flog ich aus dem Fenster des 1. Stockes in den Rododendronbusch. Ich war zutiefst erschüttert und konnte diese Fehlleistung nicht verstehen. Ich weiß jetzt mit dem Verstand, daß ich nicht fliegen kann, aber bis heute ist das Erlebnis der Wirklichkeit des Fliegens noch so nachhaltig in mir, daß ich es doch nicht ganz glauben kann, es nicht zu vermögen.

Eines Sommers, ich war damals zwölf, hörte ich ein wildes Geschrei und Gewiehere, das von den Stallungen her ertönte. Ich lief dorthin und fand die fünfköpfige Bedienstetenfamilie wild umeinander tanzend, lachend, sich umarmend und völlig unsinnige Handlungen vollführend. Sie tobten lustig, bis sie erschöpft umfielen. Es stellte sich nachher heraus, daß die aus der Stadt stammende junge Braut des Dieners statt Bohnenkraut Bilsenkraut aus dem Garten geholt und es zum Salat zubereitet hatte. Später schilderten alle Betroffenen, daß sie noch nie ein solches überschießendes Glücksgefühl erlebt hätten und sie sich vor Glück nicht zu lassen wußten. Dieses Erlebnis blieb jahrelang in ihnen lebendig.

Als Arzt wurde ich zu einem zehnjährigen Jungen in der Nachbarschaft gerufen, der Fliegenpilze gesammelt und sich selbst gekocht hatte. Er mußte sich dauernd erbrechen, doch stand er in seinem Bettchen, lachte und winkte, wankend, mit beiden Händen und rief: „Auf Wiedersehen, auf Wiedersehen, ich fliege, ich fliege. Ihr seid jetzt ganz weit weg!" Er genas, aber das Erlebnis dieses Fliegens blieb für ihn Wirklichkeit.

Ein anderes Mal wurde ich zu einem jungen Gastwirt, der infolge dauernden Alkoholgenusses und einer hinzugekommenen grippalen Infektion an Delirium tremens erkrankt war, gerufen. Er lag im Bett und sah sich umringt und belästigt von kleinen Kerlchen und kleinen Kriechtieren. Er bemühte sich, sie loszuwerden, er schlug auf sie ein und machte Wischbewegungen, er zerquetschte sie oder warf sie zu Boden. Er war über meine Untätigkeit entrüstet und beschimpfte mich, daß ich ihm nicht helfe, diese Wesen zu vernichten. Er war über ihre Anwesenheit keineswegs erschrocken, er fühlte sich nur belästigt und von der Menge der herangrabbelnden Gestalten überwältigt. Ich stand da wie ein Dummer. Wohl hatte mir die Diagnose keine Schwierigkeit gemacht, aber es war ein eigentümliches Erlebnis, vor einem Menschen zu stehen, für den zur Zeit andere Wirklichkeiten maßgeblich waren. Er erlebte und sah etwas, was ich nicht sah. Gewiß, ich konnte von meinem hohen ärztlichen Kothurn aus den Mann als krank bezeichnen; aber das änderte nichts daran, daß er auf der gleichen Erde mit den uns allen üblichen Sinnesorganen deutlich etwas sah und tastete, was für uns nicht da war. Ich überführte ihn, wie man es dann immer tut, in eine Irrenanstalt. Später wurde er geheilt entlassen. Er war klug genug, über dieses Erlebnis, für das die Erinnerung ihm blieb, zu schweigen. Ich kam später ins Gespräch mit ihm. Er sagte nur resigniert: „Ich habe sie aber doch ganz deutlich gesehen, ich habe sie gesehen!" Er versuchte einfach das Erlebnis zu verdrängen, weil es zu der erlernten Wirklichkeit in Widerspruch stand, aber er konnte die Wirklichkeitsqualität des Erlebnisses nicht wegdenken.

In der Bibel und im Evangelium begegnen wir dem Teufel als Person und als Macht des Widersachers, als Versucher zum Bösen und als Einem, der den Menschen auf dem Wege zur spirituellen Entfaltung hindert. Wir lesen, daß Christus die Besessenen, die von einem dämonischen Wesen bewohnt waren, heilt und die Dämonen aus den Menschen austreibt, und wir hören, daß Christus selbst vom Teufel versucht wurde, der ihm alle irdische Macht anbot. In der Taufzeremonie, der jeder Christ sich als Kind unterzieht, muß der Priester und der Pate im Namen des Täuflings dem Teufel und seinen Verführungskünsten absagen. Und dennoch ist der Teufel seit der Aufklärung und mehr noch in unserer Zeit des Materialismus aus dem Bewußtsein der Menschen verschwunden. Man kann kaum noch ein Kind damit schrecken! Wir haben ihn mit Wissenschaft und psychologischen Tricks weggezaubert und halten uns seither für aufgeklärt, frei von Aberglauben und Dämonie. Einer späteren Zeit und Geschichtsschreibung wird es vorbehalten bleiben, unsere Zeit als eine der dämonischsten Zeiten zu kennzeichnen. In ungezählten Verkleidungen wirkt der scheinbar zu Tode getragene Teufel in der Menschheit weiter. Das Bedürfnis des Menschen wirft sich, da Gott entgottet ist, auf fragwürdige Volkstribunen, Demagogen, Diktatoren. Seit der römischen Kaiserzeit, in der sich die Diktatoren zu Göttern erklärten, hat es keine solche pathologische, bedingungslose und kritiklose Vergottung von fragwürdigen, psychopathischen, gewalttätigen und unguten Menschen gegeben.

Der Reigen beginnt mit dem Meister der Guillotine, *Maximilien Robespierre* (1758—1794), der nach der Ausrottung der christlichen Religion den Kultus des „Höchsten Wesens“ errichtete und in der „Volkswohl-Regierung“ unter den Segeln der Menschlichkeit, Brüderlichkeit, Gleichheit und Freiheit nicht nur die unvorstellbarsten und massiertesten Verbrechen begangen, sondern das Volk zu Besessenen gemacht hat. Sie wurden, da ihnen die Gesetze der Menschlichkeit, der Ritterlichkeit, der Güte, des Verzeihens und der Barmherzigkeit abhandenkamen, die trotz des Christentums ohnehin schon äußerst schwach entwickelt waren, an den Verbrechen mitschuldig. Es ist zwar eine ausgleichende Gerechtigkeit, daß die Revolution ihre eigenen Schöpfer frißt, doch geschieht das meist erst, nachdem diese die Völker in unvorstellbares Elend, sittlichen Verfall und Not gerissen haben.

Wo Gott nicht mehr regiert, sondern die Göttin der Vernunft, der Intellekt — der ein junges und unfertiges Gebilde des Menschen ist und kein Herz besitzt, weil das Herz auf der Seite Gottes steht —, da herrschen Schlagworte, von denen der Mensch besessen wird: Nation, Rasse, Gesundheit, Leistung, Produktion, Gemeinschaft, Ehre, Blut und Boden. Da maßt sich ein Volk an, besser und vollwertiger als ein anderes zu sein. Und weil das Herz und das Gewissen schweigen, ist dieses Volk imstande, Minderheiten von Menschen wie du und ich in Massen zu vernichten. Und wie im Mittelalter außer dem vergessenen Arzt Johannes Weyer in jener Zeit und Welt nicht ein Mensch den Mut hatte, gegen die Vorurteile und gegen das Unsittliche, Unmenschliche und Unchristliche des Tuns vorzugehen, so geschieht dies, wie wir es jüngst erlebt haben, auch heute nicht.

Ein anderer, vergessener Besessener, der wohl die größte Vernichtung seines Vaterlands verursacht hat, ist der Diktator des Staates Paraguay, *Francisco Solano Lopez* (1827—1870), der Sohn und Neffe eines Diktators, der von der Idee besessen war, sein Volk, das aus Indios und Spaniern gemischt war, stelle eine besonders hochwertige Rasse dar und sei von Gott ausersehen, die Führerschaft der Völker Lateinamerikas zu übernehmen. Er suggerierte diese Idee seinen Paraguayanern. Wenn ein Volk so hochwertig ist, ist natürlich das Nachbarvolk minderwertig, das ist eine primitive und instinktive Konsequenz, die wir auch bei allen Mehrheiten gegenüber den Minderheiten wahrnehmen. Lopez entfachte 1864 einen völlig aussichtslosen Vielfrontenkrieg gegen Brasilien, Argentinien und Uruguay, der fünf Jahre dauerte. Schließlich wurden Frauen und neunjährige Kinder zum Kampf eingezogen. Auf den Altären in den Kirchen prangten die Bildnisse von Lopez, und jeder, auch die Priester, wurde standrechtlich erschossen, wenn er von Frieden oder Kapitulation sprach. Schließlich wurde Lopez mit einigen wenigen der übriggebliebenen Getreuen, mitten im Fluß Aquidaban stehend, am 1. März 1870 von seinen Gegnern getötet. Fünf Jahre dauerte der Krieg, der nichts anderes als ein Selbstmord war. Das Land war verwüstet. Nur ein Sechstel einer einstmals blühenden und lebensfrohen Bevölkerung überstand diesen Kollektivwahn.

Wie sehr ähnelt die Geschichte der deutschen „Tausend Jahre" diesem makabren Schauspiel; sie ist fast ein Spiegelbild. Und die Wenigen, die in gleicher Weise wie Agrippa von Nettesheim und Johannes Weyer mit offenen und vor Grauen starren Augen die Geschehnisse erlebten und die Geschichte von Lopez kannten, wußten, daß auch das Ende ein ähnliches sein mußte.

Der große Arzt und Psychologe *Ernst Kretschmer* sagt einmal von den Psychopathen: „In geordneten Zeiten beherrschen wir sie, in ungeordneten beherrschen sie uns."

Es ist eine seltsame Eigenschaft der menschlichen und der tierischen Kreatur, daß sie von Anbeginn ihres Daseins in der Angst lebt. Man braucht bloß die Tiere der Wälder, die Rehe, die Hasen, die Mäuse, die Vögel, oder unsere Haustiere zu beobachten. Der mittelalterliche Mensch hatte für seine Angst ein Gegenüber, den Teufel. Die Angst hatte ein Objekt. Heute hat sie keines mehr; da aber der Mensch ohne Objektivierung seiner Gefühle offenbar nicht leben kann, bezieht er sie auf greifbare Dinge. Es gibt scheinbar oder wirklich immer etwas oder jemanden, der das Dasein und die Lebenssicherung bedroht. Und es ist immer jemand Naher, in der Familie ist es der Nachbar, in der Arbeit oder im Beruf der Konkurrent, es ist der Feind, der uns nach dem Leben, nach dem guten Ruf, nach unserem Besitz trachtet. In den Völkern sind es die Nachbarvölker oder die Minderheiten innerhalb des eigenen Volkes. Ob es sich dabei um andere Rassen, die Angehörigen anderer Sprachen, anderer Religionsgemeinschaften, anderer politischer Meinungen, anderer Sitten und Gebräuche handelt: immer ist es das Andere, das Fremde, wogegen sich die emotionale Aggression wendet. Immer wird sie aus den Tiefen der Triebe gespeist. Wie dem Teufel die Eigenschaften der Schwärze, des Schmutzes, des üblen Geruchs, der Boshaftigkeit und der Gefährlichkeit anhaften, so werden diese Eigenschaften dem „anrüchigen" Feind zugeschrieben. Diese Triebregungen sind so mächtig in uns, daß wir ihnen beim geringsten Anlaß anheimfallen. Die Demagogie hat sich ihrer zu allen Zeiten bedient, ob es sich um die grauenhaften Judenprogrome im kaiserlichen Rußland, die Dreyfusaffäre in Frankreich, die Negerverfolgungen in Amerika, die Vernichtung der armenischen Christen in der Türkei oder die Scheußlichkeiten, die zwischen den Moslems und den Hindus in Indien vorkamen, handelte.

Im Nazi-Deutschland war die durch die Presse und Propaganda geschürte Dämonie des Judenhasses, der Verachtung der Minderheiten wie der Zigeuner, der Slaven, der politischen Gegner und der Gebrechlichen so allgemein, daß auch scheinbar kluge und kritische Menschen sich ihr nicht entziehen konnten. In bisher in der Geschichte nicht dagewesenem Ausmaße wurden ganze Völker „liquidiert", auf bestialischste Weise vernichtet. Und keine Stimme erhob sich dagegen, auch wenn man das eigene Leben riskiert hätte! So machten sich alle schuldig an dem Geschehen, die Henker und die

Agitatoren und auch die, die stumpf und unbeteiligt zusahen und später behaupteten, sie hätten nichts gewußt.

Die Psychose — denn nur so kann man es nennen — des Hasses, der Verachtung, der Angst voreinander wütet in der ganzen Welt. Der Eine ist dem Anderen ein Teufel, er tritt auf im Kleide des Kommunisten, oder für den Kommunisten als Kapitalist, als Saboteur, als Diversant; hier ist es der Neger, dort der Jude, hier der Araber, dort der Chinese. Der Andere ist immer der schlechthin Böse, Minderwertige, Unmenschliche, der Teufel. So ist es kein Wunder, daß ein Gespräch mit dem Anderen nicht möglich ist, weil man ihm a priori alles Böse, jeden Wortbruch, jede Gemeinheit zutraut. Der Verstand der dämonisierten Menschheit ist blockiert, und das Herz spricht nicht mit.

Eine unheilvolle Rolle bei dieser Dämonie gewinnt die Presse. Sie spielt meisterhaft auf dem Instrument der Angst. Die Angsterzeugung ist in den Zeitungen sogar gestaffelt. Auf den ersten Seiten stehen die internationalen Konflikte. Wenn es gerade keine Konflikte zwischen den Großen gibt, entbrennt immer irgendwo ein Konflikt an der Peripherie der Welt. Wie es bei Zanksüchtigen und sich Zankenden stets der Fall ist, Stoff zum Konflikt ist immer da, er kann groß und er kann winzig sein. Es ist darum gleich, wo ein Brandherd entsteht, im Keller, im Dachstuhl oder in der guten Stube. Und darum zittert die Menschheit bei jeder Konfliktmeldung. — Auf der zweiten Seite werden die Unzulänglichkeiten, die Skandale im eigenen Land und auf der letzten Seite die der eigenen Stadt abgehandelt. Es wimmelt von Unterschlagungen, Rauben, Morden, Zwistigkeiten, Grippewellen und anderen erregenden Dingen. Nachmittags greift man zur Abendzeitung, die ganz auf erregende und skandalöse Ereignisse eingestellt ist.

So schwingt der moderne Mensch von Angst zu Angst, von Erregung zu Erregung, immer in Spannung und in der Erwartung von unangenehmen Ereignissen. Es gibt Menschen, die jede Nachrichtensendung hören in der Angst, es könnte sich innerhalb von zwei Stunden im Weltgeschehen etwas Wesentliches verändert haben.

Die Welt, das sind ich und du. Wie soll sich diese Dämonie je ändern, wenn der Mensch als Einzelner und die Menschheit als Ganzes nicht aus dem Zauberkreis herauszuspringen und zum Menschlichen, zum Mitmenschlichen vorzudringen vermögen. Welcher Mensch oder welche Menschengruppe steht denn noch außerhalb dieser Dämonie? Am wenigsten sind es die Politiker; auch alle einseitig weltanschaulich oder religiös Gebundenen haben nicht die Fähigkeit, über die Grenzen ihres Horizonts hinauszusehen.

Und doch ist es das Anliegen aller Religionen, über den Weg der Selbstüberwindung den Menschen zur Überwindung der Angst zu führen. Nur der wahrhaft Vorurteilsfreie, der Gütige, der Liebende, der Weise, der Tolerante läßt sich nicht von den Dämonien des Hasses und der Unduldsamkeit verführen.

Im Abendlande gibt es eine kleine Gruppe von Menschen, die sich Jahrhunderte hindurch vom Glauben an den Teufel und von allen Dämonien freigehalten hat. Es sind die Quäker, die, frei von Dogmen und Vorurteilen, keinen Haß in ihrem Herzen dulden, weder dem Einzelnen, noch den Völkern gegenüber. Die immer, wo es Not gibt, einspringen und die ersten sind, die uneigennützig helfen und Gutes tun. Es gelang einer kleinen Gruppe von Quäkern sogar in den letzten Jahren der menschenvernichtenden Ära Stalins, nach Rußland zu gelangen und das Land ohne Begleiter und Aufpasser zu bereisen. Sie sind immer a priori bereit, den anderen anzuhören und zu wägen, ob er mit seiner Gesinnung Recht oder Unrecht hat. Sie haben aber auch den moralischen Mut, offen und furchtlos gegen das Unrecht aufzutreten.

Ähnliches haben wir in unserem Zeitalter in großartigster Weise in Indien unter der Führung eines heiligen und weisen Politikers, Mahatma Gandhi, erlebt. Ein Widerstandskampf ohne Gewalt, ohne einen Tropfen vergossenen Blutes. Welch ein grandioses Beispiel für die Völker!

Wie eigentümlich christlich ist diese Idee Gandhis! Sagt doch der große protestantische Theologe Adolf von Harnack in seinem Buch „Militia Christi“: „Es bedarf nicht weiterer Worte, um festzustellen, daß das Evangelium alle Gewalt ausschließt und nichts Kriegerisches an sich hat, oder auch nur dulden will.“

Und Thoreau (1817—1862) gibt in seinem Roman „Walden“ eine prophetische Parabel unserer Zeit. Er sagt: „Handelt in einem Lande die Regierung unrecht, dann kann ein anständiger Bürger nur noch im Gefängnis leben.“

Eine besondere Art von Geisteskrankheit nennen wir „Schizophrenie“, was so viel bedeutet wie Spaltung des Denkens, des Bewußtseins. Die Wirklichkeit unseres Alltags wird bei ihr überschichtet von einer anderen Wirklichkeit, die für uns nicht existiert, die der Kranke aber als Wirklichkeit erlebt. Er vermag diese beiden Wirklichkeiten nicht voneinander zu trennen.

Stephan Lochner
Aus dem Weltgericht: Zwischen Engel und Teufel

Jeder von uns ist von der Wirklichkeit des Zeitgeistes, seines Milieus, seiner Weltanschauung, seiner politischen Gesinnung gefangengenommen und erlebt die ihm fremde Wirklichkeit des anderen als ein Hirngespinst, als eine Besessenheit, oder Geisteskrankheit, oder bestenfalls Dummheit oder Primitivität.

So wie wir zu einem Geisteskranken nicht nur keine Brücken des Verstehens schlagen können, sondern ihn auch im Wert degradieren, so verhalten wir uns auch dem „Fremden", einer anderen Rasse, Sprache, Gesinnung, Gesittung gegenüber. Wir setzen ihn auf eine Seinsstufe, die unterhalb der unseren steht; damit verändern sich aber auch unsere emotionalen Beziehungen zu ihm, die Ehrfurcht, die Achtung, das Mitleid, die Freundlichkeit. Nur so kann man erklären, niemals aber entschuldigen, daß zu allen Zeiten Menschen gegenüber den Angehörigen fremder Rassen, Sprachen, Religionen, Weltanschauungen eine Bestialität an den Tag legten, daß man sich schämen muß, zu diesem Geschlecht zu gehören, das doch Gott nach seinem Bilde geschaffen hat.

In seiner emotionalen Schicht, in dem dunklen Unbewußten erlebt der Mensch den anderen als teuflisch, als tierisch, er benennt den Fremden auch mit tierischen Namen, mit den Namen solcher Tiergattungen, die in seinem Volk als unrein gelten. Aus dieser Haltung und diesem seelischen Untergrund steht der Weg zu allen, auch den bestialischsten Quälereien, Demütigungen und Vernichtungen offen, ohne daß das Gewissen gegen den Täter aufzustehen braucht. Ausdrücke wie: „Niederschießen wie einen tollen Hund", „Zertreten, wie ein ekles Gewürm" kennzeichnen bildhaft diese seelische Einstellung.

Ich erinnere mich einer seelischen Umkehr, die ich selbst in meiner Jugend erlebte. Auf dem Gut bei Moskau, wo wir lebten, gab es eine Kolonie von moslemischen Tataren. Von dem Hausgesinde hörten wir Kinder, daß es „Njechristi" — Unchristen seien. Wir konnten uns zwar keine Vorstellung davon machen, doch mußte es etwas ganz Furchtbares sein. Wir wußten auch, daß die Tataren kein Schweinefleisch essen, weil das Schwein bei ihnen als unrein gilt.

Oft lauerte ich den Tataren hinter dem Gartenzaun auf, zeigte ihnen verstohlen das „Schweineohr", indem ich einen Zipfel meiner Jacke oder des Taschentuchs zu einem Schweineohr formte, und rief ein Schimpfwort: „Schurum Burum" ihnen zu. Da sie in jeder Hinsicht so minderwertig waren, fühlte ich mich hinter meinem Zaun wohl beschützt. Wie groß war mein Erschrecken, als einst ein junger schlitzäugiger Tatare mich ernst und traurig ansprach und fragte, warum ich ihn beschimpfe und was er mir getan habe.

Erst wollte ich weglaufen, doch schämte ich mich dessen. Gütig und vorsichtig schlug mir der Tatare vor, ich möchte ihn und seine Familie besuchen kommen, um mir ein Bild von ihnen und ihrem Leben zu machen. Teils aus Beschämung, teils aus Neugier, und weil mein Gewissen sich regte, nahm ich die Einladung an, erbat mir aber von Mama die Genehmigung, weil mir mein Wagnis doch auch gefährlich und gruselig erschien, hatte man doch von Ritualmorden an Kindern gehört.

Wie groß war mein Erstaunen, eine zwar völlig fremde, exotische Welt mit anderer Bau- und Wohnweise, anderer Küche und anderen Bräuchen zu finden! Doch das Saubere, Freundliche, das mir von den Fremden entgegenströmte, überwältigte mich. Ich wurde Freund meiner Altersgenossen; allerdings mit dem Erfolg, daß manche meiner Spielgenossen sich von mir abwandten, weil ich mit den „Unchristen" verkehrte. Seit jenem Erlebnis habe ich nie wieder ein Vorurteil oder eine Aggression gegen „Fremde" in mir aufkommen lassen.

Wenn wir von der Schizophrenie des Einzelnen als von einer Krankheit sprechen, so müssen wir mit einiger Betrübnis und Ratlosigkeit feststellen, daß durch unser gesamtes Abendland ein Bruch, eine Spaltung des Bewußtseins geht, die nicht zu überbrücken ist. Der mittelalterliche Mensch ist ganz in die Spannung zwischen den esoterischen Mächten hineingestellt. Vorder- und hintergründig schwingt sein Leben in den Gezeiten der Geschichte Christi. Er erlebt sich als Objekt zwischen den guten und den bösen Mächten.

Gott und seine Engel und Heiligen ziehen ihn zum Guten, zum Geistigen. Der Teufel mit seinen Dämonen zielt auf seine niederen Triebe ab und gewinnt oft das Spiel. Der Mensch erlebt sich aber auch als ein Spielzeug zwischen diesen Mächten, die für ihn Wirklichkeiten sind, er sieht, hört, riecht und fühlt sie. Wie wunderbar und doch für uns absonderlich muten uns heute die Chroniques scandaleuses des Zisterziensermönchs Caesarius von Heisterbach aus dem zwölften Jahrhundert an, die von Wundergeschichten, Träumen, Begegnungen mit Gott, den Heiligen und Teufeln wimmeln.

Der mittelalterliche Mensch stand so sehr im Banne dieser seiner Wirklichkeitswahrnehmung, daß er die andere, die für uns heute aktuelle Wirklichkeit gar nicht sah. Es gab keine Forschung, weil der Sinn des Menschen auf eine andere, esoterische Wirklichkeit gerichtet war. Lesen wir die höchst differenzierte Gedankenakrobatik unserer

Vorfahren, der Scholastiker, so erstaunen wir, mit welch, von uns aus gesehen, „unsinnigen" Spekulationen sie sich abgaben. Menschen, die sich der „Wirklichkeitsforschung" widmeten, wie es als erster im Mittelalter Roger Bacon tat, wurden von allen sofort des Bündnisses mit dem Teufel verdächtigt, Giordano Bruno wurde verbrannt. — Wenn wie durch ein Wunder einer unserer Zeitgenossen in jener Zeit mit einem Radiokasten erschienen wäre, er wäre samt dem Kasten schneller verbrannt worden, als er das Programm hätte abspielen können. Er und das Ding konnten nur des Teufels sein.

In der Renaissance, in der Aufklärungszeit und vollends im 19. Jahrhundert vollzieht sich, zwar allmählich, doch unaufhaltsam, ein Wandel innerhalb der abendländischen Menschheit. Ihre Wirklichkeitswahrnehmung wendet sich genau um 180 Grad. Die Wahrnehmungswelt des Mittelalters wird heute unter die Geisteskrankheiten, die Schizophrenie, die Halluzinose eingeordnet. Zwar erklären diese Bezeichnungen nichts, es werden nur psychiatrische Erscheinungsbilder, die wir heute an Geisteskranken kennen, unter diesen Begriffen gesammelt, und diese werden auf die Großen und Begnadeten jener Zeit angewendet. So werden Christus, die Propheten Jesaia, Elia, Jeremia als Schizophrene bezeichnet. Man spricht von der Psychopathologie des Heiligen Franziskus. Es ist typisch für unsere Zeit, daß sie, wie die alte, gegen das Fremde oder Fremdgewordene unduldsam ist und ohne jede Ehrfurcht vor dem wahrhaft Großen die verehrtesten Gestalten der Bibel und des Christentums zu Geisteskranken stempelt, sie also jeden Werts entkleidet.

Diese Entwertung ist in vielfacher Hinsicht tragisch und verhängnisvoll. Schließlich handelt es sich um unsere Ahnen, die unser Leben vorbereiteten, die uns herrliche Denkmäler des Sittenkodex, des Wortes, der Malerei, der Plastik und der Architektur hinterließen. Sie haben ebenso gut und ebenso schlecht gelebt wie wir, sie sind uns aber, dank dem verschobenen Wirklichkeitserlebnis, fremder geworden als unsere Darwinschen Vorfahren, die Gorillas.

Die gleiche Entfremdung vollzieht sich gegenüber der Religion. Die Bibel, das Evangelium war mehr als anderthalb Jahrtausende die heilige Lehre. Wort für Wort war von Gott dem Menschen gegeben, mithin sind die tiefsten Weisheiten und Lebensregeln darin offen oder verborgen niedergelegt. Der Mensch als Geschöpf ist gottbezogen. Seine Aufgabe ist es, durch Gnade, Gebet und Selbstmeisterung zum spirituellen Menschen, zum Ebenbild Gottes auf dem dornigen Weg des Lebens vorzudringen.

In unseren heiligen Schriften handelt es sich um Gott und seine Engel, um die bösen Mächte, um Besessenheiten durch Dämonen, um Wunder. Was bleibt dem „wirklichkeitsnahen" Menschen von heute, wenn er die heiligen Schriften des Wesentlichen entkleidet?! Christus ein Schizophrener, die Propheten, Apostel und Heiligen lediglich Geisteskranke oder Psychopathen, die Austreibungen von Dämonen bloße Märchen, die Heilungen von Krankheiten nur Suggestionen, und die Wunder lediglich Gleichnisse. Es bleiben etwas magere und wenig überzeugende Verhaltensregeln für das Dasein, die, weil nicht mehr modern, wie Liebe zum Nächsten, Demut, Dienst am Armen und Kranken, Besitzlosigkeit, Vorbereitung auf den Tod als Übergang zum anderen Leben, keinen Wirklichkeitswert mehr für uns besitzen.

Das Ergebnis dieses Gesinnungs- und Wirklichkeitswandels ist, daß es im christlichen Abendlande weit mehr Heiden gibt als anderswo auf der Welt und daß eine große Anzahl von Menschen säkularisiert ist, denen die Dinge des Glaubens nichts mehr bedeuten. Weil sie aber offenbar nicht ohne Glaubensbindung leben können, verfallen sie stattdessen irgendwelchen „Ismen": einer Philosophie, einer Gesellschafts- oder Wirtschaftslehre und schließlich wird der Glaube an die Vorzüglichkeit der eigenen Rasse zum Religionsersatz. Die Gläubigen selbst zerfallen in sich befehdende Konfessionen, die einander feindlich gegenüberstehen; ein nicht geringer Teil der Lehre und der Heilsbotschaft ist aber auch ihnen gleichgültig oder fremd geworden.

Der Sprung aus der religiösen Behaustheit in den Materialismus war, auch wenn er sich während mehrerer Jahrhunderte vollzog, doch so gewaltsam, daß weder die anstelle Gottes errichtete Göttin der Vernunft noch das goldene Kalb des Materialismus mit seinem Besitz- und Geltungsstreben die Menschen zu besseren, reiferen und gütigeren Geschöpfen machte. Im menschlichen Verhaltensbereich ist vielmehr alles beim Alten geblieben. Der moderne Mensch wird von einer amorphen, ungerichteten Angst geschüttelt, die er auf Fremde, Nachbarn und konträre Weltanschauungen projiziert. Der Existenzialismus benennt diesen Zustand ein Auf-sich-allein-gestellt-sein, ein Hinausgeschleudertsein in ein kaltes, dunkles, feindliches, unerklärliches Dasein. Damit ist, außer der Bestätigung einer grenzenlosen Einsamkeit und Preisgegebenheit, natürlich nichts erklärt.

Der Psychiater Kurt Kolle sagt in seinem Buch „Der Wahnkranke im Lichte alter und neuer Psychopathologie" — wobei er aber den medizinischen Wahn im Auge hat und nicht die Dämonie meint, von der wir hier sprechen: „Die Philosophie, die wohl auch die Aufgabe hat, diejenigen, die in der Religion keine Heimat finden, ein wenig zu trösten, entläßt uns arme Psychiater, die wir uns redlich um den Wahnkranken abmühen, wirklich trostreich: sie umkreist den Wahn auch nur mit neugierigen und tiefsinnigen Fragen; was nun eigentlich Wahn ist, genau: wie sich Wahn von Wahnsinn unterscheidet, weiß sie auch nicht. Ein wenig hat aber auch die Philosophie geholfen zum glücklichen Ergebnis des Symposions, an dem sie mit Psychopathologie und Sprachforschung teilnahm; alle drei konvergierten nämlich in einem wichtigen Punkt: der Wahn liegt bereits im menschlichen Wesen; es bedarf nur eines Funkens, der ihn anzündet und die Flamme des Wahnsinns auflodern läßt."

Sicherlich sieht auch Kolle die hier geschilderten Bestialitäten der Menschen gegen die Menschen als kollektiven Wahnsinn an. Wie harmlos müßte einem sonst ein gewöhnlicher Wahnsinniger gegenüber diesen Ereignissen und ihren Vollziehern anmuten!

In unserer Vorstellung existiert das Bild von einem normalen Menschen, das allerdings in jeder Zeit und in jedem Lande, ja sogar in jeder Gesellschaftsschicht ein anderes ist. Allein schon diese Einschränkung kennzeichnet deutlich, daß es diesen normalen Menschen eben gar nicht gibt. Aber die Medizin, besonders die gutachtende Medizin und die Psychologie, die Justiz und die Pädagogik arbeiten mit diesem Begriff, als ob er Wirklichkeit wäre. Die Fragwürdigkeit dieser Normalität wird uns lächerlich klar, wenn wir uns einen Film ansehen, der vor dreißig Jahren gedreht wurde und von dem wir, als wir ihn seinerzeit gesehen hatten, begeistert waren. Alles, Kostüm, Bewegung, Gang, Gebärde, Sprache, Gesichtsausdruck und selbst das Thema erscheinen uns albern, unwirklich und verzerrt, und wir fragen uns erstaunt und befremdet: ist es möglich, daß wir, die wir in jener Zeit gelebt haben, so komisch waren?!

In den zwanziger Jahren nahm ich einen Neger von Liberia, der mich auf Schiffsreisen als Doktorboy begleitete, in Hamburg in einen komischen Film mit. Das Publikum wieherte vor Vergnügen, nur der arme Neger saß traurig und ratlos da, weil er nicht eine der komischen Situationen als komisch zu deuten vermochte. Nie wurde mir so deutlich, daß auch Komik eine enge Grenze der Norm, des Komischen also, hat, die zeit- und milieugebunden ist.

So gibt es keine gültige Norm mehr, sondern zahllose Normen;

Normen für die Geschlechter, für die Milieus, für die Bildungsgrade. Ein Kind, das sich wie ein Erwachsener verhält, ist zweifelsohne nicht normal, ein Erwachsener, der kindisch ist, desgleichen. Immer ist diese Norm ein Mittelmaß, gemischt aus Intelligenz, Willen, Verhalten, Selbstmeisterung, Kontakt, Urteilsfähigkeit. Was darunter oder darüber liegt, gehört zum Absonderlichen, zum Pathologischen. So rechnen wir zu den Abnormitäten: die Dummheit, die Verstiegenheit, die Kontaktlosigkeit, die Launenhaftigkeit, die Unzuverlässigkeit, das übersteigerte Geltungsgefühl, die neurotischen Fehlhaltungen, die Psychopathien, und am Ende dieser Reihe die Geisteskrankheiten, bei denen es sich bereits um schwere Verschiebungen von der „normalen" Wirklichkeitswahrnehmung handelt.

Von einem Menschen, der seine Haltung verliert, in Wut oder Erregung gerät, sagen wir in allen Sprachen, er sei „außer sich", obwohl er sich doch wohl seinem Temperament und seiner Anlage entsprechend verhält. Es ist ein Zeichen, das wir das „in sich sein", die Gesammeltheit und die Beherrschung der niederen Triebe, wenn dies auch noch so schwer fällt, als normal erachten. Analysiert man sich selbst und die Mitmenschen auf diese Norm hin, so finden wir, daß sie nur einen schmalen, immerzu von außen und innen gefährdeten Bezirk unseres Selbst ausmacht. Ernst Kretschmer sagt in seinem Werk „Hysterie und Reflex", daß jedes Tier und jeder Mensch hysteriefähig sei und auf plötzliche Ereignisse oder Überforderungen hysterisch reagieren könne. Hans Gruhle spricht von der Neurosefähigkeit des Menschen. Und tatsächlich gibt es vom Gesichtspunkt des Arztes aus keinen noch so robusten Menschen, der nicht in verschiedenen Bezirken seines Daseins neurotisch, also mit Fehlhaltungen, oder hysterisch reagieren würde. Beide Reaktionen betrachten wir aber als abnorm.

Darüber hinaus sind wir von unbekannten und unerklärlichen Dingen in uns selbst umgeben, von Dingen, die wir weder mit dem Willen noch mit der Vernunft noch mit dem Verstand zu meistern vermögen. Den kleineren Teil unseres Lebens verbringen wir schlafend in unbekannten Regionen. Was geschieht dort doch alles: Ängste, Gesichte, dämonische Gestalten, romanhaft abrollende Erlebnisse, unbekannte Landschaften von ungeahnter Herrlichkeit oder Furchtbarkeit, plötzliche Verwandlungen von Menschen in Tiere oder Pflanzen, Selbstverwandlungen. Das eine Mal ist man Akteur, dann wieder Zuschauer. Die ganze Welt von Engeln und Dämonen, die die mittelalterlichen Maler und Visionäre geschaut haben, ersteht vor uns, wirkt in uns — und entgleitet uns. Das ägyptische Traumbuch hat für die verschiedenen Gestalten der Träume Entsprechungen und Deutungen für das Leben gefunden. Sie werden in allen Völkern angewendet. Josef und Daniel machten sich durch die geschickte Traumdeutung zu Lieblingen der Könige.

Unsere moderne Tiefenpsychologie hat andere aufklärende Bezüge zum Traum gefunden, die sehr plausibel klingen, nämlich, daß aus der Tiefe der Seele auftauchend archaische Bilder sich in Sinnbilder verkleiden und uneingestandene oder unbewußte Wünsche, Sehnsüchte, Süchte, Fehlhaltungen, Verfehlungen, Versündigungskomplexe sich im Traum als in Gestalten und Ereignisse verkleidete Symbole kundtun. Beide, das ägyptische Traumbuch und die tiefenpsychologische Deutung, enthalten Richtiges. Das erstere stammt aus magisch-mythischen Zeiten, da der Mensch noch ganz nahe den Wundern und Geheimnissen der Natur lebte. Wenn unsere Mamsell heute, oder unsere Njanja früher, böse oder gut träumte, so bezog sie ihre Deutung aus dem ägyptischen Traumbuch, und das war ihre Wirklichkeit, die sich auch bewahrheitete, wie sich alle Prophezeihungen der ganzen Menschheit immer bewahrheiten, weil zu allem Geschehen im Großen oder im Kleinen immer Entsprechungen vorhanden sind. Eine Generaldirektorsfrau wird sich mit gleichem Erfolg einer tiefenpsychologischen Deutung hingeben.

Was übrigbleibt, ist das Geheimnis, daß wir nicht wissen, was ein Traum wirklich ist, wo er seine Quellen hat, ob und welche Gehirnzellen arbeiten oder gereizt werden; oder um mit den Begriffen des Mittelalters zu sprechen: welche Pforten zu einer uns durch unsere groben Sinne verschlossenen Welt öffnen sich da wirklich? Der Gute und der Böse sind davon gleicherweise betroffen: vor manchem Heiligen, wie wir es aus den Beschreibungen wissen, öffnete sich die ganze Furchtbarkeit der Hölle, während manchem Verbrecher tröstende, engelhafte Visionen zuteil werden.

Aber nicht erst beim Schlaf, sondern bereits beim Vorgang des Einschlafens, bei dem unser wertendes Bewußtsein noch da und dort schon im Entschwinden begriffen ist — welche Preisgegebenheit an das Dämonische findet doch schon da statt: noch kämpfen wir mit unserem Verstand dagegen, und schon gleiten wir willenlos hinein in eine Welt ohne Stützen. Dann sind wir, in einer anderen Weise als in Wut oder Erregung, „außer uns“.

Das „Es“ des Begründers der Psychoanalyse, Sigmund Freud, ist nichts anderes als die neutralste Verkleidung des alten Dämons;

alles, was ihm vorher zugeschrieben wurde, ist nun das Unterbewußte, das „Es". Tatsächlich, je dämonischer ein Mensch ist, je „schwächer" im Sinne des chinesischen schwachen Menschen er ist, um so größer ist dieses anonyme „Es", das in ihm oder durch ihn wirkt. Im Umgang mit Rechtsbrechern, Verwahrlosten, Psychopathen, Süchtigen, sexuell Enthemmten begegnet einem dieses dämonische „Es" als der Generalvertreter des Menschen, als der Spiritus Agens. Es wird mit einer erstaunlichen und glaubwürdigen Eindringlichkeit vorgebracht, der man sich unmöglich entziehen kann. Horcht man ohne diagnostische Voreingenommenheit in die Seele eines Menschen, so wird man davon überzeugt, daß dieses „Es" wie ein Fremder, ein Unheimlicher, ein Unbekannter im Menschen wirkt, dem dieser sich ausgeliefert fühlt, ohne ihm widerstehen zu können.

Aus den Selbstzeugnissen nahezu aller schöpferischen Menschen erfahren wir von den grauenhaften Zuständen des „Außersichseins". Keiner, auch die Heiligen, die Weisen und die Gütigen, sind davon ausgenommen. Hier die Schilderung einer Vision des heiligen Sergius von Radonesch (1313—1391): „Eines Tages ging der ehrwürdige Sergii nachts in die Kirche und wollte die Matutin singen; als er aber zu singen begann, öffnete sich plötzlich die Wand der Kirche und es erschien leibhaftig der Teufel mit einer Menge der höllischen Heerscharen, der wie ein Dieb und Räuber nicht durch die Tür einzugehen pflegt. Und sie erschienen in folgender Gestalt: sie waren in litauischer Kleidung und mit spitzen Helmen; sie stürzten sich auf den Seligen, wollten die Kirche und den Ort bis auf den Grund verwüsten und fletschten die Zähne gegen den Seligen, wollten ihn töten ..." Hier ist wieder typisch, daß der Teufel natürlich in litauischer, also in nachbarlich fremder, katholischer Kleidung erscheint und wie ein Räuber durch die Wand kommt!

Ein modernes, abstraktes, aber nicht weniger quälendes Erleben beschreibt Strindberg im „Inferno" 1897. „Die Seelenangst nimmt überhand, der panische Schrecken vor allem und nichts ergreift mich so, daß ich von Zimmer zu Zimmer fliehe ..."

Ähnlich ratlos stehen wir Psychiater den Süchtigen gegenüber. Ob es sich um Alkohol (aus dem der Staat Gewinne durch Steuern zieht!), um Morphium, Marihuana, Kokain, Haschisch, Opium oder die modernen enthemmenden oder spannungssteigernden synthetischen Drogen handelt: immer gelangt das Individuum in die Maschen des Giftes und bringt keinen Willen mehr auf, sich aus ihnen zu befreien. Wir machen mit ihnen Entziehungskuren und sperren sie ein, doch wissen wir genau, daß sie in der Mehrzahl der Fälle wieder rückfällig werden, ebenso rückfällig wie enthemmte, besessene Sexualverbrecher, wie Gewohnheitsraucher, wie Spieler, wie Querulanten. Hinter der Person steht eine unheimliche Macht, die stärker ist als ihr schwacher Wille. Weder die Medizin noch die Tiefenpsychologie haben, wenn sie ehrlich sind, den Grund des Übels aufgedeckt. Man spricht von Psychopathie oder von Unreife und unverarbeiteten Konflikten. Aber es gibt keine tiefenpsychologische Behandlung, die eine wirkliche Umkehr bewirken würde!

Wenn auch zahlreiche Drogen aller Kontinente die Pforten der Wahrnehmung, wie Aldous Huxley es nennt, in ein unbekanntes, bald schönes, bald grauenerregendes Gebiet öffnen, was gelegentlich auch durch fieberhafte Erkrankungen oder Epilepsie hervorgerufen wird, so bietet das Krankheitsbild der Schizophrenie ein klassisches Beispiel solcher Geöffnetheit. Die Kranken leben, wenn es nicht wie im Endstadium zu einem völligen Zerfall der Persönlichkeit und einem Versiegen der Kontakte kommt, in zwei Schichten. In leichteren Fällen leben sie in ihren Familien und gehen einem Beruf nach. Aber sie hören Stimmen, Stimmen, die zu ihnen sprechen, Schlechtes und Gutes, meist allerdings Schlechtes. Es ist noch nie einem Arzt oder Psychologen gelungen, einen Schizophrenen zu überzeugen, daß diese Stimmen nur in seinem Inneren wirken, daß sie keine Realität sind. Er kann es weder glauben noch fassen, es vermischen sich in ihm also zwei Wirklichkeiten, die des normalen Lebens und eine andere, für die die Sinne der sogenannten Normalen verschlossen sind. Das geht so weit, daß viele von ihnen schließlich dissimulieren, also die Tatsache des Stimmenhörens verschweigen, weil sie wissen, daß sofort, wie aus der Pistole geschossen, die Diagnose der Schizophrenie, mit ihr verbunden eine Einweisung in eine geschlossene Anstalt, eine Elektroschock- oder eine Megaphenbehandlung erfolgt, eine echte Hilfe oder Heilung aber dadurch nicht gewährleistet ist.

Bisher ist es uns nicht gelungen, nennenswerte Veränderungen des Gehirns weder bei Psychopathen, noch bei Süchtigen, noch bei Schizophrenen festzustellen. Geringe Abweichungen auf dem Gebiete des Stoffwechsels werden zwar beschrieben, doch kommen diese auch ohne Schizophrenie vor. Hier kommt man erschauernd dem Mittelalter nahe, es drängt sich direkt die Vorstellung einer Besessenheit durch Dämonen auf.

1924 ging durch Amerika ein erregendes Buch eines alten gediegenen Psychiaters, Dr. med. Carl Wickland, das betitelt war: „Dreißig

Jahre unter den Toten" (es ist 1953 in deutscher Sprache erschienen), das seine Erfahrungen an Geisteskranken als Besessenen darlegt. Es gelang ihm mit Hilfe seiner Frau, die ein Medium war, Geister, von denen Geisteskranke besessen waren, zum Sprechen zu bringen. Es handelte sich, wie Wickland behauptet, um Seelen verstorbener, meist Süchtiger oder Verbrecher, die nicht zum Bewußtsein gelangt waren, daß sie nicht mehr lebten, und die sich schwache Objekte aussuchten, um sich zu realisieren. Wenn diese Berichte, die sehr glaubwürdig abgefaßt sind, Wahrheit sind, dann sehen wir das Wunder der Austreibung böser Geister durch Christus wieder mit anderen Augen an.

Ob es sich nun um eine Dämonie, also eine Einwirkung von Dämonen handelt, wie wir es anderthalb Jahrtausende für wahr hielten und wie es alle Völker, die an eine Religion gebunden sind, noch heute glauben, oder ob es sich um chemische oder Stoffwechselgifte handelt, die die Person in solch auffälliger Weise außer sich bringen: immer haftet, auch mit den Augen des kritisch denkenden Arztes gesehen, dem Zustand etwas Unentrinnbares, Schicksalhaftes an, und man erlebt, ohne etwas dagegen tun zu können, den Durchbruch einer Person in andere, fremde Wirklichkeitsschichten.

Wer entgeht wirklich dieser Dämonie? Wer kann sich ihr entziehen? Wissen wir das? Erleben wir doch, daß die Dummen wie die Genialen, die Faulen wie die Tätigen davon befallen werden können. Und manch ein Weiser und Heiliger sogar fällt im Alter der Stumpfheit anheim.

Doch macht sich der Weise frei von der Bedrängnis der Angst, weil er Herr seiner Triebe geworden ist, weil er sich über Genuß und Tod, Besitz und Geltung hinübergebracht hat an das andere Ufer, an dem jede Wirklichkeit eine Wirklichkeit ist, die er respektiert, ob er sie erlebt oder nicht.

Was der Chinese mit dem schwachen Menschen meint, der für die Dämonie in jeder Hinsicht anfällig ist, meint die moderne Psychologie mit dem Begriff der Unreife, die geradezu ein Kennzeichen unserer auf Leistung, Geltung und Besitz eingestellten Zivilisation ist. Graf Karlfried von Dürckheim sagt: „Der Mangel an Sinn für menschliche Reife zeigt sich bei uns überall, sowohl in der Lehre vom Menschen wie in der Praxis des täglichen Lebens. Weder ist »Reife« jemals ein Zentralbegriff unserer Philosophie gewesen, noch je zu einem Grundanliegen unserer Erziehung oder ein Maßstab zur Bewertung des Menschen geworden. Die Folge davon ist überall ein erschreckendes Maß an menschlicher Unreife, deren unheilvolle Auswirkung sich auf allen Gebieten des Lebens zeigt: in der Politik, in der Wirtschaft, in der Wissenschaft, in den Ehen und nicht zuletzt in der Gesundheit des Menschen ... Der Unreife ist den guten Mächten verstellt, und so verwandelt sich ihre Kraft in das Böse, das ihn und was um ihn ist zerstört und vergiftet."

Und Gustav Meyrink läßt seinen weisen Rabbi Hillel sagen: „Alles, was der Mensch sieht, ist falsch, solange die Leuchter in ihm nicht umgestellt werden ..." Damit ist gemeint, solange er nicht aus der Befangenheit in seinem kleinen „Ich" zum kosmischen Bewußtsein vordringt.

BEGEGNUNG MIT DEN MEISTERN

Die Meister: das sind unsere Antennen zum Kosmos, zur göttlichen Hierarchie, unsere Lehrer und Mittler der ewigen Wahrheiten. Heute nennen wir Meister einen, der in irgendeiner Handfertigkeit ausgebildet ist, so daß das Wissen und Können durch lange Übung in ihm als ein Schatz ruht, dessen kostbaren Inhalt er seinen Schülern, Lehrlingen und Arbeitern aus souveräner Bewältigung vermitteln kann. Nicht immer ist der heutige Meister auch ein Meister seiner selbst, ein ganzer, ein wirklicher Mensch! Die alten Meister waren es; es wurde von ihnen nicht nur eine Fertigkeit in einer Kunst verlangt, sie mußten auch reife Menschen sein, begabt zur seelisch-geistigen Führung der Menschen. Sie waren in anderen Abschnitten das Lebens stellvertretend für den Vater da.

Die ersten Meister im Leben des Menschen sind die Eltern und die Großeltern, die auf ihn das unmittelbare Wissen vom Leben übertragen. In ältesten Zeiten war es der Älteste, der Urahn, der Chef der Familie oder des Clans, des Gezelts oder des Dorfs, der, Regierer und Priester zugleich, in intimster Verbindung zu seinen Ahnen und zu Gott stand. Er war, wie es später der König oder der Priester wurde, der unerschütterliche Schutz, der Richter und der Wahrer uralter Ordnungen. Man verehrte ihn und schaute zu ihm auf.

Auch der Priester, von dem wir selbstverständlich erwarten, daß er durch sein Amt als Mittler zwischen Mensch und Gott eine reife, gütige und beherrschte Persönlichkeit ist, erfreut sich der Anrede „Vater“. Der Papst, der „Papa“ der römisch-katholischen Kirche, wird als Heiliger Vater angeredet. Zum Priester sagt man: „Mon pére“, „Pater“, „Batiuschka“. Nur der protestantische Pastor, der Hirte, verlor im Zuge der Intellektualisierung und der Entfremdung von den mythischen, vitalen Bindungen die Eigenschaft des Vaters, die als Sinnbild des Schutzes die wichtigste menschliche Bindung ist.

Sheldon Cheney sagt ein treffendes Wort von den Ahnen als Meister: „Ahnenkult ist eine Verherrlichung der Schöpfung, eine andächtige Versenkung in die Vorstellung der ununterbrochenen Weitergabe des Lebens. Ein Vorfahre nach dem anderen ist unsterblich geworden, indem er die Kette der Generationen um ein weiteres Glied vermehrte. Es ist die rückwärtige Verbindung zum Beginn des Weltalls vor der Schöpfung, zu einem ehrfürchtig verehrten, allumfassenden Einen und zu allen Vätern seines Stammes, und er wird verehrt als Verbindungsglied mit der Zukunft und mit allem Guten, das der Mensch noch schaffen wird."

Im Abendlande gibt es nur noch einige wenige Menschengruppen, die eine unverrückbare Beziehung zu ihren Ahnen haben, das sind: der Adel, die Patrizier und die seßhaften Bauern. Sie sitzen auf ihren Besitzungen, oft in uralten Anwesen, auf denen schon ungezählte ihrer Ahnen gesessen haben. Sie besitzen Porträts und Gebrauchsgegenstände ihrer Vorfahren, und die Mitglieder ihrer Familien werden aufgezeichnet, es wird über sie Buch geführt. Sie sind Menschen, wie du und ich, nichts ist an ihnen anders. Und doch sind sie anders. Sie sind anders gefüllt, sie tragen in ihrem Leben und ihrem Bewußtsein das Blut und die Vergangenheit, aber auch die Verpflichtungen ihrer Vorfahren in sich. Sie sind belastet mit einer schöpferischen Vergangenheit, sie fühlen sich, dank dieses Lebendigbleibens der Ahnen in sich, stärker verbunden mit der Geschichte ihres Landes, ihrer Stadt, ihres Dorfes. Sie haben durch das Wissen um ihre blutsmäßige Verwandtschaft mit so vielen Trägern des gleichen Erbes ein Zusammengehörigkeitsgefühl zu diesen anderen, das weit umfassender ist als das bindende Gefühl zu den leiblichen Geschwistern. Ihr Wissen um die engere oder weitere Vergangenheit ist größer, da sie mit ihrem Namen in sie verwickelt sind und da vom Gefühl her dieses Wissen eine Wärme der Beteiligtheit erhält.

Da sie in wesentlichen Zügen ihres Seins, gerade in dieser „Schwangerschaft mit Vergangenheit" gleichen Gruppen aller Länder und Kontinente ähnlich sind, kommt es, daß sie sich auf einer internationalen Plattform leicht miteinander verständigen können. Sie sind durch eine alte Tradition und die Fähigkeit, sich zu beherrschen, sich anzupassen und durchzuhalten, vielen anderen in der Haltung, in der Anpassung und der Kraft zum Durchhalten überlegen.

Ich erinnere mich aus meiner Jugendzeit eines Erlebnisses, das mir einen unauslöschlichen Eindruck hinterlassen hat. Schon als Kind war ich stolz auf meine Familie und ihre Geschichte, die mit vielen Ländern verknüpft ist und die aus russischen, deutschen, polnischen, englischen, und tatarischen Blutsquellen gespeist wurde. Bei uns im Hause verkehrte damals ein sehr bescheidener und wohlerzogener chinesischer Student, der in unserer lauten und ausgelassenen Gesellschaft sehr still wirkte. Wir, wie alle in der Beurteilung ihrer Nachbarn, maßen dem Fremdling nicht allzuviel Kultur bei. Kannten wir doch die Chinesen vor allem als umherwandernde Verkäufer von Seidenstoffen und bunten Papierfähnchen. Sie trugen lange

Zöpfe und auch im heißen Sommer blaue wattierte Jacken und sie handelten noch hartnäckiger als die Russen und die Armenier.

Einmal brachte er uns die Einladung seiner Eltern mit, die uns aufforderten, des Sommers einige Wochen bei ihnen zu verbringen. Wir nahmen freudig und neugierig an. Sechzehn Tage dauerte damals allein die Fahrt auf der transsibirischen Bahn. Unser Student entpuppte sich als Angehöriger einer vornehmen chinesischen Familie.

Wie erstaunt war ich, als ich angesichts des Ahnenaltars Näheres erfahren wollte und man mir bereitwilligst Lebensdetails von Ahnen, die mehr als zweitausend Jahre zuvor gelebt hatten, erzählte, und zwar mit solcher Wärme und Anteilnahme, als lägen die Begebenheiten nur eine Generation zurück. Ich, der ich auf eine vielhundertjährige Familientradition sehr stolz war, fühlte mich plötzlich ganz klein und schwach. Diese heiteren und stillen, freundlichen und selbstbeherrschten Menschen schienen mir äußerst nachsichtig mir gegenüber. Ja, ich stellte mir sie vor wie unsere „Baba", Holzspielzeuge, eine dicke, beinlose Frau darstellend, die man in der horizontalen Mitte öffnete und in der immer eine kleinere Baba steckte, oder etwa als Zwiebeln, deren jeweilige Haut einem Ahnen entsprach — so angefüllt mit den Ahnen waren sie, und doch hatte jeder darüber hinaus, oder vielleicht gerade infolge dieser bewußt erlebten Mischung, seine eigene Individualität.

Hier, am fremden Objekt, wurde mir diese rückläufige Bindung an die Ahnen zum Erlebnis. Ich begriff plötzlich und für alle Zeit, daß solche Menschen nie ganz allein sein können, weil sie in Erlebnis, Handlung und Haltung nicht nur auf sich allein gestellt sind, sondern immer für ihre Väter und Urväter antworten und in deren Sinn handeln und sich entscheiden. Das gibt ihnen eine ungeahnte innere Festigkeit, weil sie in der Gegenwart selbst ihre eigenen Meister repräsentieren.

Der in der Tradition der Vergangenheit und in der Verehrung der Ahnen erzogene Mensch kann niemals, wie der allein auf sich Gestellte, seine Individualität so stark hervorheben. Natürlich kann er sich zu der höchst möglichen Individuation entwickeln; da er aber zugleich Träger des Erbes der Vergangenheit und auch der Zukunft gleichsam verpflichtet ist, wird seine Individualität durch die Schranken, die ihm die Tradition auferlegt, gehemmt. Individualität bedeutet immer eine möglichst breite Streuung von Einzelnen und damit eine immer lockerer werdende Bindung an die Gemeinschaft. Das traditionsgebundene Individuum ist dagegen fester verankert als das auf sich allein gestellte. So erleben wir in den individualistischen Ländern des Abendlandes mit dem Versiegen der Traditionen auch ein Versiegen der Beziehung zu den Meistern. Der Individualist ist vor allem seiner eigenen interessanten Person zugeneigt und nur wenig gewillt, die Überlegenheit eines anderen anzuerkennen. In den Menschengruppen, in denen noch die Verehrung der Meister lebendig ist, ist auch die Gemeinschaft noch etwas Lebendiges.

Albert Einstein preist, etwas resigniert über unsere eigene Unvollkommenheit, die gemeinschaftsbildende Kraft der Japaner. Er sagt: „Das Wohltuende an der japanischen Gesellschaft und Kunst besteht darin, daß das Individuum so harmonisch im großen Rahmen steht, daß es in der Hauptsache nicht sich selbst, sondern seine Gemeinschaft erlebt. Jeder von uns hat sich in der Jugend danach gesehnt, und resignieren müssen. Denn von allen Gemeinschaften, die für uns in Betracht kommen, möchte ich mich keiner hingeben, es sei denn die Gemeinschaft der Suchenden, welche jeweils nur wenig lebende Mitglieder zählt."

Wenn der Ahne, der Alte uns über das Blut und die Erbmasse zu den Ursprüngen der Schöpfung zurückführt und verbindet, so sind die großen Sendlinge Gottes, die Lehrer der Menschheit, wie Rama, Krishna, Zoroaster, Buddha, Moses, Muhammed und der Gottessohn Jesus Christus im höchsten Sinne die Meister der Menschheit, weil sie über das Blut und die Erbmasse hinaus den Menschen zu seinem wahren Ziel, zum Spirituellen, zum Ebenbild Gottes hinführen.

Wer in der Lehre dieser Meister steht, ist einbezogen in eine Weltbruderschaft, er verbindet sich als brüderlicher Mensch mit aller Kreatur und ist über die Bande der Verwandtschaft, des Clans, des Volkes und der Rasse hinaus Verwandter aller Welt. Die Kindschaft Gottes wird ihm zuteil, er ist nicht mehr nur Weltbürger, er wird zum Bürger zweier Welten, der Erde und des Himmels. Unter dieser spirituellen Vaterschaft kommt es in seinem Bewußtsein und Erlebnisbereich zu einer wunderbaren Spiegelung. Die Wunder und Gnaden einer spirituellen Welt senken sich in ihn hinein, nach dem Worte Christi: „Das Himmelreich ist inwendig in euch!" Er erlebt den Makrokosmos in seinem Mikrokosmos.

Das also, was sich von Ahne zu Nachkomme vollzieht, die Blutsidentität durch das Wirken der Gene und Chromosomen, das vollzieht sich hier vom Meister, von Gott zum Gläubigen, die Identität durch die Gotteskindschaft.

Wie der gute Sohn unter dem Schutz seines Vaters steht, so steht jener, der den spirituellen Weg geht, in höherem Schutz und es werden ihm ungeahnte Trage- und Duldekräfte zuteil. Sagt doch Christus (Math. 12): „Kommet her zu mir alle, die ihr mühselig und beladen seid; ich will euch erquicken. Nehmet auf euch mein Joch und lernet von mir; denn ich bin sanftmütig und von Herzen demütig, so werdet ihr Ruhe finden für eure Seelen. Denn mein Joch ist sanft, und meine Last ist leicht."

Was heißt das, „das Joch ist leicht" — haben wir in unserem Leben und Schicksal nicht oft Unerträgliches zu ertragen und zu erdulden?! Wer allein steht und auf sich zurückgeworfen ist, dem werden alle Lasten zu schwer, und er versagt oder bricht zusammen. Wer aber im Auftrage und unter den Augen des Meisters eine Last zu tragen auferlegt bekommt, der steht in dem Bewußtsein, daß ihm nur so viel auferlegt wird, wie er zu tragen vermag, und daß ihm vom Meister geheime Kräfte für dieses Tragen zuströmen. Das ist das wunderbare Geheimnis der spirituellen Sohnschaft, daß ein solcher Mensch nicht allein ist, mag er in der Wüste, im Gefängnis, in einem Konzentrationslager, in wirtschaftlicher Not sein, den Verlust naher Menschen oder Krankheit zu tragen haben. Das allein erklärt uns, warum gleiche Schicksale von verschiedenen Menschen so verschieden erlebt und verarbeitet werden. Der eine reift und wächst an seinem „Unglück", der andere verbittert, verhärtet und zerbricht daran.

Der Gläubige lebt in der immerwährenden Nähe und Gegenwart seines Meisters. Die Worte Christi (Matth. 28): „Und siehe, ich bin bei euch alle Tage bis an der Welt Ende", sind ihm Wirklichkeit. Gerade dieses Wort haben die frühen Christen, die in ständiger Todes- und Marterbereitschaft lebten, als zentralste Tatsache erachtet. Diese nahe Gegenwart verlieh ihnen eine unerschütterliche Gelassenheit und Freude. Auch heute noch leben Christen in dieser Nähe zu Christus.

Ich kenne eine kleine ältere, gebrechliche und kranke Russin, die von der Sozialunterstützung lebt, die durch alle Nöte, Verfolgungen, Gefängnisse, Hungersnot, Bombenschrecken hindurchgegangen ist und die in einem kleinen Zimmerchen im Altersheim wohnt. Sie ist voll unauffälliger, gleichbleibender Freude und Dankbarkeit und behauptet, daß sie von Wundern umgeben sei und immer die Nähe und Hilfe des Meisters fühle. Sie ist nicht verstiegen, nicht psychopathisch, wie es die Psychiater heute gerne bezeichnen würden. Sie ist einfach ein Beispiel eines Menschen, der fest in der Hand Gottes ruht, der behaust ist und darum das Recht zum Glück hat. An solchen Menschen wird uns aber kund, wie wenig das Glück, die Freude, die Gelassenheit von äußeren Umständen abhängen, wie sehr sie ein Bestandteil des Geistes allein sind!

So wie vom Urahn das Blut zu den Nachkommen, zu den Guten und den Bösen strömt, so strömt die Lehre und die heilende Kraft Christi und der großen Meister über die Mittler zu uns. Christus legt in hohepriesterlicher Intention dem Petrus und den Jüngern seine Hand auf mit dem Auftrage, die Lehre zu den Menschen zu tragen. „Mir ist gegeben alle Gewalt im Himmel wie auf Erden. Darum gehet hin und lehret alle Völker und taufet sie im Namen des Vaters und des Sohnes und des heiligen Geistes, und lehret sie halten alles, was ich euch befohlen habe."

Seit jenem Ereignis gibt es eine ununterbrochene Priesterweihe, eine Hierarchie der Handauflegung, ein fließender Strom des Segens, von Christus ausgehend, über ungezählte Generationen von Bischöfen zu den Priestern der Welt. Jeder Christ, der der Taufe unterzogen wird, wird dieser Berührung teilhaftig. Der säkularisierte Mensch wird diese Tatsache der fortlaufenden Berührung als nichtig und unwirklich ansehen; aber ist nicht der Strom des Blutes und der Erbmasse eben solch ein Gehirngespinst, und dennoch ist es eine Realität. Noch mehr, im Johannesevangelium sagt Christus recht geheimnisvolle Worte: „Wer an mich glaubt, wie die Schrift sagt, von des Leibe werden Ströme lebendigen Wassers fließen" (Joh. 7). Er meint offenbar den magnetischen Strom, der von dem Heiligen, von dem Weisen, von dem Selbstverwirklichten, der sich aus der Verstrickung in die Materie, in die rohen Sinne, in den Zufall befreit hat, ausstrahlt. Alle Religionen und Philosophen sprechen das aus: die Stätte, die ein Heiliger, ein Weiser betritt, ist geweiht. Das, was aus jenem strahlt, ist positive Lebenskraft, die sich verschenkt, die sich mitteilt. Jeder, der einem Meister begegnet, erfährt es an sich, daß er in seiner Gegenwart und nachher froher, heiterer, gelassener und glücklicher ist und daß ihm Kräfte, die nicht in ihm waren, zuströmen.

Im Abendlande sind die Traditionen des Blutes und noch mehr die Sitte der Verehrung der Meister fadenscheinig geworden. Die Großväter entsprechen nicht mehr dem Bild des reifen, gütigen, überlegenen Alten, und die Meister, seien sie Lehrer, Vorgesetzte,

Professoren oder Politker, sind meist keine verehrungswürdigen Meister mehr. *Romano Guardini* sagt von den unreifen, macht- und selbstsüchtigen „Machthabern“ unserer Zeit: „Wir müssen wieder lernen, daß die Herrschaft über die Welt die Herrschaft über uns selbst voraussetzt; denn wie sollen Menschen die Ungeheuerlichkeit von Macht, die ihnen immerfort zuwächst, bewältigen, wenn sie sich selbst nicht formen können? Wie sollen sie politische oder kulturelle Entscheidungen fällen, wenn sie sich selbst gegenüber immerfort versagen? Überall ist Aktion, überall Organisation und Betrieb — von woher werden sie aber gelenkt? Von einem Inneren, das bei sich selbst nicht zu Hause ist, sondern aus seinen Oberflächenbereichen, dem bloßen Verstand, dem Zweckwillen, den Macht-, Besitz-, Genußimpulsen heraus denkt, urteilt, handelt.“

In den Völkern, in denen der weise, der gütige, der gelassene Mensch noch verehrt wird, gibt es auch solche verehrungswürdige Wesen. Sie sind unsere lebenden Vorbilder. Wir entwürdigen uns nicht, wenn wir sie mit „Heiligkeit“, oder „Große Seele“, oder „Fürst“, oder „Meister“ anreden. Solche Anreden erscheinen uns heute verstiegen, exaltiert, romantisch, sogar kitschig. Und doch haben auch wir Europäer, als wir noch über Meister verfügten, ihnen die schönsten Namen zugelegt. War doch unser Mittelalter die hohe Zeit der Verehrung. Die Frau wurde in der Minne als ein überirdisches Wesen gefeiert und verehrt. Vom zwölften bis zum vierzehnten Jahrhundert war Europa voll von reifen, gütigen, beherrschten Geistern, Lehrern der Menschheit. An den zahlreichen Universitäten lehrten sie die Jugend, die sich in Verehrung um sie scharte. Die Schüler und die Kollegen nannten sie Doctor Seraphicus, Doctor Angelicus, Doctor mirabilis, Doctor subtilis, Doctor irrefragibilis ... Bis heute kennen wir ihre Namen und können in ihren Werken lesen, und wir wissen um ihre Wirkung, die zum Teil noch auf uns überstrahlt.

Allein im 13. Jahrhundert sind es: Albertus Magnus; Vinzenz von Beauvais; Jacobus a Voragine; Doctor Angelicus — Thomas von Aquin; Doctor Subtilis — Johannes Duns Scotus; Doctor Seraphicus — der heilige Bonaventura; Alexander von Halès; Wilhelm von Auvergne; Wilhelm Sherwood; Peter de Maharnecourt; Robert Grosse Tête: Doctor Mirabilis — Roger Bacon; Richard Fitsacre; Edmund Rich; Geoffroy de Poitiers; Gerard d'Abbéville; Guillaume d'Autun; Gerard de Cortrai.

Suchten wir heute im Abendland nach Weisen von gleicher Wirkungsbreite und Verehrung, würde uns immer wieder Albert Schweitzer einfallen, dann würde aber bereits ein verlegenes Schweigen folgen.

Der östliche Mensch hat noch das natürliche Bedürfnis zur Verehrung, er ist auf der Suche nach Heiligen und Weisen, er spürt sie auf, weil sie ihm Beispiele und Mittler zur spirituellen Welt sind. Als Junge pilgerte ich mit meiner Mutter oder mit der Njanja in ferne Gegenden, um einem Starez (Alten) in einem Kloster die Reverenz zu erweisen, um in sein Antlitz zu schauen und seinen Segen zu empfangen. Es ist ein großes Geheimnis in dieser Verehrung beschlossen. Verehrt werden Einsiedler, Asketen, Arme und oft sogar Geistesschwache. In einer Welt, in der Besitz und Geltung so viel gilt, ist es ein Wunder, daß Menschen sich den Armen und Demütigen als den Weisen und den Segnenden zuwenden. Denn nur von den geistigen Menschen und den Selbstbeherrschten kann für unsere materialistische und säkularisierte Welt noch Heil kommen!

Man geht nicht hin, um mit ihnen intellektuelle Gespräche zu führen oder zu philosophieren, man will sie nur anschauen, ihren Segen empfangen und bereichert und beruhigt heimkehren. Solche Begegnungen gehören zu den Marksteinen des Daseins, oft sind sie Umkehrpunkte, Wendungen zum Spirituellen. Die kleinen Bauern und die großen Geister Rußlands, Dostojewski, Solowiew, Tolstoi pilgerten zum Starez Amvrosii nach Optina Pustyn. Dostojewski verewigte seine Figur im Starez Sossima in den „Brüdern Karamasow". In seiner unermeßlichen Güte stellt er den reinsten Typ des Bhakti Yogi dar. Er, Amvrosii wird, wie vor ihm der heilige Sergius von Radonesch, Nil Sorskii, Serafim von Sarow, zum geistigen Führer und Lehrer des russischen Volkes.

So erzählt der Starez Feofan: „Das Tisman-Kloster ist ein einsamer Ort. Dort waren, wie ich glaube, etwa achtzig Menschen aus allen Ländern zusammengekommen. In welchem Gehorsam, in welcher Geduld, in welcher Demut lebte man da! . . . Alle lebten sie wahrhaftig wie die Engel Gottes! Vater Afanasii war Stallknecht. Dieser Afanasii war aber ein sehr gelehrter Mann: er sprach französisch, deutsch, lateinisch, türkisch, walachisch. Nun, er verrichtete eben doch seine Stalldienste. Und alle, die den heiligen Gehorsam erfüllten — wie lebten sie ohne Sorge! Und welche Fortschritte machten sie!"

Der Archimandrit Leonid Kawelow erzählt, wie er einst, von Optino kommend, durch kleine Dörfer reiste. Die Bauern umstanden seinen Wagen und fragten ihn aufgeregt über den Starez Leonid, ob er ihn gesehen habe. Er verwunderte sich sehr, daß die Bauern den Starez kannten. „Ach Herr, wie sollten wir Väterchen Leonid nicht kennen! Er ist doch zu uns Armen und Dummen besser als ein Vater! Ohne ihn sind wir ganz wie Waisenkinder!“, antworteten die Bauern.

Leo Tolstoi, der große Lehrer des russischen Volkes, der selbst wie ein Starez verehrt wurde, sagt über die Begegnung mit dem Starez Amvrosii von Optina: „Ja, der Vater Amvrosii ist ein ganz und gar heiliger Mensch! Ich hatte mit ihm gesprochen, und so leicht und erfreulich wurde mir auf der Seele. Wenn du dich mit einem solchen Menschen unterhältst, dann fühlst du die Nähe Gottes!“

Als Junge wurde mir die Gnade zuteil, von dem Schüler des Starez Amvrosii, dem Starez Anatolii, den Segen zu empfangen. Ich war intellektuell sicherlich noch zu unreif, um die ganze Tiefe der Begegnung zu ermessen, aber an der Weihe des Ortes, der über hundert Jahre lang große Heilige beherbergt hatte, und an der Ehrfurcht, mit der die einfachen und die vornehmen Leute sich dem Starez näherten, begriff ich mit dem Herzen, daß es eine Begegnung mit einem Meister war, und ich begriff damals noch etwas, was später meine Pflegemutter, die Baronin Didi von Loe, ein klarer, reifer und weiser Mensch, von der Bedeutung der „Filiation“ sagte: daß wir nämlich unsere geistige Nahrung und unsere Vorbilder zwar aus der Gegenwart, am lebendigen Beispiel und vom Lehrer empfangen, daß aber des Lehrers Lehrer und so fort in die Vergangenheit und in die Breite mit ihrer Lehre, und selbstverständlich zuvorderst mit ihrem Leben in uns wirksam und lebendig werden. Und das ist das Geheimnis der Kontinuität dieser Welt. Nicht nur der Ahne, nicht nur der große Meister, der Schöpfer und der Religionsstifter und die Priester: sondern jeglicher Lehrer führt uns zu den Quellen des Seins, des Wissens, der Sittlichkeit, und jede menschliche Reifung ist ohne die Bindung an die Meister nicht denkbar.

Martin Buber gibt dafür ein treffliches Beispiel: Die Schüler fragten Rabbi Baruch, wie man die Lehren des Talmud verstehen solle, da doch Abaji dieses und Raba etwas völlig anderes lehrten. Wie könne man das zu einer Einheit werden lassen? Rabbi Baruch antwortete: „Wer Abajis Worte aufnehmen will, muß erst seine Seele an Abajis Seele binden, dann wird er die Worte in ihrer Wahrheit lernen, wie Abaji selber sie spricht. Und will er dann Rabas Worte aufnehmen, muß er seine Seele an Rabas Seele binden. Das ist gemeint, wenn es im Talmud heißt: »Wer ein Wort im Namen seines

Sprechers spricht, dessen Lippen regen sich im Grab«. Wie die Lippen des toten Meisters regen sich seine Lippen."

Ich habe erst durch Martin Buber die Lehren und das wunderbare Leben der ostjüdischen Chassidim kennengelernt und erfahre sie seither als die Meister, die eine starke und nachhaltige Wirkung auf mein Sein ausüben. Erst später, durch die Begegnung mit den Schriften von Martin Buber, gelang es mir, ein Erlebnis zu deuten, das ich einst als zehnjähriger Junge hatte und das ich, als ich ihm begegnete, nicht zu begreifen vermochte.

Auf einer Reise waren meine Mutter und ich in eine litauische Kleinstadt gekommen. Vor einem alten Haus auf dem Marktplatz stand eine altmodische Equipage, vor der sich ein Haufe von Juden in langen Kaftanen, mit Käppchen und langen Schläfenlocken, den Peißekes, versammelt hatte. Wir blieben stehen und betrachteten das uns fremde Bild. Da kam ein alter, hochgewachsener, würdiger Jude, der wie ein biblischer Patriarch aussah, aus der Tür des Hauses und bestieg die Kalesche. Der Haufen, der um ihn stand, lärmte, alle drängten sich, dem Patriarchen die Hände zu küssen, manche küßten, nach Art der russischen Bauern und des Gesindes, den Saum seines Kaftans, und einige küßten sogar die Wandung der Kalesche. Wir waren es zwar von zuhause gewohnt, daß uns das Gesinde zu Ostern die Hände oder den Saum der Kleider küßte, doch erschien uns diese Devotion seltsam und übertrieben. Außerdem fehlte uns für dieses Erlebnis die Motivierung, wenn auch die Person des alten Juden eine hohe Würde ausstrahlte. Auf Befragen erfuhren wir, daß der Patriarch ein Zaddik sei und die Juden um ihn der Sekte der Chassiden angehörten. Was ich nicht vergaß, war das Erlebnis, daß ein Mensch den anderen von so hohem Wert sein kann, daß sie ihre Verehrung und Ehrfurcht in solch devoten und demütigen Gesten ihm gegenüber darbringen. Erst als ich die chassidischen Bücher las, konnte ich mir die Fülle der Ehrfurcht vor den großen Meistern, den Meistern der Meister, erklären.

Im Laufe des Lebens begegnen einem manche Meister, große und kleine, berühmte und unbekannte, und jeder von ihnen hinterläßt in einem eine kurze oder lange Leuchtspur, die, wie sie auch sei, in das Mosaik der Lebenshistorie sich einfügt und größeren oder kleineren Flächen ihr Kolorit verleiht.

Am unauslöschlichsten aber sind derartige Begegnungen in der Kindheit, weil sie nur mit dem Herzen und nicht mit dem kritischen Bewußtsein erlebt werden. Ich war wohl sechs Jahre alt, es war im

Winter, als unsere Njanja ganz aufgeregt und außer Atem zu meiner Mutter gelaufen kam und ihr zuflüsterte, der „Dicke" sei gekommen. (Auf russisch heißt Tolstoi dick.) Die Erregung, die auch meine Mutter erfaßt hatte, steckte auch mich an. Statt eines dicken Mannes trat ein Greis mit riesigem Bart und buschigen Augenbrauen herein, der meine Mutter umarmte. Was sie miteinander sprachen, verstand ich nicht, ich saß auf seinem Schoß, und er kraulte gelegentlich meine Haare. Was ich empfand, war, daß von diesem bisher unbekannten Mann eine geheimnisvolle Macht ausging. Man hatte in seiner Gegenwart ein Gefühl der Sicherheit und des Beschütztseins, als ob man auf den Fundamenten des Himmels und der Erde ruhte.

Natürlich erfuhr ich nachher alles, was ich verstehen konnte, über ihn; die Njanja erzählte mir seine rührenden, einfachen Volksgeschichten und Märchen, und ich begann, mit seinen Augen und mit seinem Herzen das einfache Volk zu lieben. Ich war acht, als die Kunde durch die Welt ging, daß der alte Mann aus seinem Gut Jasnaja Poljana geflüchtet sei, um nach Optina Pustyn, zu den Starzen zu gehen, und daß er in Astapowo, einer einsamen Eisenbahnstation, tödlich erkrankte. Atemlos warteten wir, die Alten und die Jungen, auf jede neue Zeitungsnachricht über sein Befinden.

Es war ein kalter und grauer Novembertag, als sie ihn begruben. Ohne Geistlichkeit, denn der große Christ war von der Kirche exkommuniziert worden. Aber es schien, als ob die ganze Welt ihm das Geleit geben wollte. Ich hatte mir das Recht erkämpft, mitzugehen. Alle Menschen weinten, einfache Arbeitsleute, Bauern, Droschkenkutscher, Bettler, Kleinbürger und Vornehme gingen in nicht endenwollenden Reihen hinter dem offenen weißen Sarg, in dem der große Meister aufgebahrt lag. Alle weinten, schluchzten laut. Erschüttert und überwältigt, fragte ich die Mutter: „Mami, hat er sie denn alle gekannt?!" — „Ja, Bobik, mit seinem Herzen hat er sie alle gekannt, er hat für sie, für ihr besseres Leben gekämpft, er hat sie geliebt — und das danken sie ihm." Und ich begriff, welche geheimnisvollen Bande zwischen einem großen Menschen und seinen Mitmenschen geknüpft werden, die alle Bande der Verwandtschaft, des Blutes, der Rasse in den Schatten stellen.

Es ist ein bitteres Zeichen der Entfremdung von Mensch zu Mensch, und des Menschen den Meistern gegenüber, daß solche Beziehungen im Abendlande fadenscheinig und unwirklich geworden sind. Sind wirklich die Meister ausgestorben? Oder sind wir durch die entkleidende Psychoanalyse so ehrfurchtlos und seelenarm geworden, daß wir nur auf unserem eigenen Piedestal stehen und das goldene Kalb unseres eigenen Ich zu verehren vermögen? Alles, was sich jenseits unserer Epidermis befindet, ist uns fremd.

Indien und Japan sind noch die Länder, die sich das unmittelbare und beglückende Gefühl und die Geste der Verehrung bewahrt haben und deshalb noch in lebendiger Verbindung mit den schöpferischen Meistern der Gegenwart und der Vergangenheit stehen.

Hans de Boer zitiert in ›Unterwegs notiert‹: „Der Inder ist auf Grund von Anlage und Erziehung grundsätzlich innerlich bereit, einem rein und heilig geführten Leben seine Verehrung darzubringen. Wenn sie auch nicht immer ganz selbstlos ist: nach indischer Auffassung geht von dem Heiligen, dem »Verwirklichten«, dem, der das Ziel, die letzte Wahrheit erreichte, eine Kraft aus, die jedem weiterhilft, der in ihren Bannkreis tritt. Dieser Anschauung liegt der Begriff »Darshan« zugrunde. Es genügt, solch einen Menschen angesehen zu haben, um eine geheimnisvolle Kraft zum eigenen Segen davonzutragen."

Darshan heißt anschauen, nicht bloß mit den leiblichen Augen, vielmehr mit den Augen der Seele, eine geheimnisvolle Verbindung schaffen vom Schauenden zum Weisen. Aus solcher Verbindung strömen geheimnisvolle Kräfte, die vom Größeren auf den Kleineren überspringen wie elektrische Funken und ihn inspirieren. Wir Europäer kennen solche „Begeisterungen" nur, wenn wir verliebt sind, großen Erfolg gehabt oder eine große Freude erlebt haben. Wir sind dann tonisiert, beschwingt (als ob wir Flügel hätten), und es ist uns, als ob zwischen unserer Fußsohle und der Erde ein Luftpuffer wäre. Dieses Erlebnis hat der Schüler in der Gegenwart seines Meisters.

Indien ist das geheimnisvolle Land der großen Meister, der Yogis. Ihr größter Sohn ist Buddha, der Lehrer der Gewaltlosigkeit. Ein mächtiger König, Asoka, eiferte ihm nach und schuf Gesetze der Friedfertigkeit und der Gewaltlosigkeit; ein ferner Sohn, Mahatma Gandhi, erreichte durch die Politik der Gewaltlosigkeit in einem Zeitalter von Gewalt, von Diktaturen, von zwei Weltkriegen und unerhörten Massenvernichtungen von Menschen die friedliche Befreiung seines Landes und zeigte uns durch sein Leben und seinen Tod, daß es möglich ist, ein Land konsequent nach den Lehren und Richtlinien einer Religion der Gewaltslosigkeit zu regieren.

Große Meister der Askese, der Selbstverwirklichung wie Rama,

Krishna, Patanjali, Rama Achariya, Sri Shankara, König Janaka aus alten Zeiten, dann der große Ramakrishna und seine Schüler Swami Vivekananda, Swami Abedananda, Ramacharaka, Babaji mit seinen Schülern Lahiri Mahasaya, Sri Yukteshwarji, Paramhansa Yogananda und Rajasi Janakananda, der große Sri Ramana Maharishi, Sri Aurobindo, der bekannte Dichter Rabindranat Tagore, und einer der am höchsten verehrten Yogis des heutigen Indiens, Swami Sivananda mit seinen Schülern, Swami Omkar, Swami Narayanananda, Anandamayi, Swami Ramdas; Krishnamurti und viele andere sind beredte Repräsentanten von Generationen von Weisen und Heiligen. Der Yogi unterscheidet sich von den anderen Weisen dadurch, daß er nicht nur Weiser, Philosoph, Asket und Heiliger ist, er ist gleichsam der Erhalter und Vermittler uralter körperlich geistiger Übungen, die in wundersamer Weise den Körper stählen, das Vegetativum beruhigen, die Gesundheit fördern und eine für den Abendländer ungeahnte Beherrschung des Temperaments und sogar aller körperlich-seelischen Funktionen bewirken.

Das Abendland hat weder durch seine Heiligen noch durch seine Weisen oder Mystiker eine solche Synthese von körperlich-seelischer Übung und Formung, die den Menschen konsequent zu einem spirituellen Wesen, zum Abbild Gottes durchformen, vorgelebt erhalten. Um so dankenswerter ist es, daß die indischen Meister, begonnen mit Ramakrishna und seinen Schülern Vivekananda, Abedananda, Ramacharaka, Krishnamurti, Paramhansa Yogananda, der von seinen Meistern nach Amerika gesandt worden ist, und Swami Sivananda, der die Yoga-Synthese lehrt, diese uralte Lehre heute auch dem Abendland zugänglich machen.

Sie lehren, daß das Yoga polyvalent, daß es an keine besondere Religion gebunden sei, und daß jeder spirituell gerichtete Mensch sich dieser Übung der Selbstverwirklichung mit Erfolg unterziehen könne. Inzwischen hat der Begriff „Yoga“ eine weite Verbreitung gefunden. Indische Yogis, die zugleich Wissenschaftler und Ärzte sind, hospitieren, wie Dr. Mukkerdji, an europäischen und amerikanischen Kliniken und vermitteln diese Disziplin an abendländische Mediziner. Vor dreißig Jahren war der Begriff Yoga im Abendlande nur den wenigsten bekannt, sie verbanden damit die Vorstellung von teils Wundertätern, teils Betrügern und Scharlatanen. In der wissenschaftlichen Welt durfte man dieses Gebiet nicht erwähnen, ohne sich lächerlich oder verdächtig zu machen. Im Jahre 1957 wagte ich es, auf einer Sportärztetagung in Hamburg von

Yogaübungen zu sprechen, und fand bei den Kollegen nicht nur vollen Beifall, sondern ungeahntes Verständnis; es stellte sich heraus, daß es niemanden in dem großen Gremium gab, der nicht Genaueres über Yoga gewußt oder sich bereits selbst aktiv damit befaßt hätte.

Die ersten Bücher über Yoga stammen aus den ersten Jahren unseres Jahrhunderts, sie sind von Ramacharaka, Swami Vivekananda und Swami Abedananda geschrieben. 1916 publizierte ein Schüler Sri Aurobindos, der Däne Johannes Hohlenberg, wohl als erster Europäer ein Buch darüber: „Der atmende Gott, — Yoga und der europäische Mensch.“ Der Journalist Paul Brunton berichtete uns von seinen Begegnungen mit den Yogis. Paramhansa Yogananda schenkte uns 1950 „Die Autobiographie eines Yogi“, die uns in die indische Welt, in die Verehrung der heiligen Meister und in die Lehren und Fähigkeiten der verschiedensten Yogaschulen hineinblikken läßt. Swami Sivananda belehrt uns in zahlreichen Schriften, von denen „Yogapraxis“ und „Konzentration und Meditation“ besonders lehrreich sind. Selva Raja Yesudian, der in der Schweiz lebende Yogi, gab uns durch sein Buch „Sport und Yoga“ reiche Anregungen und führte damit die tausendjährigen Übungen in die Welt des Sports ein. Noch standen die christlichen Kirchen diesen Praktiken mißtrauisch und ablehnend gegenüber. Aber 1957 veröffentlichte der belgische Benediktinerpater J. M. Déchanet mit Genehmigung des bischöflichen Ordinariats des Bistums Basel ein Buch mit dem Titel „Yoga für Christen“, das die wichtigsten Yogaübungen, wie sie von den indischen Yogis gelehrt werden, beschreibt und empfiehlt.

So werden uralte, von uns bisher unbekannte Meister eines fernen Ostens zu unseren Meistern, die unser Leben bereichern und ungeahnte Möglichkeiten einer Harmonisierung des Menschen und einer Wegweisung zur Vergeistigung erschließen. Fremde Meister werden zu unseren Meistern. Und wie es mit den Religionen und den Philosophien der Welt immer geht, zu dem guten Eigenen kommt das gute Fremde. Zwar wird es zuerst als fremd und unausführbar abgelehnt, aber schließlich verbindet es sich mit dem guten Eigenen und bereichert den Menschen und seine Kultur.

Das sind die großen Meister, die Heiligen, die Weisen, die Unerreichbaren, denen wir unsere Ehrfurcht entgegenbringen sollten, die uns allen echte Vorbilder sein mögen! Aber bis hinunter zu jedermann, zu dir und zu mir sind wir doch alle Teil-Meister, Meister auf irgendeinem Gebiet. Da ist die Mutter, die mit all ihrer Fehlerhaftigkeit für das Kind die erste Person der Welt ist und zumeist auch das ganze Leben lang bleibt. Ihre Liebe, ihre Güte, ihre Lebensbewältigung, ihr stilles Opfer, ihr Verstehen und Verzeihen wird uns zum Beispiel.

Der Vater bietet uns in anderer Weise männlichen, kräftigen Schutz, er sorgt für die Sicherheit unseres Lebens, er erzieht uns mit Strenge und Güte, er gibt uns die ersten sittlichen Begriffe; ist er ein guter, ein idealer Vater, so verkörpert er für uns den lieben Gott, die Hierarchie der himmlischen Mächte. Der Vater ist Stellvertreter Gottes, sein Repräsentant! Auch die älteren Geschwister, die einen Lebensvorsprung vor uns haben, sind unsere Meister, auch wenn wir ihnen gegenüber lernen, uns selbst zu behaupten!

Das häusliche Gesinde, die Nachbarn, die Kameraden sind unsere kleinen Meister. Gibt es irgendeine Kreatur, von der wir nicht etwas Wesentliches für das Leben lernen könnten? Welch große, schöne und leider manchmal auch verhängnisvolle Rolle spielen die Vermittler des Wissens, unsere Lehrer und Professoren in unserem Leben! Manche von ihnen lieben und verehren wir und vergessen sie das ganze Leben nicht, manche, die nicht den Zugang zu unserer Seele gefunden und uns verletzt haben, hassen wir. Und die Meister, die Vorgesetzten, die Unteroffiziere, die Oberregierungsräte, die Direktoren und Generaldirektoren, wieviel Glück und wieviel Elend hängt von diesen Menschen ab!

Irgendwann, in uralten Zeiten, waren sie wirklich alle Meister, weil damals nicht die Leistung, nicht die Schläue, nicht die stärkeren Ellenbogen, nicht die günstige Parteizugehörigkeit für den Vorgesetztenposten entscheidend waren, sondern die menschliche Reife, die Güte, die Selbstmeisterung, die Demut und die Fähigkeit, mit den ihnen anvertrauten Menschen umzugehen. Jeder wußte, daß er für alles, was er tat, dafür, wie er sich verhielt, einem größeren Meister Antwort geben mußte. — Im Betrieb repräsentiert der Generaldirektor, der Direktor, der Personalchef, der Meister den Vater. Wird er sich dieser übertragenen Vaterschaft bewußt, so ist er am richtigen Platze und wird zum Segen seines Betriebs.

Der große Mystiker des Islam, Fozeil Ayaz, der vorher ein berüchtigter Räuber gewesen war, belehrte einst den Kalifen Harun al Rashid, den Zeitgenossen Karls des Großen, als dieser ihn besuchte: „Betrachte die Alten deines Volkes als deine Väter, die Jungen als deine Brüder und die Kinder als deine Kinder, und behandle sie dementsprechend. Du wirst dann von aller Sünde und Schuld frei sein. Betrachte dein Land als dein Haus und seine Bewohner als deine Familie. Sei freigebig zu ihnen, wie du zu deinen Brüdern bist, sorge für sie, wie du für deinen Vater sorgst, und sei gut zu ihnen, wie du zu deinen Kindern gut bist. Laß deine Seele aufwachen und wisse, daß du am jüngsten Gerichtstag für den Zustand eines jeden deiner Untertanen verantwortlich bist. Ja, wenn ein altes Weib eine Nacht ohne Brot und hungrig schläft, wirst du, o Kalif, dafür antworten müssen!"

Wie sehr möchte man wünschen, daß dieses Wort unentwegt den tauben Ohren unserer Staatsmänner, der Politiker, der Parteimanager, der Stadtväter, der Direktoren, der Offiziere, der Richter und Staatsanwälte und der Lehrer vorgetragen würde!

Verantwortung in der Begegnung! Das bedeutet, daß der Lehrer, der Richter, der Beamte, der Vorgesetzte sich selbst darüber klar wird, daß die Unzähligen, Fremden, kaum Bekannten, die unter seiner Zuständigkeit stehen, durch ein geheimnisvolles Band mit ihm verbunden sind, daß er mehr zu tun hat als nur anzuordnen, zu verbieten, zu befehlen, zu disponieren; daß er die Pflicht hat, hinzuhorchen, Rücksicht zu nehmen, zu beachten, was da leidet, mit sich und mit ihm nicht fertig wird, und wo er zu helfen hat. Nur aus solcher Gesinnung ist man Meister und übt seine Meisterschaft zum Segen seiner Mitmenschen und des Betriebs oder des Staates aus. Keiner der Vorgesetzten ist von dieser metaphysischen Pflicht ausgenommen. Der Lehrer nicht, der Seelsorger nicht, der Betriebsdirektor nicht, der Fürsorger nicht, der Arzt nicht. Uns allen ist für Minuten, für Stunden, für Lebensabschnitte, für das ganze Leben manchmal das kostbarste Gut, die lebendige menschliche Kreatur anvertraut.

Es ist uns nicht gegeben, uns gleichmäßig jedem Menschen gegenüber zu verhalten, unwägbare Gefühle, wie Sympathie, Antipathie, Wärme oder Kälte, Geöffnet- oder Verschlossensein spielen bei jeder Begegnung eine Rolle, und wir können das nicht durch den Intellekt allein meistern. Manche Menschen sind so sehr verschlossen, daß unsere eigenen Seelentüren sogleich zuklappen; wir antworten mit Aggression gegen Aggressionen und mit Reserviertheit gegen allzu stürmische Begeisterung. Was wir aber bei jeder Begegnung tun müssen, ist, a priori die Pforten unseres Herzens offen halten, dann können sie auch bei unliebsamen Begegnungen nie ganz verschlossen sein.

Dem Arzt wird das Geheimnis der Begegnung immerfort offenbar, von seiner Begegnungsfähigkeit hängt der Erfolg der Behandlung und der Heilung ab. Ist der Kontakt zum Hilfesuchenden da, so werden dadurch schon die ersten Schritte zur Heilung bewirkt. Fehlt dieser Kontakt, so mag der Arzt noch so großartig, die Diagnose und der Heilplan noch so wissenschaftlich fundiert sein, der Heilerfolg wird uns versagt. Der Arzt und Philosoph *Karl Jaspers* hat zu diesem Geheimnis das Beste und Tiefste gesagt: „Das Höchste, was dem Arzt hier und da gelingt, ist, Schicksalsgefährte zu werden mit dem Kranken, Vernunft mit Vernunft, Mensch mit Mensch, in den unberechenbaren Grenzfällen einer zwischen Arzt und Kranken entstehenden Freundschaft ... Dann darf man fragen, ob nicht die ärztliche Persönlichkeit auf eine legitime Weise selber zu einer heilenden Kraft wird, ohne Zauberer oder Heiland sein zu müssen, ohne daß Suggestion, ohne daß irgendeine andere Täuschung vorliegt. Die Gegenwart einer Persönlichkeit in ihrem Willen zum Helfen, einen Augenblick ganz für den Kranken da, ist nicht nur unendlich wohltuend. Das Dasein eines vernünftigen Menschen mit der Kraft des Geistes und der überzeugenden Wirkung eines unbedingt Gütigen weckt im anderen, und somit auch im Kranken, unberechenbare Mächte des Vertrauens, des Lebenwollens, der Wahrhaftigkeit, ohne daß darüber ein Wort fällt. Was der Mensch dem Menschen sein kann, erschöpft sich nicht in Begreiflichkeiten."

Was Jaspers hier sagt, erleben wir immer in der Begegnung mit einem Meister, mag er im einen Falle Arzt, im anderen Lehrer, Seelsorger, Richter oder nur Vorgesetzter sein. Stets ist es die Kraft der Persönlichkeit, die den Menschen zum Guten oder zum Bösen erweckt. Der Geizige und Mißtrauische wird dank seiner Einstellung nur Böses und Mißtrauisches ernten, er wird, da er es als selbstverständlich voraussetzt, auch betrogen und bestohlen werden. Der Gute erschließt naturgemäß die Kräfte des Guten im anderen, mag jener noch so verdorben sein, er wird in dessen Gegenwart das Beste, wozu er immer fähig ist, aus sich herausholen und er wird an einer solchen Begegnung überraschend erleben, wie viel Schönes und Gutes in ihm noch vorhanden ist!

Überall im Leben stehen wie Antennen die großen und kleinen Meister, die bekannten und unbekannten. Begegnen wir ihnen auf dem Feld ihrer Tätigkeit, so spüren wir, wie hier von Persönlichkeiten menschenbildende Kräfte ausgehen, die in die Breite und in die Tiefe wirken. So erlebe ich aus der Nähe, wie meine Frau, die neben ihrem schöpferischen Beruf als Bildhauerin mir in der Behandlung der Nervenkranken und Hirnverletzten assistiert, durch ihre stets gleichbleibende Freundlichkeit und das Zuhören und Eingehen auf die Nöte und Schwierigkeiten der Kranken in ihnen das Gefühl des Geborgenseins erzeugt und damit die eigentliche ärztliche Behandlung vorbereitet und eröffnet. Der Strom der Dankbarkeit, der ihr zufließt, ist ein deutlicher Beweis für die geheimnisvolle Bindung, die zwischen Helfer und Hilfesuchendem entsteht.

Mein verehrter Lehrer und Chef, Professor Walter Poppelreuter, der in Deutschland die Hirnverletztenfürsorge ins Leben rief, wird von den Hirnverletzten als „Vater der Hirnverletzten" bezeichnet. Welch eine Ehre für den Arzt, der von seinen Patienten den Titel Vater erhält!

Es ist ein Erlebnis, im Berliner Gerichtssaal der Verhandlung der Landgerichtsdirektorin Gräfin Marion Yorck von Wartenburg beizuwohnen. Diese Frau, deren Mann, Graf Peter Yorck, als Teilnehmer an der Verschwörung des 20. Juli 1944 gehenkt worden ist und die durch alle Erniedrigungen und alles Leid hindurchgegangen war, begegnet dem Rechtsbrecher mit einer offenen Menschlichkeit, der er sich nicht zu entziehen vermag. Sie redet ihn mit seinem Namen an und nicht mit dem anrüchigen Titel aus einer menschenunwürdigen Zeit als „Angeklagter". Angesichts einer solchen Begegnung erwacht im Rechtsbrecher der bessere Mensch, er wagt es kaum zu lügen, zu verschleiern. Ja noch mehr, er nimmt die über ihn verhängte Strafe an, weil er aus seiner Isolierung als Rechtsbrecher herauskommt und seine Tat mit den Augen der Gesellschaft zu sehen lernt. So aber wird eine Strafe erst sinnvoll und führt zur Umkehr.

Um zu wissen, wie man den Märtyrertod für eine Idee oder für die Zugehörigkeit zu einer Rasse oder einer Gesinnung stirbt, brauchen wir heute nicht mehr bis zu den ersten christlichen Märtyrern und Heiligen zurückzugehen. Der Tod von Millionen von Juden, von Zigeunern, Russen, politischen Gegnern und Widerstandskämpfern geschah unter ebenso grausamen und unmenschlichen Bedingungen. Jeder von diesen bekannten und unbekannten Märtyrern zeigt uns eine meisterhafte Charakterstärke, einen Mut und eine Gradheit, die wie die der ersten Christen beispielhaft für unser eigenes Leben und unsere Gesinnungstreue sein sollten.

So schreibt mein Jugendfreund Peter Graf Yorck in den letzten Stunden seines Lebens an seine Frau: „Wir stehen wohl am Ende unseres schönen, reichen, gemeinsamen Lebens. Denn morgen will der Volksgerichtshof über mich und die anderen zu Gericht sitzen. Ich höre, das Heer hat uns ausgestoßen; das Kleid kann man uns nehmen, aber nicht den Geist, in dem wir handelten. Und in ihm fühle ich mich den Vätern und Brüdern und auch den Kameraden verbunden. Daß Gott es so geführt hat, wie es gekommen ist, gehört zu der Unerforschlichkeit seiner Ratschlüsse, die ich demutsvoll annehme. Ich glaubte mich durch das Gefühl der alle niederbeugenden Schuld getrieben und reinen Herzens. Ich hoffe deshalb auch zuversichtlich, in Gott einen gnädigen Richter zu finden.

Als wir vom letzten Abendmahl hinweggingen, da fühlte ich eine fast unheimliche Erhabenheit, ich möchte es eigentlich Christusnähe nennen. Rückblickend scheint sie mir als ein Ruf ..."

Und Peters Freund und Todesgenosse, Graf Helmut James von Moltke, schreibt: „Der ganze Saal hätte brüllen können, wie der Herr Freisler, und sämtliche Wände hätten wackeln können, und es hätte mir gar nichts gemacht; es war wahrlich so, wie es im Jesaja 43, 2 heißt: »Denn so du durch Wasser gehst, will ich bei dir sein, daß dich die Ströme nicht sollen ersäufen; und so du ins Feuer gehst, sollst du nicht brennen, und die Flamme soll dich nicht versengen.« — Nämlich deine Seele."

Muten nicht diese großartigen Worte dieser und vieler anderer durch die Hand des Henkers Sterbender wie die Worte der ersten christlichen Märtyrer an? Es ist derselbe Geist, der sie beseelte. So betete der erste christliche Märtyrer, der Diakon Stephanus: „Herr, ich bitte dich, verzeih denen, die mich hassen und beleidigen, und laß sie nicht umkommen, errette sie durch deine Gnade!"

Derjenige aber, der ihnen den letzten Zuspruch schenkte und der durch seine Fürsorge und sein Gebet ihren Seelen die Festigkeit und den Widerstand stärkte, war der Gefängnispfarrer Dr. Harald Poelchau. Ein Mann, der Tausende hat sterben sehen, der im Geheimen zwischen den zum Tode Verurteilten und ihren Angehörigen vermittelte, der unter ständiger Todesgefahr Nachrichten über die Gefängnismauern hinaustrug zu den Verwandten. Er war für die gewaltsam Sterbenden der letzte Trost und der letzte Mensch unter all den entmenschten Funktionären des Todes. Tausende von Müttern und Frauen in Deutschland und im Ausland danken ihm, daß er ihren Söhnen und Männern in den schwersten Stunden beigestanden, und daß er ihnen Nachricht über ihre letzten Stunden vermittelt hat. Was eine solche Begegnung mit einem Menschen in solcher Umgebung und in einer solchen Situation bedeutet, kann nur der ermessen, der die menschenzermalmende Maschinerie von diktatorischen Polizei- und Justizinstitutionen am eigenen Leibe und an eigener Seele erfahren hat.

Wenn wir mit den Augen der Seele um uns schauen, finden wir, daß die Welt nicht nur durch die Politiker, auch nicht nur durch die Techniker bewegt wird. Für die Menschheit und die Menschlichkeit sind es immer nur die Einzelnen, Wenigen, die durch Liebe, Güte, Verantwortung, moralischen Mut gegen Herzlosigkeit und Brutalität sich auflehnen, die Menschheit an den geistigen Platz an der Sonne stellen, der von den Politikern und Technikern so oft verstellt wird.

Blickt man in die Geschichte zurück, so bilden sie eine lockere Legion von Menschen des guten Willens, die treu und aufopferungsvoll in die Stapfen der großen Religionsstifter getreten sind. Wir tun gut, diesen Meistern der Menschlichkeit nachträglich zu danken und sie zu unseren Vorbildern zu erheben.

Da ist der heilige Franz von Assisi, der in einer reichen, harten, satten Welt, die nur auf Macht, Besitz und Genuß ausgerichtet ist, die christliche Armut und Besitzlosigkeit mit lodernder Überzeugungskraft lehrt. Da ist der heilige Franz von Sales, der die Fürsorge für die Armen und Kranken stiftet, und der heilige Franz Régis, der sich der Gefangenen und der gefallenen Frauen annimmt. Der Bischof Las Casas, der sein Leben in den Dienst der versklavten Indios stellt und gegen die ganze Welt sich müht, ihr menschenunwürdiges Los zu erleichtern, und der „Sklave der Sklaven", der heilige Petrus Claver in Cartagena in Columbien, der das Leben der Sklaven teilt, um durch sein Beispiel, dem keiner folgt, auf die grauenvollen Zustände der Sklaverei aufmerksam zu machen. Da ist der schüchterne Quäker John Woolman, der von Farm zu Farm wandert und mit leiser Stimme zu den Sklavenhaltern spricht, der immer nur sagt: „Das ist ein Unrecht, das ist ein Unrecht", und dessen unentwegte Wirkung dazu führt, daß 1688 in der Quäkergemeinde von Germantown zum ersten Mal in der Geschichte Amerikas die Sklaverei aufgehoben wird. Da ist die warmherzige Pastorenfrau Harriet Elizabeth Beecher Stowe, die durch ihren Negersklavenroman „Onkel Toms Hütte" die Herzen der Amerikaner aufrüttelt und ihnen klar macht, welch eine Sünde und ein Verbrechen die Sklaverei ist. Dieser Roman, der auch heute seine Aktualität nicht verloren hat, wird zum Anlaß der Aufhebung der Negersklaverei in den Vereinigten Staaten.

Die Quäkerin Elizabeth Fry kämpft um das Schicksal der Strafgefangenen und es gelingt ihr, von England bis Rußland die entsetzlichen Zustände in den Strafanstalten zu bessern. In der gleichen Richtung wirkte Robert Owen, der durch unermüdliche Publizistik eindrucksvoll bewies, daß der derzeitige Strafvollzug Verbrecher züchtete, statt sie zu resozialisieren.

Dem in Münstereifel geborenen kaiserlich russischen Hofarzt, „dem heiligen Doktor von Moskau", Dr. Haas, gelingt es durch mutige Fürsprache beim Kaiser, die schweren Ketten und Kugeln, mit denen die Verbrecher gefesselt waren, die zu Fuß tausende von Kilometern zu den Bergwerken Sibiriens getrieben wurden, um die Hälfte ihres Gewichts zu erleichtern. Er selbst begleitet die Transporte der Sträflinge und verschenkt alles, was er besitzt.

F. M. Dostojewskis „Memoiren aus einem Totenhaus" gehen wie ein Lauffeuer durch ganz Rußland. Der Kaiser Alexander II. vergießt Tränen bei der Lektüre. Zum ersten Mal erfährt das Volk, wie es an den Orten der Strafe und der staatlichen Rache zugeht. Das Gewissen des Volkes steht auf, und mancher Mißstand wird abgestellt.

Daniel Defoe, dessen Roman „Robinson Crusoe" (1719) uns von Jugend auf ans Herz gewachsen ist, kämpfte in diesem selben Roman gegen die Kinderarbeit, die seinerzeit überall üblich war. Kleinste Kinder wurden in Industrien und in Heimarbeit weit über ihre Kräfte beansprucht. Sicherlich trug sein Werk dazu bei, daß nach und nach die Kinderarbeit gesetzlich verboten wurde. Er selbst aber bezahlte dieses Wagnis mit der Ungnade des Königs, mit dem jahrelangen Verbot seines Buches und mit Not und Armut.

Johann Heinrich Pastolozzi widmet sich den Waisenkindern und begründet die moderne Pädagogik. Sein Buch: „Wie Gertrud ihre Kinder erzog" hat bis heute nichts an Aktualität verloren.

Don Bosco widmet sich in Turin der verwahrlosten Jugend, und Johann Hinrich Wichern gründet in Hamburg das Rauhe Haus als Zuflucht und Erziehungsstätte für gefährdete Jugendliche. Father O'Flanagan, der 1948 in Berlin starb, gründet ein Kinderdorf, das „Boys Town", von dem in der ganzen Welt Filialen errichtet werden, eine Selbstverwaltung, ein kleiner Staat im Staate für elternlose und kriminelle Halbwüchsige.

Henri Dunant, ein Genfer Arzt, ruft als Einzelner das internationale Rote Kreuz ins Leben und erkämpft das Zustandekommen der Genfer Konvention.

Ein kaum beachteter Zeitgenosse, der polnische Professor Lemkin, setzt sich zum Ziel, gegen Vernichtung, Diffamierung und Mißhandlung der Minderheiten in der Welt zu kämpfen und ruft die Uno-Konvention gegen Völkermord ins Leben.

Der belgische Pater Damian geht freiwillig auf eine Leproseninsel, um die Leprakranken zu pflegen und ihr Los zu lindern, schließlich erkrankt er und stirbt an der Lepra. Seine Gebeine werden als die eines Geisteshelden nach Belgien gebracht.

Der Musiker, Philosoph und Arzt Albert Schweitzer geht nach Lambarene in Afrika und wird uns allen lebendiges Vorbild des gütigen, weisen, sich aufopfernden Arztes. Über alle Sender der Welt kämpft er um den Frieden und die Bruderschaft der Nationen und Rassen. Die Welt hört ihn mit angehaltenem Atem an, nur die Ohren der Politiker bleiben verstopft.

Friedrich von Bodelschwingh schafft aus eigener Kraft Heime für die Brüder von der Landstraße, für die Obdachlosen, die Trinker, die Epileptiker.

Der Psychiater Stanley Johns wagt es nach hunderten von Jahren, die Gitter von den Irrenanstalten zu entfernen, die Türen zu öffnen und die Geisteskranken genau so wie andere Kranke zu behandeln. Und siehe, das Werk gelingt. Hunderte von Psychiatern pilgern zu seiner Klinik in England, um von dieser umwälzenden Methode zu lernen.

Toyohiko Kagawa, der japanische Christ, wird als Apostel Christi zum bedeutendsten Arbeiterführer in Japan, baut moderne Kolonien, Gemeinschaften, Schulen, kämpft gegen die Slums und die Verwahrlosung.

Pater Ernest Urban Trevor Huddleston kämpft in Südafrika einen mutigen Kampf gegen die unchristlichen Gesetze der „Apartheid". Von den Weißen verachtet, von den „Farbigen" geliebt und verehrt, ist er einer der wenigen Weißen, die unentwegt und geradlinig gegen das furchtbare und den Weißen entehrende Unrecht Stellung nehmen. Ein anderer mutiger Kämpfer gegen den Rassenwahn ist Alan Paton, der in seinem Roman: „Denn sie sollen getröstet werden" den Rassenwahn geißelt.

Ein indischer Heiliger, Vinoba Bhave mit seinem Programm: „Plünderung durch Liebe", geht zu Fuß durch das indische Land, von Großbauer zu Großbauer und bettelt ihnen Land ab für solche, die keines besitzen. Es kann sich ihm kaum einer entziehen.

Es gibt auch heute noch erschütternde Bekehrungen, die derjenigen des Apostels Paulus nicht nachstehen. Einer der Mörder Walter Rathenaus, der damals 21 Jahre alte Antisemit Ernst Werner Techow, wurde als einziger gefaßt (die beiden anderen Mörder verübten Selbstmord) und zu langer Gefängnisstrafe verurteilt. Damals schrieb die unglückliche Mutter Rathenaus an die Mutter Techows: „Voll unaussprechlichen Mitleids reiche ich Ihnen die Hand, Sie unglücklichste aller Mütter. Sagen Sie Ihrem Sohn — und das ist im Sinne des Toten —, daß ich ihm verzeihe, wie Gott ihm verzeihen möge. Möge er ein freimütiges Geständnis vor dem irdischen Richter ablegen und vor dem himmlischen bereuen. Wenn er meinen Sohn gekannt hätte, den edelsten aller Menschen, dann hätte er eher die Waffe gegen sich selbst gekehrt als gegen ihn. Mögen diese Zeilen Ihnen die Ruhe des Gemütes wiedergeben. Mathilde Rathenau."

Welche Größe des Geistes einer Frau und Mutter gegen den Mörder ihres Sohnes! 1927 verließ Techow das Gefängnis. Jahre später war er unter dem Namen Tessier Offizier der Fremdenlegion in Lybien. 1941 widmete er sich illegal der Hilfe für flüchtige Juden. Mehr als 700 Juden lotste er von Frankreich nach Spanien. Man nannte ihn in Marseille „das Einmannkomitee".

Ein anderer politischer Mörder, der Mörder Rasputins, Fürst Felix Yussupow, lebt heute in Paris in einem kleinen Stallgebäude; von Morgen bis Abend besucht er Kranke und Leidende und bringt ihnen Hilfe und Trost.

Als 1957 eine Unwetterkatastrophe die spanische Stadt Valencia nahezu vernichtete und tausende von Bürgern obdachlos wurden, war es ein 22jähriger Student aus Murcia, Adolfo Fernandez, der aus eigener Initiative über den Jugendrundfunk die spanische Bevölkerung aufforderte, der unglücklichen Stadt zu helfen. Aus dieser Aufforderung wurde eine überwältigende Hilfsaktion. Er schlug vor, Gegenstände aller Art zu stiften, die dann versteigert wurden; die Dinge erzielten zehnfachen Gewinn, jeder im Lande riß sich darum zu helfen, anonym zu helfen!

Indien ist nicht nur das Land der „Ahimsa", der Gewaltlosigkeit, es ist auch das Land der modernsten Reformen. So organisierte der Ministerpräsident des Staates Uttar Pradesh, Dr. Sampurnanand, sogenannte offene Lager für die Strafgefangenen, Gefängnisse ohne Mauern, ohne Zellen, ohne bewaffnete Wächter. Er sieht den Sinn der Haft nicht in der Rache und Sühne, sondern in der Resozialisierung, Erziehung und Heilung. Die Gefangenen, darunter auch Mörder und Einbrecher mit langen Strafen, erhalten in Abständen Urlaub und dürfen ihre Familien besuchen. Bisher ist noch jeder von ihnen zurückgekehrt. Sampurnanand eröffnete ein Parlament der Verbrecher, an dem unter anderen 21 Mörder teilnahmen. Es ist das erste Mal in der Welt, daß der Bestrafte das Recht hatte, sich auszusprechen und seine Meinung über Justiz und Strafvollzug, und auch über die Verfemung des Bestraften nach der Strafe zu sagen.

Liest man unsere Zeitungen mit den Streitereien und Hinterhältigkeiten der Politiker und den Bestialitäten der Diktaturen und erfährt man die wunderbaren und wunderwirkenden Taten einiger, wenn auch weniger großer Menschen, so muß man bestätigen, daß sie es sind, die uns dem Menschlichen näherbringen, weil sie ganze, heile Menschen sind und sich mit der Macht ihrer Persönlichkeit dem Unrecht der Welt und der Verantwortungslosigkeit entgegenstemmen und dadurch Wunderbares und für die späteren Generationen Bleibendes erreichen.

Aber auch jeder von uns ist ein Meister hinsichtlich irgendeines Einflusses, den er in kleinstem oder größerem Umfang ausübt, und es gibt niemanden, von dem wir nicht etwas lernen könnten, sei es Positives, sei es, daß uns an dem anderen bewußt wird, wie man sich nicht verhalten soll. Ich bemühe mich, aus jeder Begegnung etwas zu lernen, auch wenn es nur das Allzumenschliche ist, das in uns allen wirksam ist. Neulich saß ich, wie so oft, als psychiatrischer Gutachter vor Gericht. Ein alter Sünder und Alkoholiker hatte zum fünfzehnten Mal einen Einbruch verübt. Er stahl aus einer Baubude 50 Bierflaschen. Sein Kumpan, den ich zu begutachten hatte, war mitgegangen und trank — er war bereits betrunken — eine Flasche Bier aus. Sie wurden dabei gefaßt, weil zwei fünfzehnjährige Jungen sie beobachtet hatten und die Polizei alarmierten.

Als Zuschauer saßen im Saal Schüler einer Mittelschule. Es war dem Gericht peinlich, daß jener, der die eine Flasche Bier ausgetrunken hatte und offenbar wegen Volltrunkenheit durch den § 51,1 entlastet würde, wohl irrtümlicherweise ein halbes Jahr wegen dieses Delikts in Untersuchungshaft gesessen hatte, obwohl weder Flucht- noch Verdunkelungsgefahr vorlag. Die Richter waren deswegen etwas gereizt und, man fühlte es, ein wenig ratlos. Der Vorsitzende gab bei einer Gelegenheit einige sehr bissige Bemerkungen an die Adresse des jungen Staatsanwalts ab und machte ihm den Vorwurf, er hätte sich mit der Materie etwas intensiver befassen sollen. Dieser wurde rot im Gesicht; er wollte eine ebenso freche Antwort geben, beherrschte sich aber. Das Publikum fühlte die Spannung und genoß das Spiel. Gegen die Angeklagten war der Vorsitzende von ausgesprochener Freundlichkeit und Geduld.

Nun wurden, zur Erheiterung des ganzen Gerichtssaals, nacheinander die beiden Halbstarken hereingerufen, die die Polizei geholt hatten. Sie waren nach neuester Mode frisiert, mit zurückgekämmtem Haar, das hinten in Seraphimsflügel auslief, mit breiten Lederjacken und ganz schmalen blauen Niet-Hosen. Beim Gang hielten sie die Schultern steif und wackelten mit den Hüften. Das Publikum schrie vor Belustigung. Der Vorsitzende verzog wegen mangels an Humor keine Miene. Die Jungen wurden nun ins Verhör genommen, ob sie diese beiden Angeklagten erkannten. Sie konnten es nicht mit Bestimmtheit sagen, deuteten aber an, daß die beiden doch verhaftet worden seien, folglich müßten es auch die Einbrecher sein. Sie wurden wegen der ungebührlichen Antwort zur Ordnung gerufen. Fast hatten sie das Gefühl, selbst angeklagt zu sein. Man sah ihnen die Ratlosigkeit am Gesicht an. Schließlich wurden sie fortgeschickt. Sie gingen und setzten sich auf die Zeugenbank. Die Zuschauer lachten etwas hämisch. Die Jungen hatten bestimmt erwartet, der Richter würde sie öffentlich loben, daß durch ihre Aufmerksamkeit zwei Rechtsbrecher hatten festgenommen werden können. Nichts davon geschah.

Der psychiatrische Gutachter des Trinkers und Gewohnheitsverbrechers entwarf ein trauriges und einprägsames Bild von der Person des Einbrechers und bezeichnete ihn im übertragenen Sinne als Typ des „Bruders von der Landstraße“, als innerlich unbehaust und ohne Halt. Er forderte eine Dauerunterbringung in einer geschlossenen Anstalt. Der Vorsitzende fragte den Angeklagten, was er zu dem Gutachten zu sagen hätte. Und da geschah das Merkwürdige, daß der alte Trinker sich zu dem Professor wandte und ihm mit bewegten Worten dankte für das, was er gesagt habe; er habe in diesem Gutachten sich selbst innerlich erlebt.

Ich ging bewegt und bereichert aus dem Gerichtssaal. Ich hatte erlebt, daß ein Richter, der in höherem Maße selbstbeherrscht sein sollte, da er ja über die Fehler anderer zu Gericht sitzt, die Beherrschung gegen seinen Kollegen verlor und ihn vor dem Publikum maßregelte; offenbar hatte er seine eigene Entgleisung gar nicht wahrgenommen. Dann verging er sich gegen zwei Jugendliche, die eine soziale Tat getan hatten, und vergaß, ihnen zu danken und ihre Leistung anzuerkennen; statt dessen verprellte er sie mit seinen strengen Fragen. Nach diesem Erlebnis werden sich diese Jugendlichen gesagt haben: „Wenn es so zugeht, werden wir das nächste Mal, mag kommen was will, uns nicht mehr hineinmischen!“ Und dann erlebte ich beglückt, daß ein Mensch ein negatives Gutachten, das eine jahrelange Internierung zur Folge hat, annahm, weil es trotz aller Wissenschaftlichkeit so warmherzig abgegeben war, daß er sich selbst und sein verdorbenes Leben darin erkannte, und daß er dem Psychiater dafür dankte. Ich drückte nachher meinem Kollegen die Hand und sagte ihm, wie sehr ich diese menschliche Tat und Haltung bewunderte. Ich habe mich lange mit dem Gedanken getragen, an den Vorsitzenden einen Brief zu schreiben und ihm darzulegen, wie fehlerhaft er sich verhalten habe. Ich fand aber nicht den Mut dazu.

An einem schwerkranken Mann habe ich erfahren, daß er ein Meister war. Kurz nach dem Kriege hatte ich unter meinen Hirnverletzten einen siebzehnjährigen Querschnittsgelähmten, der vom Nabel ab vollkommen gelähmt war; auch Blase und Mastdarm waren gelähmt, er war hochgradig abgemagert und hatte handtellergroße Wunden am Gesäß und am Kreuz, die nicht heilen wollten. Trotz dieses entsetzlichen Schicksals war er immer heiter, gleichen Mutes und vergnügt. Ein Haufen von Hirnverletzten saß stets an seinem Bett, sie verwöhnten ihn, sie pflegten ihn, und sie holten sich Trost bei ihm. Jeder hatte sein Schicksal und seine schwere Verwundung, aber keiner war so schwer getroffen wie Herbert Porte. Und wenn einer mit seinem Schicksal zu hadern begann, sagten sie zu ihm: „Geh zu Herbert, schau ihn dir mal an. Hast du es so schwer wie er?!“, und jener wurde ruhiger. Als Herbert Geburtstag hatte, sagte ich zu ihm: „Du bist der Engel unseres Krankenhauses. Du trägst dein Leid mit so viel Haltung und Mut, daß du ein Beispiel bist für hunderte von Kranken, die sich an dir aufrichten. Vielleicht ist das eine noch größere Aufgabe, als gesund zu sein und zu arbeiten?!“ Er begriff.

Zehn Jahre später schreibt er aus einem kleinen Dorf in Ostdeutschland: „Ich liege immer im Bett und auf dem Bauch, denn die Wunde am Rücken ist wieder in voller Größe entstanden. Es ist zum Verzweifeln. Es geht schon über drei Jahre mit der Wunde, sie heilt einfach nicht. Ich will aber nicht klagen, ich will unserem lieben Herrgott für jeden Tag, den er uns aufs neue schenkt, dankbar sein, denn wenn man das Elend auf dieser Welt sieht, dann denke ich immer: wie gut bin ich doch davongekommen!“ Das sagt einer, dem alles im Leben genommen ist und der wie ein halbes, wundes Klümpchen Mensch sein Leben auf dem Bauch liegend zubringen muß. Welch eine Meisterschaft des Geistes und der Überwindung!

Welche geistige Brücke führt von Herbert Porte, dem Überwinder, zu einem anderen Dulder, einem Epileptiker, einem, der zum Tode verurteilt wurde und der Jahre in den Zuchthäusern Sibiriens zugebracht hat, dessen Leben nichts als Not und Armut, Hunger und Leid gewesen ist und dessen Herz für den Bruder-Mensch verbrannte — Fedor Michailowitsch Dostojewski. Ein großer Philosoph, Wladimir Solowjow, sagt von ihm: „Er liebte vor allem die Seele des Menschen, überall und in allem, und glaubte, daß wir ein Geschlecht Gottes seien. Er glaubte an die unendliche Kraft der menschlichen Seele, die über jede Bedrückung von außen und jeden Unfall von innen triumphiert.“

DER MENSCH IN DER BEGEGNUNG MIT GOTT

Das zentralste und beglückendste Erlebnis der Menschen ist die Begegnung mit Gott. In den Zeiten der auf Gott gerichteten Menschheit zeugen alle Werke des Menschen, die Altäre und Tempelbauten, die Bildwerke, die Epen, die Gesänge und alle Dichtkunst von nichts anderem als von der immerwährenden Gegenwart Gottes und von der Begegnung mit ihm. Das gesamte Sein des Menschen stand unter dem Bewußtsein der Nähe Gottes. Mit dem ganzen Wesen seiner Seele war er auf Gott eingestellt. Er vermochte den Mitmenschen, das Tier, die Natur und die Ereignisse nur als von Gott umschlossen anzusehen. Gott war der Wirkende, der Regisseur in dem großen Spiel des Erdenlebens. Der Mensch, das Getier, die Natur, die Jahreszeiten und das Wetter waren Akteure unter Seiner unsichtbaren höheren, unausweichlichen Regie.

Alles, was geschah, Gutes und Böses, Frohes und Trauriges, Volles und Leeres wurde demütig und dankbar aus der Hand Gottes genommen. Die Kreaturen waren Siegel Gottes, jedes in seiner ihm zugeordneten Weise, und jedes Träger seines Willens. Wohl in allen Religionen ist der Ablauf des Jahres durch die Ereignisse der für jedes Volk heiligen Geschichte gestaltet, und das Leben der Menschheit schwang in einem doppelten Rhythmus, dem der Jahreszeiten und der heiligen Feste. Bestimmte Tage waren der Freude, andere der Trauer, dem Gebet, dem Fasten, dem Gedenken an die Toten, den Hochzeiten, der Jugendweihe, der Ausgelassenheit und dem Tanz, oder der Besinnung und Meditation vorbehalten.

Diese urtümlichen Bindungen der Menschheit an jene heiligen Zeiten erweisen sich als so stark und stabil, daß sie sogar in den Ländern, die den Anlaß zu diesen Bräuchen und Festen — Gott, den Schöpfer — aus dem Dasein verbannt haben, in alter Kraft und Beharrlichkeit noch bestehen bleiben.

Mit Ehrfurcht und Entzücken betrachten wir die alten Möbel, Geräte, Bauten und Werkzeuge, die mit Symbolen, Zeichen und Namenszügen Gottes und der Schutzheiligen versehen sind. Wie schön sind die alten bayerischen Schränke, Truhen, Wiegen, Betten und Sessel, die mit den Namenszügen Christi — IHS — und Marias, mit dem Kreuzeszeichen und anderen Sinnbildern verziert sind! Sogar beim Gebrauchsgegenstand wollte der gläubige Mensch nicht auf die

Bindung von Mensch zu Ding und von Ding zu Gott verzichten. So wird ihm seine ganze Welt vergöttlicht und zeugt von Gottes Allgegenwart, Kraft und Herrlichkeit. Auf den Wegen, in Wäldern, im Wasser und auf Bergeshöhen errichteten die Gläubigen Kapellen, Altäre und Kreuze, kein Wanderer ging ohne ein Gebet und Kreuzeszeichen daran vorbei.

Wie sinnlos und abergläubisch mag dem verweltlichten, Gott entfremdeten Menschen die Sitte erscheinen, jedes Jahr am 6. Januar, am Tage der heiligen drei Könige, an alle Türen des Hauses und der Ställe mit Kreide die Initialen C + M + B: Caspar, Melchior, Balthasar — zu schreiben. Welche Wärme einer gläubigen und kindlichen Beziehung liegt aber in dieser Zuwendung zu einer fast zweitausendjährigen Vergangenheit und zu drei legendären Weisen oder Fürsten, die in Demut eine beschwerliche Reise unternahmen, um ein namenloses, unbekanntes Bettlerkind in einer Höhle von Bethlehem zu grüßen. Und identifiziert sich nicht der, der diese Buchstaben an die Tür malt, mit jenen Wanderern und sieht, vielleicht für kurze, doch entscheidende Augenblicke seines Lebens, sich selbst als demütigen Wanderer durch das Sein und ist bereit, das verhüllte, unbekannte Göttliche zu suchen und ihm zu dienen. Indem er in geheiligter Besinnung diese Buchstaben jedes Jahr neu schreibt, kreuzt da nicht in der Begegnung sein Weg den Weg der Weisen aus dem Morgenlande?

Die Bibel, das heilige Buch der Bücher der Juden und der Christen, ist ein fortlaufendes Zeugnis von der Begegnung des Menschen mit Gott. Lesen wir sie mit den Augen der Seele und nicht durch die Gläser einer philologischen, psychoanalytischen oder historischen Brille, so wird uns klar, daß die Menschen damals in einem ganz anderen, uns fremd und unverständlich gewordenen Klima lebten. Sie lebten in der Gegenwart Gottes, und sie erlebten sie als Realität, als die einzige Realität ihres Lebens.

Doch bis in unsere Tage hinein gibt es noch das Erlebnis der Nähe Gottes. So erzählt Martin Buber von dem „Raw“ — Schnëur Salman von Ladi:

„Der Raw sprach einen Schüler, der eben bei ihm eintrat, so an: »Mosche, was ist das — ‚Gott‘?«

Der Schüler schwieg.

Der Raw fragte zum zweiten und zum dritten Mal.

»Warum schweigst du?«

»Weil ich es nicht weiß.«

„Weiß ich's denn?«, sprach der Raw. »Aber ich muß sagen; denn so ist es, daß ich es sagen muß: Er ist deutlich da, und außer ihm ist nichts deutlich da, und das ist er.«"

In gleicher Weise begegnete der biblische Jude Gott. Nicht immer erscheint Er ihm in der Glorie und unter Posaunenklängen; in der Gestalt eines Wanderers, einer Flamme, einer Stimme, eines Sturmes, eines Tiers begegnet Er dem Menschen, und dieser weiß — „das ist Gott".

Im dritten Kapitel des ersten Buches Mose spricht die Stimme Gottes zu unserem Urvater Adam, nachdem er von der Frucht der Erkenntnis des Guten und des Bösen gegessen hatte: „Adam, wo bist du?!" Diese erste Frage wird von damals bis heute an jeden von Adams Urenkeln zu jeder Stunde unseres Seins gestellt: „Wo bist du, wo stehst du in deiner Reife, in deiner Beziehung zu Gott, zur Welt, zur Kreatur, zu den sittlichen Gesetzen?"

Und weiter, im vierten Kapitel, kurz vor dem Ausbruch der ersten fürchterlichen und sich immer wieder vollziehenden Tragödie des Brudermordes, erscheint nicht Er, nur Seine Stimme und spricht zu dem von Neid und Haß erfüllten Kain: „Warum ergrimmest du? Und warum verstellt sich deine Gebärde? Ist's nicht also? Wenn du fromm bist, so bist du angenehm; bist du aber nicht fromm, so ruhet die Sünde vor der Tür. Aber laß du ihr nicht ihren Willen, sondern herrsche über sie!"

Doch vermag Kain ebensowenig wie alle seine Nachfahren seinen Zorn zu bändigen, und es kommt zum ersten Totschlag in der Geschichte der Menschheit. Und wieder fragt die Stimme Gottes unmittelbar nach dem geschehenen Verbrechen: „Kain, wo ist dein Bruder Abel?"

Und Kain gibt die Antwort, die wir alle tagtäglich auf die gleiche Frage nach unserer Verantwortung für den Nächsten geben: „Ich weiß nicht; soll ich meines Bruders Hüter sein?"

Es wird uns von der wunderbaren Begegnung Abrahams mit Gott erzählt. So lebt die Geschichte jedenfalls in unserer Vorstellung. — Wie hat sie sich aber wirklich zugetragen? Zunächst spricht Abraham mit Gott, wie Guareschis Don Camillo mit seinem Christus spricht. Er spricht, und Gott antwortet ihm.

Aber dann heißt es im neunzehnten Kapitel des ersten Buches Mose: „Und der Herr erschien ihm im Hain Mamre, da er saß an der Tür seiner Hütte, da der Tag am heißesten war. Und als er seine

Augen aufhub, und sahe, da stunden drei Männer gegen ihn. Und da er sie sahe, lief er ihnen entgegen von der Tür seiner Hütten, und bückete sich nieder auf die Erde. Und sprach: »Herr, habe ich Gnade gefunden vor Deinen Augen, so gehe nicht vor Deinem Knecht vorüber. Man soll Euch ein wenig Wassers bringen und Eure Füße waschen, und lehnet Euch unter den Baum. Und ich will Euch einen Bissen Brots bringen, daß Ihr Euer Herz labet, darnach sollt Ihr fortgehen. Denn darum seid Ihr zu Eurem Knecht gekommen.«

Sie sprachen: »Tue das.«"

Nun gibt Abraham seinem alten Weib Sarah Anweisungen zur Bereitung des Mahls. Er selbst sucht ein zartes Kalb zum Schlachten aus und setzt den Männern Butter und Brot vor. Währenddessen sprechen die Männer zu Abraham: „Ich will wieder zu dir kommen, so ich lebe. Siehe, so soll Sarah, dein Weib, einen Sohn haben."

Sarah, die in der Nähe war und das hörte, mußte lachen, da sie schon zu alt war. Sie sah eben nur drei hungrige und müde Männer vor sich. „... Da stunden die Männer auf von dannen, und wendeten sich gegen Sodom, und Abraham ging mit ihnen, daß er sie geleitete."

Unterwegs erfährt Abraham, daß Gott die Stadt Sodom wegen der dort wohnenden Ungerechten und Sündigen vernichten wolle. Und dann heißt es: „Und die Männer wandten ihr Angesicht und gingen gen Sodom. Aber Abraham blieb stehen vor dem Herrn."

Nun beginnt er mit Gott zu hadern und zu handeln, ob nicht Sodom doch zu retten wäre, denn es könnten dort einige Gerechte sein; sollten diese dann auch umkommen? Abraham wird sehr eindringlich. „Es möchten vielleicht fünfzig Gerechte in der Stadt sein, wolltest Du die umbringen, und dem Orte nicht vergeben um fünfzig Gerechter willen, die darinnen waren? Das sei ferne von Dir, daß Du das tust, und tötest den Gerechten mit dem Gottlosen ... das sei ferne von Dir, der Du aller Welt Richter bist, Du wirst so nicht richten!"

Welch grandiose Sprache wagt da ein göttlicher Mensch seinem Gott gegenüber! Wie nah und verwandt muß er sich Gott fühlen, daß er sich zum Anwalt der Gerechten und der Ungerechten um der Gerechten willen macht!

Wie nah ist dieser Mensch Gott, da er in drei Wanderern Gott erkennt, und ihre Botschaft als Botschaft Gottes annimmt! —

In der Geschichte Lots und der Zerstörung Sodoms heißt es: „Die zween Engel (Angelos heißt Bote) kamen gen Sodom des Abends,

Lot aber saß zu Sodom unter dem Tor. Und da er sie sahe, stund er auf ihnen entgegen, und bückte sich mit seinem Angesicht auf die Erde."

Er bittet sie, bei ihm zu bleiben, doch sie weigern sich; da zwingt er sie in sein Haus. Als die Meute kommt und die Herausgabe der Männer fordert, schützt er sie mit seinem Leib. Am nächsten Morgen aber müssen die Boten ihn und seine Familie mit Gewalt aus der Stadt herauszerren, um ihn zu retten.

Jakob, der Großsohn Abrahams, zieht nach Mesopotamien. Unterwegs schläft er an einem Ort, den Kopf auf einen Stein gestützt. Im Traum erlebt er die Herrlichkeit des Himmels, eine Leiter, die von seinem Haupte bis in den offenen Himmel hineinragt, und Engel des Herrn steigen daran auf und nieder. Und der Herr steht oben darauf und spricht zu ihm.

„Da nun Jakob von seinem Schlafe aufwachte, sprach er: »Gewißlich ist der Herr an diesem Orte, und ich wußte es nicht!« Und fürchtete sich und sprach: »Wie heilig ist diese Stätte. Hier ist nichts anderes, denn Gottes Haus, hier ist die Pforte des Himmels!« Und Jakob stund des Morgens früh auf, und nahm den Stein, den er zu seinen Häupten gelegt hatte, und richtete ihn auf zu einem Mal und goß Öl oben darauf, und hieß die Stätte Bethel."

In einer anderen seelisch bedrängten Situation, in der Angst vor dem Zusammenstoß mit seinem Bruder Esau, begegnet Jakob Gott, mit dem er kämpft. Da heißt es: „Und blieb allein. Da rang ein Mann mit ihm, bis die Morgenröte anbrach. Und da er sah, daß er ihn nicht übermochte, rührte er das Gelenk seiner Hüfte an; und das Gelenk seiner Hüfte ward über dem Ringen mit ihm verrenket. Und er sprach: »Laß mich gehen, denn die Morgenröte bricht an!« — Aber Jakob antwortete: »Ich lasse dich nicht, du segnest mich denn!« — Jener sprach: »Wie heißest du?« — Er antwortete: »Jakob.« Er sprach: »Du sollst nicht mehr Jakob heißen, sondern Israel: denn du hast mit Gott und mit Menschen gekämpft, und bist oblegen!« — Und Jakob fragte Ihn und sprach: »Wie heißest Du?« — Er aber sprach: »Warum fragest du, wie ich heiße?« — Und er segnete ihn daselbst. Und Jakob hieß die Stätte Pniel: »Denn ich habe Gott von Angesicht gesehen, und meine Seele ist genesen.«"

Auch hier tritt Gott Jakob als unbekannter, hartnäckiger Mann entgegen und gibt sich nur versteckt, ohne Namensnennung, zu erkennen. Aber Jakob weiß es und heiligt den Ort, an dem solches geschah. Wie selbstverständlich und zum All-Tag gehörend ein solches Erlebnis ist, wird dadurch angedeutet, daß dieser Geschichte kein besonderes Kapitel gewidmet ist; sie wird erzählt unmittelbar zwischen den Alltagssorgen, den Vorbereitungen auf die Begegnung mit dem Bruder Esau, den Ängsten, was aus dieser Begegnung entstehen möge, Krieg oder Friede, und der Fürsorge für die Angehörigen.

Wiederum erscheint Gott in einer anderen Form. „Mose aber hütete die Schafe Jethros, seines Schwagers, des Priesters in Midian, und trieb die Schafe hinunter in die Wüste, und kam an den Berg Gottes Horeb. Und der Engel des Herrn erschien ihm in einer feurigen Flamme aus dem Busch. Und er sah, daß der Busch mit Feuer brannte und ward doch nicht verzehret. Und sprach: »Ich will dahin, und besehen diese große Geschichte, warum der Busch nicht verbrennet!« — Da aber der Herr sah, daß er hinging zu sehen, rief ihn Gott aus dem Busch und sprach: »Mose! Mose!« — Er antwortete: »Hier bin ich!« — Er sprach: »Tritt nicht herzu; ziehe deine Schuhe aus von deinen Füßen, denn der Ort, an dem du stehest, ist ein heilig Land!« — und sprach weiter — »ich bin der Gott deines Vaters Abraham, der Gott Isaaks, der Gott Jakobs.« — Und Mose verhüllte sein Angesicht, denn er fürchtete sich, Gott anzusehen."

Später aber, als Moses der große Prophet und Heerführer wurde, wurde auch sein Verhältnis zu Gott vertrauter. Denn es heißt da: „Mose aber nahm die Hütte, und schlug sie auf, außen, ferne vor dem Lager, und hieß sie eine Hütte des Stifts ... Und wenn Mose in die Hütte kam, so kam die Wolkensäule hernieder und stund in der Hütte Tür und redete mit Mose. Und alles Volk sah die Wolkensäule in der Hüttentür stehen, und sie standen auf und verneigten sich, ein jeglicher in seiner Hütte Tür. Der Herr aber redete mit Mose von Angesicht zu Angesicht, wie ein Mann mit seinem Freund redet ..."

Im gleichen Kapitel aber heißt es (Mose II, 33): „Und er sprach: »So laß mich Deine Herrlichkeit sehen!« . . . Und der Herr sprach: »Mein Angesicht kannst du nicht sehen, denn kein Mensch wird leben, der mich siehet!«"

Wunderbar ist die Geschichte des Bileam und seiner Eselin (Mose IV, 22). Der Engel Gottes versperrt der Eselin dreimal den Weg. Bileam, der den Boten nicht sieht, prügelt die Eselin, bis sie schließlich mit Menschenzunge zu ihm spricht und ihm sagt, ob er denn den Engel mit dem Schwert nicht sehe.

Hier, wie in der Geschichte der heiligen Nacht, ist es ein Tier, das der Gnade, Gott zu sehen, teilhaftig wird.

Im Alten Testament wie im Neuen und in den Legenden der Heiligen wird dem Menschen das Tier als Botschafter Gottes gesandt. So spricht Gott zum Propheten Elia (1. Könige, Kap. 17): „»Gehe weg von hinnen, und wende dich gegen Morgen, und verberge dich am Bach Krith, der gegen den Jordan fleußt. Und du sollst vom Bach trinken; und ich habe den Raben geboten, daß sie dich daselbst versorgen.« — Und die Raben brachten ihm Brot und Fleisch, des Morgens und des Abends; und er trank des Bachs."

Im Buche Daniel (Kap. 6) ist es der Löwe, dem der Engel das Maul verbindet: „Da befahl der König, daß man Daniel herbrächte; und warfen ihn zu den Löwen in die Grube. Der König aber sprach zu Daniel: »Dein Gott, dem du ohn Unterlaß dienst, der helfe dir!« — Als der König des morgens an die Grube kommt und nach Daniel ruft, kommt der heraus und sagt: »Mein Gott hat Seinen Engel gesandt, der den Löwen den Rachen zugehalten hat, daß sie mir kein Leid getan haben« ..."

Auch im Wetter begegnet Gott dem Menschen, so wird von dem Propheten Elia erzählt: „Gott sprach: »Gehe hinaus und tritt auf den Berg vor den Herrn«. — Und siehe, der Herr ging vorüber, und ein großer, starker Wind, der die Berge zerriß und die Felsen zerbrach, vor dem Herrn her: der Herr aber war nicht im Winde. Nach dem Winde aber kam ein Erdbeben, aber der Herr war nicht im Erdbeben. Und nach dem Erdbeben kam ein Feuer, aber der Herr war nicht im Feuer. Und nach dem Feuer kam ein stilles, sanftes Sausen. Da das Elia hörete, verhüllte er sein Antlitz mit seinem Mantel und ging hinaus und trat in die Tür der Höhle, da kam eine Stimme zu ihm und sprach . . ."

Hier erlebt Elia mit aller Deutlichkeit, daß Gott, der Mächtige, nicht nur in Feuer und Beben und Sturm auftritt, sondern als sanfter und milder Hauch, und er begreift es.

Wenn Gott dem Menschen, der unbedingt zu ihm steht, nahe ist, werden auch die üblichen Gesetze der Natur unwirksam. So wird von Elia erzählt, daß der Engel ihm, als er in der Höhle wohnte, Brot und Wasser gebracht habe, und Elia nahm es hin ohne Verwunderung: „Und er schlief unter dem Wacholder. Und siehe, der Engel rührete ihn und sprach: »Stehe auf und iß!« — Und er sah sich um, und siehe, zu seinen Häupten lag ein geröstet Brot und eine Kanne mit Wasser. Und da er gegessen und getrunken hatte, legte er sich wieder schlafen. Und der Engel des Herrn kam zum anderen Mal wieder, und rührte ihn und sprach: »Stehe auf und iß, denn du hast einen weiten Weg vor dir!« — Und er stund auf und aß und trank, und ging durch Kraft derselben Speise vierzig Tage und vierzig Nächte, bis an den Berg Horeb . . ."

Völlig unpathetisch wird hier eine wunderbare menschliche Leistung beschrieben, wie wir sie von manchen Heiligen des Christentums, von den Yogis Indiens und den Lung gom pas Tibets kennen.

Wunderbar ist die Geschichte des unerschütterlichen Glaubens der drei Männer, die von den Chaldäern in den feurigen Ofen geworfen wurden (Daniel Kap. 3, und Gesang der drei Männer im Feuerofen). Nebukadnezar, der König zu Babel, forderte von den drei jüdischen Männern Sadrach, Mesach und Abed-Nego, daß sie Baal anbeteten. Sie weigerten sich standhaft. Ihre Antwort war: „»Es ist nicht not, daß wir dir darauf antworten. Siehe, unser Gott, den wir ehren, kann uns wohl erretten aus dem glühenden Ofen, dazu auch von deiner Hand erretten. Und wo er's nicht tun will, sollst du dennoch wissen, daß wir deine Götter nicht ehren« ... Also wurden diese Männer in ihren Mänteln, Schuhen, Hüten und anderen Kleidern gebunden und in den feurigen Ofen geworfen . . . Und man schürte das Feuer im Ofen so sehr, daß die Männer, so den Sadrach, Mesach und Abed-Nego verbrennen sollten, verdarben von des Feuers Flammen. Aber die drei Männer fielen hinab in den glühenden Ofen, wie sie gebunden waren . . . Da sprach der König, der der Hinrichtung zugesehen, voller Entsetzen zu seinem Gefolge: »Sehe ich doch vier Männer los im Feuer gehen, und sind unversehrt; und der vierte ist gleich, als wäre er ein Sohn der Götter!« — »Aber der Engel des Herrn trat mit denen, die bei Asaria waren, in den Ofen und stieß die Lohe vom Feuer aus dem Ofen, und machte es im Ofen wie einen kühlen Tau, daß das Feuer sie gar nicht anrührte, noch schwärzete, oder beschädigte. Da fingen diese drei miteinander an zu singen, preisten und lobten Gott im Ofen und sprachen: »Gelobt seist Du Herr, der Gott unserer Väter, und müssest gepreist und hoch gerühmet werden ewiglich!« — Und Nebukadnezar trat hinzu vor das Loch des glühenden Ofens und sprach: »Sadrach, Mesach, Abed-Nego, ihr Knechte Gottes des höchsten, gehet heraus und kommet her.« Da gingen Sadrach, Mesach und Abed-Negro heraus aus dem Feuer."

Diese und viele andere völlig unpathetische, in das Leben des Alltags eingebaute Geschichten der Bibel zeigen uns, wie großartig dieses Volk war, das Du zu seinem Gott sagte, und das mit ihm laut und halblaut und im Flüsterton sprach, das mit ihm haderte und kämpfte und das seine Stimme mit aller Deutlichkeit hörte. Gott war immer und überall und an jedem Ort, und nichts, weder Böses noch Gutes, geschah ohne seine Mitwirkung. So werden die größten und seltsamsten Wunder zu fast alltäglichen Erlebnissen, weil des Menschen Glaube und Inbrunst zu Gott so unerschütterlich sind, daß sie alles ihnen Gesandte als natürlich hinnehmen.

Einige Jahrtausende später sagt ein Nachkomme, ein chassidischer Rabbi, Pinchas, den man fragte: „Warum wird Gott Ort genannt? Freilich ist er der Ort der Welt; aber dann müßte man ihn eben so nennen, und nicht Ort schlechthin."

Er antwortete: „Der Mensch soll in Gott hineingehen, daß Gott ihn umgebe und sein Ort werde."

Mit dem Erlöser Christus kommt ein neues geistliches Verständnis und ein neues Verhältnis zum Geistigen auf. Gott schickt seinen Sohn auf die Erde, der hier lebt, lehrt, heilt, predigt, Schüler wirbt, mit ihnen Freude und Leid erlebt, Liebe, Begeisterung, Haß und Neid erntet und schließlich, wie ein Verbrecher, wegen Majestätsbeleidigung und Gotteslästerung ans Kreuz geschlagen wird. Wie ein Verbrecher wird er heimlich begraben, doch aufersteht er und erscheint seinen Jüngern und den Gläubigen.

Hier entsteht eine ganz andere, eine neue Beziehung. Christus ist Mensch geworden, so hat es der Mensch viel einfacher, ihm zu begegnen, ihn zu bitten, sich ihn vorzustellen, er weiß sich ihm aus seiner menschlichen Natur verwandt und verstanden. Von nun an begegnet der Christ dem Sohne Gottes.

Wunderbar und schlicht werden in den Evangelien die Begegnungen des Auferstandenen mit seinen Freunden und Jüngern beschrieben. Maria Magdalena geht noch in der Finsternis des Morgens zum Grabe und findet es leer. Sie verkündet es den Jüngern Petrus und Johannes. Als sie vor dem Grabeingang steht, sieht sie einen Mann, den sie für den Friedhofgärtner hält: „. . . Sie wandte sich zurück, und sieht Jesum stehen und weiß nicht, daß es Jesus ist. Spricht Jesus zu ihr: »Weib, was weinest du, wen suchest du?« — sie meint, es sei der Gärtner, und spricht zu ihm: »Herr, hast Du ihn weggetragen, so sage mir, wo hast Du ihn hingelegt, so will ich ihn holen.« Spricht Jesus zu ihr: »Maria!« — Da wandte sie sich um und spricht zu ihm: »Rabbuni!«"

Am gleichen Tage erscheint er den versammelten, ängstlich verwirrten Jüngern. — „Am Abend aber desselben ersten Tages der

Woche, da die Jünger versammelt und die Türen verschlossen waren aus Furcht vor den Juden, kam Jesus und trat mitten ein und spricht zu ihnen: »Friede sei mit euch!« — Und als er das gesagt hatte, zeigte er ihnen die Hände und seine Seite. Da wurden die Jünger froh, daß sie den Herrn sahen. Da sprach Jesus abermals zu ihnen: »Friede sei mit Euch. Gleichwie mich der Vater gesandt hat, so sende ich euch!« — Und da er das gesagt hatte, blies er sie an und spricht zu ihnen: »Nehmet hin den heiligen Geist! . . .«"

Thomas, der nicht dabei war, will nicht glauben, daß der Herr erschienen war. — „Und über acht Tage waren abermals seine Jünger drinnen und Thomas mit ihnen. Kommt Jesus, da die Türen wieder verschlossen waren, und tritt mitten ein und spricht: »Friede sei mit euch!« — Darnach spricht er zu Thomas: »Reiche deinen Finger her und siehe meine Hände, und reiche deine Hand her und lege sie in meine Seite, und sei nicht ungläubig, sondern gläubig!« — Thomas antwortete und sprach: »Mein Herr und mein Gott!«" (Johannes 20).

Lukas (24) erzählt die Geschichte der Begegnung auf dem Wege nach Emmaus; wie zwei traurige und verwirrte Jünger sich auf den Weg dorthin begaben und sich ein dritter zu ihnen gesellte, und wie sie miteinander über die jüngsten Ereignisse sprachen und der dritte sie belehrte. Als sie im Ort ankamen, wollte der Unbekannte weitergehen. — „Und sie nötigten ihn und sprachen: »Bleibe bei uns; denn es will Abend werden, und der Tag hat sich geneiget!« — Und er ging hinein, bei ihnen zu bleiben. Und es geschah, da er mit ihnen zu Tische saß, nahm er das Brot, dankte, brach es und gab es ihnen. Da wurden ihre Augen geöffnet und sie erkannten ihn. Und er verschwand vor ihnen. Und sie sprachen untereinander: »Brannte nicht unser Herz in uns, da er mit uns redete auf dem Wege, als er uns die Schrift öffnete?«"

Und letztmalig erscheint er den Jüngern am See Genezareth (Johannes 21). Sie fischen, doch fangen sie nichts. „Da es aber jetzt Morgen war, stand Jesus am Ufer; aber die Jünger wußten nicht, daß es Jesus war. Spricht Jesus zu ihnen: »Kinder, habt ihr nichts zu essen?« — Sie antworteten ihm: »Nein!« — Er aber sprach zu ihnen: »Werfet das Netz zur Rechten des Schiffes, so werdet ihr finden.« — Da warfen sie und konnten's nicht mehr ziehen, von der Menge der Fische. Da spricht der Jünger, welchen Jesus liebhatte, zu Petrus: »Es ist der Herr!« — Da Simon Petrus hörte, daß es der Herr war, gürtelte er das Hemd um sich (denn er war nackt) und warf sich ins Meer. Die anderen Jünger aber kamen auf dem Schiff und zogen das Netz mit den Fischen. Als sie nun austraten auf das Land, sahen sie Kohlen darauf gelegt und Fische darauf und Brot ... Spricht Jesus zu ihnen: »Kommt und haltet das Mahl!« — Niemand aber unter den Jüngern wagte ihn zu fragen: »Wer bist du?« — denn sie wußten, daß es der Herr war. Da kommt Jesus und nimmt das Brot und gibt's ihnen, desgleichen auch die Fische. — Das ist nun das drittemal, daß Jesus offenbart war seinen Jüngern, nachdem er von den Toten auferstanden war."

Diese wunderbaren Geschichten der Begegnung des Auferstandenen mit seinen Jüngern zeigen deutliche Unterschiede zu den biblischen Begegnungen des Menschen mit Gott. In der Bibel erleben wir mit aller Deutlichkeit, wie stark der Mensch mit seinem Gott verbunden ist und wie sehr er bereit ist, Gottes Stimme, seinen Auftrag in den auf ihn zukommenden Zeichen zu erleben. Im Verlaufe der biblischen Geschichte zeichnet sich aber eine Verweltlichung ab; das Erscheinen, die Stimme Gottes, die Wunder werden immer seltener. Im Gegensatz zu Indien, wo Heilige und Yogis sich einer allgemeinen Verehrung erfreuen, wo es den Begriff „Darschan" gibt, die Heilung durch das Anschauen eines Weisen oder Heiligen, die demütigste Form der Ehrfurcht, stammt aus dem Judentum der Satz: „Der Prophet gilt nichts in seinem Lande" (Matth. 13, 57).

Die Jünger und Magdalena erkannten den Herrn nicht, wie aus fast allen Aussagen hervorgeht, ebensowenig wie sie, mit Ausnahme des Johannes, seine esotherische Lehre und Mission begriffen, solange er unter ihnen weilte. Erst nach der Auferstehung, durch das Erlebnis des Pfingstwunders, wuchsen sie in das Spirituelle der Christuslehre hinein. Ihre geistigen Augen waren für die Begegnung mit dem Auferstandenen noch nicht reif. Daher erkannten sie ihn nicht oder erst, als er bereits entschwunden war.

Großartig wird uns in der Apostelgeschichte beschrieben, wie diese bäuerlichen, wirklichkeitsnahen Jünger nach dem Tode des Herrn in ihren Auftrag hineinwachsen und reifen, wie sie den Völkern mit Enthusiasmus (was bedeutet: von Gott erfüllt) predigen und schließlich den Märtyrertod erdulden!

Die ersten drei Jahrhunderte des Urchristentums, vor der Gründung der Staatskirche durch Konstantin (313), atmen eine Gottesnähe, wie wir sie in den biblischen Zeiten Abrahams sahen. Es wird kaum je von Erscheinungen Christi berichtet, weil die Urchristen so stark in der Erwartung der Wiederkunft Christi lebten, daß sie sich als einen Teil von ihm betrachteten und fühlten. Mit Selbstverständlichkeit lebten sie in Besitzlosigkeit und Askese, in einer Selbtbeherrschung, Demut und Zugewandtheit zum brüderlichen Menschen, die in der Geschichte ohnegleichen sind. Über allem ausgegossen ist eine festliche Heiterkeit, Gelassenheit und Fröhlichkeit, wie sie nur spirituellen und sich von Besitz und Trieben freigemachten Menschen eigen sind. Paulus schreibt: „. . . als die Unbekannten, und doch bekannt; als die Sterbenden, und siehe, wir leben; als die Gezüchtigten, und doch nicht ertötet; als die Traurigen, aber allezeit fröhlich; als die Armen, aber die doch viele reich machen; als die nichts innehaben, und doch alles haben" (Korinther II, 6). Und an anderer Stelle (Galater 2): „Ich lebe aber; doch nun nicht ich, sondern Christus lebt in mir. Denn was ich jetzt lebe im Fleisch, das lebe ich in dem Glauben des Sohnes Gottes, der mich geliebt hat und sich selbst für mich dargegeben."

Dieses: „Christus lebt in mir" nahmen die Nachfolger Christi, die sich nach ihm Christen nannten, wortwörtlich. Es war eine vollkommene Identifikation. Darum hatte das Wort von Paulus Gültigkeit: „Freuet euch in dem Herrn allewege! Und abermals sage ich: Freuet euch! Eure Lindigkeit lasset kund sein allen Menschen! Der Herr ist nahe! Sorget nichts! Sondern in allen Dingen lasset eure Bitten im Gebet und Flehen mit Danksagung vor Gott kund werden. Und der Friede Gottes, welcher höher ist, denn alle Vernunft, bewahre eure Herzen und Sinne in Christo Jesu!" (Philipper 4).

In dieser gleichmäßigen Freude der Herzen lebten sie und erduldeten die grausamsten und perversesten Verfolgungen, Demütigungen, Peinigungen und schließlich den Märtyrertod. Ungezählte Dokumente und Heiligengeschichten jener Zeit berichten uns, wie Greise, Männer, Frauen und Kinder mit Verzückung, wie zu einem Hochzeitsmahle in den Tod gingen. Der heutige, allem Esoterischen abholde Mensch ist geneigt, solches Verhalten als psychopathisch zu betrachten, nicht begreifend, daß diese immerwährende Begegnung mit Gott eine Realität ist. Für den ungeistigen Menschen ist Geist ein leerer, lächerlicher Begriff. Welchen Wirklichkeitswert der Geist für den Geistigen hat, wird aus den geheimnisvollen Worten von Paulus deutlich: „Wir kommen nach Achaja, und der Geist Gottes war nicht mit uns, wir wenden uns nach Mazedonien, und der Geist Gottes war mit uns . . ."

So stark stand der urchristliche Mensch im Geiste Gottes, daß er es deutlich fühlte, wann er im Geiste, und wann er ohne den Geist war.

Nach der Stabilisierung der christlichen Kirche vom 4. Jahrhundert an und mit ihrer Verbreitung in den nordeuropäischen Ländern verflacht das religiöse Erleben und ebenso die Gottesnähe, die vorher allen Gläubigen gemein war. Aber es werden Einzelne, Brennende im Geiste der Begegnung mit Gott teilhaftig. Es sind die Mystiker, die dem geistlichen, dem mönchischen und dem Laienstande angehören. Die Begegnung vollzieht sich in vielfacher Form. Dem Menschen erscheint Christus, oder seit der Einführung des Muttergotteskultes im 5. Jahrhundert die Mutter Gottes, oder es sind Heilige. Die Begegnung mit Christus kann sich bei einigen bis tief in das physische Geschehen vollziehen; hören wir doch im Katholizismus seit dem 13. Jahrhundert und bis heute von Stigmatisationen. Die Begegnung mit Gott vollzieht sich aber auch in einer abstrakten Form, wie wir sie ebenfalls im Hinduismus, im Buddhismus, im Islam, in der antiken Religion und sogar bei Ungläubigen erleben; es sind ekstatische Visionen von Licht, gekoppelt mit dem Erlebnis höchster, überirdischer Seligkeit.

Nicht nur Gläubige, sondern Ungläubige oder Feinde der Lehre werden solcher Erlebnisse teilhaftig. Das eklatanteste Beispiel ist das des ärgsten Feindes Christi, und später seines eifrigsten Verfechters, des Apostels Paulus. Erzählt er doch selbst in beredten Worten die Geschichte seiner Bekehrung: „Ich bin ein jüdischer Mann, geboren zu Tarsus in Zilizien und erzogen in dieser Stadt zu den Füßen Gamaliels, gelehrt mit allem Fleiß im väterlichen Gesetz, und war ein Eiferer um Gott, gleichwie ihr heute alle seid, und habe diesen Weg verfolgt bis in den Tod. Ich band sie und überantwortete sie ins Gefängnis, Männer und Weiber; wie mir auch der Hohepriester und der ganze Haufe der Ältesten Zeugnis gibt, von welchen ich Briefe nahm an die Brüder und reiste gen Damaskus, daß ich, die daselbst waren, gebunden führte gen Jerusalem, daß sie bestraft würden. Es geschah aber, da ich hinzog und nahe an Damaskus kam, um den Mittag, umleuchtete mich schnell ein großes Licht vom Himmel.

Und ich fiel zum Erdboden und hörte eine Stimme, die sprach zu mir: »Saul, Saul, was verfolgst du mich?« — Ich antwortete: »Herr, wer bist Du?« — Und er sprach zu mir: »Ich bin Jesus von Nazareth, den du verfolgst!«

Die aber mit mir waren, sahen das Licht und erschraken; die Stimme aber des, der mit mir redete, hörten sie nicht. Ich sprach aber: »Herr, was soll ich tun?« — Der Herr aber sprach zu mir: »Stehe auf, und gehe gen Damaskus; da wird man dir sagen von allem, was dir zu tun verordnet ist!« Als ich aber vor Klarheit dieses Lichtes nicht sehen konnte, ward ich bei der Hand geleitet von denen, die mit mir waren, und kam gen Damaskus" (Apostelgeschichte 22).

Von der Bekehrung des heitersten und liebenswertesten Heiligen der katholischen Kirche, des Poverello, des heiligen Franz von Assisi, wird berichtet, daß er einst einen Traum von einem herrlichen Palaste hatte. In der „Drei-Gefährten-Legende" des Giovanni da Ceprano (1241—1246) wird folgendes berichtet: „Freudigen Geistes wachte er auf und erhob sich vom Lager. Wie eben Menschen sind, die noch nicht den Geist Gottes in Fülle verkostet, meinte sein weltliches Gemüt, er werde es gewiß in solchen Dingen zu wundersamem Glanze bringen; und sintemalen er das Traumgesicht für ein Vorzeichen großer Dinge nahm, beschloß er nach Apulien zu ziehen . . .

So war er denn wieder in Assisi. Wenige Tage nachher, es war spät am Abend, wählten ihn die Genossen zu ihrem Führer. Sie dachten, er werde sich's etwas kosten lassen; er solle es halten, wie es ihn gutdünkte.

So ließ er ein verschwenderisches Mahl bereiten, wie er schon oft getan. Dann gingen sie wohlauf hinaus. Die Schar der Freunde vor ihm her, zogen sie singend durch die Stadt — er mit einem Stab in der Hand, dem Zeichen des Führers.

Auf einmal blieb Franz ein wenig hinter den anderen zurück. Er sang nicht mehr, er war in tiefes Sinnen versunken.

Denn plötzlich hatte ihn der Herr berührt. Und eine solche Süße erfüllte sein Herz, daß er weder reden noch sich bewegen konnte. Nur jene Süße fühlte er und konnte nichts anderes wahrnehmen. Und so sehr war er der Empfindung der Sinne entrückt — er erzählte es später selbst —, daß er sich nicht von der Stelle hätte bewegen können, auch wenn man ihn in Stücke geschnitten hätte.

Wie nun die Gefährten rückwärts schauten und ihn auf so weiten Abstand gewahrten, kehrten sie um und sahen betroffen: er war wie in einen anderen Menschen verwandelt."

Von einem modernen, zum Christentum bekehrten Inder, Sadhu Sundar Singh (geb. 1889), der als Angehöriger der Sikhsekte ein Christenhasser war, wird erzählt, daß er, enttäuscht vom Hinduismus und innerlich leer, beschlossen habe, Selbstmord zu begehen und sich unter einen Zug zu werfen. Er trat vor seinen Vater und sprach: „Ich will dir lebewohl sagen, morgen früh wirst du mich tot finden!" — Warum willst du dich töten?", fragte der Vater. Der Sohn antwortete: „Weil der Hinduismus meine Seele nicht befriedigen kann, noch auch das Geld, noch auch diese Behaglichkeit, noch auch eines der Güter dieser Welt. Dein Geld kann die Wünsche meines Leibes befriedigen, aber nicht meine Seele. So habe ich genug an diesem elenden und unvollkommenen Leben, ich will ihm ein Ende machen!"

Um drei Uhr erhob er sich und nahm nach Hinduvorschrift ein kaltes rituelles Bad. Dann betete er zu Gott um den Weg zum Heil. „O Gott, wenn es einen Gott gibt, zeige mir den rechten Weg, und ich will ein Sadhu werden, sonst werde ich mich töten!" Er betete ohne Unterlaß, aber erhielt keine Antwort. Gegen halb fünf gewahrte er in seiner Kammer ein großes Licht. Er glaubte, das Haus stehe in Flammen, öffnete die Tür und sah um sich, aber es war kein Feuer da. Er schloß die Tür und betete weiter. Da sah er wie in einer Lichtwolke das liebestrahlende Angesicht eines Menschen. Zunächst glaubte er, es sei Buddha oder Krishna, und wollte sich niederwerfen, sie anzubeten. Da vernahm er auf Hindustani die Worte: „Warum verfolgst du mich? Gedenke, daß ich für dich mein Leben am Kreuz hingab!" — Er war unfähig zu verstehen und konnte kein Wort sagen. Da entdeckte er die Wundmale jenes Jesus von Nazareth, den er für einen bedeutenden Mann gehalten, der vor langer Zeit in Palästina gelebt hatte und dort gestorben war, den er noch vor wenigen Tagen glühend gehaßt hatte. Dieser Jesus zeigte keine Spur von Zorn darüber, sondern nur Milde und Liebe. Jetzt kam ihm der Gedanke: „Jesus Christus ist nicht tot, sondern er lebt, und das ist er selbst." Er sank anbetend ihm zu Füßen. Im Nu wurde sein Innerstes umgewandelt, er fühlte, wie Christus ihn gleich einem göttlichen Strom ganz durchdrang. Friede und Freude erfüllten seine Seele. Als Sundar Singh sich erhob, war Christus verschwunden, aber jener wunderbare Friede war geblieben und verließ ihn nicht mehr.

Voll Freude weckte er seinen Vater und verkündete ihm: „Ich bin Christ!" Dieser konnte es nicht glauben. — „Du hast deinen Verstand verloren! Geh schlafen. Vorgestern verbranntest du die Bibel und jetzt willst du plötzlich Christ sein? Wie reimt sich das?" Sundar antwortete: „Weil ich Ihn gesehen habe . . . heute habe ich Ihn selbst gesehen, und ich will Ihm dienen . . ." — Da sagte der Vater: „Du wolltest dich doch töten?" — Der Sohn erwiderte: „Ich habe mich schon getötet. Dieser Sundar Singh ist tot. Ich bin ein neuer Mensch!" Wie ähnlich sind sich diese drei, und zahlreiche andere Erlebnisse von der Bekehrung wider Willen!

Durch die ganze Geschichte der Begegnungen, nicht nur im christlichen Raum, begegnen wir diesem überirdischen Licht.

Von dem Gnostiker und Neuplatoniker *Plotin* (205—270) berichtet Porphyrius: „Das einzige Ziel seines Lebens war, sich zu Gott zu erheben und mit ihm eins zu werden. Während ich bei ihm war, hatte er dieses Erlebnis viermal, und nicht nur als passives Vergehen im Licht, sondern als aktive Teilnahme an dem unaussprechlich heiligen Vorgang . . ."

Augustinus sagt über Plotin: „Der Anblick Gottes ist eine so wunderbare Vision, und so über alles wünschenswert, daß Plotin ohne Zaudern erklärt: »Wer alle anderen Segnungen im Überfluß genießt und hat diese eine nicht, ist trotzdem arm!«"

Der heilige *Augustinus* (354—430) beschreibt ein solches Erlebnis: „Bisweilen versetzest Du mich in meinem Inneren in einen Zustand ganz außergewöhnlicher Art bis zu einer unfaßbaren Glückseligkeit, die, wenn sie zur Vollendung käme, etwas ganz Unbeschreibliches, alles Leben hinter sich Lassendes hätte . . ."

Die große deutsche Mystikerin *Hildegard von Bingen* (geb. 1098) beschreibt ihre Visionen in dem Buche »Sci vias« (Wisse den Weg): „Als ich vierzig Jahre und sieben Monate alt war, kam vom geöffneten Himmel feuriges Licht von höchstem Glanze, durchgoß mein ganzes Gehirn, entzündete mein ganzes Herz und meine ganze Brust wie mit einer Flamme, die jedoch nicht brannte, sondern nur erwärmte, so wie die Sonne einen Gegenstand erwärmt, auf den sie ihre Strahlen sendet . . ."

Und als Siebzigjährige in einem Briefe an Wibert von Gembloux: „Die Gestalt dieses Lichts vermag ich in keiner Weise zu erkennen, wie ich ja auch nicht voll in die Sonnenscheibe schauen kann. In diesem Licht sehe ich zuweilen, freilich nicht oft, ein anderes Licht, das mir als »das lebende Licht« bezeichnet wird. Wann und wie ich es sehe, kann ich nicht angeben. Solange ich es aber schaue, wird jede Traurigkeit und Beängstigung von mir genommen, so daß ich dann wie ein einfältiges Jungmädchen und nicht wie eine alte Frau bin! . . ."

Und die heilige *Katharina von Genua,* die Tochter des Jacopo da

Fiesco (1448—1510) schreibt: „Ich kann bloß sagen: wenn nur ein Tropfen von dem, was ich fühle, in die Hölle fahren würde, die Hölle würde in ein Paradies verwandelt."

Bernhard von Clairvaux (1091—1153) spricht von diesem Erlebnis zu seinen Mönchen: „Ich bekenne, das Wort hat mich besucht, und sogar sehr oft. Aber obwohl Er oft in meine Seele gekommen ist, habe ich niemals und zu keiner Zeit den Augenblick Seines Kommens feststellen können. Ich habe gefühlt, daß Er da war; ich erinnere mich, daß Er bei mir gewesen ist. Ich habe manchmal ein Vorgefühl Seines Kommens gehabt; aber ich habe nie Sein Kommen oder Gehen gefühlt . . . Woher wußte ich denn überhaupt, daß Er da war? Durch Seine machtvolle, lebendige Gegenwart. Wenn Er in mich eingetreten war, weckte Er meine schlafende Seele, erleuchtete und besänftigte und entzündete Er mein Herz . . . Nur an der Bewegung meines Herzens konnte ich Seiner Gegenwart inne werden, und nur an der Besserung meiner sündigen Natur und an der starken Zurückhaltung, die all meinen irdischen Neigungen auferlegt wurde, erkannte ich die Macht Seines Einflusses . . ."

Der Protestant *Jakob Böhme* aus Görlitz (1575—1624) spricht die gleiche Sprache: „Was aber für ein Triumphieren in dem Geiste gewesen sei, kann ich nicht beschreiben noch reden. Es läßt sich mit nichts vergleichen, als nur mit dem, wo mitten im Tod das Leben geboren wird, und es vergleicht sich der Auferstehung von den Toten . . ."

Der englische Kupferstecher *William Blake* (1757—1828) sah als Zehnjähriger auf seinen Spaziergängen in der Umgebung von London Engel, die sich in den Zweigen einer Linde niedergelassen hatten, deren glänzende Flügel wie Sterne durch die Blätter strahlten. An einem Herbsttag sah er, wie Engel zwischen den heumachenden Bauern einherschritten. Sein Vater, welcher Strumpfwirker war, schlug ihn dafür und bezeichnete ihn als einen Lügner.

Von seinen visionären Erlebnissen sagt er: „Was mich selbst angeht, so versichere ich, daß ich nicht die äußere Schöpfung erblicke und daß sie für mich Hemmnis ist und nicht Tat. Was — wird man fragen — siehst du nicht bei Sonnenaufgang eine runde Feuerscheibe, wie eine Guinee? O nein, nein, ich sehe eine Schar himmlischer Gestalten, die ruft: »Heilig, heilig, heilig ist Gott der Herr, der Allmächtige!« Ich beobachte mein körperliches Auge nicht mehr, als ich ein Fenster beobachten würde, durch das ich hinausblicke. Ich sehe hindurch und bleibe nicht in ihm."

Seit dem 13. Jahrundert gibt es im katholischen Raum eine Begegnung mit Christus, die sich bis ins Körperliche manifestiert. Es ist die *Stigmatisation.* Der gotische Mensch sah den Heiland mit anderen Augen an als der Urchrist oder der mediterrane Christ. Es ist nicht mehr so sehr der verklärte Christus der Auferstehung, es ist der sich für die in Sünde verhaftete Menschheit aufopfernde Jesus, der durch alle Niederungen des Leids, der Verlassenheit, der Demütigung, der Verfemung, der Geißelung bis zum Tod am Kreuz hindurchgeht. Seit dem 13. Jahrhundert zeigen die Kruzifixe den schmerzzerissenen Heiland, und der Meditierende stellt sich in seiner Phantasie plastisch bis zum eigenen Schmerz die Leiden seines Herrn vor.

Einige Gläubige empfangen in der Vision Christi seine Wundmale. Die erste Stigmatisierte, von der berichtet wird, war die belgische Beghine Marie von Oignies († 1213). 1226 erhielt die Wundmale der Marquis Robert de Montferrand, ungefähr zur gleichen Zeit der niederländische Einsiedler Dodon von Hascha († 1231). Katharina von Siena empfing die Stigmata am 18. August 1370. Von über 300 bekannten Stigmatisierten wären zu erwähnen Katharina von Ricci zu Prato (1522—1590), die Franziskanerin Maria Crescentia Höss von Kaufbeuren (1744—1782), die Augustinernonne von St. Agnetenberg Anna Katharina Emmerich († 1824), über die Clemens von Brentano berichtete, Maria von Mörl aus Kaltern in Tirol († 1868), Luise Latteau von Bois d'Haine in Belgien (1850—1885), Gamma Galgagni zu Camigliani bei Lucca (1878 bis 1903), Therese von Konnersreuth (geb. 1897) und Pater Pio, der Kapuzinermönch vom Kloster Maria delle Grazie in San Giovanni Rotondo bei Foggia (geb. 1887).

Auffallend ist die Gleichförmigkeit der Erscheinungen bei fast allen Stigmatisierten. Manche bluten zu bestimmten Zeiten, manche immer. Die Wundmale, die oft über Jahre bestehen, weisen nie Zeichen von Verschmutzung, Entzündung oder Eiterung auf, wie es bei gewöhnlichen Wunden der Fall ist. Die Stigmatisierten sind Mystiker oder Ekstatiker, sie führen ein heiligmäßiges und asketisches Leben, von vielen wird erzählt, daß sie nur wenig oder gar keine Speise zu sich nehmen. Keiner von ihnen leidet an Geistesstörungen oder sonstigen psychischen Absonderlichkeiten. Sie sind im Wesen heiter und aufgeschlossen und pflegen meist regen Umgang mit den Menschen, die zu ihnen kommen.

Hier sei der Bericht über den größten Stigmatisierten, den Heiligen Franziskus von Assisi, von seinem Biographen Thomas von Celano wiedergegeben: „Als der heilige Franz sich in der Einsiedelei aufhielt, die nach der Gegend Monte Alverna heißt — zwei Jahre, bevor er seine Seele dem Himmel wiedergab —, ward er mit einem Gesicht begnadet (September 1224). Darin sah er einen Mann über sich schweben, der hatte gleich einem Seraph sechs Flügel und war mit ausgebreiteten Händen, die Füße aneinandergeschlossen, ans Kreuz geheftet. Zwei Flügel hoben sich über das Haupt hinaus, zwei waren wie zum Fluge ausgespannt, und zwei bedeckten den ganzen Leib.

Als der selige Knecht des Höchsten dies schaute, ward er von tiefem Staunen ergriffen; aber er vermochte sich den Sinn der Erscheinung nicht zu deuten. Wohl empfand er eine überaus große Freude und Seligkeit über den gütigen, liebreichen Blick, mit dem ihn der unbeschreiblich schöne Seraph ansah; aber daß er ans Kreuz geheftet war und bitterlich litt, erschreckte ihn.

Als er sich schließlich erhob, war er sozusagen traurig und glücklich in einem; Freude und Schmerz bewegten abwechselnd sein Gemüt. Er sann angelegentlich nach, was die Erscheinung bedeuten könne; und von dem Bemühen, den Sinn zu begreifen, war sein Geist nicht wenig geängstigt ... Auf einmal begannen an seinen Händen und Füßen die Spuren von Wunden sichtbar zu werden, wie er sie kurz zuvor über sich an dem gekreuzigten Manne gesehen hatte. Seine Hände und Füße schienen in der Mitte von Nägeln durchbohrt; und zwar erschienen an der Innenfläche der Hände und an der oberen Seite der Füße die Spuren der Nagelköpfe und auf der gegenüberliegenden Seite die Spitzen; denn an der inneren Handfläche waren die Male rund, außen hingegen länglich; und eine warzenähnliche Erhöhung ward sichtbar, wie die gekrümmten umgebogenen Enden von Nägeln. Ebenso waren den Füßen die Male der Nägel eingeprägt und ragten über das umgebende Fleisch hervor. Die rechte Seite war wie von einem Lanzenstich durchbohrt und zeigte eine Wunde, und öfter floß Blut heraus, so viel, daß Habit und Beinkleider mehr als einmal von Blut benetzt waren."

Die Fioretti (1322—1328) beschreiben die Stigmatisierung ergänzend wie folgt: „... Bruder Leo trat leise in die Zelle ... Und wie Bruder Leo genauer zuschaute, sah er ein wunderschönes Licht, gleich einer schimmernden Flamme, die den Augen wohltat, vom Himmel herniederschweben, um über dem Haupte des Heiligen stehen zu bleiben. Von der Flamme ging eine Stimme aus und redete mit dem heiligen Franz, und er hinwieder gab ihr Antwort ... Doch sah Bruder Leo noch, wie der heilige Franz dreimal die Hand zur Flamme ausstreckte ..."

Thomas von Celano fährt dann fort: „Ach, daß so wenige, solange der gekreuzigte Knecht des gekreuzigten Herrn am Leben war, seine heilige Seitenwunde sehen durften! — Einmal hatte Bruder Ruffino die Brust des seligen Vaters einzureiben, wobei seine Hand, wie es leicht vorkommen kann, ausglitt und an die kostbare Wunde auf seiner rechten Seite stieß. Der Heilige fuhr vor Schmerz nicht wenig zusammen und stieß die Hand von sich weg, indem er aufstöhnte, der Herr möge jenem verzeihen. Denn mit aller Sorgfalt suchte er das Geheimnis nach außen zu wahren und verbarg es so vorsichtig wie möglich auch vor den Allernächsten, so daß selbst die vertrauten, ihm am meisten ergebenen Gefährten lange Zeit nichts davon wußten."

Hier ist die Geschichte der Stigmatisation des Pater Pio (geb. 1887), des gesuchtesten Beichtvaters in Italien: „Am 20. September 1918, am geheiligten Tag der Passion Christi, ließ kurz vor Sonnenuntergang ein gellender Schrei die Mönche von Santa Maria delle Grazie zum Chor hinstürzen.

Sie fanden Pater Pio auf der Erde liegen, und als sie ihn sanft aufheben und in die Zelle tragen wollten, sahen sie, daß er verwundet war: unsichtbare Pfeile hatten seine Hände, Füße und sein Herz durchbohrt; in Strömen floß das Blut herab. Während die Mönche das schmerzende Haupt Pater Pios aufrichteten, traf ihr Blick das große Kruzifix, das dieses erschütternde Schauspiel beherrschte — und sie verstanden ...

Sie brachten den blutenden Mönch in seine Zelle und legten ihn auf das Bett. Als ein Mönch in frommem Eifer die Innenfläche der einen Hand betrachten wollte, öffnete Pater Pio die Augen und bat ihn, mehr mit dem Blick als mit Worten, sein Geheimnis als das Geheimnis Gottes zu achten.

Demütig, voll Sanftmut und Geduld versieht Pater Pio täglich weiter sein Amt als Beichtvater. Stunden um Stunden, unaufhörlich, besonders an Feiertagen, hört er die Beichte. Nur einmal am Tage nimmt Pater Pio ein wenig Nahrung zu sich. Trotzdem ist er von kräftiger und gesunder Konstitution und Gestalt ...

Die Wunden an den Händen bluten leicht und fast ohne Unterbrechung. Am Tag trägt Pater Pio Handschuhe aus brauner Wolle; weil diese das Blut aufsaugen, sind die Flecken nicht sichtbar. Nachts trägt er meist Leinenhandschuhe, die am Morgen mit Blut durchtränkt sind ..."

Anders ist die Begegnung des Menschen mit Gott in der ostchristlichen Kirche, die ganz auf dem Johanneischen Evangelium beruht. Hier weht noch der Geist der Urkirche, hier wird noch, mit innerer Überzeugung, jeden Tag des Jahres das Halleluja gesungen. Die Herzen und die Augen der Gläubigen sind auf den Auferstandenen, den Erleuchteten gerichtet. Die Verheißung der Gnade und der Zuruf des Apostels Paulus: „Freuet euch, freuet euch allewege!" bewegt noch die Herzen. So gibt es in der Begegnung innerhalb der Ostkirche keine Stigmatisationen, weil der Sinn und das Denken der Menschen nicht auf die Schmerzen, sondern auf die Glorie Christi gerichtet ist. Es ist immer der verklärte Heiland, der dem Gläubigen erscheint.

Der Hagiorit Maxim berichtet seinem Gefährten, dem heiligen Georg vom Sinai (14. Jh.): „Ich will nicht vor dir, ehrwürdiger Vater, das Wunder verheimlichen, das durch die Hilfe der Allerheiligsten Gottesgebärerin an mir geschah ... An einem Tage kam ich nun, wie gewöhnlich, in die Kirche und betete zu Ihr mit der grenzenlosen Glut meines Herzens. Als ich vor Liebe Ihre heilige Ikone küßte, da spürte ich plötzlich in der Brust und im Herzen eine sonderbare Wärme und ein Feuer, das von der heiligen Ikone ausging, mich aber nicht brannte, vielmehr mich erfrischte und mir Erquickung brachte und meine Seele mit großer Rührung erfüllte. In diesem Augenblick, mein Vater, begann mein Herz aus tiefstem Grunde heraus das Gebet zu sprechen, und mein Geist empfing durch das Gedenken an meinen Herrn Jesus Christus und meine Allheilige Gebieterin und Gottesgebärerin neue Kraft, und auch jetzt bleibt mein Herz immer in diesem Gedenken. Und, verzeiht mir schon, seit jener Stunde hört das Gebet in meinem Herzen nicht mehr auf ... Da wird der menschliche Geist verzückt und verklärt im Lichte des Anschauens Gottes, das Herz wird still und ruhig, der Heilige Geist schüttet den ganzen Reichtum seiner Früchte aus: Freude, Frieden, Geduld, Milde, Güte, Demut, Liebe und anderes, und die Seele ergreift und erfüllt eine unbeschreibliche milde Freude!"

Hier ist es nicht die Muttergottes selbst, die erscheint, die Berührung einer ehrwürdigen, heiligen Ikone vermittelt dem Betenden und Meditierenden die Ekstase der Seligkeit.

Der kleinrussische Wanderer Hrihorij Skoworoda († 1794) schildert seine Begegnung mit Gott in folgenden Worten: „Ein Strom von unaussprechlicher Süßigkeit erfüllte meine Seele, mein ganzes Inneres entbrannte wie im Feuer und es schien mir, als ob ein Feuerstrom in meinen Adern kreiste. Ich fing an, nicht zu gehen, sondern zu laufen, wie getragen von einem sonderbaren Entzücken, ohne meine Hände und Füße zu fühlen, als ob ich gänzlich aus Flammensubstanz gebildet wäre, getragen im kreisläufigen Raum. Nur das Gefühl der Ruhe, der Zuversicht, der Ewigkeit belebte mein Dasein. Tränen ergossen sich stromweise aus meinen Augen und verbreiteten eine harmonische Rührung durch mein ganzes Wesen. Ich sank in mich selbst zurück, empfand etwas wie eine Zusicherung kindlicher Liebe, und ich habe mich seit dieser Stunde geweiht zu kindlichem Gehorsam dem Geiste Gottes gegenüber."

Der am meisten geliebte und letzte Heilige Rußlands, Serafim von Sarow († 1833), dem schon in frühester Jugend die Muttergottes und Christus mehrmals begegnet waren, spricht sich aus über die Realität solcher Begegnungen: „Nun sagen einige: »Diese Stellen sind unverständlich: wie ist es möglich, daß die Menschen mit ihren Augen Gott sehen können?« — Aber hier ist nichts Unverständliches. Die Unverständlichkeit kommt daher, daß wir uns von der ganzen Weite des urchristlichen Schauens entfernt haben und durch unsere angebliche Aufklärung in ein solches Dunkel der Unwissenheit geraten sind, daß uns heute unbegreiflich ist, was die Alten noch so klar verstanden hatten, daß für sie selbst in der einfachen Unterhaltung der Begriff der Erscheinung Gottes nichts Seltsames war. Gott und die Gnade des Heiligen Geistes haben die Menschen nicht im Traum oder in einem Trugbild gesehen, und nicht im Wahne krankhafter Verzückung, sondern wahrhaftig und wirklich!"

William Blake sagt dazu: „Wenn die Tore der Wahrnehmung gereinigt wären, würde der Mensch alles so sehen, wie es in Wirklichkeit ist, nämlich unendlich!"

Und *Francis Bacon,* der Kanzler und Philosoph, sagt 1612: „Ein wenig Philosophie macht den Geist des Menschen zum Atheismus geneigt, aber tieferes Eindringen in die Philosophie bringt den Geist des Menschen zur Religion zurück."

Es gibt so etwas wie ein induktives Erleben der Nähe Gottes durch die Vermittlung eines gottnahen Menschen. Vom heiligen Serafim wird solches berichtet. Nikolai Motowilow, ein säkularisierter Gutsbesitzer, der durch die Begegnung mit Serafim wieder gläubig geworden war, schildert dieses Erlebnis: „»Aber ich verstehe noch nicht, wie ich davon überzeugt sein soll, daß ich im Heiligen Geist bin. Wie kann ich denn sein wirkliches Erscheinen erkennen?«

Der Vater Serafim antwortete: »Ich habe euch doch schon gesagt, mein Gottesfreund, daß das sehr einfach ist, und ich erzählte euch ausführlich, wie die Menschen vom Heiligen Geist erfüllt sind und wie sie sein Erscheinen in sich gewahr werden. — Was wünscht ihr denn noch Väterchen?!«

»Ich möchte es ganz genau verstehen«, sagte ich.

Da faßte mich der Vater Serafim fest an den Schultern und sagte eindringlich: »Wir beide, Väterchen, sind jetzt im Heiligen Geiste! — Warum siehst du mich nicht an?«

Ich antwortete: »Ich kann euch nicht anblicken, Vater, aus euren Augen leuchten Blitze, euer Gesicht ist heller als die Sonne geworden, und meine Augen brennen vor Schmerz!« — »Habt keine Furcht«, sagte der Vater Serafim, »Ihr seid jetzt selbst leuchtend geworden wie ich. Nun seid ihr selber in der Fülle des Heiligen Geistes, sonst könntet ihr mich so nicht schauen!« ..."

Über ein ähnliches Erlebnis berichtet der Yogi Paramhansa Yogananda in der „Autobiographie eines Yogi". Er wandelt mit seinem Meister, dem Yogi Bhadura Mahasaya durch Calcutta: „Wir standen auf dem Gehsteig vor der Universität. Er berührte zart meine Brust in der Gegend des Herzens.

Eine eindrucksvolle Stille entstand ... Mein eigener Körper war nichts als ein Schatten unter so vielen anderen, mit dem einen Unterschied, daß er unbeweglich blieb, während die anderen ohne Unterbrechung hin- und hergingen. Mehrere meiner Freunde begegneten mir und gingen an mir vorbei, ohne mich zu erkennen, obwohl sie mir gerade in die Augen zu schauen schienen. Das phantastische Panorama ringsum erregte mich und versetzte mich in eine unaussprechliche Ekstase, wie wenn ich in langen Zügen aus der Quelle der Glückseligkeit getrunken hätte. Plötzlich fühlte ich, daß mich Meister Mahasaya wieder sanft in der Gegend des Herzens berührt hatte. Der buntscheckige Lärm der Menge drang von neuem auf mich ein. Ich erwachte, heftig aus einem verzauberten Traum gerissen. Der kostbare Traum war wieder von mir genommen."

Wiederholt schildert Yogananda seine Begegnung mit dem himmlischen Licht. Als er acht Jahre alt war, wurde ihm das erste Erlebnis zuteil: „Ich versenkte mich in das Bild des Yogi Lahiri Mahasaya. Plötzlich übergoß ein lebendiges Licht meinen Körper und erfüllte das ganze Zimmer" ... und später: „Als ich eines morgens auf meinem Bett saß, fiel ich in eine Art tiefer Träumerei ... Ein ungeheurer Strahlenkranz entstand kurz darauf vor den Augen meines Geistes. Die göttlichen Bilder der Heiligen, die in tiefen Höhlen in Meditation versunken waren, zogen wie ein Kaleidoskop an meinem geistigen Auge vorüber ... Die Vision schwand langsam, aber der Silberglanz weitete sich kreisförmig ins Unendliche aus.

»Wer bist du, wunderbare Heiligkeit?«

»Ich bin Iswara, ich bin das Licht.« — Die Stimme klang wie klares Wogengeplätscher. Die göttliche Ekstase nahm langsam ab und verschwand; in mir aber blieb die unstillbare Sehnsucht, Gott, den Ewigen zu finden, in dem alles unwandelbare, ewig sich erneuernde Freude ist."

Ein gleiches Erlebnis schildert Hans Hasso von Veltheim-Ostrau im zweiten Band von „Der Atem Indiens". Er begegnet dem großen Yogi Sri Ramana Maharshi in Tiruvannamalai, wo er einige Tage meditierend und in Gesprächen mit dem Meister verbringt ... „Meine Augen in die goldenen Gründe des im Samadhi weilenden Meisters getaucht, trat nun etwas ein, was ich nur mit größter Scheu und in aller Bescheidenheit, der Wahrheit gemäß, ganz kurz und einfach zu sagen vermag. Die tiefe Schwärze des Körpers von Maharshi verwandelte sich allmählich in weiß. Dieser weiße Körper wurde hell und heller, als ob er von innen erleuchtet wäre, und begann zu scheinen! Über dieses Erlebnis war ich, als ich es mir denkerisch bewußt machte, derartig erstaunt, daß ich sofort an Suggestion, Hypnose und dergleichen dachte. Ich begann deshalb, sogenannte Kontrollen zu machen, indem ich auf die Uhr sah, mein Notizbuch herausnahm und darin las, wozu ich die Brille erst suchen und dann aufsetzen mußte, usw. Dann sah ich den Maharshi, der nicht von mir fortgesehen hatte, wieder an ... und sah ihn wieder als Lichtgestalt auf seinem Tigerfell sitzen ..."

Hier wie bei Yogananda wird der Zustand, den der Inder Samadhi nennt, aufgezeichnet. Eine Erleuchtung, eine Versenkung ins All. Dieses Samadhi vermögen die Yogis durch die Übung der Meditation zu erzeugen.

Doch sieht der Hindu Gott in der gesamten Welt und in jedem einzelnen Geschöpf, jeder Pflanze und jedem Ding einwohnen. So erlebt er jede Begegnung als eine Begegnung mit dem Wesen Gottes. Mohendra Gandhi, der Sohn Mahatma Gandhis († 1957), sagt in einem Gespräch mit Hans de Boer in „Unterwegs notiert": „Eine unerklärliche, geheimnisvolle Macht durchdringt alles. Wenn ich sie auch nicht sehe, so fühle ich sie dennoch. Diese unsichtbare Macht kann nicht bewiesen werden, denn sie gleicht in nichts dem, was ich durch meine Sinne erfasse. Sie steht über allen Sinnen. Aber es ist möglich, Gottes Dasein bis zu einer gewissen Grenze aus allem zu folgern."

Auch im Islam gibt es das Begegnen mit Gott, das Schauen Gottes. So wird von der Mystikerin Rabea Adwia erzählt, daß sie eines Tages in ein Haus ging und dort meditierte. Die Dienerin kam herein und sagte zu ihr: „O Herrin, komm heraus und schaue die wunderbare Kunst Gottes im Garten an!" — Rabea erwiderte: „Komm du herein in dies Innere und schaue den Künstler selber an! Das Schauen des Schöpfers macht mir das Schauen der Schöpfung unnötig!"

Ein Jünger des Mystikers Butorab Nakhaschabi war von glühendem Herzenseifer besessen. Butorab riet ihm, den Sufi-Meister Bayezid aufzusuchen. Der Jünger erwiderte: „O Herr! Wer täglich den Gott von Bayezid sieht, braucht nicht den Bayezid selbst zu sehen!" — Da sagte Butorab: „O Jünger! Wenn du Gott siehst, siehst du ihn nur mit dem Grad des eigenen Sehvermögens. Wenn du Gott aber durch Bayezid siehst, wirst du ihn mit dem Sehvermögen Bayezids sehen können. Es gibt Sehen und Sehen!"

Es gibt heute wie früher Menschen, denen die Gnade der Gottesbegegnung zuteil wird; wie vor Jahrtausenden manifestiert sie sich als Begegnung mit einer Gestalt, mit einer Stimme oder in dem Erlebnis des beseligenden Lichts.

Papst Pius XII. (Eugenio Pacelli, 1876—1958) hatte in seinem achtzigsten Jahre während einer schweren Erkrankung bei den Worten des Gebets: „in hora mortis meae voca me" die Gestalt des Heilands in einem Lichtschein gesehen.

Ein alter Mann erzählte mir von einem unauslöschlichen Erlebnis, das ihn sein ganzes Leben begleitete. Er war zwanzig Jahre alt, heiter und vergnügungssüchtig, ohne religiöse Bindung. An einem ganz gewöhnlichen Tage, ohne jeden besonderen Anlaß erlebte er, daß ihm, wie er sagte, „der Himmel offen stand". Die ganze Atmosphäre sei mit überirdischem Licht angefüllt gewesen und eine Seligkeit habe ihn erfüllt wie nie zuvor. So müsse das Erlebnis des Paradieses sein, dachte er.

Ein anderer, religiös nicht gebundener Mann, ein Mathematiker, Oskar Bolza, beschreibt in seinem unter dem Pseudonym F. H. Marneck erschienenen Buch „Glaubenslose Religion" ein solches Erlebnis und deutet es als ein religiöses: „Da überfiel mich plötzlich ein unaussprechliches, unbeschreibliches, alles Maß an Intensität übersteigendes Glücksgefühl. Ich habe nie etwas ihm auch nur entfernt Vergleichbares erlebt. Begleitet war der Vorgang von dem Gefühl einer intensiven inneren Lichtfülle."

Ein mir bekannter sehr skeptischer Arzt, von dem ich annehme, daß er Atheist ist, fragte mich bezeichnenderweise mehrmals bei wiederholten Begegnungen (offenbar beschäftigte ihn dieses Thema sehr), ob ich jemals eine Aura erlebt hätte. Dann schilderte er mir, wie er einmal als Soldat an der Kampffront, an einem grauen Tage, plötzlich die ganze Landschaft in einer unvorstellbaren Verklärung erlebt habe; dabei sei er von einer unerklärlichen und der Situation völlig unangepaßten Seligkeit erfüllt worden. Da er das Religiöse an dem Erlebnis nicht zu erkennen vermochte, betrachtete er diesen Zustand als ein psychopathologisches, möglicherweise epileptisches Phänomen.

Wohl jeder schöpferische Mensch erlebt solche Begnadung. Als eines der vielen Bekenntnisse von Dichtern sei hier eine Beschreibung Hölderlins (1770—1843) aus dem Hyperion wiedergegeben: „Mein ganzes Wesen verstummt und lauscht, wenn die zarte Welle der Luft mir um die Brust spielt. Verloren ins weite Blau, blick ich hinauf an den Äther und hinein ins heilige Meer, und mir ist, als öffnete ein verwandter Geist mir die Arme, als löste der Schmerz der Einsamkeit sich auf in das Leben der Gottheit."

Doch nicht nur in der religiösen Bindung, in der Meditation und im Gebet, in der Inbrunst oder Ekstase, in der flehentlichen Sehnsucht zu Gott erlebt der Mensch die Begegnung. Sie kann ihm auch in krankhaften, in Ausnahmezuständen, in schweren Krankheiten des Leibes, im epileptischen Anfall oder in Zuständen von Berauschtheit zuteil werden. Immer aber hat er dabei das Erlebnis einer besonderen Begnadung.

Sonia Kowalewski, die erste weibliche Professorin für Mathematik, gibt ein Gespräch mit Fedor Dostojewski (1821—1881), der bekanntlich an Epilepsie litt, wieder: „Ihr seid alle gesunde Menschen, und ihr ahnt nicht einmal, was für ein Glück jenes Glück ist, das wir Epileptiker in der Sekunde vor dem Anfall empfinden. Mohamed versichert in seinem Koran, daß er das Paradies geschaut

Giotto
Die Stigmatisation des Heiligen Franziskus

habe und dort gewesen sei. Alle klugen Toren sind überzeugt, daß er einfach ein Lügner und Betrüger sei. Aber nein! Er lügt nicht! Er war tatsächlich im Paradies, während des Anfalls der Epilepsie, an der er gleich mir litt. Ich weiß nicht, ob diese Glückseligkeit Sekunden oder Stunden oder Monate währt, aber glauben Sie mir aufs Wort, alle Freuden, die das Leben geben kann, würde ich für sie nicht eintauschen!"

Ich habe als Arzt der Epileptiker oft ganz gleiche Aussprüche meiner Patienten gehört.

Aber auch unter dem Einfluß des Rauschgiftes kommt es zu ähnlichen Erlebnissen. *Baels* beschreibt diesen Zustand nach Opiumeinnahme: „An seine Stelle (des Schmerzes) trat nicht einfach Erleichterung oder Schmerzfreiheit, sondern ein stets wachsendes positives Gefühl unendlichen Wohlseins und Glücks. Alle irdische Schwere war geschwunden, war weg. Ich war frisch und froh und unbeschreiblich glücklich!"

Und *I. A. Symonds* erzählt von einem Zustand, hervorgerufen durch Chloroform: „Ich meinte, ich sei dem Tode nahe, als meine Seele Gott erkannte, der deutlich zu mir in Beziehung trat und in durchaus persönlicher Realität mit mir verkehrte ... Ich fühlte Ihn wie Licht auf mich niederströmen. Ich kann das Entzücken, das ich empfand, nicht mit Worten wiedergeben."

Der Ekstatiker Novalis erlebt Gott bis in die letzten Fasern des Seins. Sein Bekenntnis ist die „Hymne":

> ... Wenige wissen
> das Geheimnis der Liebe,
> fühlen Unersättlichkeit
> und ewigen Durst.
> Des Abendmahls
> göttliche Bedeutung
> ist den irdischen Sinnen Rätsel;
> aber wer jemals
> von heißen, geliebten Lippen
> Atem des Lebens sog,
> wem heilige Glut
> in zitternde Wellen das Herz schmolz,
> wem das Auge aufging,
> daß er des Himmels
> unergründliche Tiefe maß,

wird essen von seinem Leibe
und trinken von seinem Blute
ewiglich...
Hätten die Nüchternen
einmal gekostet,
alles verließen sie,
und setzten sich zu uns
an den Tisch der Sehnsucht,
der nie leer wird.
Sie erkennten der Liebe
unendliche Fülle,
und priesen die Nahrung
von Leib und Blut.

BEGEGNUNG MIT DEM TODE

Die Begegnung mit dem Tode findet heute kaum noch statt. Albrecht Goes sagt: „Dieses Jahrhundert aber finden wir darum bemüht, Fassaden zu bauen, hinter denen sich die Gewalten dessen, was wirklich ist, verbergen lassen. Der Tod zieht aus den Häusern des Lebens, in denen die vorvorletzten Stunden Gestalt gefunden haben, und die letzte Stunde ist die Stunde im Krankenhaus."

Im Anfang unseres Jahrhunderts läßt Rainer Maria Rilke seinen Malte Laurids Brigge sagen: „Wer gibt heute noch etwas für einen gut ausgearbeiteten Tod? Niemand . . . Der Wunsch, einen eigenen Tod zu haben, wird immer seltener. Eine Weile noch, und er wird ebenso selten sein wie ein eigenes Leben. Gott, das ist alles da. Man kommt, man findet ein Leben, fertig, man hat es nur anzuziehen . . . Man stirbt, wie es gerade kommt; man stirbt den Tod, der zu der Krankheit gehört, die man hat (denn seit man alle Krankheiten kennt, weiß man auch, daß die verschiedenen letalen Abschlüsse zu den Krankheiten gehören und nicht zu den Menschen; und der Kranke hat sozusagen nichts zu tun)."

Seit wir eine hervorragende Hygiene haben und unsere mittlere Lebenserwartung bereits auf die stattliche Höhe von nahezu siebzig Jahren gestiegen ist, hat der Tod Seltenheitswert bekommen. Zwar sehen wir auf den Straßen unserer Stadt gelegentlich wohlgeschmückte Totenautos vorbeifahren, wir realisieren dabei kurz: „Aha, da ist jemand gestorben!" — doch geht es uns weiter nichts an; diese Wahrnehmung ist kaum noch als ein Memento mori zu bezeichnen Es gibt nur noch wenige Menschen, die sich mit dem Tode beschäftigen, sogar die Alten, die ihm zeitlich näher rücken, erwähnen diese zu erwartende neue Wirklichkeit nicht mehr. Auch die Todesangst, mit Ausnahme von bedrohlichen Daseinssituationen, ist kaum mehr vorhanden. Albrecht Goes sagt dazu, daß im Unterschied von den Menschen des Mittelalters unser Geschlecht nicht mehr die Todesangst, sondern nur noch die Lebensangst kenne.

Rückblickend auf dieses Thema fällt mir als Arzt, der ich unzähligen akut und chronisch Kranken, Jungen und Alten begegne, auf, daß mich kein Patient, auch wenn er kurz vor den Toren des Todes steht, fragt, ob er sterben müsse. Man könnte natürlich dieses Verschweigen einer sich aufdrängenden Frage als eine heldenmütige Haltung, als ein „Allein-mit-den-Dingen-fertig-werden-wollen", als eine Schüchternheit deuten. Aus meiner Erfahrung glaube ich jedoch vielmehr, daß den meisten Menschen heute diese Frage sich gar nicht mehr aufdrängt. Sie haben weder ausreichende Erfahrung noch Kenntnis vom Tode. Sie sind noch an der Schwelle des biologischen Erlöschens so sehr von der Aktualität ihres materiellen Daseins umfangen, daß sie die andere auf sie zukommende Wirklichkeit geistig nicht aufzunehmen vermögen.

Im Lande meiner Kindheit hatte man eine andere Wirklichkeitsbeziehung zum Tode. Man wußte um ihn, und während man genießend oder leidend oder betend lebte, lebte dieser große Unbekannte in uns mit. Man trug ihn wissend und ahnend in sich. Durch die Bindung an die Lehre Christi wußte man sich auf dieser Erde als Gast und wußte, daß man auf ein Anderes hin lebte, auf ein Unbekanntes, das allerdings ebenso unbekannt war wie jeder nächste Tag unseres Daseins. Und man legte Wert darauf, bewußt und vorbereitet jene großartige, wunderbare und schreckliche Schwelle zu überschreiten.

Tagtäglich betete man in seinem Abendgebet, vor dem Hinübergleiten in den alltäglichen kleinen Tod, in den Schlaf: „und bewahre uns vor dem plötzlichen Tode!" Man beschäftigte sich mit ihm, man bereitete sich auf ihn vor, man fragte den Arzt, ob es Zeit sei, sich darauf zu rüsten. Man holte den Priester, um sich von ihm die letzte Wegzehrung reichen zu lassen. Man reinigte sich innerlich und äußerlich, man bat um Verzeihung und brachte die in Unordnung geratenen menschlichen Beziehungen wieder ins Gleichgewicht.

Wenn die Verwandten von einem Kranken, der im Krankenhaus lag, wußten, daß er sterben werde, nahmen sie ihn heim, damit dieser wichtigste Akt des Lebens in den schützenden Wänden des eigenen Heimes und unter den Augen der Liebenden sich vollziehe. Es war für jeden von uns ganz selbstverständlich, daß wir im Angesicht des Todes lebten; wir waren darum nicht minder froh und heiter, humorvoll und glücklich als die Menschen von heute. Aber es war ein immerwirkender Mahner in uns, ein Gewissen, ein Mitwisser, der unser Verhalten, unser Tun einer Sichtung und Wertung unterzog und alles Kleine und Kleinliche des Alltags durch eine geheime Beziehung zu dem Großen zurechtsetzte.

Heute stirbt einer nur zufällig im eigenen Hause. In der Regel wird er noch schnell in ein Krankenhaus gebracht, wo er diesen letzten Akt unter fremden, helfenden Menschen, allein, in Einsamkeit und meist in Bewußtlosigkeit vollzieht. Manche Anverwandten machen von dem Angebot, bei dem Sterbenden zu bleiben, keinen Gebrauch, weil ihr Gemüt es nicht ertragen kann; als ob es hier um ihr Gemüt und nicht um das Gemüt des anderen, des Sterbenden gehe. Außer bei katholischen Kranken wird kaum eine Sterbensvorbereitung getroffen, es verläuft alles schön biologisch, wie es zu dem Verlöschen eines Lebewesens gehört. Man tut alles, um ihm die Schmerzen und die Beschwerden zu erleichtern, und da der Geist, den man sowieso nicht allerorten anerkennt, am Verlöschen ist, wird für den Geist nichts getan.

Tatsächlich habe ich in den letzten Jahrzehnten kaum einen Menschen bei Bewußtsein sterben sehen. Sehr viele sterben plötzlich, an Unfällen, an Herzinfarkten, an Schlaganfällen. Dann sagt man fast schon stereotyp den Verwandten, wie schön es sei, daß er so plötzlich, ohne zu leiden, ohne den Tod zu realisieren, gestorben sei. Und man meint es ganz ehrlich, man wünscht in einer schnellebigen Zeit einen plötzlichen Tod. Früher hätte man bedauert, daß einer unvorbereitet diesen großen Weg antreten mußte.

Was die Bewußtlosigkeit betrifft, in der die meisten Menschen heute sterben, so möchte ich meinen, daß da tiefenseelische Mechanismen eine Rolle spielen, und zwar das, was wir Verdrängung nennen. Genauso, wie wir im Alltagsleben eine Unmenge von Dingen, die uns unangenehm, lästig oder peinlich sind, vergessen, verlegen, verlieren, weil wir das Unangenehme aus unserem Sein und Bewußtsein herausnehmen möchten. Der heutige Mensch, der im Wesentlichen materiellen Genüssen und seiner Geltung lebt, will vom Tode nichts wissen; er verdrängt das Wissen von ihm. So kommt es, daß er diesen zentralen Akt, auf den das Leben gerichtet ist, im Zustand der Bewußtlosigkeit vollzieht.

Dem säkularisierten Menschen bedeutet der Tod ein endgültiges Verlöschen, ein Nicht-mehr-Sein, die Aufgabe alles Lebenswerten. So bemüht er sich hektisch darum, alles an Freuden, Genüssen, Geltungen in dieses Dasein hineinzupressen. Daß er in dieser Hast nach dem Genuß das Genießen und das Sich-Freuen vergißt, ist die Antwort der geistigen Mächte auf sein Tun. Er versündigt sich gegen seine vitalste Substanz — die er verleugnet —, den Geist, den er als Materialist nicht als seiend anerkennt. So wird sein Leben und sein Schicksal selbst entpersönlicht, er wird vermasst und unterscheidet sich kaum noch vom Tier, dem er die Seele abspricht. Nur so ist es möglich, daß der moderne Mensch aus seiner mangelnden Beziehung zum Tode seine Mitmenschen in Massen wie das Schlachtvieh, weil sie anderen Rassen, Farben, Glaubensbekenntnissen oder politischen Meinungen angehörten, zu den Schlachthöfen und Gaskammern oder Erschießungsgräben zu führen vermochte. Der Tod ist ihm entheiligt. Er erlebt solche Tötungen mit gleicher Unbeteiligtheit, wie er den Treibjagden oder den Tötungen der Tiere in den Schlachthäusern oder den Vivisektionen im Labor zusehen würde.

Gautamo Buddha spricht einmal zu den Mönchen: „Der gewöhnliche Mensch, ihr Mönche, denkt mit Gleichgültigkeit an den Tod Fernstehender, mit Trauer an den Tod der Verwandten, mit Entsetzen an den eigenen Tod."

Dieser letzte Satz stimmt kaum noch für den modernen Menschen, weil er an seinen eigenen Tod gar nicht mehr denkt, weil er den Tod nicht mehr in sein Dasein hereinnimmt.

Wie fremd mögen uns die wunderbaren Worte des Mystikers John Donne anmuten: „Der Tod eines jeden nimmt ein Stück von mir mit. Denn ich bin eingeschlossen in die Menschheit. Darum erkundige dich nie, für wen die Glocke schlägt — sie läutet für dich"!

Und Angelus Silesius, der vielgeprüfte, heitere Bote Schlesiens versteigt sich zu den herrlichen Versen:

> Ich sage, weil der Tod allein mich machet frei,
> daß er das beste Ding aus allen Dingen sei!

und:

> Ich glaube keinen Tod: sterb ich gleich alle Stunden,
> so hab ich jedesmal ein besser Leben funden.

In diesem ehrlichen, von Begeisterung schwingenden Bekenntnis erleben wir noch die Fülle des Lebens aus einer Fülle des Todes. Das eine und das andere sind nicht voneinander getrennt, sie sind eine natürliche Einheit. Das Leben mündet in den Tod, Tod aber ist Leben. Von den antiken Grabstätten sowie von den frühchristlichen und klassizistischen Gedenktafeln grüßt uns der Schmetterling, das heitere, schöne, kurzlebige ätherische Wesen, das einem sinnvollen Kreislauf der Wandlung unterworfen ist. Aus einer häßlichen, eklen, gefräßigen Raupe wird ein ruhender Kokon, aus dem sich schließlich ein bunter Schmetterling entpuppt. Ob der Schmetterling beim Anblick der Raupe oder des Kokons weiß, daß es sich hier um verwandelte Formen seines eigenen Ichs handelt? Ich möchte glauben, nein. Was weiß der Mensch von den Möglichkeiten und der Schönheit seiner Seele? Die Religionen sprechen von Zuständen nach dem Tode, von Fegefeuer, Hölle und von den Freuden des Paradieses.

Aber könnte es nicht vielleicht, bei der flagranten Unvollkommenheit des Menschen, so sein, daß wir hier und in unserem leiblichen Gewande, mit seinen Trieben und Lüsten und Traurigkeiten, bereits im Purgatorium leben, ohne es zu wissen? Oskar Wilde hat es einmal ausgesprochen, daß er nicht in die Hölle oder das Purgatorium gelangen könne, weil er zeit seines Lebens in einer Hölle gelebt habe. Und muten nicht alle entsetzlichen Grausamkeiten unserer Zeit, die Massenvernichtungen, die Diffamierungen anderer Rassen, die Unterdrückung der Minderheiten, die Aggressionen der Politiker, die Unversöhnlichkeit der Meinungen und Weltanschauungen als die fürchterlichsten Ausgeburten der Hölle an?! Wie gelinde und milde erscheinen uns die Beschreibungen des Danteschen Inferno gegen die Erlebnisse, die viele von uns in den Konzentrationslagern, den Vernichtungslagern, den Deportationslagern und den Kellern der staatlichen Geheimpolizei hatten!

Ich erinnere mich, daß ich einst, in der Situation der Eingeschlossenheit und Diffamation, als Lesestoff eine alte französische Witzzeitschrift „L'assiette au beurre“ in die Hand bekam. Auf einer Seite war eine Zeichnung, die mich zutiefst frappierte. Ein Skelett im Grabe war dargestellt, halb aufgerichtet, mit schreckverzerrten Augenhöhlen, schweißtriefend. Die Unterschrift lautete: „Je rêvai, que j'étais vivant!“ (Mir träumte, ich sei noch am Leben!) Erscheinen nicht heute und zu allen Zeiten viele Menschenleben als schreckliche Träume?

Es gibt allerdings eine heitere Umkehrung dieses Bildes; sie stammt von Dshuang Dse, der sagt: „Mir träumte, daß ich ein Schmetterling sei. Nun weiß ich nicht mehr genau, bin ich ein Mensch, der träumt, er sei ein Schmetterling, oder bin ich ein Schmetterling, der träumt, er sei ein Mensch?“ Wenn wir eine Reihe von Geisteskrankheiten, die den Menschen aus der uns gewohnten Wirklichkeit in andere Wahrnehmungsbereiche hinüberführen, die er als Wirklichkeit erlebt, betrachten, so gewinnen wir einigen Zweifel an der objektiven Realität dieser von uns erlebten Wirklichkeit. Ist sie doch zu allen Zeiten unter dem Einfluß von Religion und Weltanschauung, Temperament und Intelligenzgrad verschieden wahrgenommen worden. Wie anders sieht und stellt die Natur dar ein anonymer Maler der Steinzeit, ein chinesischer Tuschemaler, ein archaischer Giotto, ein ekstatischer Hieronymus Bosch, ein Matthias Grünewald, ein Peter Altdorfer, wie anders der liebestrunkene Giorgione oder der romantische Ekstatiker Caspar David Friedrich, und in welche Abstraktionen führen uns die Landschaftsinterpretationen von Paul Klee oder Heinz Trökes. Es ist aber immer die gleiche Natur, die unveränderliche, die durch das Prisma der menschlichen Seele unter so vielen und verschiedenen Aspekten gesehen wird.

So unterschiedlich ist auch unsere Einstellung zum Tode. Das Kind, das ihn noch nicht erfahren hat, gleitet fast spielend in ihn hinein, der alte Mensch, der ein langes Leben hinter sich gelassen hat, haftet an diesem Leben und löst sich schwer von ihm. Der Inder, der an eine Seelenwanderung glaubt, betrachtet sein Leben als einen kleinen Ausschnitt aus unzähligen Existenzformen und ist dem Tode gegenüber gleichmütig, ernst und heiter, er ist für ihn kein Drama und keine Tragödie, er ist nur eine Episode. Der gläubige Christ steht mit gleicher Offenheit dem Tode gegenüber, er bereitet sich auf ihn vor und er nimmt ihn jeden Tag seines Daseins in sich auf, weil er weiß, daß jeder seiner Erdentage für ihn der letzte sein kann.

Mit welcher Heiterkeit spricht der reife Theodor Fontane von dem Tode:

Leben; wohl dem, dem es spendet
Freude, Kinder, täglich Brot.
Doch das Beste, was es sendet,
Ist das Wissen, daß es endet,
Ist der Ausgang, ist der Tod.

Der Hindu, der an eine Seelenwanderung und an die Beseeltheit der gesamten lebenden Kreatur glaubt, erlebt den Tod nur als einen Wechsel der Szenerie, als ein Hinüberwandern aus einer Welt des Scheins, der Täuschungen, in die der an die Materie gebundene Mensch verstrickt ist, in eine Welt der geistigen Wirklichkeit. Wie erhaben sind die Worte Krishnas im zweiten Gesang der Bhagavadgita, im Sankhya Yoga:

Du trauerst, wo kein Grund zum Trauern ist,
und deinen Worten fehlt's an wahrer Weisheit,
die Weisen trauern nicht um das, was lebt, noch um den Tod.
Nie gab es eine Zeit, in der ich nicht war, oder du;
auch jene, der Erde Herrscher, waren stets;
noch wird die Zeit in Zukunft kommen,
wo nur einer aufhören wird zu sein, der wahrhaft ist.
Was wirklich ist, lebt ewig.
Wie im Körper auf Kindheit Jugend und Alter folgt,
so folgt Entstehung und Vergehung stets

für die Gefäße, die der Geist bewohnt.
Das, was unsterblich ist im Menschenherzen,
wird wieder neu in Leibern offenbar.
Die Weisen wissen es und trauern nicht.
Dein Sinnenleben ist's allein,
das dich mit Stofflichem verbindet,
Kälte, Hitze, Lust und Schmerzen dich empfinden läßt.
Kurz ist's und wechselnd; trag es mit Geduld.

Die in sich selbst erstarkte Menschenseele,
die über alle diese Dinge sich erhebt,
in Freud und Leid sich gleich und ruhig bleibt,
besteht in Ewigkeit.
Was wahrhaft ist, bleibt wirklich stets,
und was nicht wirklich ist, kann nie in Wahrheit sein ...

So wisse denn: unsterblich ist der Geist,
der allen Lebens Kraft und Ursach ist.
Er kann nicht untergehn,
Niemand kann des Daseins Grund, das Ewige vernichten.
Die flüchtigen Schattenbilder nur,
die wir des Geistes Tempel nennen,
die vom Geiste bewohnt und überschattet werden, sterben.
Laß sie denn sterben, o Prinz, und kämpfe mutig!

Wer sagt, ich hab getötet, oder glaubt,
daß man ihn töten könne, urteilt falsch:
sein wahres Selbst erkennt er nicht,
das nicht getötet werden kann und auch nicht tötet.
Nie wird es geboren; niemals endet es.
Anfang und Ende und Veränderung sind nur Träume,
die das Zeitliche betreffen.
Formen vergehen, doch der Geist besteht.
Und wer das Wesen aller Dinge kennt,
das unerschaffen, unvergänglich ist,
der weiß auch, daß daß Wesentliche nicht vernichtet wird,
wenn auch die Form vergeht.
So wie ein Mensch die abgetragenen Kleider von gestern ablegt
und ein neu Gewand am Morgen wählt,
so legt des Menschen Geist
des Fleisches morsch gewordene Hülle ab,
und erbt aufs neu ein andres Haus von Fleisch ...

Diese Worte könnten ebenso aus christlichem Geist stammen. So berichtet Johannes (8) die Worte Jesu: „Wahrlich, wahrlich, ich sage euch: So jemand mein Wort wird halten, der wird den Tod nicht sehen ewiglich!" und weiter (11): „Ich bin die Auferstehung und das Leben. Wer an mich glaubt, der wird leben, ob er gleich stürbe; und wer da lebt und glaubt an mich, der wird nimmermehr sterben."

Wie unvergleichlich und gewaltig sind die Worte des Paulus (Korinther 1): „Möchte aber jemand sagen: Wie werden die Toten auferstehen, und mit welcherlei Leibe werden sie kommen? Du Narr: Was du säest, wird nicht lebendig, es sterbe denn ... Also auch die Auferstehung der Toten. Es wird gesäet verweslich, und wird auferstehen unverweslich. Es wird gesäet in Unehre, und wird auferstehen in Herrlichkeit. Es wird gesäet in Schwachheit, und wird auferstehen in Kraft!" ... „Denn das Verwesliche muß anziehen die Unverweslichkeit, und dies Sterbliche muß anziehen die Unsterblichkeit. Wenn aber dies Verwesliche wird anziehen die Unverweslichkeit, und das Sterbliche wird anziehen die Unsterblichkeit, dann wird erfüllt werden das Wort, das geschrieben steht: »Der Tod ist verschlungen in den Sieg. Tod, wo ist dein Stachel? Hölle, wo ist dein Sieg?« Aber der Stachel des Todes ist die Sünde; die Kraft aber der Sünde ist das Gesetz. Gott aber sei Dank, der uns den Sieg gegeben hat durch unseren Herrn Jesus Christus" . . . und später (8): „Wir haben aber solchen Schatz in irdenen Gefäßen, auf daß die überschwengliche Kraft sei Gottes und nicht von uns. Wir haben allenthalben Trübsal, aber wir ängstigen uns nicht; uns ist bange, aber wir verzagen nicht; wir leiden Verfolgung, aber wir werden nicht verlassen; wir werden unterdrückt, aber wir kommen nicht um; und tragen allezeit das Sterben unseres Herrn Jesu an unserem Leibe, auf daß auch das Leben des Herrn Jesu an unserem Leibe offenbar werde." ... „Darum werden wir nicht müde; sondern, ob unser äußerlicher Mensch verdirbt, so wird doch der Innerliche von Tage zu Tage erneuert. Denn unsere Trübsal, die zeitlich und leicht ist, schafft eine ewige und über alle Maßen wichtige Herrlichkeit uns, die wir nicht sehen auf das Sichtbare, sondern auf das Unsichtbare. Denn was sichtbar ist, das ist zeitlich; was aber unsichtbar ist, das ist ewig."

Was Christus und Paulus hier zum Ausdruck bringen, ist inhaltlich ähnlich dem, was Krishna lehrt, die Vergänglichkeit des Stoffes und die Unvergänglichkeit des Geistes, und daß dem, dem der Geist Wirklichkeit geworden ist, kein Tod mehr droht.

Ein großer weiser Deutscher, Wilhelm von Humboldt, dem die Begegnung mit der Bhagavadgita zu einem der größten Erlebnisse wurde, sagt 1826 über das Sterben: „Man sehnt sich zugleich nach Ruhe und nach Streben ins Unendliche. Aber die Ruhe ist nur Freiheit von irdischen Trieben, und das Streben das leichte, geistige, das ohne Beimischung von Müdigkeit und Verwirrung bleibt. Dann vereinigen sich auch die Bilder der Erde und des Himmels so schön. Die Erde bietet ihren Schoß zur Ruhe, und der Himmel öffnet seine Räume zu ungehemmtem Streben. Wer den Tod so fühlt, dem wird er zu einer plötzlich erscheinenden sanften Lösung des Lebens, und einer Lösung bedarf das Leben doch. Denn es ist Fessel und Rätsel."

Und 1825, zehn Jahre vor seinem Tode: „Man kommt so ohne Erinnerung und Bewußtsein in die Welt, daß es wohl der Mühe verdient, sie wenigstens mit klarer Besonnenheit zu verlassen. Es ist mir, als kennte man nicht das ganze Leben, wenn man nicht den Tod gewissermaßen mit in den Kreis einschließt."

Arthur Schopenhauer sagt über die Vorstellungen vom Tode: „... Eine Religon oder Philosophie wird viel mehr als die andere den Menschen befähigen, ruhigen Blickes dem Tod ins Angesicht zu sehen. Brahmanismus und Buddhismus, die den Menschen lehren, sich als das Urwesen selbst, als das Brahm zu betrachten, welchem alles Entstehen und Vergehen wesentlich fremd ist, werden darin viel mehr leisten, als solche, welche ihn aus Nichts gemacht sein und seine von einem anderen empfangene Existenz wirklich mit der Geburt anfangen lassen. Dementsprechend finden wir in Indien eine Zuversicht und Verachtung des Todes, von der man in Europa keinen Begriff hat."

Im Gegensatz zur Auffassung des abendländischen Christen vertritt Schopenhauer mit aller Entschiedenheit die These, daß die lebendige Kreatur ebenso beseelt sei wie der Mensch. — „Wenn ich ein Tier, sei es ein Hund, ein Vogel, ein Frosch, ja sei es auch nur ein Insekt töte, so ist es eigentlich doch undenkbar, daß dieses Wesen oder viel mehr die Urkraft, vermöge welcher eine so bewunderswürdige Erscheinung noch den Augenblick vorher sich in ihrer vollen Energie und Lebenslust darstellte, durch meinen boshaften oder leichtsinnigen Akt zu nichts geworden sein sollte. — Und wieder andrerseits, die Millionen Tiere jeglicher Art, welche jeden Augenblick in unendlicher Mannigfaltigkeit voll Kraft und Strebsamkeit ins Dasein treten, können nimmermehr vor dem Akt ihrer Zeugung gar nichts gewesen und von nichts zu einem absoluten Anfang gelangt sein . . . Die Annahme aber, daß die Geburt eines Tieres eine Entstehung aus dem Nichts und dementsprechend sein Tod seine absolute Vernichtung sei, und dies noch mit der Zugabe, daß der Mensch, ebenso aus nichts geworden, dennoch eine individuelle, endlose Fortdauer, und zwar mit Bewußtsein habe, während der Hund, der Affe, der Elefant durch den Tod vernichtet würden, — ist denn doch wohl etwas, wogegen der gesunde Sinn sich empören und es für absurd erklären muß."

Wenige Menschen heute machen sich Gedanken über den Tod. Die noch im religiösen Gehäuse stehenden Menschen beschäftigen sich aber mit ihm, sie bereiten sich darauf vor und möchten, daß auch ihre Angehörigen und Freunde diesen Übergang in angemessener Würde und Vorbereitung vollziehen. Manche wünschen auch das äußerliche Zeremoniell und fordern, daß sogar die Prozedur der Beerdigung nach ihrem Willen verlaufe. Andere haften an den Gütern dieser Erde, an den nahen Menschen, und da sie sich, wie wir alle, für unentbehrlich halten, glauben sie, daß diese Welt ohne sie nicht bestehen könne, andere wieder haben eine vitale Angst vor dem Vorgang des Todes, vor dem Verlöschen.

Vor vielen Jahren veröffentlichte ein Franzose, dessen Name mir entfallen ist, ein sehr ernstes Buch „Der Tod als Freund", in dem er an Hand von ungezählten, besonders auch medizinischen Erfahrungen und auf Grund von Selbstschilderungen von Menschen, die an der Schwelle des Todes gestanden haben, zu der Erkenntnis kommt, daß das Sterben selbst, sogar wenn ihm schwere und schmerzhafte Erkrankungen vorangehen, ein sanftes Aushauchen ist.

Ich habe mich als Arzt, der ich viele Menschen sterben sah, immer wieder verwundert, wie das Gesicht eines Sterbenden von der Qual der Kranhkeit, von der Angst des Lebens oder in der Agonie krampfhaft verzerrt war, und wie im letzten Aushauchen des Lebens eine Schönheit, Würde und Ruhe wie ein Glanz das Antlitz verschönte. Es ist nicht, wie manche behaupten, die Entspannung der Muskeln im Tode; es ist die geistige Majestät des Todes selbst, die wie eine Verheißung ist.

Schopenhauer sagt über den Vorgang des Sterbens: „Diese Zerstörung fühlen wir aber wirklich nur in den Übeln der Krankheit oder des Alters; hingegen der Tod selbst besteht für das Subjekt bloß in dem Augenblick, da das Bewußtsein schwindet, indem die Tätigkeit des Gehirns stockt. Die hierauf folgende Verbreitung der Stockung auf alle übrigen Teile des Organismus ist eigentlich schon eine Begebenheit nach dem Tode. Der Tod in subjektiver Hinsicht betrifft also allein das Bewußtsein. Was nun das Schwinden dieses sei, kann jeder einigermaßen aus dem Einschlafen beurteilen: noch besser aber kennt es, wer je eine wahre Ohnmacht gehabt hat, als bei welcher der Übergang nicht so allmählich noch durch Träume vermittelt ist, sondern zuerst die Sehkraft noch bei vollem Bewußtsein schwindet und dann unmittelbar die tiefste Bewußtlosigkeit eintritt; die Empfindung dabei ist nichts weniger als unangenehm, und ohne Zweifel ist, wie der Schlaf der Bruder, so die Ohnmacht der Zwillingsbruder des Todes. Auch der gewaltsame Tod kann nicht schmerzlich sein, da selbst schwere Verwundungen in der Regel gar nicht, sondern erst eine Weile nachher bemerkt werden."

Der weise und der reife Mensch, der die Wirklichkeit des Todes in sein Leben hereinnimmt, erlebt ihn als eine Erlösung, als die letzte Stufe der Vergeistigung, die im leiblichen Gewand, das mit Krankheiten, Gebrechen, Trieben und Traurigkeiten und nicht zuletzt Sorgen für die umgebenden Kreaturen behaftet ist, nicht zu erzielen ist.

So wird von dem Mystiker Plotin († 270) berichtet: Als er an einer Halsentzündung erkrankte und sein Ende nahen fühlte, begab er sich auf ein Gut in der Campagna und ließ seinen Arzt und Freund Eustochius zu sich kommen. Er sagte zu ihm: „Ich habe auf dich gewartet. Nun werde ich das Göttliche in mir zum göttlichen All zurückbringen." — Er starb in Heiterkeit und Freude.

Bruder Lorenz, der Karmelitermönch von Port Royal (1640 bis 1691), schreibt am 6. Februar 1691, also 6 Tage vor seinem Tode an Madame Guyon: „Das Bittere und das Süße nehme ich dankbar aus Seiner Hand. Er ist in uns gegenwärtig, sucht Ihn nicht anderswo." Er legte sich zum letzten Male ins Bett. Man reichte ihm die Sterbesakramente der Kirche. Ein Bruder, der an seinem Bett wachte, fragte ihn, woran er dächte, und er antwortete: „Ich tue, was ich in Ewigkeit tun werde, Gott danken, Gott loben, Gott preisen, Gott alle Liebe geben, die in meinem Herzen ist!" Das waren seine letzten Worte.

Der englische Maler und Graphiker William Blake (1757—1827), der seine Engels- und Himmelsvisionen in wunderbaren Kupferstichen und in Gedichten kristallisierte, starb am Sonntag, den 12. August 1827. Er war krank, und im Bett sitzend, ließ er sich in Heiterkeit und Frohsinn seinen unvollendeten Druck „Der jüngste

Tag“ geben und fuhr fort, ihn zu kolorieren. Er legte das fertige Blatt mit den Worten weg: „Da habe ich alles getan, was ich konnte. Es ist das Beste, was ich gemacht habe“ — und zu seiner Frau gewandt, sagte er: „Käthe, du bist immer wie ein Engel zu mir gewesen, ich will dich zeichnen!“ Nachdem er die Porträtskizze beendet hatte, sang er inbrünstig Hallelujas und Triumphgesänge. Ein anwesender Freund fragte ihn, wo er beerdigt werden wolle. Blake nannte sein Familiengrab in Bunhill Fields, dann gab er seiner Frau Anweisungen, was mit seinen Stichen und Manuskripten geschehen solle. Darauf wandte er sich an seine Frau: „Mein Liebes, ich gehe nun in das Land, das ich mein Leben lang zu sehen gewünscht habe. Ich bin glücklich darüber und hoffe durch Christus erlöst zu werden. Aber wir werden dadurch nicht voneinander getrennt. Ich werde immer bei dir sein und auf dich achtgeben.“ Dann sang er wieder geistliche Lieder. Am späten Nachmittag kam das Ende. Sein Freund George Richmond berichtet: „Sein Antlitz verschönte sich, seine Augen strahlten, und er brach in Gesang aus über das, was er im Himmel sah.“ Als seine Augen sich schlossen, rief eine Nachbarin aus: „Ein Heiliger ist von uns gegangen!“

Jakob Böhme (1575—1625), der größte protestantische Mystiker, wurde von seinen Zeitgenossen geliebt und wie ein Prophet verehrt, von seiner Heimatkirche in Görlitz aber als Häretiker verfolgt. Auf der Flucht vor der Verfolgung durch die Görlitzer Geistlichkeit befand er sich auf dem Schlosse Seifersdorf in Schlesien bei seinem Freunde Sigismund von Schweinitz. Dort arbeitete er in einer friedlichen Atmosphäre an seinen „Theosophischen Fragen“. Da überfiel ihn eine schwere Darmerkrankung. Er sagte zu seinen Freunden: „Ihr werdet sehen, von heute an in drei Tagen wird Gott ein Ende mit mir machen“, und er bat, in seine Heimatstadt zurückgebracht zu werden. In der Nacht zum Sonntag, als er in seinem Bett lag, kam es ihm so vor, als höre er abgerissene Klänge einer wunderbar süßen Musik. Er fragte seinen Sohn Tobias, ob er diese Melodie auch höre, doch dieser verneinte. Da bat er, die Türen der Kammer zu öffnen, um mehr von dieser Musik hereinzulassen. Er fragte, wie spät es sei, und als man ihm sagte, es sei 2 Uhr morgens, meinte er, seine Zeit käme erst in drei Stunden. Als die letzten Minuten für ihn anbrachen, bat er, man möge ihn umdrehen, damit er die Gesichter seiner Lieben nicht sehe, denn sonst hielte ihre Liebe seinen Geist auf Erden fest. Dann sagte er laut: „Es ist Zeit, ins Paradies zu gehen“ und entschlief. Die über den Tod hinaus unversöhnliche

Geistlichkeit wollte seine Leiche in ungeweihter Erde verscharren lassen. Nur der energischen Intervention des Statthalters, des Grafen Karl Hannibal von Dohna, gelang es, die christliche Beerdigung zu erzwingen. Ein Grabmal, das seine Freunde an seinem Grabe aufstellten, wurde von Unbekannten zerstört. Wie so oft, ist der Heilige den erstarrten Dogmatikern ein Dorn im Auge. Mögen seine Worte: „Mach nur die Augen auf, und du wirst sehen, die Welt ist von Gott erfüllt", ewig in uns nachklingen!

Der große englische Arzt William Hunter (1718—1783) sagte sterbend: „Hätte ich Kraft genug, eine Feder zu halten, ich würde niederschreiben, wie leicht und angenehm das Sterben ist."

Und der Schriftsteller und Arzt Johann Heinrich Jung Stilling (1740—1817) verkündete: „Ich glaube, ich habe den Todeskampf ausgekämpft, denn ich fühle mich so allein, gleichwie in einer Einöde — und doch innerlich so wohl."

Der große Erfinder Thomas Alva Edison (1847—1931) flüsterte sterbend seinem Arzt zu: „Herrlich ist es drüben."

Der Biograph John D. Rockefellers junior, Raymond Fosdick, beschreibt den letzten Tag der Frau von John, Aby Rockefeller: „Sie mußte sich jetzt mehr Ruhe gönnen, was sie in ihrem arbeitsreichen Leben noch nie getan hatte. Bei einem Familientreffen auf ihrem Sommersitz im April strahlte sie vor Glück über die erwachende Natur und die vielen Enkelkinder im Hause. Als man sich am Sonntag abend für die Rückfahrt nach New York rüstete, beschloß sie, sich besonders hübsch zu machen. „Ich muß mir ganz neue Sachen anziehen", sagte sie, „denn heute ist der schönste Tag meines Lebens!" Diese Stimmung hielt den ganzen Abend bei ihr an. „Ich mag gar nicht daran denken, daß dieser Tag einmal enden soll!", sagte sie zu ihrem Mann. Bevor sie zu Bett ging, rief sie ihre Schwester in Providence an, um auch ihr zu erklären, daß es der schönste Tag in all ihren 74 Jahren gewesen sei. Es war ein Tag der Erfüllung, und ihr letzter Erdentag. In der Frühe des 5. April 1948 starb sie."

Wunderbar ist der Tod des Schriftstellers Heinz Kückelhaus, der nach Beendigung eines Romans, mit dem Federhalter in der Hand, im Sessel starb. Die letzten Worte lauteten: „Und Gott hat es so gewollt." Auch der Punkt fehlte nicht.

Der große indische Meister, Paramhansa Yogananda, der von den Meistern nach Amerika gesandt worden war und dort in Los Angeles und an anderen Orten Yoga-Akademien gründete, hatte am 7. März

1952 einen großen Empfang in der Self Realisation Fellowship in Los Angeles. Der indische Botschafter Dr. Sen und seine Frau waren anwesend. Tage zuvor sagte er zu seinen Schülern, er habe im März eine sehr wichtige Verabredung. Die Schüler verstanden nicht, daß er seinen Tod meinte, obwohl er diesen Satz oft wiederholte. Am Tage vor dem Tode sagte er es nocheinmal und fügte hinzu: „Wünscht mir Glück!" Am selben Abend bereitete er seinen Lieblingsschülern ein feierliches Mahl, ein Abschiedsmahl, wie es in Indien beim Tode eines Meisters üblich ist und wie es Christus mit seinen Jüngern tat. Seine Andeutungen über den bevorstehenden Tod hatten sie alle nicht begriffen, sie bezogen sie auf das große Fest, das stattfinden sollte. Zuletzt erhielt er noch ein Geschenk, grüne Kokosnüsse, deren Saft er in seiner Heimat Indien mit Genuß getrunken hatte. Er sagte: „Das ist der letzte kleine Wunsch, den mir die Große Mutter erfüllt." — Abends, am 7. März war der Empfang des Botschafters. Yoganandaji betrat das Rednerpult. Er sprach kurz über seine Liebe zu Indien, weil er dort zuerst Gott zu lieben und zu dienen gelernt habe. Nach der Rede drehte er sich leicht und fast unauffällig zur Seite und fiel in sich zusammen. Der Geist hatte den Körper des großen Yogi verlassen.

Sein Wort, er würde nicht im Bett sterben, er werde es auf seinen Füßen stehend und von seinem geliebten Indien erzählend erleben, wurde Wirklichkeit.

Bemerkenswert ist, daß sein Leichnam, der erst drei Wochen später beigesetzt wurde, noch am 17. März keinerlei Zeichen der Verwesung und keine Veränderung aufwies. Dieses Phänomen ist von manchen Heiligen bekannt. So ist der Leichnam des Bischofs auf Kypros, des heiligen Spiridon (4. Jh.), bis heute unverwest geblieben.

Am 20. November 1910 schloß der große Heilige Rußlands, Leo Tolstoi, auf der Flucht vor der Welt, in dem kleinen Ort Astapowo die Augen. Hunderte von Bauern und Intellektuellen standen in eisiger Kälte vor dem unscheinbaren Bahnhofsgebäude und beteten um das Leben dieses Menschen. Er aber drinnen, in der Agonie, weinte und schluchzte: „Es gibt auf Erden Millionen Menschen, die leiden, warum befaßt Ihr alle Euch gerade mit mir allein?!"

Aber nicht nur der dem Tode Entgegengehende, auch die Angehörigen und die Freunde haben ihre Begegnung mit ihm. Wie oft erfährt der Todkranke nichts von dem, was ihm bevorsteht, aber die Eltern oder die Ehefrau oder die Freunde werden von den Ärzten vorbereitet, auch wird ihnen oft anheimgestellt, ob sie den Betroffenen darauf schonend vorbereiten oder ob sie es ihm verheimlichen wollen. Nicht jeder hat die Kraft, dieses Wissen zu tragen, und den wissenden Mitgliedern der Familie wird eine schwere Bürde auferlegt. Es ist eine hohe Kunst der seelischen Haltung, solches Wissen nicht zu zeigen und angesichts der bevorstehenden Trennung heiter und unbekümmert zu bleiben.

Von der Haushälterin des Musikers Johannes Brahms wird die rührende Geschichte erzählt, daß sie, als er an Krebs unheilbar erkrankte und zusehends abmagerte, ihm nachts die Hosen und das Jackett enger nähte, damit er selbst nichts von seiner Veränderung bemerke.

In meiner Familie erlebte ich kürzlich eine großartige Haltung dem Tode gegenüber. Unsere Nichte Erda Gräfin von Roedern war zwanzig Jahre mit dem Präsidenten der Handelskammer in Stuttgart, Ulrich Doertenbach, sehr glücklich verheiratet. Sie hatten vier Kinder. Die Frau merkte in der letzten Zeit, daß ihr Mann müde und abgespannt aussah. Sie gingen zum Arzt, der eine Geschwulst im Bauch feststellte. Als die Geschwulst operiert wurde, stellte sich heraus, daß sie bösartig war und daß das Leben nur wenige Tage erhalten werden könne. Nun schreibt Erda: „Als uns Wichtigstes möchte ich gleich sagen, daß er ganz unbekümmert und frei von Sorgen gestorben ist und auch ich bis ganz zum Schluß die Hoffnung auf ein Wunder nicht aufgeben konnte . . . Als ich das Schlimmste erfuhr, wollte ich nun zunächst nicht überall die Hoffnungslosigkeit von Ulrichs Zustand zugeben, vorerst seine alten Eltern und die Kinder schonen und noch so viel an guten Wünschen und zuversichtlichen Gedanken zu ihm leiten, als nur irgend möglich. Ulrich realisierte dann auch noch alle ungezählten Blumengrüße, ließ sich Briefe vorlesen, über Anrufe berichten. Alle Anteilnahme an seinem Ergehen tat ihm sichtlich wohl, ohne ihn irgendwie zu beunruhigen. Er hatte keinerlei Schmerzen oder Beschwerden, er bekam natürlich sehr gute Mittel und äußerte nur immer wieder, bis in seine letzten Stunden, wie gut für ihn gesorgt werde, wie wohl er sich fühle und wie schön alles sei. Gottlob übertrug sich schon damals viel von seiner Ruhe und Gelassenheit auf mich, und es wurde mir die Kraft geschenkt, selbst heiter und ausgeglichen zu wirken. Diese Haltung verdanke ich menschlich Professor W., der sich nicht besser und mehr als Freund und Arzt bewähren und um uns kümmern konnte. Wir ließen dann noch seinen 91jährigen Vater kommen, auch sein

Besuch freute Ulrich, nur empfand er ihn sicherlich nicht als Abschied. Am nächsten Tage kamen unsere drei jüngsten Kinder, Stanzi alles klar sehend, die beiden Kleinen noch unbekümmert, dann aber doch sehr beeindruckt. Ulrich war an diesem Tage schon weniger klar, aber heiter, alte Zeiten zogen vorüber. Die letzten fünf Stunden am nächsten Morgen ging ich nicht von seiner Seite. Prof. W. ermutigte mich, daß es nur ein Todeskampf des Körpers sei, er nicht litte und es bald zu Ende sei. Er starb um halb acht Uhr früh."

Wieviel aufopfernde Liebe, Selbstvergessen und innere Festigkeit spricht aus einem solch unpathetischen Brief! Wieviele Mütter, Ehefrauen, Männer und Kinder stehen in solcher stillen Zuwendung zum Sterbenden und mit blutendem Herzen, um ihm die letzten Stunden zu verschönen!

Nicht alle sterben im Bett, an einer Krankheit oder in der Schwäche des Alters. Anderen wird keine Zeit gelassen, sich auf den Tod vorzubereiten, sie werden rasch von einem Schlaganfall, einem Herzinfarkt oder durch einen Unfall, oder im Kriege durch eine Kugel, eine Explosion oder durch Verschüttung dahingerafft. Im Kriegsgeschehen verliert der Tod sein Pathos, er wird allgemein wie in Zeiten der Pestillenz, er wird zu einem banalen Ereignis herabgewürdigt.

Aber es gibt zu allen Zeiten Gruppen von Menschen, die von Staats wegen getötet werden, getötet durch bestialische Methoden, durchs Beil des Henkers, durch das Fallbeil, durch Aufhängen oder durch den elektrischen Stuhl. Die im letzten Jahrzehnt durchgeführten Prozesse zeigten uns mit aller Deutlichkeit, zu welchen unvorstellbaren Grausamkeiten freiwillige, sadistische Henkersknechte in Konzentrationslagern an wehrlosen Opfern sich hinreißen ließen. Der Begriff des Verbrechers ist ein dehnbarer; es gab Zeiten, da man Menschen für den Diebstahl eines silbernen Löffels hängte. In England wurde vor etwa 200 Jahren ein neunjähriger Junge gehängt, weil er ein Spielzeug aus einem Laden stahl. Als die gefährlichsten Verbrecher erscheinen aber die Menschen, die eine andere Gesinnung haben. Spätere Zeiten haben diese Märtyrer als Heilige und Helden verehrt. Und wirklich, die Blüte der Menschheit ist der Diktatur — der staatlichen, der politischen wie der kirchlichen —, der Dummheit, der Beschränktheit, dem Haß und dem Neid zum Opfer gefallen.

Unter ihnen sind Philosophen, Heilige, Politiker, Fanatiker, Verschwörer, Tyrannenmörder, Kämpfer für die Freiheit ebenso wie Kämpfer für die Bewahrung alter Ordnungen. Die einen wurden durch die immer bestialischen Methoden, ob im Altertum, Mittelalter oder heute, in ihrem Persönlichkeitskern zermürbt, durch körperliche und seelische Folterungen entwürdigt und zu diktierten Geständnissen gepreßt. Andere wieder bewahren eisern ihre Würde und gehen verklärt und mutig den letzten schweren Weg zum Tod durch den Henker. Ihnen ist eine, wenn auch nicht bestimmte, Frist gesetzt. In der Einsamkeit der Gefängniszelle setzen sie sich mit der Frage nach dem Tode, mit der Erforschung ihres Gewissens und mit der Sorge um das Schicksal ihrer Angehörigen, die immer mit bestraft und diffamiert werden, auseinander. Nicht die Wirklichkeit des nahenden Todes ist das Furchtbare eines solchen Erlebnisses, vielmehr ist es das unlösbare Problem, das Bewußtsein, daß durch die eigene Tat oder das Verhalten so viele andere, Verwandte, Freunde, Bekannte, Mittäter in den Sog hineingezogen und von der rächenden Maschinerie des Staates oder der Gesellschaft erfaßt werden. Diese schicksalhafte, metaphysische Schuld kann keiner von sich abwälzen, sie umklammert einen mit eisernen Griffen, und kein Nachdenken bringt eine Lösung.

Und dennoch leuchten uns die Bekenntnisse der Sterbenden noch nach Jahrtausenden als Beispiele einer menschlichen Reife, Verklärung und Standhaftigkeit.

Unvergleichlich schildert uns Plato den Tod des Sokrates, des reifsten, gütigsten und sanftesten Philosophen. Er wird als fünfundsiebzigjähriger angeklagt, die Anbetung der vom Staat anerkannten Gottheiten verweigert und neue Gottheiten eingeführt zu haben. Außerdem wirft man ihm vor, einen schädlichen Einfluß auf die Jugend ausgeübt zu haben. Auf die Frage, ob er sich verteidigen wolle, antwortet er, sein Leben sei seine Verteidigung. Im „Phaidon" findet sich die Schilderung seines Todes.

„Die Stunde des Sonnenunterganges nahte heran, denn es war eine ganze Weile verstrichen, seit er ins Bad ging. Als er herauskam, setzte er sich wieder zu uns, aber es wurde nicht viel gesprochen. Bald darauf kam der Gefängniswärter, der Diener der Elf, herein, trat zu ihm und sagte: »Sokrates, ich habe dich als den edelsten und sanftesten und besten von allen, die je an diesem Ort gewesen sind, kennen gelernt, und ich denke nicht, daß du mir die zornigen Gefühle entgegenbringst, wie die anderen, die in Wut geraten und mich verfluchen, wenn ich sie als gehorsamer Diener meiner Vorgesetzten auffordere, das Gift zu trinken — ja, ich weiß genau, du wirst mir nicht böse sein, denn du weißt es: andere sind daran schuld, nicht ich. Und so leb denn wohl, und versuche das, was sein muß, nicht schwer zu nehmen — du kennst meinen Auftrag.« Damit wandte er sich ab und ging unter strömenden Tränen hinaus. Sokrates blickte ihn an und sagte: »Ich wünsche dir alles Gute, und will tun, was du sagst.«

Er hob den Becher an seine Lippen und leerte ihn gefaßt und heiter. Bis dahin hatten die meisten von uns ihren Schmerz beherrschen können, aber jetzt, als wir ihn trinken sahen, und als der Becher leer war, konnten wir nicht mehr an uns halten. Obwohl ich mich beherrschen wollte, flossen auch mir die Tränen aus den Augen. Ich bedeckte mein Gesicht mit den Händen und weinte, nicht um seinetwillen, sondern um meinetwillen, weil ich einen solchen Freund verlieren sollte. Ich war auch nicht der erste; denn Kriton, der seine Tränen auch nicht mehr zurückhalten konnte, war aufgestanden, und ich folgte seinem Beispiel; und in dem Augenblick brach Apollodoros, der die ganze Zeit geweint hatte, in einen lauten, leidenschaftlichen Schrei aus, der uns alle zu Feiglingen machte.

Sokrates allein behielt die Ruhe: »Was soll dieser seltsame Aufschrei?«, fragte er. »Ich habe die Frauen hauptsächlich deshalb weggeschickt, damit sie sich nicht in dieser Weise aufführten, denn ich habe immer gehört, der Mensch müßte möglichst in Frieden sterben. So seid denn ruhig und habt Geduld.« Als wir diese Worte hörten, schämten wir uns und hielten unsere Tränen zurück. Er ging umher, bis er sagte, seine Beine trügen ihn nicht mehr, dann legte er sich auf den Rücken, wie es die Vorschrift verlangt . . . Und er sagte: »Wenn das Gift das Herz erreicht, ist es mit mir zu Ende.« Sein Körper fing schon an kalt zu werden. Er hatte sich ganz zugedeckt, machte jetzt aber sein Gesicht frei und sagte — es waren seine letzten Worte: »Kriton, ich schulde dem Asklepios noch einen Hahn, willst du daran denken, die Schuld zu bezahlen?« — »Die Schuld soll bezahlt werden«, sagte Kriton, »hast du mir sonst noch etwas aufzutragen?» — Die Frage blieb unbeantwortet, aber nach ein oder zwei Minuten hörte man eine Bewegung und die Anwesenden nahmen das Tuch hinweg. Seine Augen waren starr, und Kriton schloß ihm die Augen und den Mund. Das war das Ende, Echekrates, das Ende unseres Freundes, von dem ich wirklich sagen kann, daß er von allen Zeitgenossen, die ich kenne, der weiseste, gerechteste und beste war."

Die Apostelgeschichte erzählt (6, 7) den gewaltsamen Tod des ersten christlichen Märtyrers Stephanus: „Stephanus aber, voll Glaubens und Kräfte, tat Wunder und große Zeichen unter dem Volk. Da standen etliche auf von der Schule, die da heißt Libertiner . . . und befragten sich mit Stephanus. Und sie vermochten nicht zu widerstehen der Weisheit und dem Geiste, aus welchem er redete. Da richteten sie zu etliche Männer, die sprachen: »Wir haben ihn gehört Lästerworte reden wider Moses und wider Gott.« — Und bewegten das Volk und die Ältesten und die Schriftgelehrten und traten hinzu und rissen ihn hin und führten ihn vor den Rat . . . Und sie sahen auf ihn alle, die im Rat saßen, und sahen sein Angesicht wie eines Engels Angesicht. ... Er verteidigte sich und hielt ihnen eine Bußpredigt. ... »Ihr Halsstarrigen und Unbeschnittenen an Herzen und Ohren, ihr widerstrebt allzeit dem Heiligen Geist, wie eure Väter, also auch ihr. Welchen Propheten haben eure Väter nicht verfolgt? Und sie haben getötet, die da zuvor verkündigten die Zukunft dieses Gerechten, dessen Verräter und Mörder ihr nun geworden seid!«

Da sie solches hörten, ging's ihnen durchs Herz, und sie bissen die Zähne zusammen über ihn. Wie er aber voll heiligen Geistes war, sah er auf gen Himmel und sah die Herrlichkeit Gottes und Jesum stehen zur Rechten Gottes, und sprach: »Siehe, ich sehe den Himmel offen und des Menschen Sohn zur Rechten Gottes stehen.« — Sie schrien aber laut und hielten ihre Ohren zu und stürmten einmütig auf ihn ein, stießen ihn zur Stadt hinaus und steinigten ihn. Und die Zeugen legten ab ihre Kleider zu den Füßen eines Jünglings, der hieß Saulus, und steinigten Stephanus, der anrief und sprach: »Herr Jesu, nimm meinen Geist auf!« — Er kniete aber nieder und schrie laut: »Herr behalte ihnen diese Sünde nicht!« — Und als er das gesagt, entschlief er."

Tertullian beschreibt den Märtyrertod der Perpetua und ihrer Magd Felicitas, die als Christinnen im Jahre 203 in einer Arena den wilden Tieren vorgeworfen wurden. Felicitas, die krank und schwach war, sagte vor dem Martyrium: „Dort leide ich für Ihn, dort wird Er für mich sein und für mich leiden." — Während ein Tier sich auf sie warf und sie zerbiß, rief sie ihrem Bruder zu: „Stehet fest im Glauben und liebet euch untereinander, und seid über unsere Leiden nicht traurig!" Sie ging mit strahlender Miene, als ob sie wirklich die Braut Christi, die Geliebte Christi sei, in den Tod.

Der Schwiegersohn und Biograph des großen Kanzlers Heinrichs VIII., des Autors einer Zukunftvision der Menschheit, Thomas Morus (1478—1535), schildert die Umstände seines Todes. Morus hatte sich als Katholik standhaft gegen den Wunsch des Königs, sich von seiner Frau Anna Boleyn scheiden zu lassen, gewehrt. Er legte sein Kanzleramt nieder. Er mußte vernichtet werden. Es fanden sich auch sogleich falsche Zeugen gegen ihn. Das Urteil lautete: Er solle durch die City von London nach Tyburn geschleift, dort gehängt, wenn er halbtot ist, abgeschnitten werden. Sein Bauch solle aufgeschlitzt, die Gedärme herausgeschnitten und verbrannt werden, dann solle man ihn vierteilen und auf jedem der vier Tore der City einen Körperteil aufstecken. Der König „begnadigte" jedoch seinen früheren Freund zum Tode durch Enthauptung. Morus bewahrte bis zur Hinrichtung sein heiteres, urbanes Wesen. Als er am 6. Juli 1535 das Gerüst bestieg, bat er: „Helft mir bitte hinauf, für das Herunterkommen will ich allein sorgen." — Nach einem Gebet sagte er zum Scharfrichter: „Nur Mut, Mann, fürchte dich nicht vor deinem Amt. Mein Hals ist kurz, ziele also gut, damit du keine Schande einlegst!"

Sein Kopf wurde auf das Gitter der Londoner Bridge gesteckt. Aber in der Nacht kam seine Tochter Margarete, kletterte an den Pfählen hinauf und brachte den Kopf des geliebten Vaters in Sicherheit.

Der große russische Dichter Fedor Michailowitsch Dostojewski (1821—1881) wurde wegen vermeintlicher revolutionärer Umtriebe mit zahlreichen anderen Verschwörern zum Tode durch Erschießen verurteilt. In der Frühe des 22. Dezember 1849 sollte die Exekution in Petersburg auf dem Semenowski-Platz stattfinden. Sie waren in weiße Totenhemden gekleidet, die Augen wurden ihnen verbunden. Sie wurden in einer Reihe aufgestellt und an Pfähle befestigt. Das Exekutionskommando traf die Vorbereitungen. In der letzten Sekunde, ehe die Schüsse knallten, kam ein reitender Bote, der die Nachricht von der Begnadigung und Verbannung in die Zuchthäuser Sibiriens verkündete. Dostojewski und seine Mitverurteilten hatten den Tod aber innerlich bereits erlebt. Er schildert dieses Erlebnis in „Der Idiot". Er läßt es durch den Fürsten Myschkin erzählen: „ . . . Unterdessen hatte sich jedem Pfahl gegenüber eine Abteilung Soldaten aufgestellt. Mein Bekannter war der achte in der Reihe, er hätte also im dritten Trupp an die Pfähle gehen müssen. Der Priester ging von einem zum anderen und segnete sie mit dem Kruzifix. Nicht mehr als fünf Minuten waren noch übrig. Diese fünf Minuten, sagte er, erschienen ihm als ein endloser Zeitraum, als ein ungeheurer Reichtum. Es schien ihm, daß diese fünf Minuten so lange andauern würden, daß er an den letzten Augenblick noch gar nicht zu denken brauchte, und er begann sogar noch des breiten über diese kurze Spanne zu disponieren: zwei Minuten rechnete er auf den Abschied von seinen Genossen, zwei weitere Minuten bestimmte er dazu, um noch einmal zum letzten Male über sich selbst nachzudenken, und die fünfte Minute, nochmals einen letzten Blick in die Runde zu werfen. Er erinnerte sich sehr gut an all diese einzelnen Bestimmungen.

Er war damals siebenundzwanzig Jahre alt, gesund und kräftig. Als er von seinen Genossen Abschied nahm, stellte er einem derselben eine ziemlich gleichgültige Frage und war sogar sehr gespannt auf die Antwort. Dann, nachdem er sich von den Freunden verabschiedet hatte, kamen jene zwei Minuten, die er zum Nachdenken über sich selbst bestimmt hatte. Er wußte von vornherein, worüber er nachdenken würde: er wollte sich möglichst deutlich und gedrängt seinen eigenen damaligen Zustand vorstellen, wie es kommt, daß er jetzt ist und lebt, und drei Minuten später ein Nichts sein werde, ein Irgendetwas, — ja was denn? Wo denn?! Alles das gedachte er in jenen zwei Minuten zu entscheiden.

Nicht weit vom Richtplatz stand eine Kirche, ihr vergoldetes Dach glänzte im hellen Sonnenlicht. Er erinnerte sich, daß er unablässig auf dieses Dach und die von ihm ausgehenden Strahlen blickte. Von diesen Strahlen konnte er sich nicht losreißen, es schien ihm, daß diese Strahlen seine neue Sphäre wären, daß er in drei Minuten irgendwie mit ihnen verschmelzen würde . . . Die Ungewißheit und die Abneigung vor dieser neuen Sphäre, in die er im nächsten Augenblick eintreten sollte, war für ihn äußerst quälend. Doch sagte er, daß ihm damals nichts schrecklicher war als der Gedanke: »Wie, wenn du nun nicht stirbst? Wenn du ins Leben zurückkehrst — welche Unendlichkeit! Und alles das wäre mein! Ich würde dann jede Minute in eine Ewigkeit verwandeln und nicht ein Augenblickchen verlieren und mir über jedes Zeitteilchen Rechnung ablegen. Nicht eine Sekunde dürfte mir verlorengehen!« — Und dieser Gedanke machte ihn schließlich so ärgerlich und böse, daß er nur wünschte, so schnell wie möglich erschossen zu werden."

Es ist die gleiche Seelenhaltung von Sokrates bis zu den Verschwörern des 20. Juli, und sie wird, solange es Tyrannen, politische und religiöse Unterdrückungen geben wird, sich immer wiederholen.

So schreibt Graf Helmuth James von Moltke (1907—1945) in

den letzten Tagen vor seiner Exekution an seine Frau Freya. Er sagt ihr etwas, das man vielleicht nur in einer solchen, letzten Situation sagen kann, weil man, sogar in der Blütezeit der Verliebtheit, in seiner Aussage zu scheu ist und nie bis zur letzten Offenheit und Klarheit solche Worte zu finden vermag.

„Und nun mein liebes Herz, komme ich zu Dir. Ich habe Dich nirgends aufgezählt, weil Du, mein Herz, an einer ganz anderen Stelle stehst, als alle die anderen. Du bist nämlich nicht ein Mittel Gottes, um mich zu dem zu machen, der ich bin, Du bist vielmehr ich selbst. Du bist mein 13. Kapitel des Korintherbriefes. Ohne dieses Kapitel ist kein Mensch ein Mensch. Ohne Dich hätte ich mir Liebe schenken lassen, ich habe sie z. B. von Mami angenommen, dankbar, glücklich, dankbar wie man ist für die Sonne, die einen wärmt. Aber ohne Dich, mein Herz, hätte ich »der Liebe nicht«. Ich sage gar nicht, daß ich Dich liebe; das ist gar nicht richtig. Du bist vielmehr jener Teil von mir, der mir allein eben fehlen würde. Es ist gut, daß mir das fehlt; denn, hätte ich das, so wie Du es hast, diese größte aller Gaben, so hätte ich dem Leiden, das ich ja sehen mußte, nicht so zuschauen können und vieles andere. Nur wir zusammen sind ein Mensch. Wir sind, was ich vor einigen Tagen symbolisch schrieb, ein Schöpfungsgedanke. Das ist wahr, buchstäblich wahr. Darum, mein Herz, bin ich auch gewiß, daß Du mich auf dieser Erde nicht verlieren wirst, keinen Augenblick. Und diese Tatsache, die haben wir schließlich auch noch durch unser gemeinsames Abendmahl, das nun mein letztes war, symbolisieren dürfen.

Ich habe ein wenig geweint eben, nicht traurig, nicht wehmütig, nicht, weil ich zurückmöchte, nein, sondern vor Dankbarkeit und Erschütterung über diese Dokumentation Gottes. Uns ist es nicht gegeben, Ihn von Angesicht zu Angesicht zu sehen, aber wir müssen sehr erschüttert sein, wenn wir plötzlich erkennen, daß Er ein ganzes Leben hindurch am Tage als Wolke und bei Nacht als Feuersäule vor uns hergezogen ist, und daß Er uns erlaubt, das plötzlich, in einem Augenblick zu sehen. Nun kann nichts mehr geschehen."

Und dann gibt es noch eine kleine Möglichkeit. Seine Frau stellt einen Antrag auf Begnadigung. Moltke weiß ganz genau, daß das Regime der Mörder keine Gnade kennt, er hofft auch nicht mehr, er ist mit sich und der Welt und mit Gott in den lichtlosen Zellen der Gefängnisse fertig geworden. Dennoch ist er bereit, einen neuen Auftrag aus Gottes Hand zu erhalten.

„Mein Herz, mein Leben ist vollendet, und ich kann von mir sagen: er starb alt und lebenssatt. Das änderte nichts daran, daß ich gerne noch etwas leben möchte, daß ich Dich gerne noch ein Stück auf dieser Erde begleitete. Aber dann bedürfte es eines neuen Auftrags Gottes. Der Auftrag, für den Gott mich gemacht hat, ist erfüllt. Will er mir noch einen neuen Auftrag geben, so werden wir es erfahren. Darum strenge Dich ruhig an, mein Leben zu retten, falls ich den heutigen Tag überleben sollte. Vielleicht gibt es einen neuen Auftrag."

Harald Pölchau berichtet in „Die letzten Stunden" über Nikolaus von Halem, der am 20. Oktober 1944 hingerichtet wurde. Er schreibt vor seinem Tode an seine Mutter: „Liebste, Arme, daß Du diesen Schmerz erleben mußt. Jetzt kommt der Herbst, möge er Dir nicht das Herz brechen. Ich schreibe dies zwei Tage vor der Verhandlung, auf alles gefaßt und in großer innerer Ruhe. Wie tröstlich ist die Aussicht, daß meine Leiden bald zu Ende sein werden. Nur, daß die Euren dann erst wahrhaft beginnen und fortdauern, bedrückt mich und quält mich... Aber Du kannst, was nur wenige Deines Geschlechts können, die Festigkeit dieser inneren Freiheit von der Welt und damit auch vom Tode Deines Sohnes erwerben, so daß auch Du so lächeln kannst, wie ich es auf meinem letzten Wege tun werde . . ."

Und wenige Stunden vor der Hinrichtung: „Liebe Mutter. Jetzt habe ich auch die letzte kleine Unruhe überwunden, die den Baumwipfel erfaßt, wenn er stürzt. Und damit habe ich das Ziel der Menschheit erreicht. Denn wir können und sollen wissend dulden, was der Pflanze unwissentlich widerfährt. Adieu. Ich werde geholt. Tausend Küsse, Dein Sohn."

Leben wir so, daß wir von dem Bewußtsein erfüllt sind „mitten wir im Leben sind mit dem Tod umfangen", so wird unser Leben notgedrungen reicher, farbiger und reifer, nicht trauriger — weil wir jedem Geschehnis und jeder Begegnung eine größere und tiefere Wertigkeit beimessen. Wir lernen aber auch Abstand zu halten, dem Allzunahen um uns eine gewisse erlebnismäßige Entfernung zu verleihen, die wohltuend ist, weil sie auch Schmerz und Leid lindert.

Der Philosoph auf dem Kaiserthron, Mark Aurel (röm. Kaiser 161—180), sagt dazu: „Geh einmal zu deinen verschiedenen Lebensstufen über, du wirst Kind, Jüngling, Mann, Greis, und es war ja auch jeder Wechsel von diesen ein Tod. Ist das etwas Schreckliches? Denke jetzt an die Zeit zurück, welche du noch unter deinem Großvater, nachher unter deiner Mutter und dann unter deinem Vater verlebt hast, und wenn du nun alle Trennungen, Umwandlungen und Auflösungen, die mit dir vorgegangen sind, erwägst, so frage dich selbst, war daran etwas Schreckliches? Ebensowenig wird es das Aufhören, der Stillstand und die Umwandlung deines ganzen Lebens sein."

Und der Kirchenvater, der Heilige Basilius der Große, sagt es in einem heiteren Bilde, in dem er uns von fern her den Weg des Lebens aufzeichnet: „Das Leben wird ein Weg genannt, denn wer geboren wird, der eilt zu einem Ziele. Wer auf einem Segelschiff eingeschlummert ist, wird ganz von selbst durch Windesgewalt zum Hafen geführt, und wenn einer auch nichts davon spürt, wird er doch zum Ziele getrieben. So eilt auch ein jeder von uns in unmerklichem Fortlauf des Lebens, stets bewegt und niemals still, im Strom der Lebenszeit dem eigenen Ende zu. Du schläfst, und die Zeit eilt weiter, du wachst und verlierst dich in Gedanken, aber das Leben geht dahin, ohne daß du darauf achtest. Wir Menschen eilen also alle irgendeinen Pfad, ein jeglicher getrieben zu seinem eigenen Ziele. Darum sind wir alle »auf dem Wege«. Und so magst du den Sinn des »Weges« verstehen. Ein Wanderer stehst du in diesem Leben. Alles eilt vorüber, alles wird dir rückläufig. Du siehst am Wege das Kraut, die Pflanze, das Wasser, oder was du gerade ansehen magst — eine kurze Freude, dann gehst du vorüber. Und wieder triffst du Felsen und Schluchten und Abgründe, Klippe und Grat, oder auch wildes Getier und Schlangenzeug und andere Widerwart — ein wenig Angst, dann bist du vorbei. Also ist das Leben — weder seine Lust bleibt noch sein Leid. Der Weg ist nicht dein, aber auch was dir begegnet, ist nicht dein. Hebt der Wanderer, der zuerst ist, seinen Fuß, so tritt der andere gleich in seine Spur und nach ihm der Folgende. Und sieh des Lebens Umstände, sind sie nicht von ähnlicher Art? Heute pflügst du die Erde, morgen ein anderer und nach ihm ein dritter. Schau diese Äcker und diese stolzen Häuser! Wie oft, seitdem sie da sind, wechselten sie schon den Namen! Des und des wurden sie genannt, dann hießen sie nach einem anderen; sie kamen darauf an den und den, nun werden sie nach dem und dem genannt. Ist also unser Leben nicht ein Weg, der bald den einen, bald den anderen aufnimmt, alle Nachfolger, der eine des anderen!?"

Hinter den Grenzen der materiell faßbaren und sichtbaren Welt steht die geheimnisvolle, ahnungsvolle, schaubare andere Welt. Alle Mystiker haben sie geschaut und von ihrer Seligkeit gekostet. Es ist das „Innere Licht“ unserer abendländischen Mystiker, das „Samadhi“ der indischen Yogis, das „Sartori“ der Zenbuddhisten und die „Epoptoé“, das „Schauen“ der Griechen.

In jene Welt tritt die unsterbliche, die geistige Substanz des Verstorbenen. Und nun entsteht zwischen diesen beiden ineinandergreifenden Welten ein Wechselspiel; der durch die Bande des Blutes und der Liebe den Zurückbleibenden verbundene Verstorbene wird zum Fürbitter, zum Beschützenden der Familie, wie dieses im chinesischen Ahnenkult am plastischsten in Erscheinung tritt, wie wir es aber auch aus dem indogermanischen Kult kennen. Der Vorfahr, die Summe der Vorfahren sind die geistigen Stützen und Vorbilder für die Nachkommen, sie leben nicht nur in ihrer Erinnerung und ihrem Bewußtsein — sie sind spirituelle Wirklichkeiten; nimmt man sie hinweg, so durchtrennt man den unsichtbaren Nabel, der uns alle mit der Vergangenheit, die eine Wirklichkeit ist, verbindet. Vernichten wir aber die Vergangenheit, so zerstören wir dadurch auch unsere Zukunft, die nichts anderes ist als das kontinuierlich fortlaufende Leben.

Doch bedarf die geistige Substanz des Verstorbenen zunächst noch der Hilfe der Lebenden. Diese Hilfe äußert sich in fast allen Religionen in dem Gebet für die Seele der Toten. Der Lebende, der selbst noch keine Erfahrung über das jenseitige Reich besitzt, führt durch das private Gebet und durch das rituelle Gebet der Kirche die Seele des Verstorbenen durch die „Tore der Wahrnehmung“. Nicht nur der Mensch, alle Kreatur scheint an dieser „Führung“ beteiligt zu sein.

So singt ein altägyptischer Hymnus von dem „Himmlischen Reich“:

Du fragst: Wer wird uns denn bringen,
wer wird uns ins Königreich bringen,
ins Reich, das im Himmel ist? —
Die Vögel in den Lüften,
die wimmelnden Tiere der Erde,
die Fische der Ströme im Meere,
sie alle werden dich bringen,
ins himmlische Königreich bringen,
das in deinem Herzen ist.
(übers. Ludwig Goldscheider)

Im Ägyptischen Totenbuch, dem Ritual, mit dem die Priester und Laien die Seele des Verstorbenen ins Jenseits führen, heißt es:

Hier beginnen die Sprüche,
die vom Hinausgang der Seele berichten
zum vollen Lichte des Tages,
berichten von ihrer Auferstehung im Geiste,
dem Eintritt in die Bereiche des Jenseits,
von ihren Reisen darin.

Hier sind die Worte zu sprechen
am Tage der Bestattung,
da in die Welten des Jenseits die Seele einzieht,
vom Leibe getrennt...

Göttliche Geister, die die geläuterten Seelen
zu Osiris geheiligter Wohnstatt geleiten,
erlaubt mir, an eurer Seite zu schreiten,
geläuterte Seele auch ich!
Laßt in Osiris geheiligte Wohnstätte mich ein!
Könnte ich hören wie ihr,
sehen wie ihr,
verbleiben wie ihr, nach Belieben,
ob stehend, ob sitzend! ...

Ihr göttlichen Geister, seht nun, wie zusammen mit euch
meine Seele vorwärtsschreitet; sie redet zu euch;
weil ihr selbst, ist sie geheiligt, weil die Waage der Richter
für sie sich entschieden.
Nun komm ich zum Reiche der Wahrheit-Gerechtigkeit
und als lebendige Gottheit erhalt ich die Krone.
Groß ist mein Glanz unter den Göttern,
die mich an allen Seiten umringen.
sitzend mit ihnen, ebenbürtig ihr Bruder...

Und im Bardo Tödöl, dem Tibetanischen Totenbuch, das die Rituale für die Begleitung des Sterbenden und Toten ins Jenseits angibt, heißt es ... „Die Bewußtseinszustände trennen sich von deinem Körper und gehen in den Bardo ein. Rufe deine Energie auf, damit du sie bei klarer Erkenntnis die Schwelle überschreiten siehst. Die Klarheit, die aus dem farblosen und leeren Licht ausstrahlt, wird dir weit schneller als der Blitz erscheinen und dich umhüllen. Möge dich nichts so entsetzen, daß du zurückweichst und das Bewußtsein verlierst. Versenke dich in dieses Licht."

In dem Augenblick, da der Sterbende den letzten Atemzug macht, beginnt der anwesende Priester die Unterweisung der Seele:
„Du XX wirst wie aus einem Schlaf erwachen.
Wisse, daß du den Körper verlassen hast, den du beseeltest.
Blick auf ihn, er liegt bewegungslos dort.
Empfinde kein Bedauern.
Empfinde keine Bindung an ihn.
Verweile nicht bei denen, die deine Verwandte und Freunde waren.
Setze dir nicht in den Kopf, mit ihnen zu reden.
Deine Stimme ist klanglos, sie können dich nicht hören.
Halte dich nicht auf, die Gebiete zu durcheilen,
die Gegenstände zu betrachten, die dir gehörten ...
Suche nicht die Bande zu ihnen zu erneuern. Löse dich ab.
Wisse, daß du einen Traum aus nicht beständigen Formen
gestaltet hast. Da du die Befreiung nicht in dem Augenblick
ergreifen konntest, in dem das Licht der Wirklichkeit
dich umhüllte, wirst du fortfahren, angenehme oder leidvolle
Träume zu träumen. Im Verlauf von diesen werden dir
die Möglichkeiten geboten, die Erkenntnis zu erlangen."

Immer wieder wird die Seele aufgerufen, sich vom physischen Leib und seinen Begierden sowie den Erinnerungen zu lösen und auch nicht den Illusionen der jenseitigen Sphären und dem dringenden Wunsch nach Wiederverkörperung nachzugeben, um durch alle Begierden hindurch zum ewigen Licht des Nirvana vorzudringen.

„Du selbst wirst nach deinen eigenen Neigungen dein Urteil
sprechen und dir diese oder jene Wiedergeburt zuteilen.
Kein schrecklicher Gott treibt dich. Du gehst von allein.
Die Gestalten der erschreckenden Wesen, die sich deiner
bemächtigen und dich zu deiner neuen Geburt drängen werden,
sind von dir selbst mit den Kräften bekleidet, die in dir wohnen.
Denn wisse:
Außerhalb deiner Trugbilder gibt es weder den Herrn,
den Richter der Toten, noch Götter oder Dämonen,
noch auch den Besieger des Todes.
Verstehe dies und sei frei! ..."

Die katholische Kirche bittet für den Verstorbenen: „Scheide, christliche Seele, von dieser Welt im Namen Gottes, des allmächtigen Vaters, denn er hat dich geschaffen; im Namen Jesu Christi, des

Sohnes des lebendigen Gottes, denn er hat für dich gelitten; im Namen des Heiligen Geistes, denn er wurde ausgegossen über dich . . .

. . . Teuerster Bruder (Schwester), ich empfehle dich dem allmächtigen Gott, und vertraue dich dem an, der dich geschaffen hat, damit du zu deinem Schöpfer, der dich aus dem Staub der Erde gebildet, heimkehrtest, wenn du deine Schuld an die Menschlichkeit durch den Tod gezahlt hast. Wenn also deine Seele vom Leibe scheidet, so möge ihr der strahlende Chor der Engel entgegeneilen; der Gerichtshof der Apostel komme dir entgegen; das siegreiche Heer der weißglänzenden Blutzeugen empfange dich; die liliengeschmückte Schar der goldstrahlenden Bekenner umgebe dich; der Chor der jubelnden Jungfrauen nehme dich auf; im Schoß der Patriarchen umfange dich die Umarmung seliger Ruhe; St. Josef, der süße Anwalt der Sterbenden, richte deine Hoffnung auf; die heilige Gottesgebärerin und Jungfrau Maria wende gütig ihre Augen zu dir; milde und festlich erscheine dir das Antlitz unseres Herrn Jesus Christus, und er möge beschließen, daß du immerzu zu denen gehörst, die an seiner Seite weilen."

Und die orthodoxe Kirche betet um die Verstorbenen: „Gib Frieden den Seelen deiner entschlafenen Knechte, meiner Eltern und Verwandten, der Wohltäter und aller orthodoxen Christen, verzeih ihnen ihre willkürlichen und unwillkürlichen Sünden und schenke ihnen das Himmelreich!"

Der Moslem flüstert nach den Gebeten am Grabe dem Toten die Worte zu: „Wer ist Gott?! — Allah. Welches ist seine Religion? Der Islam. Wer ist der Prophet? Mohammed!" Der Verstorbene muß diese Antworten den ihn verhörenden Engeln Munkar und Nakir geben.

Der große islamische Mystiker Djalal al din Rumi sagt:

Ich starb als Stein und wurde eine Pflanze.
Ich starb als Tier und ward ein Mensch.
Warum sollte ich mich fürchten? Hat der Tod mich je vermindert?
Einmal noch als Mensch werde ich sterben, um emporzufliegen
mit den seligen Engeln; sogar das Engelhafte
werde ich aber verlassen müssen. Alles vergeht außer Gott.
Wenn ich meine Engelsseele geopfert habe,
werde ich das werden, was kein Mensch je erkannt hat.
Oh, laß mich nicht sein! Denn Nichtsein verkündet:
„Zum Ihm werden wir zurückkehren!"

ERFÜLLUNG DURCH BEGEGNUNG

Der Philosoph und Psychologe Graf Karlfried von Dürckheim sagte mir einmal etwas resigniert und doch heiter: „Die Dinge, die wir denken, und die Bücher, die wir schreiben, werden doch nur von denen gelesen und verstanden, die von sich aus bereits die gleiche Gesinnung mitbringen."

Ich glaube, daß er mit dieser Bemerkung Recht hat, daß nur solche, die schon „auf dem Wege" sind, und zwar in gleicher Richtung, von einer Idee, einem Buch angesprochen werden, das sie in ihrer Gesinnung bestätigt und dadurch vorwärtsbringt. Es mag aber auch Suchende geben, die noch nicht um den „Weg" wissen, die tastend und unentschlossen sind. Ihnen kann eine Begegnung mit einem Menschen, mit einem Buch zu einem lebendigen Wegweiser werden. In anderen werden Gedanken und Ideen, auch Impulse geweckt, die ihnen bisher noch nicht bewußt waren.

Manchmal ist man für eine Idee, für ein Buch noch nicht reif. Man nimmt es zur Hand und legt es weg. Aber es wartet auf einen und dann, irgendwann, zur richtigen Stunde „fällt" es einem in die Hand und öffnet einem die Augen des Geistes. Es ist wie mit dem biblischen Samenkorn, erst muß es in die Erde, manche werden vom Winde verweht, manche verdorren, manche verfaulen, und einige gehen auf, sprießen und tragen reiche Frucht.

Begegnungen vollziehen sich im Menschendasein unentwegt, manche sind kurzlebig, andere hinterlassen eine Weile eine leuchtende oder eine dunkle Spur, andere begleiten uns durch das ganze Leben. Was wir, viele von uns, verlernt haben, ist, nach dem Sinn der Begegnung zu fragen, nach ihrem Hintergrund, ihr eine Bedeutung beizumessen. Alles, was in dieser schnellebigen Zeit geschieht, ist flüchtig, faßt keine Wurzeln in uns, es streift uns nur. Wir denken zu wenig darüber nach. Dadurch wird unsere Erlebnisfähigkeit verflacht; es haftet nicht in uns. In meiner Heimat nannte man diesen Zustand: „Es läuft an ihm herab wie das Wasser an der Gans." Durch dieses an dem Erlebnis nicht aktiv beteiligt sein wird der moderne Mensch arm, so viele materielle Reichtümer er auch anhäufen mag.

Wir sprechen heute oft von dem Realismus, der Illusionslosigkeit, der Bindungsarmut unserer Jugend. Wahrscheinlich ist sie es, weil die Technik und die häusliche und schulische Erziehung ihre Phantasie ertötet haben. Phantasie ist aber der Goldglanz, der über dem Dasein liegt und es über das Grau des Alltags erhebt.

Ein Buch, in dem ein Fremder einem anderen Fremden begegnet, kann manchmal — wenn es auf Fragen, die ein Mensch sich innerlich stellt, in der ihm gemäßen Weise antwortet — zu einem stillen, geduldigen Freund werden. Das ist, was ich mit diesem Buch bezwecke — anregen zur Besinnung, zu einem längeren Verweilen bei einem Erlebnis, einer Begegnung. Mit welcher Wonne blicken wir durch ein Stereoskop, in dem die flachen Bilder eine geheimnisvolle Tiefe erhalten, so daß sie wie lebend erscheinen. Diese Fähigkeit im Menschen zu erwecken, über die Kulissen hinweg das Hintergründige zu erfahren, bedeutet Fülle des Erlebens, sensibilisiertes Gewissen, reichere Liebesfähigkeit und Reife. Dem, der sich auf diesen Pfad begibt, erschließen sich immer neue Wunder des Daseins, öffnen sich die verschlossenen Herzen; er entlockt noch dem versiegelten Antlitz ein Lächeln, und er erlebt, daß er ein Nehmender, ein Beschenkter ist, denn auf jede Gabe, die er darbringt, erhält er ein noch reicheres Geschenk zurück.

Der junge Novalis spricht es aus — die Therapie aus der rechten, oder besser, gewandelten Gesinnung:

Wenn nicht mehr Zahlen und Figuren
sind Schlüssel aller Kreaturen,
wenn die, so singen oder küssen,
mehr als die Tiefgelehrten wissen,
wenn sich die Welt ins freie Leben,
und in die Welt wird zurückbegeben,
wenn dann sich wieder Licht und Schatten
zu echter Klarheit werden gatten,
und man in Märchen und Gedichten
erkennt die ewigen Weltgeschichten,
dann fliegt von einem geheimen Wort
das ganze verkehrte Wesen fort.